ମୁଠାଏ ପ୍ରତିଶ୍ରୁତି

ମୁଠାଏ ପ୍ରତିଶ୍ରୁତି

ଭାନୁମତୀ ସାହୁ

BLACK EAGLE BOOKS

2021

BLACK EAGLE BOOKS

USA address:
7464 Wisdom Lane
Dublin, OH 43016

India address:
E/312, Trident Galaxy, Kalinga Nagar,
Bhubaneswar-751003, Odisha, India

E-mail: info@blackeaglebooks.org
Website: www.blackeaglebooks.org

First International Edition Published by
BLACK EAGLE BOOKS, 2021

MUTHÄE PRATISHRUTI
(A collection of Odia short stories)
by **Vanumati Sahoo**

Cover & Interior Design: Ezy's Publication

ISBN- 978-1-64560-161-6 (Paperback)

Printed in United States of America

ନିଜସ୍ୱ ଅଭିବ୍ୟକ୍ତି

ଜୀବନ ତ ମାୟାମୋହର ରଙ୍ଗରେ ରଙ୍ଗାୟିତ । କେତେ ହସ କେତେ କାନ୍ଦ ମଧ୍ୟରେ ଜୀବନର ନଉକା ପ୍ରବାହମାନ । ମୁଠାଏ ପ୍ରତିଶ୍ରୁତି ମଧ୍ୟରେ ନାରୀଟିଏ ବେଳେବେଳେ ହଜିଯାଇଥିବା ମହାର୍ଘ ମୁହୂର୍ତ୍ତକୁ ଜାବୁଡି ଧରି ଅସହାୟତାର ଅନ୍ତଃସ୍ୱରରେ ଉଦାସୀ ହୋଇ ମନକୁ ବିବତ୍ର କରିପକାଏ । ସେ ତ ନିଜ ଅସ୍ମିତାର ପରିଚୟ ଭିତରେ ସନ୍ଦିହାନ ହୋଇଯାଏ । ସେ ଜୀବନର ଅଙ୍ଗେନିଭା ଅସରନ୍ତି ଫର୍ଦ୍ଦଗୁଡିକୁ ଉଡାଇ ଦେଇ ପାରିବ ନାହିଁ । ଜୀବନର ସତ୍ତାକୁ ନେଇ ସେ ତ ଜିଇଁବ । ତା ମନ ଓ ଚେତନାକୁ କିଏ ବୁଝନ୍ତୁ କି ନାହିଁ ! ସେ କିନ୍ତୁ ନିଜ ବିଶ୍ୱାସର ଉଚ୍ଛ୍ୱାସରେ ମାନବିକତାର ମାଧୁର୍ଯ୍ୟ ଭରିଦେବ ଜୀବନର ପରିସମାପ୍ତି ପର୍ଯ୍ୟନ୍ତ ।

ମୋର ଅନେକ କଥା ଓ କାହାଣୀ, ଉପନ୍ୟାସ ଓ ଉପନ୍ୟାସିକା ଓଡିଶାର ବିଭିନ୍ନ ପତ୍ରପତ୍ରିକା ଯଥା: ଅକ୍ଷାଂଶ, ଅମୃତାୟନ, ଅପୂର୍ବା, ଅଭିଯାନ, ଆଇନା, କଥା କଳିକା, କଥା, କଥା କଥା କବିତା କବିତା, ଗଙ୍ଗ ଶିଉଳି, ଗୋପବନ୍ଧୁଙ୍କ ସତ୍ୟବାଦୀ, ଗୋଧୂଳି, ଚିରସମର୍ଥା, ଯୁବପ୍ରଭା, ଯୁଗଶ୍ରୀ ଯୁଗନାରୀ, ଧାରା, ପଶ୍ଚିମା, ପଲ୍ଲୀବଧୂ, ବର୍ତ୍ତିକା, ବିଶ୍ୱମୁକ୍ତି, ମନୋରମା, ମନୀଷା, ସପ୍ତର୍ଷି, ସମାରୋହ, ସହଯୋଗୀ, ସମ୍ଭବ, ସାଗରିକା, ସୁଧନ୍ୟା, ସୃଜନ ସ୍ୱପ୍ନ, ଶ୍ୱେତ ସଙ୍କେତ, ଶତଦ୍ରୁ, ସମାଜ ସାପ୍ତାହିକ, ସାପ୍ତାହିକ ସମୟ, ଧରିତ୍ରୀ, ଧ୍ୱନି ପ୍ରତିଧ୍ୱନି ଆଦିରେ ବିଭିନ୍ନ ସମୟରେ ପ୍ରକାଶିତ ହୋଇଥିବାରୁ ମୁଁ ଉକ୍ତ ପତ୍ରପତ୍ରିକାର ସମ୍ପାଦକ / ସମ୍ପାଦିକାମାନଙ୍କୁ କୃତଜ୍ଞତା ଅର୍ପଣ କରୁଅଛି ।

ମୋର ସ୍ୱାମୀ କବି, ଜନପ୍ରିୟ ବିଜ୍ଞାନ ତଥା ପାଠ୍ୟପୁସ୍ତକ ଲେଖକ, ଉଦ୍ଭିଦ ବିଜ୍ଞାନୀ ପ୍ରଫେସର ଡ. ଅରୁଣ ଚ଼ନ୍ଦ୍ର ସାହୁ ମୋର ସମସ୍ତ ଲେଖାର ପ୍ରଥମ ପାଠକ, ସମାଲୋଚ଼କ ଓ ପ୍ରଶଂସକ । ତାଙ୍କର ଅକୁଣ୍ଠ ସହଯୋଗ ଓ ଆନ୍ତରିକ ପ୍ରେରଣା ବିନା

ମୋର ଏ ପୁସ୍ତକ ତଥା ଅନ୍ୟାନ୍ୟ ପୁସ୍ତକ ସମୂହ ଏ ରୂପେ ପ୍ରକାଶ ପାଇ ନଥାନ୍ତା। ସେଥିପାଇଁ ମୁଁ ତାଙ୍କୁ ମୋ ହୃଦୟ କନ୍ଦରରୁ ଗଭୀର କୃତଜ୍ଞତା ଜ୍ଞାପନ କରୁଅଛି। ଏତଦ୍‌ବ୍ୟତୀତ ମୋର ପୁତ୍ରକନ୍ୟା, ବନ୍ଧୁବାନ୍ଧବ, ଶୁଭାକାଂକ୍ଷୀମାନଙ୍କ ସଦିଚ୍ଛା ପାଇଁ ସେମାନେ ଧନ୍ୟବାଦାର୍ହ। 'ବ୍ଲାକ ଇଗଲ ବୁକ୍‌ସ' ଏ ପୁସ୍ତକଟିକୁ ଅତି ସୁନ୍ଦର ପରିପାଟୀରେ ପ୍ରକାଶ କରିଥିବାରୁ ତାଙ୍କୁ ଏ ଅବସରରେ ଧନ୍ୟବାଦ ଅର୍ପଣ କରୁଅଛି।

ପରିଶେଷରେ ମୁଁ ଏ ପୁସ୍ତକ 'ମୁଠାଏ ପ୍ରତିଶ୍ରୁତି'କୁ ବିଶିଷ୍ଟ ସାହିତ୍ୟିକ, କେନ୍ଦ୍ର ସାହିତ୍ୟ ଏକାଡେମୀ ପୁରସ୍କାର (୨୦୦୫) ତଥା ସାରଳା ପୁରସ୍କାର (୧୯୯୧)ପ୍ରାପ୍ତ ଶ୍ରୀଯୁକ୍ତ ରାମଚନ୍ଦ୍ର ବେହେରାଙ୍କ ହସ୍ତରେ ସମର୍ପିତ କରୁଅଛି।

ଭାନୁମତୀ ସାହୁ

କ ଥା କ୍ର ମ

ଏହି ଲେଖିକାଙ୍କ ପ୍ରକାଶିତ ପୁସ୍ତକ:

ଉପନ୍ୟାସ

ଉପନ୍ୟାସିକା ସଂକଳନ

ଗଳ୍ପ ସଂକଳନ

କବିତା ସଂକଳନ

ମୁଠାଏ ପ୍ରତିଶ୍ରୁତି

ସବୁକିଛି ମୂଳରେ ପୁରୁଷ । ତଥାକଥିତ ନାରୀ ଜୀବନର ହସ କାନ୍ଦ ପଛରେ ପୁରୁଷର କର୍ତ୍ତୃତ୍ୱ ହିଁ ସୁସ୍ପଷ୍ଟ । ଯୁଗ ବଦଳିଛି କିନ୍ତୁ ସତରେ ବଦଳି ପାରିନି ପୁରୁଷର ମନୋଭାବ । ଅହଂକାରୀ ପୁରୁଷ କେତେକାଂଶରେ ସାଲିସ୍ କରିବାକୁ ଚାହୁଁଛି ତଥାପି ହୃଦୟ ଅଭ୍ୟନ୍ତରର ମଜଭୁତ ମନଟି ଏହି ସାଲିସ୍ ସହିତ ଚାଲିବାକୁ ଚାହୁଁନି ।

ନାରୀ କେଉଁଠି ହସୁଛି ତ କେଉଁଠି କାନ୍ଦୁଛି । ସମାଜର ଆଖିରେ କିଛି ଦୃଷ୍ଟ ଓ କିଛି ଅଦୃଷ୍ଟ ହୋଇ ଚାଲିଛି । ପିଲାଛୁଆ ଘର ସଂସାର ଭିତରେ ଘାଣ୍ଟିଚ଼କଟି ହୋଇ ନାରୀଟିଏ ସମୟର ପାହାଚ଼ରେ ଏକ ମାଇଲଖୁଣ୍ଟ ହୋଇଯାଇଛି । ତଥାପି ବଞ୍ଚିଛି... ।

ଅତୀତ । ବିତିଥିବା ମୁହୂର୍ତ୍ତର କେତୋଟି ଫର୍ଦ୍ଦ । ସେହି ପୃଷ୍ଠା ଓଲଟେଇଲେ ତା' ଭିତରୁ କେଉଁଠି ଛବିଳ ଦେଖାଯାଏ ତ କେଉଁଠି କାଳିଯୁକ୍ତ । ସେହି ବ୍ୟର୍ଥତାର କୋଠରି ଭିତରେ ଛଟପଟ ହେଲାବେଳେ ଖୁବ୍ ନିଜର ଥିବା ମଣିଷଟିଏ ସତରେ କେତେ ଆଶ୍ୱସନା ଦିଏ, ତା' ଉପରେ ନିର୍ଭର କରେ ସମସାମୟିକ ଜିଇଁବାର ହସ ଟିକକ ।

କିନ୍ତୁ ଆଜି ଜୟାର ଆଖିରୁ ଧାର ଧାର ଲୁହ ବୋହୁଥିଲା ଆଉ ମଝିରେ ମଝିରେ ସେ କୋହ ସମ୍ଭାଳି ନ ପାରି କାନ୍ଦୁଥିଲା । ପାଖରେ ବସିଥିବା ତା' ସ୍ୱାମୀ ଅସୀମ୍ କିଛି ବୋଧ ଦେଇ ପାରୁନଥିଲେ ସେହି ଓଦା ଓଦା ଆଖିରେ ।

ଜୟା ଜାଣେ ତା' ସ୍ୱାମୀ ହିଁ ସବୁ ମୂଳର କାରଣ । ଆଜିକାଲି ଖୁବ୍ ଉତ୍ସାହରେ କହିବେ- ଏତେବର୍ଷ ଆମେ ଖୁବ୍ ସୁଖ ଶାନ୍ତିରେ ଦାମ୍ପତ୍ୟ ଜୀବନ ଅତିବାହିତ କରିଦେଲେଣି । ଚିନ୍ତା କ'ଣ ? ଖୁବ୍ ଖୁସିରେ କଟିଲାଣି ଦିନଗୁଡ଼ିକ ।

ଜୟା ଏତିକି ଶୁଣିଲାପରେ ଅଧୈର୍ଯ୍ୟ ହୋଇପଡ଼େ । ନିଜ ଭିତରେ ଲୁଚ଼ିଥିବା ଅସନ୍ତୋଷ ଅଗ୍ନିରୂପ ଧାରଣ କରି ବର୍ଷଣ କରି ଚଢ଼ାଗଳାରେ କହେ- ଅନ୍ୟକୁ ଏହି

ସଫେଇ ଦେବ । କିନ୍ତୁ ମୋ ଆଗରେ ଏହି ଫାଲତୁ କଥା କହିବ ନାହିଁ । ମୁଁ ଜାଣେ ଆମ ଦେଶର ନାରୀମାନଙ୍କୁ କେମିତି ଶୋଷଣ କରାଯାଏ ଖାସ୍ ପୁରୁଷମାନଙ୍କ ସହମତିରେ । ନାରୀ ଆଖିରୁ ନିଗିଡ଼ି ପଡୁଥିବା ଲୁହ ପାଇଁ ଦାୟୀ କିଏ ? ସମୟର ବାଜିମାତ୍‌ରେ ପୁରୁଷ ହିଁ ନିଜର ବାହାବା ନିଏ ଓ ନାରୀଟି ଗୌଣ ହୋଇଯାଏ କାହିଁକି ?

ଜଣେ ନାରୀ ସ୍ତ୍ରୀ ହେବାପାଇଁ ଯେତିକି ଗର୍ବ ଅନୁଭବ କରେ ତାଠାରୁ ମା' ହେବାର ଗର୍ବ ଢେର ଅଧିକ । ପିଲାଟିକୁ ପେଟରେ ଧରିଲାବେଳେ ନିଜ ପିଲାପାଇଁ ସେ କ'ଣ ଉଚିତ ଓ ଅନୁଚିତ୍ ମାନି ପାରେକି ? କିଂକର୍ତ୍ତବ୍ୟବିମୂଢ଼ ହୋଇ ପରିବାର ସଦସ୍ୟଙ୍କ କଥାରେ ପରିଚାଳିତ ହୁଏ ଆଉ ପରିବାର ପାଇଁ ନିଜ ଚିନ୍ତା ଛାଡ଼ି କର୍ତ୍ତବ୍ୟ କରିବାକୁ ବାଧ୍ୟ ହୁଏ । ଏହି ପ୍ରସଙ୍ଗକୁ ତା' ଛଡ଼ା ଆଉ କିଏ ପରିବାର ସଦସ୍ୟ ହୃଦୟଙ୍ଗମ କରି ପାରିନଥାନ୍ତି । କେବେ ନିଜର ଖର୍ଚ୍ଚ କମେଇ ନାରୀକୁ ପୋଷଣଯୁକ୍ତ ଖାଦ୍ୟ ଦେଇଛ କି ? ବାହାହେବାପରେ ଜଣେ କନ୍ୟା ବୋହୂ ହୋଇ ଶାଶୁଘରେ ପାଦ ଥାପିଲା ପରେ ତା'ର ଦୋଷତ୍ରୁଟି ବାଛିବାରେ ଶାଶୁଘର ସଦସ୍ୟ ବ୍ୟସ୍ତ । ସେଠି ତା'ର ବୟସ ଆଉ ଶିକ୍ଷାକୁ ମପାଯାଏନି । ସୁନାକୁ କଷଟି ପଥରରେ ପରଖିବା ପରି ତା'ର ଚାଲିଚଳନଠାରୁ ଘରର ଯାବତୀୟ କର୍ମ ଉପରେ ଦୃଷ୍ଟି ରଖାଯାଏ । ସତେ ଯେମିତି ସେ ହିଁ ସବୁ କର୍ତ୍ତବ୍ୟ ଠିକ୍‌ରେ ପାଳନ କରି ନିଜ ଗାର୍ହସ୍ଥ୍ୟ ଜୀବନର ପାରଦର୍ଶିତା ଜଣାଇବ । ନଚେତ୍ ବୋହୂଟା ଭଲ ନୁହେଁ । ଗୁଣର ନୁହେଁ । ଚଣ୍ଡୀଟାଏ, ବାଲୁରୀଟିଏ ! କଥା କହି ଜାଣେନି ଆଉ ଏମିତି କେତେକେତେ କଟୂକ୍ତି ଶୁଣିବାକୁ ପାଏ ପରିବାର ଭିତରୁ । ଆଉ ସ୍ୱାମୀଦେବ ସତେ ଯେମିତି ନାଚର ଜୀବଟିଏ !

କହିବ କ'ଣ ନା ସ୍ତ୍ରୀମାନେ ଘରପାଇଁ କେତେ ତ୍ୟାଗ କରନ୍ତି । ପ୍ରତ୍ୟାଶାହୀନ ଭାବରେ ଦାନ କରିଯିବା ସ୍ତ୍ରୀମାନଙ୍କ ଧୈର୍ଯ୍ୟ ନୁହେଁ ତ ଆଉ କ'ଣ ?

ଅସୀମଙ୍କ ଆଉ ପାଟି ଖୋଲେନି । ନିଜ ଭିତରେ ଉଠିଥିବା ସୁଖଶାନ୍ତିର ପ୍ରଶ୍ନଟିର ଉତ୍ତରରେ ସେ ଆଘାତ ହୋଇ ଉଠିବାର ପ୍ରୟାସ କରନ୍ତି । ଆଉ ଜୟା ଟିକିଏ ହେଲେ ତାଙ୍କ ଆଡ଼କୁ ମୁହଁ କରି ଚାହିଁ ନଥାଏ । ବର୍ଷ ବର୍ଷର ଦାମ୍ପତ୍ୟ ଜୀବନରେ ସାମୟିକ କେଇ ମୁହୂର୍ତ୍ତ ପାଇଁ ଭଙ୍ଗା ପଡ଼ିଯାଏ ଯେମିତି !

ଫୋନ୍‌ର ମ୍ୟୁଜିକ୍ ଟୋନ୍ ଶୁଣାଗଲାଣି । ପୁଅ କରିଛି ହଷ୍ଟେଲରୁ । ଜୟା ସେଲ୍ ଫୋନ୍‌ଟିର ସୁଇଚ୍ ଚିପିଲା ପରେ ପୁଅ ନମସ୍କାର ଜଣାଇଲା । ମନେ ପକେଇ ଦେଲା ମା' ଆଜି ମେ ଆଠ ତାରିଖ, ମଦର୍ସ ଡ଼େ ।

- ହଁ । ଛେନାଗୁଡ଼ ଡେ । ବିଦେଶରେ ଏହି ଦିବସଟି ପାଳନ ହୁଏ ପରା । ଏଠି କିଏ ପଚାରୁଛି ମା'ମାନଙ୍କୁ ? ସବୁଠି ହିଁ ମା'ମାନେ ଅବହେଳିତ ହୁଅନ୍ତି । ମା'ର

ଅସ୍ତିତ୍ୱକୁ ସନ୍ତାନମାନେ ହିଁ ବେଶି ଗୁରୁତ୍ୱ ଦେବାକଥା । ସେମାନଙ୍କ ସୃଷ୍ଟି ହିଁ ମା'ର ରକ୍ତରୁ ।

- ମା' ରାଗୁଛୁ କାହିଁକି ?

- ରାଗିବାରେ ମୋର କ'ଣ ସ୍ୱାଧୀନତା ନାହିଁକି ? ଜୀବନରେ ପିଲାଠାରୁ ବୁଢ଼ୀ ପର୍ଯ୍ୟନ୍ତ କ'ଣ ପରାଧୀନ ହୋଇ ରହିଥିବି କି ? ଦେଶ ସ୍ୱାଧୀନ ତଥାପି ନାରୀଟିଏ ପରାଧୀନ କାହିଁକି ?

- କଥା କ'ଣ ?

- ହଁ, ମୁଁ ମଧ୍ୟ ଆଜି ଖବର କାଗଜରେ ମଦର୍ସ ଡ଼େ ବିଷୟରେ ପଢ଼ିଛି । ଆରେ ସବୁଠାରୁ ଆମ ଦେଶରେ ମା'ମାନେ ବେଶି ଅବହେଳିତ ହୁଅନ୍ତି । କିଏ ହେଲେ ବୁଝିପାରେନି ଜଣେ ମା'ଙ୍କୁ । ହଉ ଛାଡ଼୍ ଏ କଥା । ତୁ କେତେ ବୁଝିବୁ ମୋତେ ଦେଖାଅଛି । ଠିକ୍ ଅଛୁ ତ ? ପାଠପଢ଼ା ଠିକ୍‌ରେ କରୁଛୁ ତ ?

- ହଁ ।

ଅସୀମ ପଚାରିଲେ କାହାର ଫୋନ୍ ?

- ପୁଅର ।

- ହଉ ମୋତେ ଟିକିଏ ଫୋନ୍‌ଟି ଦେଲ । ମୁଁ ତା' ସହିତ ଟିକିଏ କଥାହେବି ।

ଅସୀମଙ୍କ ହାତକୁ ଜୟା ଫୋନ୍‌ଟି ବଢ଼ାଇ ଦେଇ ସେଠୁ ପ୍ରସ୍ଥାନ କଲା । ବଗିଚାର ଚେୟାର ଉପରେ ବସିଯାଇ ଚାହିଁଲା ଦେବଦାରୁ ଗଛଆଡ଼କୁ । ପବନରେ ଦେବଦାରୁ ଡାଳଗୁଡ଼ିକ ଜୋର୍‌ରେ ଦୋହଲୁଥିଲେ । କିନ୍ତୁ ସେ ଡାଳ ଭିତରେ କୁନି କୁନି ଚଢ଼େଇଙ୍କର କିଚିରିମିଚିରି ସ୍ୱର ଶୁଣାଯାଉଥିଲା । ଅପଲକ ନୟନରେ ଜୟା ଚାହିଁ ରହିଥିଲା ଦୋଳାୟମାନ ନୀଡ଼ ଆଡ଼କୁ । ହଠାତ୍ ତା' ଭିତରୁ ଗୋଟିଏ ଚଢ଼େଇ ଉଠିଗଲା ଆକାଶ ଆଡ଼କୁ ଡେଣା ହଲେଇ ହଲେଇ ।

ତେବେ ଏଇଟି ଥିଲା ତା ମା' ଚଢ଼େଇ । ଜୟାର ଆଖି ଉଡ଼ନ୍ତା ଚଢ଼େଇ ଆଡ଼କୁ ବୁଲି ଚାଲିଲା । ସତରେ ସେହି ମା' ଚଢ଼େଇଟି କେଡ଼େ ସ୍ୱାଧୀନ । ନିଜପିଲାଙ୍କ ଖାଦ୍ୟ ଅନ୍ୱେଷଣ ପାଇଁ ସେ ନିଜ ମନଇଚ୍ଛାରେ ଉଡ଼ିଗଲାଣି । ଅଥଚ ମଣିଷ ହୋଇ ମା'ଟି ନିଜ ପିଲାର ସୁବିଧା କରିପାରେନି । ଅନ୍ୟର ଇସାରାରେ ବଞ୍ଚିବାକୁ ବାଣ୍ଟି ଦେଇଥାଏ କାକୁସ୍ଥ ଜୀବନଟିକୁ ।

ହଁ କଟକରେ ଘର ଭଡ଼ା ନେଇ ଥିବାବେଳେ ଅସୀମ କ'ଣ ତା' କଥା ଚିନ୍ତା କରୁଥିଲେ ? ନିଜ ଚାକିରୀ ଓ ଖାଇବା ଚିନ୍ତା ଛଡ଼ା ଆଉ କିଛି ଭାବି ପାରୁନଥିଲେ ଯେମିତି । ସେଥିପାଇଁ ତ ପୁଅ ପେଟରେ ଥିବାବେଳେ ତାକୁ ଅଣଦେଖା କରି ଦେଇଥିଲେ

ଯେମିତି । ଗୋଟିଏ ଗର୍ଭବତୀ ସ୍ତ୍ରୀ ପାଇଁ ଜଣେ ଶିକ୍ଷିତ ବ୍ୟକ୍ତିର କ'ଣ କର୍ତ୍ତବ୍ୟ ନଥିଲା କି ? ନିଜ କର୍ତ୍ତବ୍ୟକୁ ଆଖି ବୁଜିଦେଇ ଘରର କର୍ତ୍ତବ୍ୟ କରିବାକୁ ପ୍ରବର୍ତ୍ତାଇବା ଜଣେ ଶିକ୍ଷିତ ବ୍ୟକ୍ତି ପକ୍ଷରେ କେତେ ଯୁକ୍ତି ଯୁକ୍ତ ? ଘରର ଯାବତୀୟ କାମ କରିବା ଭିତରେ ଅସୀମଙ୍କ ସହାନୁଭୂତିର ସାହା ଟିକକ ଅଙ୍କୁରିତ ହୁଏନି କେମିତି ?

ସହର ଜାଗା । ଘରେ ତ କୁଣିଆଙ୍କ ଆତଯାତ ସାଙ୍ଗଙ୍କୁ ରହଣୀ ପର୍ବ ଚାଲିଛି । କିଏ ହେଲେ ବୁଝିପାରିବେ ନାହିଁ ଘରେ ଜଣେ ଗର୍ଭବତୀ ନାରୀ ଅଛି । ସମସ୍ତଙ୍କର ଖାଇବାପିଇବାରେ ଯେମିତି ଅସୁବିଧା ହେବନି । ସେହି ଚେଷ୍ଟାରେ ଜୟା ମଧ୍ୟ ଉଦ୍‌ବିଗ୍ନା । କୁଣିଆ କେବେ କେମିତି ଆସିଲେ ମଧ୍ୟ ଖୋଜିବେ ଚର୍ଚ୍ଚାର ପରିଭାଷା । ଘରେ ଥିବା ନାରୀପ୍ରତି କାହାର ସମବେଦନା ଫୁଟି ଉଠେନି । ନାରୀ ତ ସବୁ ଘରକାମ ପାଇଁ ନିଯୁକ୍ତା ।

ଏଇତ ବିଡ଼ମ୍ବନା ଆମ ଦେଶର ପୁରୁଷର । କର୍ତ୍ତବ୍ୟର ଦ୍ୱାହିଦେଇ ନାରୀଠାରୁ ସାହାଯ୍ୟ ପାଇବାକୁ ସଦାଚେଷ୍ଟିତ । ଶାଶୁଘରେ ନାରୀକୁ ହିଁ ନୀତିଶିକ୍ଷାର ଶିକ୍ଷା ଦିଆଯାଏ । ଘର ପରିବାର ପାଇଁ ତା' କର୍ତ୍ତବ୍ୟର ମୂଲ୍ୟବୋଧକୁ ଅଧିକ ଗୁରୁତ୍ୱ ଦିଆଯାଏ । ଶରୀର ସୁସ୍ଥ ଥାଉ କି ଅସୁସ୍ଥ ଥାଉ ତା' ପ୍ରତି କାହାର ନଜର ନଥାଏ । ନାରୀ ଯେମିତି ସର୍ବଂସହା, ଭଲ ଥିଲେ ଏଇ କର୍ତ୍ତବ୍ୟର ପରିଭାଷା ଉଚିତ୍ । କିନ୍ତୁ ଅସୁସ୍ଥ ବେଳେ ଏହି କର୍ତ୍ତବ୍ୟ ପାଳନରେ ନିଜେ ତ ବନିଯିବ ତଟସ୍ଥ ଦର୍ଶକ ।

ହଁ, ଆଜି ସ୍ତ୍ରୀକୁ ଭଲ ପାଉଥିବାର ପ୍ରମାଣ ଦେଉଥିବା ଅସୀମ କ'ଣ ନିଆରା ଥିଲେ କି ? ପୁରୁଷର ଦ୍ୱାହିଦେଇ ନିଜେ ସୁସ୍ଥ ଥାଇ ମଧ୍ୟ ଅସୁସ୍ଥ ସ୍ତ୍ରୀ ଉପରେ କେବେ କ'ଣ ଦୟାର ଜଳ ବୃଷ୍ଟି କରିଥିଲେ ? ସକାଳୁ ଉଠିଲା ପରେ ନିଜର ନିତ୍ୟକର୍ମ ସାରି ଖବର କାଗଜ ପଢ଼ାରେ ନିମଗ୍ନ । ନଅଟା ବାଜିଲେ ଖାଇବାପାଇଁ ତତ୍‌ପର । ତା'ପରେ ତାଙ୍କର ଦେଖାମିଳିବ ସଂଧ୍ୟା ରତରତ ବେଳେ କି ସଂଧ୍ୟା ଗଡେ ଏଇଟା ନିର୍ଭର କରେ ତାଙ୍କ ମର୍ଜି ଉପରେ । ସାଙ୍ଗସାଥି ମେଳରେ ଗପର ଆସର ଜମିଗଲେ ଘରକୁ କିଏ ପଚାରେ ? ସେମାନେ ହିଁ ଉଡ଼ନ୍ତା ପକ୍ଷୀ । ସେମାନଙ୍କର ଡେଣା ଅଛି ଆଉ ନାରୀର ଡେଣାକୁ କାଟି ଘରର କର୍ତ୍ତବ୍ୟପାଇଁ ଶିକ୍ଷା ଦିଆଯାଉଛି । କେଉଁ କାଳରୁ ପିଢ଼ି ପରେ ପିଢ଼ିକୁ ଉତ୍ତୀର୍ଣ୍ଣ ହୋଇ ଲାଞ୍ଛିତା ନାରୀଟି କ୍ଲାନ୍ତ ମନରେ ଖୋଜେନି ଆଉ ବ୍ୟଥାତୁର ହୃଦୟର ମୂଳଦୋଷଟିକୁ । ତା'ର ପୁଞ୍ଜି ଭଲଗୁଣ ଓ କର୍ତ୍ତବ୍ୟର ଉତ୍‌କର୍ଷତା ।

ବାଃରେ ପୁରୁଷ ଜାତି ଯିଏ ହିଁ ନିୟମର ରଚୟିତା । ଯିଏ ହିଁ ନାରୀକୁ ଉପାସ ବ୍ରତ କରିବାପାଇଁ ନିୟମ କରିଥାଏ । ନାରୀ ଘରର ସୁଖଶାନ୍ତି ପାଇଁ ସତତ ଚେଷ୍ଟିତ । ଆଉ ଅନେକ ନାରୀ ସୁନା ଶାଢ଼ିରେ ମଣ୍ଡିହୋଇଗଲେ କି ଆତ୍ମସନ୍ତୋଷ ପାଆନ୍ତି ସେମାନେ ଜାଣନ୍ତି । ସ୍ୱାମୀଠାରୁ ମାଡ଼ ପଛକେ ଖାଅ କିନ୍ତୁ ତା' ବଦଳରେ ସ୍ୱାମୀଠାରୁ

ଦାମୀ ଜିନିଷ ମିଳିଗଲେ ସବୁ କଷ୍ଟ ନିମିଷକେ ଉଭାନ ହୋଇଯାଏ ଯେମିତି । ଭୁଲିଯାଏ ସବୁ । ପୁଣି ସଂସାରରେ ହସିଉଠେ ନାରୀଟି । ସରଳ ରେଖାରେ ଗତିକରେ ସୁଖର ସଂସାର । ସୁଖର ପରବର୍ତ୍ତିତ ହସରେ ସେ ଆଖିରୁ ଆଉ ଲୁହ ଢାଳେନି । ନିଜର ଅତୀତ ପ୍ରତିବିମ୍ବ ହୋଇ ହଜିଯାଏ ଯେମିତି ।

ନିଜ ପଣତକାନିରେ ଜୟା ଆଖିର ଲୁହ ପୋଛିଲା । ଏହି ପଣତ ତଳେ ସେ କ'ଣ ନିଜ ସନ୍ତାନର ଭଲ ପାଇଁ ଚିନ୍ତା କରିପାରୁଥିଲାକି ? କୂଅରୁ ପାଣି କାଢ଼ିଲାବେଳେ ଘରର ଅନ୍ୟାନ୍ୟ ସଦସ୍ୟଙ୍କ କ'ଣ ତା' ପାଇଁ ସହାନୁଭୂତିର ଧାର ବୋହି ପଡୁଥିଲା କି ? କାମବାଲୀ ନ ଆସିବା ଦିନ ଘରର କୁଣିଆମଇତ୍ରଙ୍କ ଖାଇବାପିଇବା ସାଙ୍ଗକୁ ବାସନ ଧୁଆଧୋଇର ସବୁ ଭାର ହିଁ ତାରି ଉପରେ ଲଦି ଦେଇ ଅନ୍ୟମାନେ ଖୁବ୍ ଆଶ୍ୱସ୍ତରେ ବସିଯାଉଥିଲେ ଗପର ଆସରରେ । ଆଖିରୁ ଲୁହ ଗଡ଼େଇ ନିଜର କର୍ତ୍ତବ୍ୟ ସମ୍ପାଦନା କଲାବେଳେ ସେ ଭାବେ - ଭଗବାନ ମୁଁ କ'ଣ କରିବି ? ମୁଁ ହିଁ ନିରୁପାୟ । ମୁଁ ମିଛ ଅଭିନୟ କରି ପାରେନି । ଯଦି ମୋର ଅସୁବିଧା କିଏ ବୁଝି ପାରୁନାହାନ୍ତି ତେବେ ମୁଁ କେମିତି ପ୍ରତିକାର କରିବି ? ମୁଁ ଜଣେ ନାରୀ । ବର୍ତ୍ତମାନ ସ୍ୱାମୀ ପୋଷଣରେ ପ୍ରତି ପାଳିତା, ଗର୍ଭରେ ସନ୍ତାନ । ଜଣେ ନାରୀ କେଡ଼େ ଅସହାୟ ଜଣେ ସନ୍ତାନ ପାଇଁ । ଭଲରେ ପୁଷ୍ଟିକର ଖାଦ୍ୟ ଖାଇ ପାରୁନି କି ବିଶ୍ରାମ ନେଇ ପାରୁନି । କର୍ତ୍ତବ୍ୟ ଆଗରେ ମୁଁ ଆଉ ମୋ ପେଟରେ ସନ୍ତାନ ଯେମିତି ବନ୍ଧା ହୋଇ ଯାଉଛୁ । ବାପା ମଧ୍ୟ ସନ୍ତାନ ପାଇଁ ବିବ୍ରତ ନୁହଁନ୍ତି । ଚିରାଚ୍ଚରିତ ସାମାଜିକ ପରମ୍ପରାରେ କବଳିତ ସ୍ୱାମୀ ହିଁ ନିଜ ସ୍ୱାର୍ଥ ଚିନ୍ତା କରିବେ । ଏଇ ତ ଜଣେ ମା'ର ଦୁଃଖ ! ନିଜ ସନ୍ତାନ ପାଇଁ ତା'ର ମଧୁର ମୂର୍ଚ୍ଛନାକୁ ପିତାଟି ବୁଝିପାରୁ ନାହାନ୍ତି କେମିତି ? ସେ ତ ସନ୍ତାନର ପିତା ତଥାପି...

ସତରେ ଆଜିକାଲି ମଦର୍ସ ଡ଼େ ପାଳନ ହେଉଛି କିନ୍ତୁ କ'ଣ ସୁରକ୍ଷା ବଳୟରେ ନା ସ୍ୱାଧୀନ ମତରେ ନା ଚଳଣୀରେ ? ଯେଉଁ ଅଙ୍କୁଶ ନାରୀ ଉପରେ ଲାଗିଛି ସେ ତ ମୃତ୍ୟୁ ପର୍ଯ୍ୟନ୍ତ ଲମ୍ବିଛି । ଦୋଷଦେବା କାହାକୁ ? ପିତା କନ୍ୟାକୁ ବିଦାକଲା ପରେ ପର କରିଦିଏ । ସ୍ୱାମୀ ସ୍ତ୍ରୀକୁ ପାଇଲା ପରେ ନିଜର ଅଧିକାର ତାରି ଉପରେ ଲଦି ଦିଏ । କିନ୍ତୁ ପୁଅ କି ଝିଅ ମା'କୁ ଭଲପାଏ ବୋଲି ଖାଲି ପାଟିରେ 'ମଦରର୍ସ ଡ଼େ'ର ଶୁଭକାମନା କହିଦେଲେ ଚଳିବନି । ମା'ର ବାର୍ଦ୍ଧକ୍ୟରେ ସାହାରା ହେବାପାଇଁ ବାଡ଼ିହେବା ଦରକାର । ଏଇ ତ ହେବ ଜଣେ ନାରୀର ସୌଭାଗ୍ୟ ଯେ ନିଜର ସନ୍ତାନ ହିଁ ତା'ର ସବୁ କଷ୍ଟ ଦୂର କରିପାରିବ । ଶେଷ ଜୀବନରେ ବାଡ଼ିହୋଇ ପାରିବ କି ?

କିନ୍ତୁ ଆଜିକାଲି ଏହି କଥା କିଏ ବୁଝୁଛି ? ସମୟର ଧାରାରେ ସନ୍ତାନମାନେ ମଧ୍ୟ ସ୍ୱାର୍ଥପର ହୋଇ ବସୁଛନ୍ତି । ବିଚ୍ଚରା ନାରୀଟି ଆଖିରୁ ଲୁହ ନ ଗଡ଼େଇ ସନ୍ତାନର

ମଙ୍ଗଳ ଚାହୁଁଛି । ନିଜ ସନ୍ତାନଠାରୁ ଆଉ କିଏ ତା' ପାଇଁ ବଡ଼ ନୁହେଁ । ତେଣୁ ଯେଉଁଠି ସିଏ ଥାଆନ୍ତୁ, ପଚାରନ୍ତୁ ବା ନ ପଚାରନ୍ତୁ ତଥାପି ମା' ହିଁ ସେମାନଙ୍କ ମଙ୍ଗଳ କାମନା କରିଥାଏ ଯାହାକୁ ସନ୍ତାନମାନେ ହୃଦୟଙ୍ଗମ କରି ପାରିନଥାନ୍ତି । ଏଇ ତ ହେଉଛି ଜଣେ ନାରୀର ଅବଶୋଷ । ଶେଷରେ 'ମୋ ରକ୍ତ ମୋତେ ଚିହ୍ନି ପାରିଲାନି' ବୋଲି ମା'ଟି କହିପାରେ ଅବଶୋଷରେ ମଧ୍ୟ । ପୁରୁଷ ଚେତନାର ଅସ୍ଥିରତା ହିଁ ନାରୀ ଜୀବନର ସ୍ୱପ୍ନରେ ଲୁଚ୍‌କାଲି ଖେଳିଥାଏ । ଶେଷ ଜୀବନରେ ତ କେହି କେହି ନିଃସଙ୍ଗ ଜୀବନ ବିତାନ୍ତି ।

ତେବେ ନାରୀ ଜାତି କ'ଣ ଏମିତି ଅବହେଳିତ ହୋଇ ଚାଲିଥିବ କି ? ନିଶ୍ଚୟ ଦିନେ ତା'ର ମର୍ଯ୍ୟାଦା ବଢ଼ିବ, ସେ ହିଁ ନିଜର ଅଧିକାର ପାଇବ । ଆଉ କେତେ ଦିନ ବାକି କି ? ବାକି ଦିନରେ ତ ଜୀବନର ଜିଇଁବା ସ୍ୱାଦହୀନ ଲାଗୁଛି । ଛନ୍ଦି ହୋଇ ପଡୁଛି ମନର ସଂଶୟ । ଅବୋଧ ହୋଇ ଜରାଶ୍ରମରେ ନାରୀଟି ଖୋଜୁଛି ନିଜ ଅସ୍ତିତ୍ୱର ପରିଚୟ ।

ଚିଁ ଚିଁ ଶବ୍ଦରେ ଜୟା ଚାହିଁଲା ଉପରକୁ । ମା' ପକ୍ଷୀଟି ଉଡ଼ି ଆସିଲାଣି ବସା ପାଖକୁ । ଯାହାକୁ ମା' ପକ୍ଷୀଟି ବୁଝିପାରି ଚଞ୍ଚୁ ଖୋଲିପାରିନି । ତାରି ଭିତରେ ସେ ହିଁ ତା' ଛୁଆମାନଙ୍କର ଖାଦ୍ୟ ଧରିଛି ପରା । ମା' ଆଉ ସନ୍ତାନର ପ୍ରେମ ଅନାବିଳ । ତାହାହିଁ ମା'ଟି ବୁଝିପାରେ କେବଳ । ସନ୍ତାନର ମଙ୍ଗଳ ତା'ପାଇଁ ହିଁ ବଡ଼ ଆଶିର୍ବାଦ ଆଉ ବଡ଼ ଖୁସି । ଅଜସ୍ର ଆଶାକୁ ନେଇ ମା'ଟି ଚାହେଁ ସନ୍ତାନଙ୍କ ଖୁସିର ଫୁଆରା । କିନ୍ତୁ ସେହି ମମତାର ଆକର୍ଷଣକୁ ସନ୍ତାନ ଦୂରନ୍ତ ରାସ୍ତାରେ ଦୌଡୁ ଦୌଡୁ ଭୁଲିଯାଇଥାଏ । ତେବେ ପୁରୁଷମାନେ ସ୍ୱାର୍ଥପର ହୋଇଯାଆନ୍ତି କି ସୁଖର ଇସାରାରେ ?

ଜୟା ମନେ ମନେ ପିଢ଼ି ପରେ ପିଢ଼ିର ନିଜ ପୂର୍ବ ପୁରୁଷଙ୍କ ଗୁଣ ଗାରିମା ଭିତରେ ତର୍ଜମା କରିବାକୁ ଲାଗିଲା । କିନ୍ତୁ କାହିଁକି କେଜାଣି ନାରୀ ପ୍ରତି ଥିବା ଅନୁକମ୍ପାକୁ ସେ ଦେଖି ପାରୁନଥିଲା । ସତେ ଯେମିତି ଜେଜେମା', ଆଈର ଅଦୃଶ୍ୟ ତାଗିଦ୍‌ର ସ୍ୱର ଶୁଣୁଥିଲା - ଏ, ତୋର ଏଡ଼େ ସାହସ ? ତୁ ପୁଣି ପୁରୁଷ ବିରୁଦ୍ଧରେ କହିପାରୁଛୁ ?

ସେମାନଙ୍କ ଚୁପିଚୁପି ଉପଦେଶ ଶୁଣି ଜୟା ମନକୁ ମନ ହସିଲା ଓ ଗୁଣୁଗୁଣୁ ହେଲା- ତମେମାନେ ଖୁବ୍ ଭଲ ଥିଲ । ଆଖି ଲୁହକୁ ନିଜେ ପିଇ ନିଜ ଶୋଷ ମେଣ୍ଟାଉଥିଲ । ତମମାନଙ୍କ ଧୈର୍ଯ୍ୟକୁ ମାନିବାକୁ ପଡ଼ିବ ତ ନିଶ୍ଚୟ ।

■

ଜୀବନର ସଂକେତ

ମାଛ ଛଟପଟ ହେଉଛି । ଜାଲ ଭିତରୁ ବାହାରି ଆସିବାକୁ ତତ୍ପର । କେତେଗୁଡ଼ିଏ ମାଛ ମରିଗଲେଣି । ବାକି ଆଠ ଦଶଟି ମାଛଙ୍କ ଜୀବନ ଅଛି । ଏମାନଙ୍କୁ ଏକଲୟରେ ଚାହିଁ ରହିଛନ୍ତି ପିତାମ୍ବର ମିଶ୍ର । ମନରେ ବ୍ୟଗ୍ରତା ବଢ଼ିଗଲାଣି କେତେବେଳେ ମାଛଟି ମୂଲଚାଲ ହେବ । ପ୍ରାୟ ଦୁଇ କେଜିଆ ରୋହି ମାଛ ଉପରେ ତାଙ୍କ ଆଖି ନିବିଦ୍ଧ । ଆଉ ନିଜର ଖାଦ୍ୟ ଉପରେ ନିୟନ୍ତ୍ରଣ ରଖି ନ ପାରି କହିଲେ- ଆରେ କେଶବ ଆଉ କେତେସମୟ ଲାଗିବରେ । ଚଞ୍ଚଳ ମାଛର ମୂଲଚାଲ କର । ପେଟ ଭୋକରେ ଅସମ୍ଭାଳ ହେଲାଣି । ମାଛଟି ନେଲାପରେ ଟିକିଏ ଭାଜିଦେଇ ପଖାଳ ସାଙ୍ଗରେ ଖାଇବି । ପୋଖରୀରେ ମାଛ ଧରା ହେଉଛି ବୋଲି ଶୁଣିଲାପରେ ଖରାତରାରେ ପରା ଦୌଡ଼ି ଆସିଲି । ଓହୋ ଏ ଯେଉଁ ଖରା ନା ମୁହଁ ପୋଡ଼ିଯାଉଛି ପରା । ଠିଆହୋଇ ପାରୁନି ମଣିଷ ଏଠି ।

ଭାଇନା ମୁହଁଟା ଓଦା ଗାମୁଛାରେ ପୋଛି ଦିଅନ୍ତୁ । ନହେଲେ ସେ ଗଛ ମୂଳକୁ ପଳେଇ ଯାଆନ୍ତୁ । ମୁଁ ଓଜନ କରିବି ।

- ସେଇ ଦି କେଜିଆ ମାଛ ମୋ ପାଇଁ ରଖ । ବଇନି ଟଙ୍କା ନେଇଯାଆ । କେତେଦେବି ।

- ଦୁଇ ଶହ । ଆଜିକାଲି ଏହି ତଟକା ମାଛ ମିଳୁଛି କେଉଁଠି ? ଆନ୍ଧ୍ରରୁ ତ ମାଛ ଆସିଲାବେଳକୁ ବାସି ହେଇଯାଉଛି । ତା'ର ଟେଷ୍ଟ କ'ଣ ଆମ ପୋଖରୀ ମାଛପରି ହେବକି ? ଆନ୍ଧ୍ର ମାଛରେ କେମିକାଲ ଓ ବରଫ ଦେଇ ପରା ମାସ ମାସ ରଖୁଛନ୍ତି ।

- ସେଇଥିପାଇଁ ତ ମୁଁ ଦୌଡ଼ି ଆସିଲିରେ ।

- ଭାଇନା ପୁଅ ଟଙ୍କା ଦେଇଛି ନା କ'ଣ ?

- ଆଜିକାଲି କେଉଁ ପୁଅ କେଉଁ ବାପକୁ ଭଲରେ ପଚାରୁଛିକି ? ସମାଜକୁ ଡରି ଯାହିତାହି ଚଳେଇ ଦେଉଛି ।

- ଚିନ୍ତା ନାହିଁ । ସରକାର ପରା ନିୟମ କଲେଣି ଅବହେଳିତ ହେଉଥିବା ବାପା ମା' ପୁଅ କି ସମ୍ପର୍କୀୟ ନାଁରେ କେଶ୍ କରି ପାରିବେ ।

- ନିୟମ ତା' ବାଟରେ ଅଛି ଆଉ ଘର ନିୟମ ତା' ବାଟରେ ଚାଲିଛି । ବଡ଼ ମାଛ ଖାଇବାକୁ ଇଚ୍ଛାଥିଲା ପରା ଆଜି । ଗୋଡ଼ରେ ବଳ ଅଛି ବୋଲି ଚାଲୁଛି ତ !

- କେଉଁଠୁ ଏତେଟଙ୍କା ପାଇଗଲ କି ?

କାଲିପରା ଜଣକଘରକୁ ସଂକୀର୍ତ୍ତନ କରି ଯାଇଥିଲି । ସେ ପରା ଖୁସିହୋଇ ମତେ ଦୁଇଶହ ଟଙ୍କା ଦକ୍ଷିଣାରେ ଦେଲେ । ଏମିତି ଭୋଜନୀରେ ଏଗାର କି ଏକୋଇଶି ଟଙ୍କା ଏକୋଇଶିଆରେ ମିଳୁଛି । ବେଶି ପଇସା ପାନଖିଆରେ ତ ସରିଯାଉଛି । ଗାଁ ମନ୍ଦିରରୁ ଦିନକୁ କେତେ ଦକ୍ଷିଣା ମିଳୁଛି ଆଉ ? କିଏ ଆଠଣା, ଟଙ୍କାଟିଏ ପକେଇଲେ ଦିନକୁ କେତେ ମିଳିବ କହିଲୁ ତୁ ?

- ତମର ଚିନ୍ତା କ'ଣ ? ତମ ପୁଅ ପରା ଗାଁ ମାଷ୍ଟର । ଆଉ ଗୋଟିଏ ପରା ସହରରେ ଚାକିରି କରିଛି ।

- କହନାରେ ବାପ । ଯା ଟଙ୍କା ତାକୁ ନିଅଣ୍ଟ । ବାପକଥା ବୁଝିବାକୁ କାହାର ମନ ଅଛି ନା ଧନ ଅଛି ? ସେ ଯୁଗ ଗଲା । ଏବେ ତୁ ତୋ ବାପାକୁ କେତେ ପଚାରୁଛୁ ମୁଁ କ'ଣ ଜାଣିନି ? ଏଠି ମାଛକୁ ଯେମିତି ଛଟପଟ କରୁଛୁ ସେଠି ବାପା ମା'ଙ୍କୁ ପରା ଛଟପଟ କରାଉଛୁ । ସତକଥା ତ କହିଲି ।

- ସେମାନେ ପରା ସେମିତି ହେଉଛନ୍ତି ।

- ଆଉ ତୁ କେମିତି ହେଉଛୁ ? ସବୁ ଭୁଲି ଯିବରେ । ବୟସ ବଢ଼ିଲେ ବାପା ମା' କଥା ଆଉ ମନ ରହିବକି ଆଉ ? ଯୁଗ ବଦଳିଲା । ତମେମାନେ ବଦଳିବନି କେମିତି ? ଏବେ ପରା ଟଙ୍କା ପାଇଲେ ମଦଭାଟିରେ ସାରୁଛୁ । ବାପା ପାଇଁ ପାନ ଖଣ୍ଡେ କିଣିବାକୁ ତମପାଖରେ ପଇସା ନାହିଁ ପରା ।

- ଛାଡ଼ ସେ କଥା । ଦେଖ ଦଣ୍ଡିକୁ । ତମର ମାଛର ଓଜନ ଦୁଇକେଜି ଦୁଇଶହ । ହଉ ଦିଅ ଦୁଇଶହ ଟଙ୍କା ।

- କ'ଣ ଦୁଇଶହ ଲାଭ ଦେଲୁ ।

- ଆଜିକାଲି ଲାଭ ନାହିଁ ବି ଭାଇନା । ସବୁଥିରେ ଠିକ୍ ଓଜନ । ପଲେ କି ବିଶେ ଏପଟ ସେପଟ ହେବନି । ଆଉ ଲାଭ କିଏ ଦେଉଛି କି ?

- କ'ଣ ଦୟା ।

- ନା, ନା ଦୟାମାୟା ସବୁଠି ଲୋପ ହୋଇଗଲାଣି । ଦୟା ବୋଲି କିଛି ଜିନିଷ ଅଛି କି ?

- ହଉ ମୁଁ ଯାଉଛି । ମନ ରଖିଥିବୁ, ବାପା ମା'କୁ ଟିକିଏ ପଚାରୁଥିବୁ ।

କନା ବ୍ୟାଗ୍‌ରେ ମାଛ ପଲିଥିନ୍‌ଟି ପଶେଇ ଧିରେ ଧିରେ ଚାଲିଲେ ପିତାମ୍ବର ମିଶ୍ର । ମନେ ମନେ ଭାବିନେଲେ-କୁଆଡ଼େ ଗଲା ବଳବପୁ । ଘଣ୍ଟା ଘଣ୍ଟା ଧରି ଚକାପକେଇ ବସିବସି ପୂଜାପାଠ କରୁଥିବା ଲୋକଟିର ଏବେ ଗୋଡ଼ହାତ ଭଲରେ ଭାଙ୍ଗୁନି କେମିତି ! ଏଇ କେତେବର୍ଷ ହେବ ଆଣ୍ଠୁଗଣ୍ଠି ରୋଗ ଧରୁଛି ଯେ ବୁଲାଚଲା କରିବା ମଧ୍ୟ କଷ୍ଟ ହୋଇଯାଉଛି ।

ଘରେ ପହଞ୍ଚି ମାଛ ବ୍ୟାଗ୍‌ଟି ସ୍ତ୍ରୀ ହାତକୁ ବଢ଼େଇ ଦେଇ ସେ କହିଲେ- ଆଜି ଭଲରେ ଟିକିଏ ମାଛ ତରକାରୀ କର । ମନଭାଙ୍ଗି ମାଛଭଜା ଖାଇବି । ହକ୍ ମୋ ଟଙ୍କାରେ କିଣିଛି । କିଏ ମୋତେ କିଛି କହିପାରିବେ ନାହିଁ ।

ପିତାମ୍ବର ମିଶ୍ରଙ୍କ ସ୍ତ୍ରୀ ବ୍ୟାଗ୍ ଭିତରୁ ମାଛଟିକୁ ତଳେ ପକାଇଦେଇ କହିଲେ- ଏ ଜିଅନ୍ତା ମାଛଟି କାହିଁକି ଆଣିଲା । କିଏ ତାକୁ କାଟିବ, ମଲା ମାଛଟିଏ ଆଣିଥାଆନ୍ତ ହେଲେ ?

- ଜୀଅନ୍ତା ମାଛଟି ଭଲ ଲାଗିବ ।

- ମୁଁ ଜୀବଟିକୁ କାଟି ପାପ ବୋହି ପାରିବି ନାହିଁ ।

- ଖାଇକରି ପାପ ବୋହିବୁ ନାହିଁ କି ?

- ଯାଅ କେଉଟ ପାଖରେ କଟେଇ ଆଣିବ ।

ପୁଣି ଖରାରେ କିଏ କୁଆଡ଼େ ଯିବ ? ଆଚ୍ଛା ହେଲା ।

ବାଧ୍ୟ ହୋଇ ପିତାମ୍ବର ମିଶ୍ର ମାଛଟିକୁ ଧରି କେଉଟ ପାଖରେ ପହଞ୍ଚିଲା ବେଳକୁ ପୋଖରୀ ପାଖରେ ଆଉ କିଏ ନଥିଲେ । ଖରାରେ ଦୌଡ଼ି ଯାଇଥିବାରୁ ଦେହରୁ ଗମ୍ ଗମ୍ ଝାଳ ବୋହି ପଡୁଥିଲା । ଗଛ ମୂଳରେ ବସିଯାଇ ଏକଲୟରେ ଚାହିଁଥିଲେ ପୋଖରୀକୁ । ଜାଲ ବୁଲି ପୋଖରୀ ପାଣି ପଙ୍କୁଆ ହୋଇ ଯାଇଥିଲା । ଗୋଟିଏ ବୁଲା କୁକୁର ପୋଖରୀ ହୁଡ଼ାରେ ଠିଆ ହୋଇଥିଲା । କେତେଗୁଡ଼ା ବଗ ପୋଖରୀ ଦଳ ଉପରେ ବସି ଏକଲୟରେ ପାଣିକୁ ଚାହିଁଥିଲେ ।

ପିତାମ୍ବର ମିଶ୍ରଙ୍କ ମନ ବିଚଳିତ ହୋଇଉଠିଲା । ସେ ପୁଣି ଜୀବକୁ ମାରି ଖାଇବେ । କେବେ ନୁହେଁ । ପାଟିର ଲାଳସା ଅପେକ୍ଷା ମନର ସଂଜମତା ବଡ଼ । କିଛି ଭାବିବା ପୂର୍ବରୁ ବ୍ୟାଗରୁ ମାଛଟି କାଢ଼ି ପାଣି ଭିତରକୁ ଛାଡ଼ିଦେଲେ । ମାଛଟି ଡେଣା ହଲାଇ ପାଣିରେ ପହଁରିଗଲା ବେଳକୁ ହଠାତ୍ ଏକ ଚିଲ ମାଛଟିକୁ ଉଠାଇ ନେଲା ।

ହତବାକ ହୋଇ ଚାହିଁ ରହିଲେ ମିଶ୍ର । ଏଇ କ'ଣ ସବଳର ଅତ୍ୟାଚାର ଦୁର୍ବଳ ଉପରେ । ବିଚରା ମାଛର ଜୀବନ ଗଲା । ଅଥଚ ସେ ଟିକିଏ ଖାଇପାରିଲେ ନାହିଁ । କେତେ ଖାଇବା ଲାଳସା ମନରେ ନେଇ ସେ ଦୌଡ଼ି ଆସିଥିଲେ ପୋଖରୀ ହୁଡ଼ାକୁ । ଏମିତି ଜୀବନର ଖେଳରେ କିଏ ଜିତିଲାଣି ତ କିଏ ହାରିଲାଣି ।

ଅଚାନକ ମାଛ ପାଣି ଭିତରକୁ ପଡ଼ିଯିବାର ଶବ୍ଦ ହେଲା । ମିଶ୍ରବାବୁ ଉଦ୍‌ବିଗ୍ନ ହୋଇ ଦେଖିଲେ-ସେଇ ମାଛଟି ଏବେ ମଧ୍ୟ ଛଟପଟ ହେଉଛି । ବଞ୍ଚିଯାଉ । ଗୁଣୁଗୁଣୁ ହେଲେ ।

ଅପେକ୍ଷାର ଅନ୍ତହେବା ପୂର୍ବରୁ ପୋଖରୀ ପାଣିରେ ମାଛଟି ଭାସୁଥିଲା, ତା'ର ପାଟିଟି ପାକୁପାକୁ ହେଉଥିଲା । ପାଣି ଭିତରେ ଥାଇ ତା'ର ଶୋଷର ଆବଶ୍ୟକତା କ'ଣ ? ତଥାପି ପାକୁପାକୁ ହେଉଥିଲା । ମିଶ୍ରବାବୁ ନିଜେ ଭାବନା ସମୁଦ୍ରରେ ବୁଡ଼ିଯାଇ ଗୁଣୁଗୁଣୁ ହେଲେ-ସେୟାତ । ମୁଁ ତ ନିଜେ ମାୟାର ସମୁଦ୍ରରେ ବୁଡ଼ିରହି ଶୋଷ ପଛରେ ଦୌଡ଼ିଛି । ତା'ର ଅନ୍ତ କ'ଣ ସରିବ । ଯେତେ ଯାହାପାଇଲେ ମଣିଷର କାମନା କ'ଣ ସରୁଛି ? ଦୌଡୁଛି ମରୀଚିକା ନିଶାରେ । ଯେମିତି ମୁଁ ଦୋଡୁଛି ।

ଶୁଣାଗଲାଣି ଦୀନାର ସ୍ୱର-ଭାଇନା ଏଠି ବସିଛ କାହିଁକି ? କିଏ ଘରେ ରାଗିଲେ କି ? ଋଷି ଆସିଛ ।

- କିଏ କିଛି କହି ନାହାଁନ୍ତି, ମୁଁ ନିଜେ ମୋ ଉପରେ ରାଗିଛି । ସତରେ ମାୟା କେତେ ଲମ୍ବା !

- ଭାଇନା ପାଗଳ ହୋଇଗଲକି । କେଉଁ ମାୟା କଥା କହୁଛ ? ସେ ଭୂତ ନା ପ୍ରେତ ।

- ଆରେ ମାୟା ମଣିଷ ନୁହେଁ କି ଭୂତପ୍ରେତ ନୁହେଁ । ସେ ହିଁ ତମ ମନର ମୋହ । ଏହି ଗୁଣକୁ ଭାଙ୍ଗିବାପାଇଁ ଉର୍ବଶୀ ହୋଇ ନାଚୁଛି ତମ ଆଗରେ ।

ଭାଇନା ତମେ କ'ଣ ଅପସରି କଥା କହିଲଣି । କଥା କ'ଣ ? ମାଛ ଖାଇଲଟି । ସୁଆଦ ଲାଗିଲା ତ ?

- ମାଛ ଆଉ ମୁଁ । ଉଭୟ ଭିତରେ ତଫାତ୍ କ'ଣ ?

- ଭାଇନା ଘରକୁ ଯାଅ । ତମ ମୁଣ୍ଡ ଠିକ୍ ନାହିଁ । ଖରା ପଶିଗଲାଣି ।

- ସବୁ ଠିକ୍ ଅଛି ।

- ଚାଲ ତମକୁ ନେଇ ଘରେ ଛାଡ଼ିଦେଇ ଆସିବି ।

ନାଇଁରେ ମୁଁ ଆପେ ଯିବି । ମୋତେ କିଛି ସମୟ ଏଠି ବସିବାକୁ ଦିଏ । ତାରି ଭିତରେ ମୁଁ ନିଜକୁ ଖୋଜିବି ।

- ଏତେ ପୂଜା ପାଠ କଳାପରେ ମଧ୍ୟ ତମର ଅସୁବିଧା କେଉଁଠି ?

- ପୂଜାପାଠ ତ ଚାଲିଛି । ହେଲେ ମନରୁ ମୋହମାୟା କ'ଣ ଯାଉଛି ? ସେଇଥିପାଇଁ ତ ମୁଁ ଦୌଡୁଛି ଏହି ପୋଖରୀ କୂଳକୁ ଟିକିଏ ତଟକା ମାଛ ଖାଇବାକୁ ।

- ଭୁଲ କେଉଁଠି ରହିଗଲା । ଜୀବନ ଛଟପଟ ଭିତରେ କିଛି ବୁଝିପାରୁନି ମୁଁ । ଯାଉଛି ।

- ହଉ ଯାଅ । ଜୀବନକୁ ନ ବୁଝି ପାରିବା ହିଁ ଜୀବନ ।

■

ମୃତ୍ୟୁର ପ୍ରତିବିମ୍ବ

ମୁଁ ଚାହିଁଛି ଉତ୍ତାଳ ତରଙ୍ଗକୁ । ପବନରେ ମୋ ଶାଢ଼ୀର କାନି ଟିକିଏ ଉଡ଼ିଯାଉଛି । କାନିଟିକୁ ଟାଣିଆଣି ଅଣ୍ଟାରେ ଖୋସିଲି । ପୁଣି ଦାର୍ଶନିକ ଭାବରେ ସମୁଦ୍ରକୁ ଦେଖିଲା ବେଳେ ମୋତେ ଲାଗୁଛି ଜୀବନ ଏଠି ପ୍ରତି ମୁହୂର୍ତ୍ତରେ ଆଗକୁ ବଢ଼ିବା ସଙ୍ଗରେ ବଦଳି ଯାଉଛି । ଲାଗୁଛି ଏଠି ସବୁ ମିଥ୍ୟା ମୋହର ମାୟାରେ ଆମେ ଖୁବ୍ ଅଝଟ । ନିଜର ଆତ୍ମୀୟମାନଙ୍କୁ ଚିହ୍ନିଲା ବେଳକୁ ମଧୁର ବଳୟ ଭିତରେ କାହିଁକି ପଶି ଆସୁଛି ଅସଜଡ଼ା ମନଟିଏ ? ଯାହା ଫଳରେ ସଂପର୍କଟି ଘୋଷାଡ଼ିହୋଇ ଚାଲୁଛି ଆମ ସାଥିରେ ଯେମିତି !

ଏଇତ ଆଜି ମୋ ସାନ ମାମୁଁଶ୍ୱଶୁରଙ୍କ ମୃତ୍ୟୁହେଲା । ତାଙ୍କର ମୃତ୍ୟୁଖବର ଶୁଣି ଆମେ ସ୍ୱାମୀ ସ୍ତ୍ରୀ ଦୁଇଜଣ ଦୌଡ଼ିଲୁ ପୁରୀ ସ୍ୱର୍ଗଦ୍ୱାର । ଦେଖିଲୁ ଚିତା ଭିତରେ କଳା ପଡ଼ିଯାଇଥିବା ଶରୀର । କିନ୍ତୁ ଆଣ୍ଠୁତଳକୁ ଅଗ୍ନିର ସ୍ପର୍ଶ ପାଇନି ଏଯାଏଁ । ଫୁଲ ଦୁଇମାଳ ମାମୁଁଙ୍କୁ ସମର୍ପଣ କଲେ ମୋ ସ୍ୱାମୀ । ନିଆଁ ଧାସରୁ ଦୂରେଇ ରହିବା ପାଇଁ ଚିତା ପାଖରୁ ଚାଲି ଆସୁଥିଲେ ତରତରରେ ।

ଏଇ ଖରାଦିନେ ଏପ୍ରିଲ ଚଉଦ ତାରିଖ ସକାଳୁ ସକାଳୁ ମଧ୍ୟ ନିଆଁର ଧାସଟି ଖୁବ୍ ବାଧୁଛି । ଏକରେ ସମୁଦ୍ର ପବନ ଆମ ଆଡ଼କୁ ନିଆଁର ଉତ୍ତାପକୁ ପହଞ୍ଚାଇ ଦେବାରେ ସାହାଯ୍ୟ କରୁଛି ମଧ୍ୟ ।

– କ'ଣ ବେଶି ପାଖକୁ ଯାଇଥିଲ କି ? ମୁଁ ପଚାରିଲି କ୍ଷୀଣ ସ୍ୱରରେ ।

– ଟିକିଏ ଦୂରରେ ତ ଠିଆହୋଇ ହେଉନି । ଆଉ ପାଖକୁ କିଏ ଯିବ ?

ଚୁପ୍ ରହିଲି । ଭାବିଲି ମଣିଷକୁ ନିଆଁ ପୋଡ଼ି ପାଉଁଶ କରିଦେଲା ବେଳେ କାହିଁକି ଶବଟି ଉଃ, ଆଃ ହେଉନି ? ଖୁବ୍ ଆରାମ୍‌ରେ ଶୋଇ ପଞ୍ଚମହାଭୂତ ଶରୀରରେ ମିଶିବାର ପ୍ରୟାସ ଜାରି ରଖୁଛି । ଟିକିଏ ଗରମ ଲାଗିଲେ, କାମଧନ୍ଦା ଛାଡ଼ି ଏ.ସି.

ରୁମ୍‌ରେ ପଶିଯିବାର ପ୍ରୟାସ ଆମର ତ ଏହି ଜୀବନ୍ତ ଶରୀରରେ ଚାଲିଛି । କିନ୍ତୁ ମୃତ୍ୟୁପରେ ସବୁ ତ ନିଆରା !

ତେବେ ଆତ୍ମା କ'ଣ ଏବେ ମହାକାଶରେ ବିଚରଣ କରି ନିଜର ଶବଦାହର ସତ୍କାର ଦେଖୁଥିବେ କି ? ଜଣେ ତ ନୁହେଁ ଏପରି ଏଗାର ଜଣଙ୍କର ଦାହ ଏହି ସ୍ୱର୍ଗଦ୍ୱାରରେ ଏବେ ଚାଲିଛି, ଆଉ ସେମାନଙ୍କ ଆତ୍ମା ଏବେ ଅଦୃଶ୍ୟରେ ଏସବୁ ଦୃଶ୍ୟ ଦେଖି ବିଚଳିତ ହେଉଥିବେ ନା ନିଜ ଗାଁ ଘରପାଖକୁ ଯାଇ ନିଜ ଆତ୍ମୀୟଙ୍କ କାନ୍ଦଣା ଶୁଣୁଥିବେ ।

ନଣନ୍ଦ ଜଣକ ଚମକେଇ ପ୍ରଶ୍ନ କଲା – ଭାଉଜ ତମେ କ'ଣ ମାମୁଁଙ୍କୁ ପାଖରୁ ଦେଖି ଆସିଲ ?

– ହଁ ।

– ମୋତେ ତ ଡର ମାଡ଼ିଲା ।

– କାହିଁକି ? ମାମୁଁ ପରା ତମକୁ ବହୁତ ଭଲ ପାଉଥିଲେ ?

– ମୁଁ ଦେଖିପାରିବିନି ତାଙ୍କ ପୋଡ଼ା ଶରୀରକୁ । ସେଇ ଯେଉଁ ଜୁଇ ତ ?

– ହଁ । ଦେଖ ସେଠୁ ଧୂଆଁର କୁଣ୍ଡଳୀ କିପରି ଉପରକୁ ଉଠୁଛି । ଏହି ପବନ ସେଠି ଚାରିଆଡ଼େ ଖେଦିଯାଉଛି ।

– ଭାଉଜ ଯାହା କୁହ ଆମ ସାନମାମୁଁ ପରି କିଏ ଏତେ ସ୍ନେହୀ ହେବେନି ।

– ଜାଣେ ମୁଁ ।

ପହଞ୍ଚିଗଲେ ମୋ ସ୍ୱାମୀ । କହିଲେ ଏହି ସମୁଦ୍ର ପାଖରେ ଠିଆ ହୋଇ କିଛି ଲାଭ ନାହିଁ । ଚାଲ ମାଇଁଙ୍କ ପାଖକୁ ଯିବା । ମାଇଁଙ୍କୁ କିଛି ସମ୍ବୋଧନା ଦେଇ ଚାଲିଯିବା । ପରେ ପୁଣି ଆସିବା ।

ସମୁଦ୍ରରୁ ଟିକିଏ ପାଣି ଆଣି ମୁଣ୍ଡରେ ଛିଞ୍ଚିଲୁ ଆମେ । ଥରେ ନୁହଁ ତିନିଥର ।

ଫେରି ଆସିଲାବେଳେ ଭାବୁଥିଲି, ଏଇଠି ମୋ ଶ୍ୱଶୁରଙ୍କୁ ସତ୍କାର କରିଥିଲେ ମୋ ଆତ୍ମୀୟସ୍ୱଜନ । ସ୍ତ୍ରୀ ଲୋକମାନଙ୍କୁ ଗାଁରୁ ଶ୍ମଶାନକୁ ନେବାର ନୀତି ବିରୁଦ୍ଧ ବୋଲି କହିଥିଲେ କେତେଜଣ ବୟୋଜ୍ୟେଷ୍ଠ । କିନ୍ତୁ ଶାଶୁଙ୍କର କ୍ୟାପିଟାଲର ଏକ ନର୍ସିଂହୋମ୍‌ରେ ମୃତ୍ୟୁ ହେବାପରେ ଆଉ ଗାଁକୁ ଶବ ନେବା ଉଚିତ୍ ନ ମଣି ସବୁ ପୁଅ ବୋହୂ ପିଲାପିଚିକା ଯାଇଥିଲେ ସ୍ୱର୍ଗଦ୍ୱାର । ସେତେବେଳେ ପ୍ରଥମଥର ପାଇଁ ମୁଁ ଦେଖିଲି ସ୍ୱର୍ଗଦ୍ୱାର ଭିତରର କାର୍ଯ୍ୟକଳାପ । ତେଣୁ ଜୁଇରେ ଶାଶୁଙ୍କୁ ଶୁଆଇ ଦେଇ ମୁଖାଗ୍ନି ଦେବା ପରେପରେ ଆମେ ସେ ସ୍ଥାନ ତ୍ୟାଗ କରି ସମୁଦ୍ର ବେଳାକୁ ଚାଲି ଆସିଥିଲୁ । କିନ୍ତୁ ଯାରି ଭିତରେ ମୋ ବାପା ଚାଲିଗଲେ ଓ ତା'ପରେ ପରେ ମୋ

ଭଉଣୀ ଜ୍ୱାଇଁଙ୍କ ଆୟୁଷ ମଧ୍ୟ ସରିଗଲା ତେଣୁ ସେମାନଙ୍କୁ ସ୍ୱର୍ଗଦ୍ୱାରକୁ ହିଁ ସତ୍କାର ପାଇଁ ନିଆଯାଇଥିଲା । ଆଜି ମାମୁଁ ଶ୍ୱଶୁରଙ୍କ ପାଇଁ ଏଠାକୁ ପୁଣି ଆସିଲୁ ।

କଦଳୀ କଦଳୀ କହି ଟ୍ରଲିବାଲାଟି ଆମ କାର୍ ଆଗରେ ମୋଡ଼ ବଦଳେଇଲା ବେଳକୁ ମୁଁ କହିଲି-କଦଳୀ କିଣିପକାଅ । ମାମୁଁ ଘରକୁ ନେବା । ଚୂଡ଼ା ଚିନି ମଧ୍ୟ ଦେବା । ଆଜି ସଙ୍ଖୋଳି ଆସିବା ମାଇଁଙ୍କୁ ।

ମୋ ସ୍ୱାମୀ ଟିକିଏ ଜୋର୍‌ରେ କହିଲେ ଡ୍ରାଇଭରକୁ - ଏଠି ଗାଡ଼ି ରଖ । ଡାକେ ସେ କଦଳୀ ବାଲାକୁ । କାଲି ତ ପଣା ସଂକ୍ରାନ୍ତି ଥିଲା ଯେ ଭୁବନେଶ୍ୱରରେ କଦଳୀ ରେଟ୍ ଅଧିକ ଥିଲା । ପଚାରେ ରେଟ୍ କେତେ ? ଯେତେ ରେଟ୍ ଥିଲେ କିଣିବ ତ ନିଶ୍ଚୟ ।

ଚୂଡ଼ା, ଚିନି, କଦଳୀ କିଣା ସରିବାପରେ ମାଇଁଙ୍କୁ ଦେଖିବାକୁ ମାମୁଁଙ୍କ ଘରକୁ ଗଲୁ । ସେଠି ମାମୁଁଙ୍କ ଗୁଣସୁମରି କାନ୍ଦିବା ଆରମ୍ଭ ହୋଇଗଲା ମାଇଁଙ୍କୁ ଧରି । ଘଣ୍ଟାଏ ପରେ ଫେରି ଆସିଲୁ ଆମେ ।

କାର୍ ଆମଘର ଅଭିମୁଖେ ଭୁବନେଶ୍ୱର ପୁରୀ ଜଗନ୍ନାଥ ରୋଡ୍‌ରେ ଚାଲୁଥିବା ସମୟରେ ମୋ ଗୁମ୍‌ସୁମ୍ ମନ ମୋ ବାପା ଓ ଭଉଣୀ ଜ୍ୱାଇଁଙ୍କ ମୃତ୍ୟୁରେ ଚିନ୍ତିତ ଥିଲା । ଆଖିରେ ଲୁହ ଭର୍ତ୍ତି ହୋଇଯାଉଥିଲା ।

କାଲିପରି ଲାଗୁଛି । ବାପାଙ୍କ ସ୍ମୃତି ମନରେ ଆଙ୍କି ହୋଇଯାଉଛି । ବାପା ଗାଁରୁ ଆସିଲେ ଭାରି ଖୁସି ଲାଗେ । ଭଲ ଭଲ ରାନ୍ଧଣା କରି ଖୁଆଇବାକୁ ଇଚ୍ଛାହୁଏ । ବାପା ମୋ ପାଖରେ ଥିଲାବେଳେ ଗପସପ କରି ଦିନସାରା କଟେ । ମନେପଡୁଛି ବାପା ସବୁବେଳେ ପଚାରିବେ-ଜ୍ୱାଇଁଙ୍କର ଦରମା କେତେ ହେଲା ?

ଭାଇମାନଙ୍କୁ ମଧ୍ୟ ଏକଥା ପଚାରନ୍ତି । ସେମାନେ କେତେବେଳେ କହନ୍ତି 'ମୁଁ ଜାଣିନି' । ବାପାଙ୍କ ମୁହଁ ଆଖି ଆଗରେ ନାଚି ଯାଉଛି । ଝିଅ ଝିଅ ଡାକିବାସ୍ୱର ମଧ୍ୟ ମନର ଭାବନାରେ ଆସୁଛି । ମଣିଷ କ'ଣ ପାଇଁ ଏତେ ସ୍ନେହ ମମତା ଲଗେଇ ବସିଛି । ମାୟାରେ ଆମେମାନେ ଯଦି ଏତେ ବିମୋହିତ ହେଉଛେ ଓ ଆଗରେ ଅନେକଙ୍କ ମୃତ୍ୟୁକୁ ସାମ୍ନା କରୁଛେ ତଥାପି ଭୁଲ୍‌କୁ ଭୟ କରୁନେ କାହିଁକି ?

ବାପା ଆରବର୍ଷ କଳିଙ୍ଗ ହସ୍‌ପିଟାଲ୍‌ରେ ପଡ଼ିଥିଲେ ନିମୋନିଆରେ ପିଡ଼ିତ ହୋଇ । ଏଇବର୍ଷ ଠିକ୍ ସେଇ ଜାନୁୟାରୀ ବାଇଶରେ ମୃତ୍ୟୁକୁ ପ୍ରାପ୍ତ ହେଲେ । ଖାଇପିଇ ସାରି ଶୋଇବାକୁ ଯାଇ ଟଳି ପଡ଼ିଲେ ବାପା । ମୋ ବଡ଼ ଭାଇ ଏଇକଥା ଫୋନ୍‌ରେ କହିପକାଇଲା ବେଳେ ଅଧାରୁ କୋହ ସମ୍ଭାଳି ପାରିନଥିଲା । ପୁରୀ ସ୍ୱର୍ଗଦ୍ୱାରକୁ ରାତାରାତି ନେଇ ଆସିଲାବେଳେ ଆମେ ସ୍ୱାମୀସ୍ତ୍ରୀ ଦୁଇଜଣ ଓ ମୋ ପୁଅ

ପୁରୀ ସ୍ୱର୍ଗଦ୍ୱାରରେ ପହଞ୍ଚି ଯାଇଥିଲୁ । ଆଖି ଆଗରେ ବାପାଙ୍କ ଜୁଇ ଜଳିବା ଦେଖିଲାବେଳେ ମନରେ ପ୍ରଶ୍ନ ଉଠିଥିଲା କାଲି ଜୀବନ୍ତ ଥିବା ମଣିଷଟି ଆଜି ଜୁଇରେ ଚୁପ୍ କରି ଶୋଇଛନ୍ତି କେମିତି ? ଏ କି ରହସ୍ୟ ! ସାମାନ୍ୟ ପବନ ଟିକକ ଶରୀର ଭିତରକୁ ନଗଲେ ମଣିଷ ଗନ୍ଧେଇଯିବ କେଇଦିନରେ । ଏହି ପ୍ରଶ୍ନ ଅବୁଝା ହୋଇ ମୋ ମନରେ ଉଙ୍କି ମାରୁଥିଲା । ଛାତିକୁ ପଥର କରି ଆଖିର ଲୁହରେ ଦେଖିଥିଲି ବାପାଙ୍କର ଗୋଡ଼ ଦୁଇଟିକୁ ଭାଙ୍ଗି ଜୁଇରେ ପକାଇବାରେ ବ୍ୟସ୍ତ ଶବଦାହକ । ଲୁହ ଡବଡ଼ବ ଆଖିରେ ସାନଭାଇକୁ ପଚାରିଲି - ଆଉ କେତେ ସମୟ ଲାଗିବ ?

ସାନଭାଇ କହିଥିଲା - ତମେ ଆଉ ଏଠି ଠିଆହୋଇ କ'ଣ ଦେଖିବ ? ବରଂ ଚାଲିଯାଅ । ଆମେ ଅସ୍ଥି ନେଇ ଗାଁକୁ ଚାଲିଯିବୁ ଆଉ ଘଣ୍ଟେ କି ଦୁଇ ଘଣ୍ଟା ପରେ ।

ସମୁଦ୍ର ପାଣିକୁ ମୁଣ୍ଡରେ ଟିକିଏ ଛିଞ୍ଚି ଦେବାପାଇଁ ବେଳାଭୂମିରେ ପ୍ରବେଶ କଲୁ । ସେଠି ଠିଆ ହୋଇ ଖୋଜୁଥିଲି ହରେଇଥିବା ଆତ୍ମୀୟସ୍ୱଜନଙ୍କୁ ଏହି ବର୍ତ୍ତମାନଙ୍କ ଭିତରେ । ଯିଏ ନିଆଁରେ ମିଶି ପାଉଁଶ ହୋଇଗଲେ ସେମାନେ କ'ଣ ପବନରେ ମିଶିଗଲେ କି ?

ସମୁଦ୍ରର ପବନ ଜୋର୍‌ରେ ଦେହରେ ବାଜୁଥିଲା । ମୁଁ ବୁଲିପଡ଼ି ବାପାଙ୍କ ଜୁଇକୁ ସିଧା ଚାହୁଁଥିଲି । ମୋ ବାପା ଯିଏ ମୋତେ ଖୁବ୍ ଭଲପାଉଥିଲେ ଆଜି ସବୁ ଭଲପାଇବାକୁ ନେଇ ଚାଲିଗଲେ କୁଆଡ଼େ ?

ହଁ, ଏବେ ତାଙ୍କ ଆତ୍ମା ଏଠି ଘୁଲିବୁଲି ଥିବ ନା ଗାଁ ଘରେ ଖଟରେ ଅଦୃଶ୍ୟହୋଇ ବସିଥିବ ? ମୋ ସ୍ୱାମୀ ମୋ ନୀରବତାକୁ ଭାଙ୍ଗି କହିଲେ - ଚାଲ ଯିବା ।

ସେଦିନ ମୁଁ ପ୍ରଶ୍ନର ଉତ୍ତର ଖୋଜୁଥିଲି ମୋ ଭିତରେ । ଆତ୍ମା ତ ଶୁଦ୍ଧିକ୍ରିୟା ପର୍ଯ୍ୟନ୍ତ ନିଜ ଆତ୍ମୀୟଙ୍କ ଗହଣରେ ବିଚ଼ରଣ କରେ ବୋଲି ଶୁଣିଛି । କେତେ ସତ କେତେ ମିଛ କିଏ କହିବ ?

- ଚାଲ ଫେରିଯିବା ଘରକୁ । ସେଠି ତମ ଭଉଣୀଜ୍ୱାଇଁ ତ ହସ୍‌ପିଟାଲ୍‌ରେ ପଡ଼ିଛି । ତା' କଥା ଟିକିଏ ବୁଝିବାକୁ ହେବ । ଆଶ୍ୱସନା ଦୁଃଖମିଶା ସ୍ୱର ଶୁଭିଲା ମୋ ସ୍ୱାମୀଙ୍କର ।

ଘରେ ପହଞ୍ଚୁ ପହଞ୍ଚୁ ପୁଣି ଭଉଣୀଜ୍ୱାଇଁ ପାଖକୁ ଯିବାକୁ ପ୍ରସ୍ତୁତ ହେବାକୁ ପଡ଼ିବ । ଗାଧୁଆ ପାଧୁଆ ସାରି ଖାଇପିଇ ଭଉଣୀଜ୍ୱାଇଁ ପାଖକୁ ଯିବାକୁ ବାହାରିଲାବେଳକୁ ଭଉଣୀର ଯାଆ ଫୋନ୍ କଲା - ନାନୀ ତମେ ଏଠାକୁ ନଆସି,

ଘର ପାଖକୁ ଯାଅ । ମୋ ବଡ଼ଯାଆମାନେ ତମ ଭଉଣୀ ଘରକୁ ଚାଲିଗଲେଣି ଜଣଙ୍କ ସାଥିରେ । ବାୟାଣୀ ପରି ହେଉଛନ୍ତି । ତମେ ତାଙ୍କୁ ବୁଝାଇବ । ଆମେ ଏଠି ଅଛୁ ।

ପହଞ୍ଚିଯାଇଥିଲୁ ଭଉଣୀ ଘରେ । ଭଉଣୀ ଡାକ୍ତରଖାନାରୁ ଫେରି ଖାଇବାକୁ ବସିଥିଲା । ତାକୁ ନେଇ ହସ୍‌ପିଟାଲ ପହଞ୍ଚିବା ପୂର୍ବରୁ ଭଉଣୀଜ୍ୱାଇଁର ମୃତ୍ୟୁ ଖବର ପାଇଗଲୁ । ସକାଳୁ ସ୍ୱର୍ଗଦ୍ୱାରରୁ ଫେରୁ ଫେରୁ ପୁଣି ଆଉ ଜଣଙ୍କର ମୃତ୍ୟୁ ଖବର ବିଚଳିତ କରିଦେଲାଣି ମନକୁ । ଅସ୍ୱାଭାବିକ ମନେ ହେଲା ଭଉଣୀ ବରର ମୃତ୍ୟୁ । ପ୍ରକୃତରେ ସାମାନ୍ୟ ଅପରେସନ୍‌ରେ ମୃତ୍ୟୁହେବା ଗୋଟିଏ ବଡ଼ ଅଘଟଣ ଥିଲା ସମସ୍ତଙ୍କ ପାଇଁ । ସବୁ ତ ନିୟତିର ଖେଳ । ଆୟୁଷ ହିଁ ଈଶ୍ୱରଙ୍କ ହାତରେ ଅଛି । ଆମର ଚେଷ୍ଟା କେତେବେଳେ ସଫଳ ତ କେତେବେଳେ ବିଫଳ ହୁଏ ଆୟୁଷ ଅନୁସାରେ । ଭଉଣୀ ଜ୍ୱାଇଁର ବୟସ ପଚାଶ ଛୁଇଁନି । ଗୋଟିଏ ପ୍ଲସ ଟୁ ପଢୁଥିବା ଝିଅ ତା'ର । ଏପରି ଘଟଣା ମୋ ପରିବାରକୁ ଅସହଜ ମନେହେଲା । ସେପଟରେ ବାପାଙ୍କୁ ହରାଇ ବୋଉ ମର୍ମାହତ ଆଉ ଏ ପାଖରେ ଭଉଣୀଜ୍ୱାଇଁଙ୍କ ଖବର ତାକୁ ଶୁଣେଇବାକୁ କିଏ ହେଲେ ଉଚିତ ମଣିନଥିଲେ କାଳେ ଭାବପ୍ରବଣତା ଭିତରେ ଯଦି ବୋଉର ହାର୍ଟ ରୋଗ ବଢ଼ିଯାଏ ତେବେ କେମିତି ସମ୍ଭାଳିବ ଏକାବେଳେ ଏହି ଘଡ଼ିସନ୍ଧି ମୁହୂର୍ତ୍ତକୁ ?

କେତେ ଦିନ ଅତିକ୍ରାନ୍ତ ହୋଇସାରିଲାଣି ଏମିତି ଦୁଃଖଦ ଘଟଣା ଘଟିବାରେ । ଆଜି ମାମୁଁ ଶ୍ୱଶୁରଙ୍କ ପାଇଁ ପୁଣି ସ୍ୱର୍ଗ ଦ୍ୱାରରେ ଠିଆହେଲୁ । ପୁଣି ଆତ୍ମୀୟଙ୍କୁ ହରେଇସାରି ଫେରି ଆସିଲୁ ନିଜଘରକୁ । ଆସ୍ତେ ଆସ୍ତେ ମନରୁ ଦୁଃଖର ବଳୟଟି କମି ଆସୁଥିଲା ଘର ଜଞ୍ଜାଳର ବ୍ୟସ୍ତତା ଭିତରେ ।

ଯାରି ଭିତରେ ବାଇଶଦିନ ଅତିକ୍ରାନ୍ତ ହୋଇଗଲାଣି । ଏଇ ଏପ୍ରିଲ୍ ତେରଠାରୁ ମେ ଛଅ ତାରିଖ ବ୍ୟବଧାନରେ ଦିନ କଟିଲାଣି । କିନ୍ତୁ ଏ କ'ଣ ପୁଣି ଆଉ ଗୋଟିଏ ମୃତ୍ୟୁ ଖବର ପହଞ୍ଚିଗଲା । ନଣନ୍ଦେଇ ଚାଲିଗଲେ ।

ଦୁଃଖଦ ମନ ଭିତରକୁ ପୁଣି ପଶି ଆସିଲା ନଣନ୍ଦେଇର ମୁହଁଟି । ମନଟି ଛଟପଟ ହେଲା । ନଣନ୍ଦଙ୍କୁ ସାଙ୍ଗେ ସାଙ୍ଗେ ଫୋନ୍ କଲୁ । ସେ କାନ୍ଦି କାନ୍ଦି କହିଲେ- ଭାଉଜ ମୋ ସିନ୍ଦୁର, ଚୁଡ଼ି ସବୁ ଚାଲିଗଲା । ଆଉ କୌଣସି ଶୁଭ କାମରେ ମୋତେ କିଏ ଲୋଡ଼ିବେ ନାହିଁ । ସ୍ୱାମୀ ଚାଲିଗଲେ ନାରୀକୁ ଏମିତି ବେଶରେ ସଜାନ୍ତି କାହିଁକି ?

ନିରୁତ୍ତର ମୁଁ ।

ନଣନ୍ଦର କାନ୍ଦଣା ଭିତରେ ଖୋଜୁଥିଲି ନଣନ୍ଦେଇର ସ୍ତ୍ରୀ ପ୍ରତି ଅନାତ୍ମୀୟତାକୁ । ଦୀର୍ଘ ବାଇଶ ବର୍ଷ ଘର ସଂସାର କରିବା ପରେ ନଣନ୍ଦକୁ ଛାଡ଼ି ସେ ପୁଣି ବାହା ହୋଇଗଲା ଆଉ ଗୋଟିଏ ନାରୀକୁ ନିଜ ମା'ର ଇଚ୍ଛା ଅନୁସାରେ । ଏପଟରେ ନଣନ୍ଦର

ବଡ଼ ପୁଅ ଝିଅ ଥାଉ ଥାଉ ସେପଟେ ଆଉ ଗୋଟିଏ ସଂସାର ଯୋଡ଼ିବା କି ଦରକାର ଥିଲା ? ଅଭାବୀ ସଂସାରରେ ବେଶି ପରିବାରର ବୋଝ ଶରୀରକୁ ଆହୁରି ରୋଗଣା କରିଦିଏ ।

- କ'ଣ ହୋଇଥିଲା ତାଙ୍କର ପ୍ରଶ୍ନ କଲି ନଣନ୍ଦଙ୍କୁ ।

- ଡାଇବେଟିସ୍, ବ୍ଲଡ଼ପ୍ରେସର ଥିଲା । କଟକ ନେଉନେଉ ମୃତ୍ୟୁ ହେଲା । ସବୁବେଳେ ପଖାଳ ତ ସକାଳୁ ସକାଳୁ ଖାଇବେ ସେ ।

- ତମେ କେମିତି ଜାଣିଲ ?

- ସେ ସଉତୁଣୀର ପୁଅ କହୁଥିଲା ମୋତେ । ଆଉ ମୋଠାରୁ ତ କୋଡ଼ିଏ ବର୍ଷ ହେଲା ଅଲଗା ହୋଇଗଲାଣି । ଲକ୍ଷ ଲକ୍ଷ ଟଙ୍କାରେ ଜମି ବିକିଲା । ଟଙ୍କାଟିଏ ତ ମୋତେ ଦେଲାନି । ସବୁ ଟଙ୍କା ସେହି ସ୍ତ୍ରୀ ପିଲାଙ୍କ ପାଇଁ ଖର୍ଚ୍ଚକଲା । ଏ ପାଖରେ ମୁଁ ପିଲାଙ୍କୁ ଭାତ ଶାଗ ଖୁଆଇ ମଣିଷ କଲି । ପୁଅ ଝିଅ ଚାକିରି ବାକିରି କରି ସୁଖରେ ରହିଲେ । ହେଲେ ବାପାଟା ଏମିତି ଯେ ପିଲାଙ୍କ ବାହାଘରରେ ଆସି ଦୁଆରେ ଠିଆ ହେଲାନି । ମୁଁ ରହିଲି ଗାଁ ଘରକୁ ମାଡ଼ିବସି । ସେ ଯାଇ ରହିଲେ ସହରର ଘରଦ୍ୱାରକୁ ନେଇ । ଆମର ଦେଖା ସାକ୍ଷାତ କେବେ ହୁଏ ଜଣାନାହିଁ । ଏବେ ମରିଗଲା ବୋଲି ଭାରି ବାଧୁଛି । ଯେତେହେଲେ ତା' ସହିତ କୋଡ଼ିଏ ବାଇଶ ବର୍ଷ ଘର କରିଥିଲି । ତା' ପାଇଁ ମଥାରେ ସିନ୍ଦୁର ପିନ୍ଧୁଥିଲି । ନଣନ୍ଦର କାନ୍ଦୁରା ସ୍ୱରରେ ଏପରି ଅଭିଯୋଗର କ୍ଷୋଭ ପରିସ୍ଫୁଟନ ହେଉଥିଲା ମଧ୍ୟ ।

- କାନ୍ଦନି ଆଉ । ଟିକିଏ ଥୟ ଧର । ଫୋନ୍‌ରେ ମୁଁ କହିଥିଲି ।

- ଭାଉଜ ଆଜି ବା କାଲି ପୁଅବୋହୂ ଟ୍ରେନ୍‌ରେ କି ଫ୍ଲାଇଟ୍‌ରେ ଆସି ପହଞ୍ଚିବେ । କିନ୍ତୁ ଏଠି ମୁଁ କ୍ରିୟାକର୍ମ କେମିତି କରିବି ?

- ତମ ଇଚ୍ଛା ।

- ହଁ, ମୋ ନଣନ୍ଦ ହେମା ଫୋନ୍ କରି ମୋତେ ପଚାରିଲା- 'ଭାଇଙ୍କ ଶବ କେଉଁଠିକୁ ପଠେଇବି' । ମୁଁ ସଉତୁଣୀର ସହରକୁ ପଠାଇବାକୁ କହିଲି । ଏଠି ମୁଁ ଏକେଲା ମାଇପିଟିଏ କ'ଣ କରିବି ? ଯାହା ପାଖରେ ଶେଷରେ ଘର କଲା ସେଠିକୁ ଶବଯାଇ ସତ୍କାର ହେଉ । ରାତିରେ ମଧ୍ୟ ମୁଁ ଏକା ସେଠିକୁ ଯାଇ ପାରିବିନି ।

- ତମେ ଯାହା ଭାବୁଛ କର ? କହି ଫୋନ୍ ରଖିଲି ମୁଁ ।

ଭାବିଲି ମଣିଷ ବଞ୍ଚିଲାବେଳେ ବୁଝେନି କାହିଁକି ଗୋଟିଏ ଘର ସଂସାର କଥା ଯେ ନିଜ ଇଚ୍ଛା ଅନୁସାରେ ବିବାହ କରି ଦୁଇ ତିନିଟା ଅଲଗା ଘର ସୃଷ୍ଟି କରେ । କେବେ ଭାବିଛି ସ୍ତ୍ରୀ ମନ କଥାଟି ? ନିଜର ସୁଖ ପାଇଁ ସଂସାର ଗଢ଼ି ଦେଇଥିଲେ କେଇ

ବର୍ଷ ପାଇଁକି ଆଉ ? ବିଶ୍ୱାସକୁ ଦୃଢ଼ କରି ବିବାହ ବନ୍ଧନ ତ ଗତିଶୀଳ ହୁଏ । କିନ୍ତୁ ବିଶ୍ୱାସକୁ ଭାଙ୍ଗି ଚୁରମାର୍ କରି ଜୀବନରେ ଭୁଲ୍ ସିଦ୍ଧାନ୍ତରେ ଉପନୀତ ହୋଇଥାଏ ମଣିଷଟି କାହିଁକି ? ନଣନ୍ଦେଇ ବଞ୍ଚିଥିବାବେଳେ କେବେ ତ ନଣନ୍ଦ ପାଖକୁ ଆସିଲେନି । ଆଉ ଏବେ ମଲାପରେ କ'ଣ ଆସିବେ କି ? ତେବେ ତାଙ୍କର ଆତ୍ମା ଏବେ ଗାଁ ଘରେ ନା ସହରର ଘରେ ଅବସ୍ଥାନ କରିଥିବ ?

ପହଞ୍ଚିଗଲେ ମୋ ସ୍ୱାମୀ । କହିଲେ-ଏବର୍ଷ ବହୁତ ମୃତ୍ୟୁ ହେଲାଣି । ଏବେ ଆମ ଆତ୍ମୀୟଙ୍କ ଆତ୍ମା କ'ଣ ଏକାଠି ମେଳି କରି ଭଲମନ୍ଦ ବୁଝୁଥିବେ କି?

ଟିକିଏ ଗମ୍ଭୀର ହୋଇ କହିଲି - ଆତ୍ମା କାହିଁକି ମେଳି କରିବେ ? ଯିଏ ଯାହା ବାଟରେ ଜନ୍ମ ନେଇସାରିଥିବେ ବା ଜନ୍ମକୁ ଅପେକ୍ଷା କରିଥିବେ ।

- କେତେ ମୋକ୍ଷ ପାଇଥିବେ କି ?

- କିଏ ବୁଝିପାରିବକି ବିଶ୍ୱ ବ୍ରହ୍ମାଣ୍ଡର ରୂପରେଖକୁ । ଏବେ ତ ପୁଣି ତିନୋଟି ଜୀବନ୍ତ ଗ୍ରହ ବୈଜ୍ଞାନିକମାନେ ଠାବ କଲେଣି । ପୃଥିବୀ ପରି ସେଠି ମଣିଷର ସତ୍ତା ଥାଇ ପାରେ ।

- ହୋଇ ପାରେ । ଉଡ଼ନ୍ତା ଥାଳିଆ ସେଠୁ ଆସିଥିବ ।

- ଈଶ୍ୱର କେଉଁଠି ଅଛନ୍ତି ?

- ଖୋଜ ତମ ହୃଦୟରେ ।

- ଆମର ସ୍ଥିତି ଏହି ବିଶ୍ୱ ବ୍ରହ୍ମାଣ୍ଡରେ ଭୁତାଣୁଠାରୁ ଆହୁରି ନଗଣ୍ୟ ହୋଇପାରେ ।

- ଏଥିରେ ତ ମଣିଷର ଗର୍ବ ଭାଙ୍ଗୁନି । ଯେତେ ଜଣ ପୃଥିବୀରୁ ବିଦାୟ ନେଲେ କ'ଣ ନେଇଗଲେ ?

- ସୁନାମ କି ଦୁର୍ନାମ ଛଡ଼ା ଆଉ କ'ଣ ଯାଏ କି ?

- ଧନ ପାଇଁ ମଣିଷ ଏତେ ରାମ୍ପୁଡ଼ି କାମ୍ପୁଡ଼ି ହେଉଛି କାହିଁକି ?

- ସବୁ ଅଜ୍ଞାନର ମୋହମାୟା ତ !

- ଏତେ ତ ବୁଝୁଛ, ତେବେ ଅତୀତକୁ ଏତେ ଘାଣ୍ଟି ଦୁଃଖିତ ହେଉଛ କାହିଁକି ? କେଇ ବର୍ଷର ଜୀବନ ତ ଏବେ ପରଖିଲ ?

- ଓଃହ ଆଜି ମୋ ମୁଣ୍ଡଟି କାହିଁକି ଜୋର୍‌ରେ ବିନ୍ଧୁଛି ।

- ତମେ ଡାଇବେଟିସ୍, ବ୍ଲଡ଼ପ୍ରେସର ରୋଗୀ । ଔଷଧ ମନ ପକେଇ ଖାଅ । ମୁଁ କିନ୍ତୁ ଦେଖୁଛି ତମେ ଔଷଧ ଖାଇବା ଭୁଲିଯାଅ କାହିଁକି ?

- କାମର ବ୍ୟସ୍ତତା ଭିତରେ ସବୁ ଭୁଲି ହୋଇଯାଏ ପରା ।

- ଦୁନିଆରେ ସବୁ ଯଥାରୀତି ଚାଲିବ । ଆମେ ନ ଥିଲେ ମଧ୍ୟ ଆମ ପିଢ଼ି ଆଗକୁ ମାଡ଼ି ଚାଲିବେ । ମୃତ୍ୟୁକୁ ଭୁଲିହୋଇଯିବେ ନୂଆ ନୂଆ ମୁହଁରେ । ଏମିତି ଯାଉଥିବେ ଆସୁଥିବେ । ଜନ୍ମ ମୃତ୍ୟୁ ଆମ ସ୍ଥିତିର ପରିପ୍ରକାଶର ରୂପରେଖା । ଭଲ କାମ କଲେ ନାଁ ଟିକିଏ ରହିଯିବ । ନଚେତ୍ ନିନ୍ଦା ଶୁଣିବ କେଇ ବର୍ଷ । ମୃତ୍ୟୁପରେ ମଧ୍ୟ ।

- ସତରେ ଆତ୍ମାମାନେ ଏକାଠି ହୁଅନ୍ତି କି ?

- ଅଛି ତ ପିତୃଲୋକ । ସେଠି ଏକାଠି ହେଉଥିବେ । ଆମେ ଶ୍ରାଦ୍ଧଦେଲେ ପବନ ରୂପରେ ଆମ ପାଖରେ ପହଁଞ୍ଚୁଥିବେ ।

- ଏ କଥା ସତ ନା ମିଛ ?

- ସତ ହୋଇପାରେ । ଏତେ ବର୍ଷ ଏ ପ୍ରଥା ଚଳି ଆସିଲାଣି ପରା । ଆମେ ତ ପୁଣି ସ୍ୱପ୍ନରେ ଆମର ନିଜ ମୃତ ଲୋକଙ୍କ ସହ କଥାହୋଇ ପାରୁଛେ ।

ହଁ ମୋ ଭାଉଜ କହୁଥିଲା - ବାପା ମରିବାର ପରଦିନ ତାଙ୍କ ଜ୍ୱାଇଁଙ୍କ ମୃତ୍ୟୁ କଥା ବାପା ଜାଣି ଥିଲେ ବୋଲି ସେଇ ଦିନସାରା ବାଡ଼ିପଟେ ଯାହା ଖାଦ୍ୟ ବାପାଙ୍କ ଉଦ୍ଦେଶ୍ୟରେ ପରସା ଗଲା ଜମାରୁ ମୁହଁ ମାରିଲେନି କାଉ କି କୁକୁର । ମୁଣ୍ଡିଆ ମାରି ଭାଉଜ କହିଲା ପୁଣି - ବାପା ତମେ ତ ସବୁ ଜାଣି ସାରିଲଣି ମୃତ୍ୟୁପରେ । ଆମର ଦୋଷ କେଉଁଠି ? ତାଙ୍କର ତ ଆୟୁଷ ସେତିକି ବୋଲି ସେ ଚାଲିଗଲେ । ଆମ ହାତରେ କ'ଣ ଥିଲା କି ?

- ଏମିତି ତମ ଭାଉଜ କହିଲେ !

- ହଁ । ତା'ପରଦିନ ବାଡ଼ିପଟେ ବଢ଼ାଯାଇଥିବା ପତର ସବୁ ସଫା ।

- ତେବେ ତମ ବାପାଙ୍କ ଆତ୍ମା ତମ ଭଉଣୀଜ୍ୱାଇଁଙ୍କ ଆତ୍ମା ସାଙ୍ଗରେ ଗପସପ ହେଉଥିବେ କି ?

- ହେଉଥିବେ ବୋଧେ । ତମ ବାପା, ମା'ଙ୍କ ଆତ୍ମା କ'ଣ ଏମାନଙ୍କ ସହିତ ଗପସପ କରୁଥିବେ କି ?

ହଠାତ୍ ଫୋନ୍‌ର ରିଙ୍ଗ୍ ବାଜି ଉଠିଲା । ଇଏ ଫୋନ୍ ଧରୁଧରୁ ଦିଅର ଫୋନ୍ କଲେ - ଏବେ ଘରେ ଖାଲି ସାପ ବାହାରୁଛି । ବାପା, ମା'ଙ୍କ ଅସ୍ଥି ନେଇ ବିସର୍ଜନ କରିଦେଲେ କାମ ଶେଷ ।

- ମା' ତତେପରା ମୃତ୍ୟୁ ପୂର୍ବରୁ କହିଥିଲା ଓ ଟଙ୍କା ଦେଇଥିଲା ଅସ୍ଥି ବିସର୍ଜନ କରିବାକୁ ତେବେ ତୁ କାହିଁକି ଡେରି କରିଛୁ । ମା'ର ଆଶାକୁ ଶୀଘ୍ର ପୂରଣ କରି ତା' ଆତ୍ମାକୁ ଶାନ୍ତି ଦିଏ । ସ୍ୱାମୀଙ୍କ ଜୋରିଆ ସ୍ୱର ଶୁଣାଗଲା ।

- ଭଲ ତ କହୁଛ ? ତମେ ବଡ଼ମାନେ ଥାଉ ଥାଉ ଆମେ ସାନମାନେ ଏହି ଅସ୍ଥି ବିସର୍ଜନ କରିବୁକି ?

- ତୁ ବୁଝୁନୁ କାହିଁକି ? ମା' ବାପା ମୋ ଦେହପାଇଁ ସବୁବେଳେ ଚିନ୍ତିତଥିଲେ ସେଥିପାଇଁ ତ ତୁ ବେଶି କାମିକା ବୋଲି ତତେ ସମର୍ପି ଯାଇଛନ୍ତି ଏହି ବଡ କାମଟି ।

- ଦେଖିବା କହି ଫୋନ୍ କଟିଲା । ପରେ ମୋ ସ୍ୱାମୀ ବ୍ୟସ୍ତ ହୋଇ କହିଲେ- ବଡ଼ବୋଲି ସବୁ ଦାୟିତ୍ୱ ମୋର କି ?

- ଏତେ ବ୍ୟସ୍ତ କାହିଁକି ? ତମେ ଭାଇମାନେ କ'ଣ ବୁଝିନାହାନ୍ତି କି ତମ ଦେହ କଥା । ସେମାନେ ଠିକ୍‌ରେ କାମ କରିବେ ମ !

ମୋତେ ଲାଗୁଥିଲା ମା' ବାପାଙ୍କ ସ୍ୱପ୍ନରେ ଆମର ସ୍ୱପ୍ନମାନେ ମିଶିବା ବଦଳରେ ଦୂରକୁ ଚାଲିଯାଉଛନ୍ତି କାହିଁକି ? ପିଲାମାନଙ୍କ ପାଇଁ ଯଦି ସେମାନଙ୍କ ସ୍ୱପ୍ନ ଏତେବର୍ଷ ବଳବତ୍ତର ରହିଲା ତେବେ ସେମାନଙ୍କ ଛୋଟିଆ ଛୋଟିଆ ସ୍ୱପ୍ନକୁ ଯୋଡ଼ି ଆମେ ସେମାନଙ୍କ ପାଇଁ ସ୍ୱପ୍ନର ବଗିଚାଟିଏ ଗଢ଼ିବାନି କାହିଁକି ବଞ୍ଚିଥାଉ ଥାଉ ! ସେମାନଙ୍କୁ ବଞ୍ଚିବା ଭିତରେ ଆଦର ସମ୍ମାନ ଦେବା ସନ୍ତାନଙ୍କ କର୍ତ୍ତବ୍ୟ ହେବା ଉଚିତ ।

- କାହା କଥା ଭାବୁଛ ?

- ମୃତ୍ୟୁକୁ ଗତି କରିଥିବା ଆତ୍ମାଙ୍କ କଥା ଭାବୁଛି ।

- ବୃଥା ଭାବନାରେ ମଜ୍ଜି କି ଲାଭ ?

- କିଛିକ୍ଷଣ ତ ସେମାନଙ୍କ ସ୍ମୃତିରେ ମଜ୍ଜିଯାଇ ପାରିବି ।

- ଓଃ ଏତେ ଭାବପ୍ରବଣତାରେ ଟେନସନ୍ ବଢ଼ାଅନି ।

ମୁଁ ଉଠିଲି ବସିବା ସ୍ଥାନରୁ । ପାହାଚ଼ ଚଢ଼ିଲି । ଫୁଲ କୁଣ୍ଡକୁ ଚାହିଁଲି, ଗଛଗୁଡ଼ିକ ଶୁଖି ଆସିଲାଣି । ଜଗ୍‌ରେ ପାଣି ନେଇ ଗଛମୂଳରେ ଦେଲାବେଳକୁ ହଠାତ୍ ପବନ ମାଡ଼ି ଆସିଲା । ଉଡ଼ାଇ ଦେଲା ବୁଢ଼ା ହଳଦିଆ ପତ୍ରଟି, କଅଁଳ ପତ୍ରଟି ଖୁବ୍ ଜୋରରେ ହଲୁଥିଲା । ମୁଁ ଚାହିଁଲି ଉଡ଼ିଯାଇଥିବା ପତ୍ରଟିକୁ । ସେ ଆଖି ଆଗରୁ ଉଭାନ ହୋଇଗଲାଣି । କୁଆଡ଼େ ଗଲା ଜାଣି ପାରିଲିନି । ତା'ପରେ ଆଖ ବୁଜିଲି କିଛିକ୍ଷଣ ପାଇଁ ଈଶ୍ୱରୀୟ ସତ୍ତାକୁ ଅନୁଭବ କରିବାକୁ ।

ମୋ ଦେହକୁ ହଲାଇଦେଲା କିଏ ? ଆଖି ଖୋଲିଲାବେଳକୁ ମୋ ସ୍ୱାମୀ ଟିକିଏ ଚଢ଼ାଗଳାରେ କହିଲେ - କ'ଣ ଜାଣି ପାରୁନ କି ପବନ କେତେ ଜୋର୍‌ରେ ବୋହୁଛି ବୋଲି ?

- ହଁ ହଁ, ମୁଁ ତ ଉଡ଼ିଯିବିନି ଆଉ ! ବହୁତ କାମ ବାକି ଅଛି ପରା । ବଲବଲ କରି ମୋ ସ୍ୱାମୀ ଚାହିଁଲେ ମୋ ମୁହଁକୁ ।

- ଏମିତି ରହିଛ କ'ଣ ?

ଟୋପା ଟୋପା ବର୍ଷା ପାଣି ଖସିଲା ଆକାଶରୁ । କୁଆପଥର ମଧ୍ୟ ଟପ୍‌ଟପ୍ ହୋଇ ବିଛେଇ ପଡ଼ିଲା ଛାତସାରା । ଉନ୍ମାଦିନୀ ପରି କୁଆପଥର ଏକାଠି କରୁକରୁ ମୋ ସ୍ୱାମୀ ଟାଣିନେଲେ ମୋ ହାତକୁ ଜୋର୍ କରି - ଏତେ ଓଦା ହୁଅନି ଆଉ ।

ହଠାତ୍ ମୋ ପାଟିରୁ ବାହାରି ପଡ଼ିଲା - ଓଃହ ମୁଁ ପରା ଜୀବିତ ।

■

ମୁକ୍ତିପଥ

ଏଇ ତ ଆସିଗଲା ପାର୍ବଣର ଶୁଭଦିନ । ବସନ୍ତ ଋତୁ, ଆକାଶରେ ମେଘ ନାହିଁ । ସୂର୍ଯ୍ୟଙ୍କ ପ୍ରକୋପ ମଧ୍ୟ ପ୍ରଖର ନୁହେଁ । ବସନ୍ତର ମଳୟରେ ଦେହ ମନ ଆତ୍ମହରା । ଶୁଭିଲାଣି ଚାରିଆଡ଼େ ବିବାହ ପରମ୍ପରାର ରୋଷଣୀ ଶବ୍ଦ । ତେବେ ଆସିଗଲା ଏଇ ବର୍ଷର ଶୁଭଦିନର ଆରମ୍ଭ । ସରିଗଲା ଅଶୁଦ୍ଧ କାଳ । ଶୁଦ୍ଧ କାଳର ଅୟମାରାମ୍ଭ, ଶୈଳଜା ବାରମ୍ବାର କ୍ୟାଲେଣ୍ଡରର ପୃଷ୍ଠା ଓଲଟାଇ କହୁଛି – କାଲି ଶୁଭଦିନ । ଯେମିତି ହେଲେ ଆମେ ଯାଇ ଆମ କଟକ ଜାଗାରେ ଶୁଭଦେଇ ଆସିବା । ବ୍ୟାଙ୍କରେ ଡିପୋଜିଟ୍ କଲେ କେତେ ଟଙ୍କା ସୁଧ ମିଳିବକି ? ବରଂ ଯାହା କିଛି ସଞ୍ଚିତ ଟଙ୍କା ପାଖରେ ଅଛି ସେଥିରେ ଖାଲି ଜାଗାରେ ଗୋଟିଏ କୋଠା ଠିଆହେବ । ଭଡ଼ାମିଳିବ । ଭାବିନିଅ ସୁଧ ମିଳୁଛି ଆମ ସଞ୍ଚିତ ଟଙ୍କାରେ ।

– ଓଃ ତୁମେ କାହିଁକି ଘର ଜାଗା ପଛରେ ଏମିତି ପଡ଼ିଛ ମୁଁ ତ ବୁଝିପାରୁନି ? ମଣିଷ ରହିବ ଗୋଟିଏ ଘରେ ଆଉ ଦଶଟା ଜାଗାରେ ଘର ତିଆରି କରି ଟେନସନ୍ ନେବି କାହିଁକି ? ବିରକ୍ତ ହୋଇ କହିଲେ ରଞ୍ଜନ ।

– ବୁଝୁଛି ତମ ଦାର୍ଶନିକ ସିଦ୍ଧାନ୍ତ । ତମକୁ ବାହାହୋଇ ଆସିବାବେଳେ ପରା ତମର ଗୋଟିଏ ନିଜର କୋଠରୀ ନଥିଲା । ତେଣୁ ଘର କଥା ଶୁଣିଲେ ତମେ ତ ଭାରି ହୋଇଯିବ ନିଶ୍ଚୟ ।

– କାହିଁକି ସେ ଅତୀତକୁ ଘାଣ୍ଟି ବ୍ୟଥା ପାଉଛ ମୁଁ ବୁଝିପାରୁନି ? ଏବେ ତ ଆଠଟି କୋଠରୀ ଖାଲି ପଡ଼ିଛି ଯେ ପିଲାମାନେ ପାଖରେ ନାହାନ୍ତି ବ୍ୟବହାର କରିବାକୁ, ତମେ ତ ସବୁଥିରେ ଚଲୁଛ । ଆଉ କେତେ ଘର ଦରକାର କି ?

– ତମ ସାଙ୍ଗରେ ବକବକ ହେବାର ମୂଲ୍ୟ ନାହିଁ ।

– ତମ ସାଙ୍ଗରେ ମିଶି ଘର କରିବାର ମନ ମୋର ମଧ୍ୟ ନାହିଁ । ଯଦି ତମେ

କହୁଛ ଗୋଟିଏ ଡୁପ୍ଲେକ୍ସ କରିବା କଟକରେ ତେବେ କାଲି ହିଁ ଶୁଭଦେବା । ଭାଇନାଙ୍କୁ କହିଦିଅ କାଲି ଆମ ସାଙ୍ଗରେ କାର୍‌ରେ ଯିବାପାଇଁ ରେଡ଼ି ହେବେ ଠିକ୍ ସକାଳ ସାତଟାବେଳକୁ ଏଥର ମନ ଖୁସି ତ !

ମୋ ମନ ଖୁସି କଥା ଉଠଉଛ କାହିଁକି ? ମଣିଷ ବଡ଼ ଚାକିରି କରେ କାହିଁକି ? ନିଜର ଯଶ, ପ୍ରତିଷ୍ଠା, ପ୍ରତିପତ୍ତି ପ୍ରତି ଧ୍ୟାନ ଦିଏ କାହିଁକି ? ଯାହା ତାହା ଖାଇ ପିନ୍ଧି ଚଳିଗଲେ ବଞ୍ଚିଯାଆନ୍ତା ତ ! କିନ୍ତୁ ସବୁବେଳେ ଉପରକୁ ଉଠିବାର ପ୍ରୟାସ ଜାରିରଖେ ନିଜକୁ ସମାଜରେ ପ୍ରତିଷ୍ଠିତ କରିବାକୁ ।

ଆମେ ତ ନିଜପାଇଁ ଖାଲି ଘର ତୋଳୁନେ । ଆମେ ଚାଲିଗଲାପରେ ଆମ ପିଲାମାନେ ତ ଏ ଘରର ଫାଇଦା ପାଇବେ । ତେଣୁ ନିଜପାଇଁ ବଞ୍ଚିଲେ ତ ମଣିଷ ସ୍ୱାର୍ଥପର ହୋଇଯିବ । କୁଳ ରକ୍ଷା ପାଇଁ ସନ୍ତାନମାନଙ୍କ ସୃଷ୍ଟି । ସେମାନଙ୍କ ସୁବିଧା ଅସୁବିଧା ଦେଖିବା ପିତାମାତାଙ୍କ ଧର୍ମ । ଆମେ ଘର କଲେ ଆମ ପିଲାମାନେ ଭୋଗ କରିବେ । ଆମେ ତ ଖୁସି ହେବା ଆମର ପାରଦର୍ଶିତାରେ । କିଛି ଉନ୍ନତି ପ୍ରତି ଯଦି ଧ୍ୟାନ ନ ଦେଇ ବସିଯିବା ତେବେ ପିଲାମାନଙ୍କ ଉନ୍ନତି ହେବ କେମିତି ? ସବୁବେଳେ ଉପରକୁ ଉଠିବାକୁ ଚେଷ୍ଟା କରିବା ନଚେତ୍ ତଳେ ପଡ଼ି ଅବଶୋଷ କରି ଉପରକୁ ଚାହିଁ ହତାଶ ହେବା କାହିଁକି ? ମୋ ଅଣଜେଜେବାପା ଗାଁରେ ଧନୀମାନୀ ଲୋକ ଥିଲେ ପରା ।

– ତମ ସାଙ୍ଗରେ କିଏ ଆଉ ଯୁକ୍ତି କରୁଛି କି ? ତମ କଥା ମାନିଥିଲେ ମୁଁ ମଧ୍ୟ ଆହୁରି ଜାଗା କିଣି ପାରିଥାଆନ୍ତି । କିନ୍ତୁ...

– ଜାଣେ ତମକୁ ଜାଗାବାଡ଼ି କଥା ଶୁଣିଲେ ରାଗ ମାଡ଼େ । ଯେତିକି ପାଇଲ ସେତିକିରେ ସନ୍ତୁଷ୍ଟ । ମୁଁ କିନ୍ତୁ ଯେତେ ପାଇଲେ ମଧ୍ୟ ଅସନ୍ତୁଷ୍ଟ । ରୋଜଗାରକୁ ଠିକ୍ ଭାବରେ ପରିଚାଳନା କଲେ ଅସୁବିଧା ଭୋଗିବାକୁ ପଡ଼ିବନି କେବେ । ଯଦି ରୋଜଗାରକୁ ଖାମ୍‌ଖିଆଲ୍ ଭାବି ଉଡ଼ାଇ ଦେବ ତେବେ ଯା ତା' ପାଖରେ ହାତ ପତେଇବାକୁ ପଡ଼ିବ ତ । ଟଙ୍କା ଦେଖିଚାହିଁ ଚଳିବା କଥା । ଯେତିକି ସଞ୍ଚିତ ବଳକା ଅର୍ଥ ଆମ ପାଖରେ ଅଛି ତାକୁ ଘର କାର୍ଯ୍ୟରେ ସାରି ଦେବା ।

– ହଉ ଚିନ୍ତା କରନି । କାଲିପରା ଶୁଭଦିନ । ଘର କାର୍ଯ୍ୟ ଆରମ୍ଭ କରିଦେବା ।

ଠିକ୍ ଅଛି କହି ଶୈଳଜା ପୁରୋହିତ ଭାଇନାଙ୍କୁ ଫୋନ୍‌ରେ କହିଲା– ଭାଇନା କାଲି ଶୁଭଦିନ ଅଛି । ସକାଳୁ ଆମ ସାଙ୍ଗରେ କଟକ ଯିବେ । ଗୋଟିଏ ଖାଲି ଜାଗାରେ ଶୁଭ ଦିଆଯିବ ।

– ହଉ । ମୁଁ ରେଡ଼ି ହୋଇଥିବି ସାତଟାବେଳେ ପୂଜା ସାମଗ୍ରୀ ସହ । ଆପଣ ଜମାରୁ ବ୍ୟସ୍ତ ହେବେନି । ରହିଲି ।

- ତମ ପାଖରୁ ହିଁ ଶୁଣିଲେ ମୁଁ ମୋ କାମରେ ଆଗେଇଯିବି । ରଞ୍ଜନଙ୍କୁ ଶୁଣାଇ କହିଲା ଶୈଳଜା ।

- ତମର ପ୍ରେରଣା ଓ ଉତ୍ସାହ ପାଇ ମୁଁ ଯେତିକି ସଫଳତା ପାଇଛି ତା'ର ଶ୍ରେୟ ତମକୁ ଯିବ । ମୁଁ ତ ଭାରି ମାନ୍ଦା ଯେ ଏତେ ଝିଟ୍‌ଝଟ ଭିତରେ ପଶିଲାବେଳକୁ ମୁଁ ବ୍ୟତିବ୍ୟସ୍ତ ହୋଇଯାଏ । ତମ ବାପା ତ ଜାଗା ଘର ପଛରେ ଲାଗିଥିଲେ ଆଉ ତମେ ତ ତାଙ୍କ ଝିଅ ଏଥିରୁ ବିଚ୍ୟୁତ ହେବ କେମିତି । ରଞ୍ଜନ ହସିହସି କହିଲେ ।

- ଆଉ ମୋତେ ବାହାଦୁରୀ ଦିଅନି । ତମ ଟଙ୍କାରେ ସବୁ ହେଉଛି । ମୁଁ ତ ଟଙ୍କାଟିଏ ରୋଜଗାର କରୁନି । ତୁମ ବ୍ୟତିରେକ ମୋ ସଫଳତା କାହିଁ ?

କଟକ ଜାଗାରେ ଶୁଭଦେଇ ସାରିବା ପରେ ଆଉ ଗୋଟିଏ ଜନ୍ମଦିନ ଉତ୍ସବରେ ଯୋଗଦେଇ ରଘୁନାଥ ମନ୍ଦିରରେ ପ୍ରସାଦ ସେବନ କରି ଘରକୁ ଫେରୁଫେରୁ ଚାରିଟା ବାଜିଲାଣି । ପ୍ରାୟ ଦିନଟି କଟିଗଲାଣି - ଏମିତି ଦୌଡ଼ାଦୌଡ଼ିରେ । ପୁଣି ରଞ୍ଜନ ଏକ ମିଟିଙ୍ଗ୍‌ରେ ଯୋଗ ଦେବାକୁ ଚାଲିଗଲେଣି । ରାତିରେ ପୁଣି ଆଉ ଗୋଟିଏ ବାହାଘର ଭୋଜି ଅଛି । ଯିବାକୁ ପଡ଼ିବ ତ ନିଶ୍ଚୟ । ବିଜେବି କଲେଜରେ ରଞ୍ଜନ ପଢ଼ିବାବେଳେ ତାଙ୍କର ଅନେକ ସାଙ୍ଗ ଏହି ଭୁବନେଶ୍ୱରରେ ଘରଦ୍ୱାର କରି ରହିଛନ୍ତି । ତେଣୁ ସାଙ୍ଗଙ୍କ ପୁଅର ବାହାଘରକୁ ଯେମିତି ହେଲେ ଯିବାକୁ ପଡ଼ିବ । ଆସିଗଲା ତ ବିବାହ ଋତୁ । ବାହାଘରର ଭୋଜି ଖାଇ ଖାଇ ଏପଟରେ ବ୍ଲଡ୍‌ସୁଗାର ବଢ଼ିଯିବନି ତ ଆଉ । ଗୁଣୁଗୁଣୁ ହେଲା ଶୈଳଜା ।

ଭାରି ଗରମ ଲାଗୁଛି । ଟିକିଏ ଗାଧୋଇ ପଡ଼ିଲେ ଭଲ ଲାଗିବ ଭାବି ଶୈଳଜା ପଶିଲା ବାଥ୍ ରୁମ୍‌ରେ । ତା'ର ମନେପଡ଼ିଲା ଆଜି ଆକ୍ୱାରିୟମ୍‌ର ମାଛମାନଙ୍କୁ ଖାଦ୍ୟ ଦିଆଯାଇନି । ତେଣୁ ଓଦା ହେବା ପୂର୍ବରୁ ଚାଲି ଆସିଲା ଡ୍ରଇଂରୁମ୍ ପାଖକୁ । ମାଛଙ୍କୁ କିଛି ଖାଦ୍ୟ ଗୋଲି ପକେଇଲା ଆକ୍ୱାରିୟମ୍ ଭିତରେ । ବଡ଼ ପ୍ୟାରଟ୍ ଫିସ୍‌ଟି ପ୍ରଥମେ ପ୍ରଥମେ ଟକ୍‌ଟାକ୍ କରି ଚାରି ପାଞ୍ଚଟି ଗୋଲି ଖାଇଦେଲା । ଅନ୍ୟ ମାଛମାନେ ମଧ୍ୟ ଖାଦ୍ୟ ଖାଇବା ଆରମ୍ଭ କରି ଦେଇଥିଲେ । ଶୈଳଜା ତନ୍ନତନ୍ନ କରି ଦେଖିଲା ସେମାନଙ୍କୁ । ମନେ ମନେ ଭାବିଲା 'ଆମେ ପାପ କରୁନୁ ତ ଏମାନଙ୍କ ବନ୍ଦୀ କରି ।'

ମନେପଡ଼ିଲା ସେଦିନ ସାଙ୍ଗ ଅନୀତା ପଚାରିଲା - ଏହି ମାଛମାନେ ଛୁଆଜନ୍ମ ଏଠି କରନ୍ତି କି ?

- କେବେ ତ ଆମେ ଛୁଆ ଦେଖିନୁ । ପ୍ରାୟ ପାଞ୍ଚ ବର୍ଷ ହେବ ଏହି ଆକ୍ୱାରିୟମ୍ ଅଛି । ଏହି ପ୍ୟାରଟ୍ ଫିସ୍‌ଟି ତିନିବର୍ଷ ତଳେ ଏଠିକୁ ଆସିଥିଲା । ତା'ର ସାଥୀଟି ମରିଗଲାଣି । ଏହା ବାଦେ ପ୍ରାୟ ତିରିଶ କି ଚାଳିଶ ହେବ ମାଛ ମରି ସାରିଲେଣି ଯାରି ଭିତରେ । ପୁଅର ଆକ୍ୱାରିୟମ୍‌ର ନିଶା ଥିଲା ବୋଲି ସେ ତା' ପଛରେ ପଡ଼ିଥିଲା ।

ସେ ଏବେ ବାହାରକୁ ଚକିରି କରି ଚାଲିଯିବାରୁ ରଞ୍ଜନ ହିଁ ବୁଝନ୍ତି ଏ କଥା । ଘରେ ଏହି ଆକ୍ୱାରିୟମ୍ ଶୋଭା ପାଉଛି ତ ପାଉଥାଉ ।

- ଯାକୁ ମେଣ୍ଟେନ୍ କରିବା କଷ୍ଟ । ତଥାପି ଭାରି ସୁନ୍ଦର ଲାଗୁଛି ।

- ବେଳେବେଳେ ଲାଗେ ଆମେ ଏଠି ମାଛମାନଙ୍କୁ ବନ୍ଦୀକରି ରଖିଛୁ ବୋଲି । ସେମାନେ ସମୁଦ୍ରରେ କି ପୋଖରୀରେ ଥିଲେ କେତେ ସ୍ୱାଧୀନ ଥାଆନ୍ତେ !

- ବୁଝିଲ ଏମାନେ ହେଲେ ମାଛ ଚାଷରେ ଉତ୍ପନ୍ନ ହେଉଥିବା ସୁନ୍ଦର ସୁନ୍ଦର ବିକ୍ରିହେବା ରଙ୍ଗୀନ ମାଛ । ଏମାନଙ୍କୁ ସମୁଦ୍ର କି ପୋଖରୀ ସୁହାଇବନି । ଏମାନଙ୍କୁ ଏମିତି ବନ୍ଦୀ ଜୀବନରେ ବଞ୍ଚିବାର ରାହା ଦେଖାଇଛି । ରଞ୍ଜନ ଜୋର୍ ଦେଇ କହିଲେ । ଶୈଳଜା ମନକୁ ମନ ସାନ୍ତ୍ୱନା ଦେଲା । ତଥାପି ସେଦିନ ମନ ତ ମାନୁ ନଥିଲା ଏ କଥା ଶୁଣି ସୁଦ୍ଧା ।

ଚାହିଁଲା ମାଛମାନଙ୍କୁ ପୁଣି । ସବୁ ଖାଦ୍ୟ ଖାଇସାରିଲେଣି । ଏବେ ସେମାନଙ୍କର ଆକ୍ୱାରିୟମ ଭିତରେ ଚାଲିଛି ଗୋଡ଼ିଖେଳ । ତଳେ ବିଛାଯାଇଥିବା ଧଳା, ନୀଳ, ନାଲିର ଛୋଟ ଛୋଟ ଗୋଡ଼ିମାନଙ୍କୁ ପାଟିରେ ଧରି ଏଠି ସେଠି ଜମେଇବାରେ ବ୍ୟସ୍ତ । ପୁଣି ସେଠୁ ଆଣି ଅନ୍ୟଠି ରଖିବାରେ ବ୍ୟସ୍ତ । ଏହି ପାଞ୍ଚଫୁଟ ଆକ୍ୱାରିୟମ ଭିତରେ ହିଁ ସେମାନଙ୍କ ଘର । ତେଣୁ ସେମାନେ ତାରି ଭିତରେ ଚଳପ୍ରଚଳ । କାହିଁକି ବା ଖୋଜିବେ ଆଉ ବଡ଼ ଘର ? ସେଥିରେ ସେମାନେ ସନ୍ତୁଷ୍ଟ ଯେମିତି ।

ପୁଣି ଶୈଳଜା ପଶିଲା ବାଥ୍‌ରୁମ୍‌ରେ । ଗାଧୋଇ ସାରି ଛାତ ଉପରେ ଲୁଗା ଶୁଖାଇଲା ବେଳେ ପ୍ରାୟ ପଚ଼ିଶି କି ତିରିଶରୁ ଅଧିକ ହେବ ଘରଚ଼ଟିଆ ଛାତ ଉପରକୁ ଉଠିଆସିଲେ ଅଚାନକ । ଛାତ ବାରଣ୍ଡାରେ ଝୁଲୁଥିବା ଫ୍ୟାନ୍‌ର ବ୍ଲେଡ୍ ଉପରେ କିଚ଼ିରିମିଚ଼ିରି ହୋଇ ବସିଗଲେ । ଶୈଳଜା ବୁଝିପାରିଲାନି ଏତେ ଘରଚ଼ଟିଆ ଆସିଲେ କୁଆଡୁ ? ଏହି ଭୁବନେଶ୍ୱରରେ ତ ଘରଚ଼ଟିଆ ଦେଖିବା ଦୁର୍ଲ୍ଲଭ । ତଥାପି ଆଜି ହଠାତ୍ ଏତେ ପକ୍ଷୀ ଆସି ତା ସମ୍ମୁଖ୍ୟରେ ଉପସ୍ଥିତି ହେବାର ରହସ୍ୟ କ'ଣ ହୋଇପାରେ । ସେଠୁ ଦଳେ ଉଡ଼ିଗଲାପରେ ପରେ ଆଉ ଦଳେ ଟିକିଏ ବସିଯାଇ ଉଡ଼ିଗଲା ବେଳେ ଶୈଳଜା ଜୋର୍‌ରେ ପାଦ ପକେଇ ଆସିଲା ସେମାନଙ୍କୁ ଗହମ ଖାଦ୍ୟ ଦେବାକୁ । କିନ୍ତୁ ନେଲାବେଳକୁ ସେମାନେ ଉଡ଼ିଗଲେଣି । ଛାତସାରା ବିଞ୍ଚିଦେଲା ଗୋଟା ଗହମଗୁଡ଼ିକ ଶୈଳଜା ସେମାନଙ୍କ କ୍ଷୁଧା ନିବାରଣ ପାଇଁ ।

ପୁଣି ଆଶ୍ଚର୍ଯ୍ୟ ହେଲା ଶୈଳଜା । କାହିଁ ପିଲାଦିନରୁ ଆଜି ପର୍ଯ୍ୟନ୍ତ ଏମିତି ମେଞ୍ଚାମେଞ୍ଚା ଘରଚ଼ଟିଆ ଏକାଠି ଗୋଟିଏ ସ୍ଥାନରେ ବସିବା ସେ ଦେଖିନଥିଲା । ଯେହେତୁ ତାଙ୍କର ଛାତ ଘର ପିଲାଟିଦିନରୁ ଦେଖି ଆସିଛି ତେଣୁ ଘରଚ଼ଟିଆକୁ ଦେଖେ ସେ ମକର ମା'ଙ୍କ ଘର ଚାଳର ଖୋପ ଭିତରେ । ସେଠି ତ ଚାରି, ଛଅଟି ଦେଖିଛି । କିନ୍ତୁ ପ୍ରାୟ ତିରିଶି ଉପରେ

ଘରଚଟିଆ ଆଜି ଦେଖିଲା କାହିଁକି ? କଟକ ଯାଗା ଶୁଭ ଦେଇ ଫେରୁଫେରୁ ଘରଚ଼ଟିଆମାନଙ୍କ ଘରକୁ ଆଗମନ ନିଶ୍ଚୟ କିଛି ଶୁଭ ସଙ୍କେତର ବାର୍ତ୍ତା ହୋଇପାରେ ।

କଥା କ'ଣ କ'ଣ ଭାବୁଭାବୁ କଲିଙ୍ଗ୍‌ବେଲ୍‌ର ଶବ୍ଦ ଶୁଣାଗଲା । କବାଟ ଖୋଲିଲା ପରେ କାମବାଲୀ ଘରଭିତରକୁ ପଶିଆସି କହିଲା- ମା' ସକାଳେ କବାଟରେ ତାଲା ଝୁଲୁଥିଲା । ତେଣୁ ବଗିଚାରେ ପାଣିଦେଇ ଚାଲିଗଲି ।

- ଭଲ କଲୁ । ଆଜି ମୋଞ୍ଚାଏ ଘରଚ଼ଟିଆ ଦେଖିଲି ।

- ମା' ଶୁଭ ହେବ । ଆଗକୁ କିଛି ଭଲ ଖବର ଶୁଣିବ ।

ଆଉ ଅଧିକା କିଛି କହିବାକୁ ଉଚ଼ିତ ମଣିଲା ନାହିଁ ଶୈଳଜା । ସେ ତା' କାମରେ ଲାଗିଲା । ମନଭିତରକୁ ପଶିଆସିଲା ପକ୍ଷୀ ଦୋକାନରେ ବିକ୍ରି ହେଉଥିବା ଲଭ୍‌ବାର୍ଡ଼ର ମୁହଁଟି । କି ସୁନ୍ଦର ଦେଖାଯାଆନ୍ତି ? ସେମାନଙ୍କ ଲାଲ୍ ମୁନିଆଁ ଥଣ୍ଟରେ ସବୁଜ, ନାଲି ହଳଦିଆ ଆଦି ରଙ୍ଗର ଡେଣା, ଲାଞ୍ଜ ଆଦିରେ ମଣିଷର ମନକୁ ମୋହି ଦିଅନ୍ତି । ବିକ୍ରି ହୁଅନ୍ତି ଘର ପଞ୍ଜୁରୀରେ ବନ୍ଦୀହୋଇ ରହିବାକୁ । ପିଲାଦିନେ ଶୁଆମାନଙ୍କୁ କିମ୍ବା ଶାରୀମାନଙ୍କୁ ଘର ପଞ୍ଜୁରୀରେ ରଖି ମଣିଷ ଖୁସି ପାଉଥିଲା । ଏବେ ଏହି ଲଭ୍‌ବାର୍ଡ଼ମାନଙ୍କୁ ପଞ୍ଜୁରୀରେ ରଖି ଘର ଲୋକ ଓ ଛୋଟ ଛୋଟ ପିଲମାନେ ଖୁବ୍ ଖୁସି ହୁଅନ୍ତି ।

କିନ୍ତୁ ଝିଅର ଘର ପ୍ରତିଷ୍ଠା ପୂର୍ବଦିନ ଗୋଟିଏ ଲଭ୍‌ବାର୍ଡ଼କୁ ତାଙ୍କ ବଗିଚା ଗଛରୁ ଧରିଥିଲେ ସେଠାରେ କାମ କରୁଥିବା ଲୋକମାନେ । ଝିଅ ତାକୁ ପୁଣି ଉଡ଼ାଇ ଦେବାକୁ ଚାହିଁନଥିଲା । ତା' ପାଇଁ ଖାଦ୍ୟ ଓ ପଞ୍ଜୁରୀ ରଖିଦେଇ ତାକୁ ସେହି ନୂଆ ଘର ଭିତର ପାଖରେ ଉପରକୁ ଟାଙ୍ଗି ଦେଇଥିଲା । ଭାବିଲା "ଶୁଭହେବ, ପକ୍ଷୀଟି ମନକୁ ମନ ଉଡ଼ି ଆସିଛି ଏଠିକୁ ।"

ଝିଅ ଘର ପ୍ରତିଷ୍ଠା ପୂର୍ବରୁ ପକ୍ଷୀଟିର ସେଠାକୁ ଆଗମନ ଓ ରହଣି । ଘର ପ୍ରତିଷ୍ଠା ପରେ ଝିଅ ଓ ତା' ପିଲାମାନେ ନୂଆଘରକୁ ଚାଲିଗଲେ । ଝିଅର ଡାକ୍ତରୀ ପେଶା । ତଥାପି ସେ ପକ୍ଷୀଟି ପଛରେ ଲାଗିଥାଏ । ଗୋଟିଏ ଚଢ଼େଇ ଏକା ଥିବାରୁ ତା' ପାଇଁ ଆଉ ଗୋଟିଏ ସେମିତି ଲଭ୍‌ବାର୍ଡ଼ଟିଏ କିଣି ଆଣିଲା । ଦୁଇଜଣ ଖୁବ୍ ଆରାମ୍‌ରେ ଥିଲେ ସେଠି । ସେ ଯେତେବେଳେ ଝିଅ ପାଖକୁ ଯାଇ କହେ- "ତୁ ବୁଝିପାରିବୁ କି ଚଢ଼େଇ କଥା ।" ଖୁବ୍ ଆଗ୍ରହରେ ଝିଅ କହେ "ହଁ, ଯଦି ନ ବୁଝିପାରିବି ଶାଶୁ ନେଇଯିବେ । ତୁ ବୁଝିବୁ କି ?"

ସେତେବଳେ ଶୈଳଜା ଯୁକ୍ତିକରେ- ତୋର ନୂଆଘରକୁ ସେ ତ ପସନ୍ଦ କରି ପଶିଲା । ତୋ ଘରେ ସେ ଶରଣ ପଶିଲା । ମୁଁ କାହିଁକି ନେବି ମୋ ଘରକୁ । ଯେତେଦିନ ରହିବା କଥା ତୋ ପାଖରେ ଥାଆନ୍ତୁ । ତଥାପି କହିଲି ଏମାନଙ୍କୁ ଆମେ ବନ୍ଦୀକରି ରଖୁଛେ । ମୁକ୍ତ ଆକାଶର ବିହଙ୍ଗ ତ ଏମାନେ !

ଝିଅ ଯୁକ୍ତିକଲା ମୁକ୍ତ ଆକାଶରେ ଉଡ଼ିଲେ କାଉ ଖୁମ୍ପି ମାରିଦେବ । ଏଠି ବରଂ ବଞ୍ଚି କରି ରହିଅଛି । ଖୁସିରେ ଅଛନ୍ତି ।

ବୁଝିପାରିଲାନି ଶୈଳଜା ସତରେ ସେମାନେ ଖୁସିରେ ଅଛନ୍ତି କି ଦୁଃଖରେ ଅଛନ୍ତି । ତା' ମନକୁ ଘାରୁଥିଲା ବନ୍ଦୀ କଥା । ଆମେ ଶ୍ରଦ୍ଧା ଓ ସୌକପାଇଁ ଚଢ଼େଇକୁ ପଞ୍ଜୁରୀରେ ରଖୁ । ସେମାନେ ମଧ୍ୟ ପଞ୍ଜୁରୀରେ ଅଣ୍ଡା ଦିଅନ୍ତି ନାହିଁ । ମୋତେ ଲାଗୁଥିଲା ଆମେ ଆମର ବ୍ୟକ୍ତିବାଦୀ ଇଚ୍ଛାକୁ ସାକାର କରିବାକୁ ବିବେକର ସତ୍ତାକୁ ବାଧା ଦେଉଛେ । ମନୁଷ୍ୟ ନିଜର ଶକ୍ତି ନିରୀହ ପକ୍ଷୀ, ପଶୁଙ୍କ ଉପରେ ପ୍ରୟୋଗ କରେ । ଏଠି ସବଳର ତ ଦୁର୍ବଳ ଉପରେ ଆକ୍ରମଣ । ସାଂସାରିକ ମୋହ ମାୟାରେ ଆମେ ତ କବଳିତ ଯେ ଯେଉଁଟି ସଦାଚାର ନୁହେଁ ତଥାପି ତାକୁ ଗ୍ରହଣ କରିବାକୁ କୁଣ୍ଠାବୋଧ କରୁନେ । ଦେଖାଯାଉ କେବେ କିଏ ମୁକ୍ତି ପାଉଛି । ଆମକୁ ତ ଇଂରେଜ ଶାସନରୁ ମୁକ୍ତି ପାଇବାକୁ ସଂଘର୍ଷ କରିକରି ଦୁଇଶହ ବର୍ଷ ଲାଗିଗଲା । ଶିକାର କରିବା ଲଳାସାରେ ରାଜାମାନେ ତ ଜଙ୍ଗଲର ପଶୁମାନଙ୍କୁ ହତ୍ୟାକରି ନିଜର ବାହାଦୂରୀ ଦେଖାଉଥିଲେ । ଯେଉଁ ରାଜା ଚକ୍ରବର୍ତ୍ତୀର ମାନ୍ୟତା ପାଉଥିଲେ ତାଙ୍କ ସାମ୍ନାରେ ଅନ୍ୟ ରାଜାମାନଙ୍କ ବାକ୍ୟର ମଧ୍ୟ ସଂଯମତା ଥିଲା । ସ୍ୱାଧୀନତା ପାଇଁ ବ୍ୟାକୁଳ ହେଲେ ମଧ୍ୟ କେବେ ମିଳିବ ସଠିକ୍ ଭାବିପାରୁନଥିଲେ ଆମ ପରାଧୀନ ଭାରତବାସୀ । କିନ୍ତୁ ଆଖିରେ ଦେଖିଥିବା ସ୍ୱାଧୀନତାର ସ୍ୱପ୍ନ କେବେ ଅଦୃଶ୍ୟ ହେଉନଥିଲା । ଅବିରତ ଭାବରେ ଚେଷ୍ଟା ଚାଲି ଥିଲା ସ୍ୱାଧୀନତାର ସ୍ୱାଦ ଚାଖିବାର ଖୁସିପାଇଁ ।

ଖ୍ରୀଷ୍ଟପୂର୍ବ ୪୦୦ରେ ଏକ ଗଣିତଜ୍ଞ ଏକ କୃତ୍ରିମ ପକ୍ଷୀ ନିର୍ମାଣ କରିଥିଲେ । ଗଣିତଜ୍ଞ ଅର୍ଚ୍ଚିତାସ୍‌ଙ୍କୁ ମେକାନିକାଲ ଇଞ୍ଜିନିୟରର ଜନକ ବୋଲି କୁହାଯାଏ । ସେ କାଠ ଉପକରଣରେ ଗୋଟିଏ ପକ୍ଷୀ ତିଆରି କରିଥିଲେ ଏବଂ ତା'ର ଯାତାୟତ ପାଇଁ ବାଷ୍ପୀୟ ଶକ୍ତି ବ୍ୟବହାର କରିଥିଲେ । ଆଜିକାଲି ତ ଯନ୍ତ୍ର ମାନବ ନିର୍ମାଣ ହେଲାଣି । ତେବେ ଯନ୍ତ୍ର ମାନବ କି ଯନ୍ତ୍ର ପକ୍ଷୀ ହେଉ କି ଯନ୍ତ୍ର ପଶୁ ନିଜର ସ୍ୱାଧୀନତା ପାଇଁ ଦିନେ କ'ଣ ଚେଷ୍ଟା କରିବେ ନାହିଁ କି ? ଏହି ପ୍ରଶ୍ନ ଶୈଳଜା ମନରେ ଗୁଡ଼େଇ ତୁଡ଼େଇ ହେଲା ।

"ମା' ମୋ କାମ ସରିଲା ଯାଉଛି । କବାଟ ବନ୍ଦକର" କହି କାମବାଲୀ ବାହାରିଗଲାଣି । ଏକା ଏକା ଘରଟା ଭିତରେ ଆଉ ବସିବାକୁ ଇଚ୍ଛା ହେଲାନି ଶୈଳଜାର । ଶାଢ଼ି ବଦଳେଇ ସାତଶହ ମିଟର ଦୂରରେ ଥିବା ଝିଅଘରକୁ ଯିବାକୁ ବାହାରିଲା । ଘର ଚାବି ଦେଇ ଝିଅ ଘର ଦ୍ୱାରେ ପହଁଞ୍ଚୁ ପହଁଞ୍ଚୁ ନାତି ଖୁସିରେ ପାଟିକଲା - ଆଈ ଆସିଛି । ଆଜି ରବିବାର । ଆମର ଛୁଟି । ମାମା ଘରେ ଅଛି ।

ଏକା ନିଃଶ୍ୱାସରେ ନାତି କହିସାରିଲା ପରେ ଡେଇଁ ଡେଇଁ ଘର ଭିତରକୁ ପଶିଗଲା । ଖାଲି ପଞ୍ଜୁରୀକୁ ଦେଖାଇ କହିଲା- ଚଢ଼େଇ ଦି'ଟା ଉଡ଼ିଗଲେ ।

କେମିତି - ଶୈଳଜା ପଚାରିଲା ?

- ମୁଁ ଜାଣିନି ।

- ତୁ ଖୋଲି ଦେଲୁ ପଞ୍ଜୁରୀର ଦ୍ୱାରକୁ କି ?

- ନାଇଁ ଆଈ ।

- ତେବେ ଖୋଲିଲା କିଏ ?

ଝିଅ ପହଁଞ୍ଚିଯାଇ କହିଲା ଆମେ ତ ଜାଣିନୁ । ଏ ଡ୍ରାଇଭର ଖାଦ୍ୟ ଦେଲାବେଳେ ଖୋଲା କରି ଭୁଲିଯାଇଥିବ ବନ୍ଦ କରିବାକୁ ବୋଧେ । ଉଡ଼ିଗଲେ ଦୁଇଟା ଚଢ଼େଇ କେତେବେଳେ ଆମେ ଜାଣିନୁ ।

ନାତି ନାଚି ନାଚି କହିଲା - ଆଈ ମୁଁ ଜାଣିଛି କିଏ ଖୋଲିଛି ପଞ୍ଜୁରୀର ଦୁଆର ?

- କହିଲୁ କିଏ ? ହଉ ପକ୍ଷୀ ଦୁଇଟି ଆକାଶରେ ଉଡ଼ିବୁଲନ୍ତୁ ଖୁସିଲେ ।

- ଆଈ, ଠାକୁର ଖୋଲି ଦେଇଥିବେ ପଞ୍ଜୁରୀର ଦ୍ୱାର । ଜେଲ୍ ଭିତରେ ତ ସେମାନେ ଥିଲେ । ଜେଲ୍ ପରା ଭଲ ଜାଗା ନୁହେଁ । ତେଣୁ ତୁ ପରା କହୁ ଶୁଆ ଗୀତଗାଇ ଠାକୁରଙ୍କୁ ଡାକୁଥାଏ । ଏ ପକ୍ଷୀମାନେ ମନେମନେ ଆଖି ବୁଜି ଠାକୁରଙ୍କୁ ଜପିଲେ । ଠାକୁର ପ୍ରାର୍ଥନା ଶୁଣି ସେମାନଙ୍କୁ ଉଡ଼ାଇଦେଲେ ସେମାନଙ୍କ ମା' ପାଖକୁ ।

ଝିଅ କହିଲା - ଦେଖିଲୁ ତ ଯାର ଭାବନା । ତୁ ଉଡ଼େଇ ଦେଇନୁ ତ ଆଉ ?

- ନାଇଁ ମାମା । ମୁଁ ମିଛ କହୁନି । ଠାକୁର ତ ଉଡ଼ାଇଦେଲେ ।

ଭାବୁଥିଲି ଏଇମାନଙ୍କ ମନ କେଡ଼େ ନିର୍ମଳ । ସ୍ୱାଧୀନତାର ବହ୍ନି ମଧ୍ୟ ଏମାନଙ୍କ ଆଖିରେ ଜନ୍ମ ନେଇ ସାରିଛି । ଏମାନେ ଅନ୍ୟାୟକୁ ଦେଖି ସାଙ୍ଗେ ସାଙ୍ଗେ କହିପକାନ୍ତି । ଶୁଣାଗଲା ନାତିର କୁନୁକୁନୁ କଥା - ଆଈ ଭଲ ହେଲା ନା ?

ଆଖିରେ ନାଚି ଉଠୁଥିଲା ସେଦିନ ଦଳେ ଚଢ଼େଇଙ୍କ ଉଡ଼ାଣ । ସେମାନେ କି ଖୁସିରେ କିଚିରିମିଚିରି ହୋଇ ଆକାଶରେ ଉଡୁଥିଲେ ସ୍ୱାଧୀନ ଭାବରେ । ତା'ର ସ୍ୱାଦ ତ ସବୁଠୁ ମଧୁର । ଆକାଶର ଡାକକୁ ସେମାନଙ୍କ ଡେଣା କ'ଣ ଭୁଲି ପାରିବ କି ? ମଣିଷର ଦର୍ପିତ ଅବରୋଧରୁ ମୁକ୍ତହୋଇ ସେ ଗାଇଛି ନିଜର ମନଖୋଲା ସଂଗୀତ । ଏଇ ମୂର୍ଚ୍ଛନାକୁ ସେମାନେ ତ ବନ୍ଦୀ ଜୀବନରେ ମଧ୍ୟ ସ୍ୱପ୍ନରେ ଆଙ୍କିଥିବେ । ତେବେ ଦୁଃଖ କାହିଁକି ?

■

ମୋହ

ଆଜି ମୋ ଝିଅର ଜନ୍ମଦିନ । ଝିଅ ଜନ୍ମ ଦିନରେ ଘରେ ଷଠିବୁଢ଼ୀ ମା'ଙ୍କ ପୂଜା କରିବାକୁ ହୁଏ । ମିଠା କି ପିଠା ସାତଟା ପୂଜା ନକଲେ ମୋ ମନ ବୁଝେନା । ମନ୍ଦିରକୁ ଟିକିଏ ନ ଗଲେ ମନଟା ମଧ୍ୟ ଗୋଳେଇ ଘାଣ୍ଟି ହୁଏ । କିନ୍ତୁ ୟାଙ୍କର ସେମିତି ପୂଜା ବିଷୟରେ କିଛି ଚିନ୍ତା ନାହିଁ । ସକାଳୁ ଉଠି ଝିଅକୁ 'ହ୍ୟାପି ବାର୍ଥ ଡ଼େ' କହିଦେଲେ କାମ ଶେଷ ।

ହଁ । ଝିଅ ମୋର ବିବାହିତା । ସେ ଆମ ପାଖରେ ରହୁନି । ତା' ସ୍ୱାମୀ ସାଙ୍ଗରେ ଦୂର ସହରରେ ଅଛି । ପାଖରେ ଥିଲାବେଳେ ଦୁବ ଚଉଳରେ ପିଲାଙ୍କୁ ଟିକିଏ ବନ୍ଦାଯାଏ । ଏବେ ଯେହେତୁ ସେ ମୋଠାରୁ ଦୂରରେ ଅଛି ତେଣୁ ଫୋନ୍‌ରେ ପୂର୍ବଦିନ ତାକୁ କାନେ କାନେ କହିଛି- ତୁ କାଲି ମନ୍ଦିର ଯିବୁ ।

- ହଁ ମା' । ଆମେ ଦୁଇଜଣ ଯିବୁ । ତୁ ବ୍ୟସ୍ତ ହୁଅନା ।

- ମୁଁ ଘରେ ପୂଜାସାରି ମନ୍ଦିର ଯିବି । ବାପାଙ୍କ ଦେହ ସେତେ ଭଲନାହିଁ, ତେଣୁ ଇଚ୍ଛାହେଲେ ସେ ଯାଆନ୍ତୁ ବା ନ ଯାଆନ୍ତୁ ମୋର ସେଥିରେ କିଛି କହିବାର ନାହିଁ । କିନ୍ତୁ ତୁ ନିଶ୍ଚୟ ଯିବୁ ।

- ହଁ ମା' ।

ଆଜି ସକାଳୁ ଉଠି ଝିଅକୁ ଜନ୍ମ ଦିନର ବଧେଇ ଜଣାଇ ଦେଇ ନିତ୍ୟକର୍ମ ସାରି ଘରର ପୂଜା ସାଙ୍ଗକୁ ଝିଅପାଇଁ ଟିକିଏ ଷଠିବୁଢ଼ୀ ମା'ଙ୍କ ପୂଜା କଲି । ରୀତିନୀତିରେ ପୂଜା କରିବା ମୋର ପସନ୍ଦ । ସେଥିପାଇଁ ୟାଙ୍କଠାରୁ ଅଭିଯୋଗ ଶୁଣେ - ତମ ପରି ଏତେ ନୀତିନିୟମ କିଏ ଧରୁଥିବ ? ଏହାର ମୂଲ୍ୟ କିଛି ନାହିଁ ।

- ମୋର କାହା ସହିତ ତୁଳନା ହେବା କି ଦରକାର ? ମୋ ମନକୁ ଯେଉଁଟା ଶୁଚି଼ ଲାଗୁଛି ସେହି ପଦ୍ଧତି ମୁଁ ଅନୁସରଣ କରି ପୂଜା କରୁଛି । ଜଣେ ତ ଅନ୍ୟଜଣଙ୍କ

ପରି ନୁହେଁ । ତେଣୁ ମନ ତ ସେମିତି ବଦଳିଥିବ । ମୁଁ କାହିଁକି ତମ କଥାରେ ବିଚ଼ଳିତ ହେବି ଯେ ।

- ଓଃହ ତମକୁ ଏବେ ଶୁଚିବାଇ ରୋଗଟା ଧରିଛି । ଆଗରୁ ଯେତିକି ଛୁଆଁ ଅଛୁଆଁ ଧରୁଥିଲ ଏବେ ସେହି ରୋଗଟା ଅଧିକା ବଢ଼ିଗଲାଣି ।

- ହଁ ବୟସ ବଢ଼ିବାସହ ରୋଗ ତ ବଢ଼ିବ । ତା' ସଙ୍ଗେ ସଙ୍ଗେ ଶୁଚିବନ୍ତ ହେବା ଭାବନାଟା ମଧ୍ୟ । ଏଇ କଥା ତ କେତେଥର କହିଲଣି ମୋ ଆଗରେ ।

- ଘରେ ସବୁ ସୁବିଧା ଥିଲେ ସିନା ହେବ? ତମ ପରି ଗୋଟିଏ ପରେ ଗୋଟିଏ ଶାଢ଼ି ବଦଳେଇ କିଏ ପୂଜା କରୁଛି? ଏଇଟାକୁ ଛୁଅଁନି ସେଇଟାକୁ ଛୁଅଁନି କିଏ ଏତେ ମାନୁଛି ?

- ହଁ କେତେଜଣ ମାନୁଥିବେ । କିନ୍ତୁ ତମକୁ କାହିଁକି ଖରାପ ଲାଗୁଛି ? ବୋଧେ ତମକୁ ପୂଜାପଦ୍ଧତି ଭଲ ଲାଗେନି । ଭୋଗ ଖାଇବାକୁ ଭଲଲାଗେ ଖାଲି ।

- ଛୁଆଁ ଅଛୁଆଁ ଭିତରେ ତମର ତ ଲୟ ଠାକୁରଙ୍କ ପାଖରେ ଯେତିକି ନଥିବ ବେଶି ଥିବ ଜୀବନଚ଼ର୍ଯ୍ୟାରେ । ଆଉ ପୂଜା କ'ଣ କଲ? ସେଦିନ ପରା ବଡ଼ ଦେଉଳ ଭିତରେ ଗହଳିକୁ ଦେଖି ପଣ୍ଡା ଆମକୁ କହିଲା- 'ବାବୁ ଆପଣ ଆପଣଙ୍କ ଟଙ୍କା ପଇସା ଠିକ୍‌ରେ ରଖନ୍ତୁ ଆଉ ତମକୁ ତମ ହାରଟା ଘୋଡ଼େଇବାକୁ ଉପଦେଶ ଦେଲା । କ'ଣ ଭୁଲିଗଲ କି?

- କିଛି ଭୁଲିନାହିଁ ।

- ଯଦି ମନ୍ଦିର ଭିତରେ ପକେଟମାର୍ ହେବାର ଭୟ ଅଛି ଆଉ ହାର ଚୋରି ଯିବାର ଆଂଶକା ଅଛି ତେବେ ବେଶି ଟଙ୍କା ଧରି ବା ଗହଣା ଗାଣ୍ଠି ମଣ୍ଡିହୋଇ ମନ୍ଦିର ଯିବା କି ଦରକାର ? ତମେ ତ ଠାକୁରଙ୍କୁ ଦେଖିବାକୁ ଯାଉଛ । ଲୋକଙ୍କୁ ଗହଣା ଦେଖାଇ ହେବାରେ କି ପ୍ରୟୋଜନ ?

- କ'ଣ କାନ, ବେକ ଖାଲିକରି ଯିବକି?

- ହଁ । ଏମିତିରେ ଗଲେ ତମର ମନଟା ଠାକୁରଙ୍କ ପାଖରେ ରହିବ । ଗହଣା ପାଖରେ ନୁହେଁ । ବେଶବାସ ହୋଇ ମନ୍ଦିର ଯିବ କାହିଁକି?

- କେବେ ଦେଖିଛ ମୁଁ ମନ୍ଦିରକୁ ବେଶ ହୋଇ ଯାଏ ବୋଲି । ମୁଣ୍ଡ ଧୋଇ ଗାଧୋଇ ପାଧୋଇ ଯାଏ । ଏପରିକି ପାଉଡ଼ର ଟିକିଏ ମୁହଁରେ ଲଗାଏନି । କେବଳ ସିନ୍ଦୁର ଟିକିଏ ଲଗାଇ ଯାଇଥାଏ । ଯଦି କହିବ ତେବେ ବେକର ହାରଟା କାଢ଼ି ମନ୍ଦିରକୁ ଯିବି । ମୋତେ ତ ବେଶ ହୋଇ ଯିବାକୁ ଇଚ୍ଛା ହୁଏନି । ଭାବେ ଆମେ ଠାକୁରଙ୍କୁ ଦେଖିବାକୁ ଯାଉଛେ । ଗହଳିଥିଲେ ପ୍ରକୃତରେ ପାରିପାର୍ଶ୍ୱିକ ଅବସ୍ଥା ପ୍ରତି

ମୋର ବେଶି ଲୟଥାଏ । ଆଜିକାଲି ଝିଅପିଲା କି ସ୍ତ୍ରୀଲୋକଙ୍କ ପାଇଁ କେଉଁ ସ୍ଥାନଟା ନିରାପଦ କି ?

- ହଁ । ସତରେ ତମେ ଯେମିତି ପୂଜାପାଇଁ ବ୍ୟସ୍ତ ହୁଅନା ସେମିତିଆ ଭାବନା ମୋର ନାହିଁ ।

- ମୁଁ ଆଉ କ'ଣ କରିବି ? ଠାକୁରଙ୍କ ବିନା ମୋ ଅସ୍ତିତ୍ୱକୁ ମୁଁ ନିଜେ ଖୋଜି ପାଏନା । କିନ୍ତୁ ମନ୍ଦିରରେ ଗହଳିଥିଲେ ଶାନ୍ତିରେ ଟିକିଏ ଠାକୁରଙ୍କୁ ପ୍ରଣାମ କରି ହୁଅନା । ବେଳେବେଳେ ଲାଗେ ନିଜ ଠାକୁରଘରେ ବସି ପ୍ରାର୍ଥନା କଲେ ଧ୍ୟାନଟା ଆଉ ଟିକିଏ ଗଭୀର ହୁଏ ବୋଲି ।

- ତେବେ ଆଜି ମନ୍ଦିର ଯିବ ନା ନାହିଁ ।

- ହଁ । ମୁଁ ଏକା ଯିବି । ପାଖରେ ତ ମନ୍ଦିରଟା ଅଛି । ପୁଅ ଜନ୍ମ ଦିନ ଯାଇଥିଲି ଏବେ ଝିଅ ଜନ୍ମଦିନକୁ ନଗଲେ ପାତର ଅନ୍ତର ହୋଇଯିବ । ଝିଅ ବାହାହୋଇଗଲା ବୋଲି କ'ଣ ଆମର ସେ ଝିଅ ନୁହେଁ କି ? ଆଜି ମଧ୍ୟ ତା' ପିଲାଦିନର ମୁହଁଟା ମୋ ଆଖିରେ ଜଳଜଳ ହୋଇ ଦିଶିଯାଉଛି । ଆଜି ନଡ଼ିଆ ଗୋଟିଏ ନ ଭାଙ୍ଗିଲେ ମୋ ମନଟା ବୁଝିବନି ।

- କିଏ ନଡ଼ିଆ ଖାଇବ ?

- ଭାଇନାକୁ ପଛକେ ଦେଇ ଦେବି ହେଲେ ଭାଙ୍ଗିବି । ଚାହୁଁ ଚାହୁଁ କେତେ ଶୀଘ୍ର ବର୍ଷଗୁଡିକ କଟିଗଲାଣି । କାଲିପରି ଲାଗୁଛି ଆମ ଝିଅର ଜନ୍ମଦିନଟା । ବାହାଘର ସରିଗଲାଣି । କାଲି ଆମେ ଅଜା ଆଈ ହେବା । ଏବେ ଆମେ ବୁଢ଼ାବୁଢ଼ୀ ।

- ହଉ ଯାଅ ମନ୍ଦିରକୁ । ଚଞ୍ଚଳ ପଳେଇ ଆସିବ । ଆସିଲେ ରୋଷେଇ କରିବ । ମୁଁ ଖାଇଲେ ଅଫିସ ଯିବି ।

- ବର୍ଷ ବର୍ଷ ଧରି ହାଣ୍ଡି ଚଟୁରୁ କ'ଣ ମୁକ୍ତି ମିଳୁଛି କି ?

- ଆଉ କିଏ ବୁଝିବ ମୋ ଖାଇବା ପିଇବା ?

- ମୁଁ ଟିକିଏ ଚଢ଼ାଗଳାରେ କହିଲି- ତମ କଥା ବୁଝିବୁଝି ମୁଁ ହାଲିଆ ହୋଇଗଲିଣି ।

- ସତରେ ତମେ ପରା ଘର ସମ୍ଭାଳିଛ ।

ମୁଁ ଆଉ କିଛି ନ କହି ମନ୍ଦିର ଆଡ଼କୁ ପାଦ ଅଗ୍ରସର କଲି । ସେଠି ପହଞ୍ଚିଲା ବେଳକୁ ଚାଲିଥିଲା ଏକ ବାହାଘର ଅତି ସାଧାରଣ ଭାବରେ । ଚିହ୍ନା ପୂଜାରୀ ଭାଇନା ମୋ ଆଡ଼କୁ ଚାହିଁ କହିଲେ- ଆଉ ଅଳ୍ପ ସମୟ ରହିଲା ବାହାଘରଟା ସରିବାକୁ ।

ମୁଁ କିହଲି - ହଉ । ଅପେକ୍ଷା କରୁଛି ।

ମନ୍ଦିର ଚାରିପଟରେ ଟିକିଏ ବୁଲି ଆସିଲି ମୁଁ । ମଙ୍ଗଳା ମନ୍ଦିର ସାମ୍ନାରେ ଭାଇନା ସେ ପୁଅଝିଅଙ୍କୁ ଠିଆ କରାଇ ମନ୍ତ୍ର ଗାଉଥିଲେ । ଦୁହେଁ ଦୁହିଁଙ୍କୁ ବରଣମାଳା ପିନ୍ଧାଇଲେ । ପୁଅଟି ଝିଅଟି ସୀମନ୍ତରେ ସିନ୍ଦୂର ଲଗାଇଲା । ମୋ ସହିତ ଆଉ କେତେଜଣ ମହିଳାଙ୍କ ଆଖି ସେହି ବର କନ୍ୟାଙ୍କ ଉପରେ ଲାଖି ରହିଥିଲା । ସେଠି ବାଜା କି ବାଣର ଶବ୍ଦ ନଥିଲା । କୋଳାହଳ ପରିବେଶ ନଥିଲା । ହଠାତ୍ ମୋ ଆଖି ପଡ଼ିଗଲା ଆମ ପଡ଼ୋଶୀଙ୍କ ଉପରେ । ସେ କ୍ୟାମେରାରେ ଫଟୋ ଉଠାଉଥିଲେ । ସେ ମୋତେ ଦେଖି ହସି ଦେଲେ । ମୁଁ ପଚାରିଲି - ଏ କାହାର ବାହାଘର ? ଆପଣ ଏଠି ଯେ ?

- ହଁ । କାଲି ପରା ଏହି ଝିଅକୁ ନେଇ ପଳାଇ ଆସିଛି ଶଙ୍କର । ଆଜି ବାହାଘର କରି ଦେଉଛୁ । ଯାହାହେଉ ଭଲ କାମଟେ ଆଜି ହେଲା ।

- ଶଙ୍କର କିଏ ?

- ଆମର କାର୍ ଡ୍ରାଇଭର ।

ମୁଁ କିଛି କହିବାପୂର୍ବରୁ ପଡ଼ୋଶୀ ପଚାରିଲେ- ଆପଣ ଆଜି ଆସିଛନ୍ତି ଏଠିକୁ । ଜଗନ୍ନାଥ ମନ୍ଦିର ଯିବେ କି ?

- ଆଜି ମୋ ଝିଅର ଜନ୍ମଦିନ ।

- କ'ଣ ବାହୁଡ଼ାରେ ?

- ହଁ । ଏମିତି ଚାଲିଥିବ । ଆଜି ବାହାଘର । କାଲି ପିଲା ଜନ୍ମ । ପୁଣି ତା'ର ବାହାଘର ।

ଭାଇନାଙ୍କ ସ୍ୱର ଶୁଣାଗଲା- ଦିଅନ୍ତୁ ଆପଣଙ୍କ ଭୋଗ । ମୁଁ ପୂଜାକରି ଦେବି । ବର କନ୍ୟା ଟିକିଏ ଏହି ବାରଣ୍ଡାରେ ବସନ୍ତୁ । ମୁଁ ଭୋଗ ଭାଇନାଙ୍କୁ ଧରେଇ ଦେଇଥିଲି । ପାଖରେ ପଡ଼ୋଶୀଙ୍କ ସହ ଆଉ ଜଣେ ସହଯୋଗୀ ଥିଲେ । ବର ଓ କନ୍ୟା ଘରୁ କିଏ ଆଉ ସେଠି ନଥିଲେ । ପୂଜା ସରିବା ପରେ ମୁଁ ମନ୍ଦିରରୁ ବାହାରି ଆସିବାକୁ ଚେଷ୍ଟା କଲାବେଳକୁ ପଡ଼ୋଶୀ ଜଣକ କହିଲେ- କ'ଣ ଘରକୁ ପଳେଇ ଯିବେ ?

- ହଁ ।

- ଯାହାହେଉ ମୋ ହାତରେ ଭଲକାମଟେ ହେଲା । ପଡ଼ୋଶୀ ସନ୍ତୋଷ ବ୍ୟକ୍ତ କଲେ ।

ମୋ ପାଟିରୁ ବାହାରିପଡ଼ିଲା- ଖୁବ୍ ଜାକଜକମରେ ବାହାଘର ହେଉ କି ସାଧାରଣ ଭାବରେ ହେଉ ସବୁରି ମୂଳରେ ରହୁଛି ଦୁଇ ଜଣଙ୍କ ମନର ବିଶ୍ୱାସ । ଯାହା

ବାହାଘରର ମୂଳଦୁଆକୁ ଜୋର୍ କରିପାରିବ ଆଉ ଦୀର୍ଘମୟ ଦାମ୍ପତ୍ୟ ଜୀବନଟାକୁ ହସ ଖୁସିରେ ଭରିଦେବ ।

- ସେୟା ଯେ ?

ମୁଁ ଫେରି ଆସିଥିଲି ଘରକୁ । ମୋ ସ୍ୱାମୀ ବସି ପେପର ପଢୁଥିଲେ । ପେପର୍‌ରେ ଏମିତି ମଜ୍ଜି ଯାଇଥିଲେ ଯେ ପଚାରିବାକୁ ଭୁଲିଗଲେ ଏତେ ଡେରି ହେଲା କାହିଁକି । ମୁଁ ମୋ ଆଡୁ ବକବକ ହେଲି ମନ୍ଦିରରରେ ଗୋଟିଏ ବାହାଘର ଦେଖି ଆସିଲି । ସେଥିପାଇଁ ଡେରିହେଲା ।

- ହଁ । ମୁଁ ଭାବିଥିଲି ଭଲରେ ପୂଜା କରୁଥିବ ବୋଲି ।

- ତମେ ବ୍ୟସ୍ତ ହୋଇନଥିଲ ?

- କାହିଁକି ହେବି ? ତମେ ଆସିଲେ ଖୁବ୍ ଅଳ୍ପସମୟରେ ମୋତେ ରାନ୍ଧି ଦେଇ ପାରିବ । ମୋର କାମ ନ ସରିବା ପୂର୍ବରୁ ତମର ରୋଷେଇ ସରିଯାଇଥିବ । ମୋର ଚିନ୍ତା କରିବାର କିଛି ନାହିଁ ।

- ମାନେ !

- ତମକୁ ବାହାହୋଇ ଖୁବ୍ ଖୁସିରେ ଅଛି ।

- ଓଃହ ସେଥିପାଇଁ କେଉଁ କଥା ତମ ମୁଣ୍ଡରେ ପଶୁନି ।

- ମାନେ ?

- ଝିଅର ଜନ୍ମ ଦିନର ପୂଜା କଥା କି ମନ୍ଦିରର ବାହାଘର କଥା ?

- ଓଃହ କିଛି କୁହନି । ମୁଁ ଟିକିଏ ଚିନ୍ତାକଷ୍ଟଟା ପଢୁଛି ।

- ନିଅ ଭୋଗ ଖାଇବ ?

ହାତଟା ବଢ଼ାଇ ଦେଲାବେଳକୁ ମୋ ପାଟିରୁ ବାହାରି ପଡ଼ିଲା- ହାତ ଧୋଇ ଆସ ।

ପୁଣି ନିୟମ କାନୁନ୍ - ସଂକ୍ଷିପ୍ତ ଉତ୍ତର ଦେଲେ ମୋ ସ୍ୱାମୀ ।

- ନିୟମ ନ ରହିଲେ ଦୁନିଆଁ ଚଳିବ କେମିତି ? କାହିଁ ଅଫିସ୍‌ରେ କ'ଣ ନିୟମରେ ଚଳୁନ କି ? ଦଶଟା ବାଜିଗଲେ ଖାଇବାକୁ ବ୍ୟସ୍ତ ହୋଇଯାଉଛି କାହିଁକି ? କାହିଁ କିଛି ତ ଭୁଲିଯାଉନ । ବାହାଘର ବେଳର ଗୋଟିଏ କଥା ମନେପକେଇ କହିଲ ।

- ଏତେବର୍ଷ ପରେ ଆଉ ବାହାଘର କଥା ମନେ ରହିନାହିଁ । ତମେ ଆଜି ମନ୍ଦିରରେ ବାହାଘର ଦେଖି ଆସି ମୋତେ ପ୍ରଶ୍ନ ପଚାରୁଛ ନା ?

- ହଁ । କିଛି ତ ବାହାଘର କଥା ମନେଥିବ ।

- ହଁ । ମନେ ପଡ଼ିଲା ମିଠା ଖିଆ କଥା । ଦେଲ ଖାଇବା, ପିଠା କି ମିଠା । ଆଜି ପୂଜା କରିଛ ପରା ।

ମୁଁ ରାଗିଯାଇ କହିଲି - କେମିତି ଖାଇବା କଥାଟା ଭୁଲିଯାଉନ ତ ?

- ଖାଇବା କଥା ଯଦି ମୁଁ ଭୁଲିଯିବି ତେବେ ତମେ ଆଉ କ'ଣ ସୁଆଦିଆ ଖାଦ୍ୟ ରାନ୍ଧିବ କି ? ଖାଇବା ପାଇଁ ତ ସବୁ ନାଟ ।

- କ'ଣ କହିଲ ?

- ଜନ୍ମଦିନ ପାର୍ଟି, ବାହାଘର ପାର୍ଟି, ବ୍ରତଘର ଆଦିରେ ନିମନ୍ତ୍ରଣ କ'ଣ ପାଇଁ କରାଯାଏ କହିଲ ?

- ଟିକିଏ ଆଶୀର୍ବାଦ ଦେବାକୁ ।

- ଏହା ତ ମଧ୍ୟ ସତ ଯେ ସୁସ୍ୱାଦ ଖାଦ୍ୟ ଭୁରି ଭୋଜନ କରି ଫେରିବାକୁ ପଡ଼େ । ଆଜି ଝିଅର ଜନ୍ମଦିନରେ କ'ଣ ରାନ୍ଧିବି ?

- ଛେନା ଗୁଡ଼ ।

- ରାଗୁଛ କାହିଁକି ? ପିଲାମାନେ ପାଖରେ ନାହାନ୍ତି ବୋଲି ଆମେ କ'ଣ ଆଜି ଭଲ ଜିନିଷ ଟିକିଏ ଖାଇବାନି କି ?

- କିଏ ମନା କରୁଛି ?

- ତମେ ।

- ଆଜି ମୁଁ ମୋ ଇଛାରେ ପୂଜାକଲି ଆଉ ତମେ ତମ ଇଛାରେ ଯାହା ପାଉଛ ଖାଇନିଅ ।

- କେଉଁଠି ?

- ହୋଟେଲ୍‌ରେ । ଚାଲ ଆଜି ଆମେ ମଧ୍ୟ ପାଳନ କରିବା ଆମ ଝିଅର ଜନ୍ମଦିନ ।

ଫୋନ୍‌ର କ୍ରିଂ କ୍ରିଂ ଶବ୍ଦ ଶୁଣାଗଲା । ଝିଅର ସ୍ୱର ଶୁଣାଗଲା- ମା' ମନ୍ଦିରରୁ ଫେରିଲୁ । ହୋଟେଲ୍‌ରେ ଖାଇବାକୁ ଯିବୁ ।

- ହଁ ଆଜି ଆମେ ମଧ୍ୟ ହୋଟେଲ୍‌ରେ ଖାଇବୁ ।

- ମା' ଦେଖିକି ଖାଇବ । ତୋର ବ୍ଲଡ଼ସୁଗାର ଆଉ ବାପାଙ୍କ ବ୍ଲଡ୍‌ପ୍ରେସର ଅଛି । ତେଣୁ ଅଧିକା କ୍ୟାଲୋରୀଯୁକ୍ତ ଖାଦ୍ୟ ଖାଇବନାହିଁ । ତୁ ମିଠା ଖାଇବୁନି ।

- ତେବେ ହୋଟେଲ ଯିବୁ କାହିଁକି ?

- ଯାଆ କିନ୍ତୁ ମିଠା ଖାଇବୁ ନାହିଁ ।

ମୁଁ ଫୋନ୍ ରଖିଲି । ଭାବୁଥିଲି ମୋର ଜନ୍ମଦିନ, ବାହାଘର ଦିନର ସ୍ମୃତି ଲିଭି

ଲିଭି ଆସିଲାବେଳକୁ କାହିଁକି ରୋଗର ପ୍ରାଦୁର୍ଭାବଟା ମୃତ୍ୟୁଦିନକୁ ସ୍ମରଣ କରାଇଦେଉଛି ବାରମ୍ବାର ବୁଝି ହେଉନି । ରସଗୋଲା ଖାଇବାକୁ ମତେ ଭଲ ଲାଗେ । ଏବେ ରସଗୋଲା ଧୋଇ ଖାଇବାକୁ ଇଏ ପରାମର୍ଶ ଦେଉଛନ୍ତି । ବୟସ ବଢ଼ିବା ସହିତ ଜୀବନର ମିଠା ଅଂଶ ସରିଗଲା ପରି ବର୍ତ୍ତମାନ ରସଗୋଲାକୁ ଧୋଇଧୋଇ ମିଠା ଅଂଶ କମେଇ ଖାଇବାକୁ ପଡୁଛି । ଏ କି ବିଡ଼ମ୍ବନା ସତରେ ! ଜୀବନର ଦିନ ସରିସରି ଯାଉଥିବା ବେଳେ ବଞ୍ଚିବାର ଲାଳସା ସତେ ଯେମିତି ବଢ଼ି ବଢ଼ି ଯାଉଛି । ପାଳନ କରିବାକୁ ଇଚ୍ଛା ହେଉଛି ଗୋଟିଏ ପରେ ଗୋଟିଏ ଜନ୍ମଦିନ ଆମ ପିଲାଙ୍କର । ସତରେ ବିଚିତ୍ର ଏହି ମୋହ ।

ମମତାର ମଳୟରେ

ବିବର୍ଣ୍ଣ ବିଷଣ୍ଣ ମନ ହୃଦୟରେ ମୁହୂର୍ମୁହୂ ଜ୍ୱଳନରେ ଆକ୍ରାମାକ୍ତା ହୋଇ ସେଦିନ ଭରତ ବାଧହୋଇ ସାଙ୍ଗ ପ୍ରଭାତ ଆଗରେ କ୍ଷୋଭରେ ପ୍ରକାଶ କରିଥିଲେ - ଜାଣିଛୁନା ମୋ ଘରଟା ଚୁର୍‌ମାର୍ ହୋଇଗଲା ।

- କ'ଣ କହୁଛୁ ତୁ ? ପିଲାର୍ କରିନଥିଲୁ କି ? ତେବେ କ'ଣ ସରକାରୀ ନା ବିଲ୍‌ଡ଼ରଦ୍ୱାରା ତିଆରି କରିଥିଲୁ କି ?

- ତୁ ବୁଝିଲୁ କ'ଣ ? ନିଜେ ଘର କରିଥିଲି ନିଜ ତମାମ ଜୀବନର ସ୍ନେହ ପ୍ରେମ, ଓ ମମତା ଢାଳି । ପିଲାର୍ କରିଥିଲି ନିଜ ଅସ୍ଥି କଙ୍କାଳରେ । କେବେ ଭାବିନଥିଲି ସ୍ନେହର ମାପକାଠିର ମୂଲ୍ୟ ସ୍ୱାର୍ଥପରତା ଆଗରେ ନ୍ୟୁନ ହୋଇଯିବି ବୋଲି ।

- କ'ଣ କହୁଛୁ ତୁ ?

- ଏଇ ତ ଜୀବନର ପୁଞ୍ଜି ଲଗେଇ ତୋଳିଥିବା ଇଟା ପଥର ସିମେଣ୍ଟ ଛଡ଼ର ଘରଟି ଭଲପାଉଥିବା ପୁଅଟି ନାଁରେ କରିଦେଲି । କିନ୍ତୁ ଭଲପାଇବାର ପରିଣାମ ଏବେ ଭୋଗ କରୁଛୁ ଆମେ ଦୁଇଜଣ ସ୍ୱାମୀସ୍ତ୍ରୀ ।

- ଆରେ ମୁଁ ତ ବୁଝି ପାରୁନଥିଲି ତୁ କେମିତି ସହର ଛାଡ଼ି ଗାଁରେ ଆସି ରହିଲୁ । ଏତେବର୍ଷ ସହର ଜୀବନ କଟାଇ ସାରିଲାପରେ ଗାଁର ମାଟି ଘରକୁ ଆପଣେଇ ନେଲୁ କେମିତି ?

- ସତରେ ମୁଁ ଜୀବନ ଯୁଦ୍ଧରେ ହାରିଗଲି । ଅପତ୍ୟ ସ୍ନେହ ପାଖରେ ଶିକାର ହୋଇଗଲି । ଆମେ ପିତାମାତା ପିଲାଙ୍କୁ କେତେ ବିଶ୍ୱାସ କରିଛେ !

- ଠିକ୍‌ରେ କଥାଟା କହ ।

- ଶୁଣେ । ଚାକିରୀରୁ ରିଟାୟାର୍ଡ଼ ନେଲାପରେ ରାଉଲ୍‌କେଲାର ରହିବାପାଇଁ ସ୍ଥିର କରି ସେଠି ଗୋଟିଏ ଦୁଇମହଲା ଘର ତୋଳି ଥିଲି । ଦୁଇପୁଅଙ୍କ ପାଇଁ ଘର କରିଥିଲି

ଏକାଠି ମିଳିମିଶି ଚଳିବେ ବୋଲି । ଜାଣିଛୁ ତ ଗାଁରେ ଜମିବାଡ଼ି ପଡିଛି ସେମିତି । ସାନପୁଅଟି ଭଲ ଚାକିରି କରି ଅଧିକ ଅର୍ଥ ରୋଜଗାରରେ ନିଜର ଘର ତୋଳିପାରିବାର ସାମର୍ଥ ରଖିଛି ବୋଲି ଦିନେ ମୋ ଆଗରେ ପ୍ରକାଶ କଲା । ମୁଁ ମଧ୍ୟ ତା'ର ନିଜ ଉପରେ ଥିବା ନିଜର ବିଶ୍ୱାସରେ ଆସ୍ଥା ପ୍ରକଟ କରିଥିଲି । ଜାଣୁ ତ ବଡ଼ପୁଅଟିର ରୋଜଗାର ସେତେ ବେଶି ନୁହଁ । ସେ ହିଁ ମୋ ପାଖରେ ସ୍ତ୍ରୀ ପୁଅକୁ ନେଇ ପନ୍ଦର ବର୍ଷ ହେଲା ରହିଆସୁଥିଲା । ଆମପ୍ରତି ପୁରାପୁରି ଆନୁଗତ୍ୟ ଥିଲା । ଏକଦମ୍ ଚୁପ୍‌ଚାପ୍ ସ୍ୱଭାବର ପୁଅ ମଧ୍ୟ ସେ । କହିବାକୁ ଗଲେ ସୁନାପୁଅ । ତାରି ଯୋଗୁ ଆମେ ରିଟାୟର୍ଡ଼ପରେ ଆମର ଏକେଲାପଣ ଦୂର ହୋଇଯାଇଥିଲା । ତା' ବୋହୂ ଆମର ସେବାଶୁଶ୍ରୁଷାରେ କେବେ ହେଲା କରିନଥିଲା । ନାତିଟି ଯୋଗୁ ଘର ଚଞ୍ଚଳ ହୋଇଉଠୁଥିଲା ।

- ତେବେ ଅସୁବିଧା କେଉଁଠି ?

- ସାନପୁଅର ବାହାଘର ପାଞ୍ଚବର୍ଷ ହେଲା । ସେମାନେ ତ ମେଟ୍ରୋ ଟାଉନ୍‌ରେ ରହନ୍ତି । କୁଣିଆପରି ଦୁଇଚାରିଦିନ ବୁଲି ଆସନ୍ତି । ଏବେ ପୁନାରେ ଗୋଟିଏ ଫ୍ଲାଟ୍ କିଣି ସାରିଲାଣି । ପୁଅ ବୋହୂ ତ ରୋଜଗାରକ୍ଷମ । ଘରକୁ ଆସିବାବେଳେ ଘରପାଇଁ ଅନେକ ଜିନିଷ ଆଣିଥାଆନ୍ତି । ଦୁଇଭାଇଙ୍କ ଭିତରେ ସଂପର୍କ ମଧ୍ୟ ଉତ୍ତମ । ତଥାପି ମୁଁ ପକ୍ଷପାତିତା କରିଦେଲି ବୋଲି ଭାବୁଛି ଏବେ ।

- କହୁନୁ କଥାଟା ଖୋଲି କରି ।

ଦିନେ ଭାବିଲି ଯଦି ଆମପରେ ସାନପୁଅ ଆସି ଭାଗ ମାଗିବ ତେବେ ବଡ଼ର ତ ନିଶ୍ଚୟ ଅସୁବିଧା ହେବ । ତେଣୁ ଘରଟି ବଡ଼ ପୁଅ ନାଁରେ ପୁରା ରେଜେଷ୍ଟ୍ରି କରିଦେଲି । ଆମ ପରେ ଗୋଟିଏ ମହଲାରେ ରହି ଅନ୍ୟ ମହଲାର ଭଡ଼ାରେ ମଧ୍ୟ ସେ ଚଳିଯାଇପାରିବ । ତୋ ଭାଉଜ କଥା ନଶୁଣି ମୁଁ ଏହି ସିଦ୍ଧାନ୍ତ ନେଲି । ଘରଟି ତା' ନାଁରେ କଲାପରେ ସେମାନଙ୍କ ବ୍ୟବହାରରେ ଅବନତି ଘଟିଲା । ସେମାନଙ୍କଠାରୁ ସ୍ନେହ ସୌହାର୍ଯ୍ୟ ମିଳିବା ପରିବର୍ତ୍ତେ ରୁକ୍ଷ ବ୍ୟବହାର ମିଳିଲା । ତାରି ଭିତରେ ଦୁଇତିନି ବର୍ଷ ବିତାଇଦେଲୁ । ଏବେ ହଠାତ୍ ଦିନେ ଆମ ସାଙ୍ଗରେ କଳିକରି ଆମକୁ ଘରୁ ବାହାର କରିଦେଲା । ବାଧ୍ୟହୋଇ ଆମେ ଗାଁକୁ ଚାଲିଆସିଲୁ । କହିଲେ କୂଳ କୁଟୁମ୍ବକୁ ଲାଜ । ତୁ ମୋର ଅନ୍ତରଙ୍ଗ ସାଙ୍ଗବୋଲି କହିଦେଲି । ଅନ୍ୟ ଆଗରେ କହିବୁନାହିଁ ମୋ ଘର କଥା ।

ଖର ନିଃଶ୍ୱାସ ଛାଡ଼ିଲେ ଭରତ । ଅସନ୍ତୁଷ୍ଟ ଦିନଗୁଡ଼ିକରେ ଭୁଞ୍ଜିଥିବା ହୃଦୟବିଦାରକ ଘଟଣାଗୁଡ଼ିକୁ ବ୍ୟକ୍ତ କରିବାକୁ ଇଚ୍ଛା କରିନଥିଲେ ସାଙ୍ଗ ପ୍ରଭାତ ଆଗରେ ।

ଦୀର୍ଘଶ୍ୱାସ ଛାଡ଼ି ପ୍ରଭାତ କହିଲେ- ତେବେ ଦୁନିଆଁରେ କାହାକୁ ବିଶ୍ୱାସ କରିବା ? କିନ୍ତୁ ତୁ ଭୁଲ୍ କରିଦେଲୁ । ଦୁଇଟା ପୁଅ ଥାଉଥାଉ ଜଣକ ନାଁରେ ହାତଟେକି

ଲେଖିଦେବା ଉଚିତ ନଥିଲା ତୋର । ମୃତ୍ୟୁପରେ ସେମାନେ ଭାଗ ବାଣ୍ଟନ୍ତୁ କି ନ ବାଣ୍ଟନ୍ତୁ ତୋର ଏତେକଥା ଭାବିବା ନଥିଲା । ଭଲ ପାଉଥିବା ପୁଅଟି ପାଇଁ ଆଗପଛ ବିଚାର ନକରି ଘରଟା କରିଦେଲୁ କେମିତି ?

– ଭଲପାଇବା କଥା କୁହୁଛୁ ପୁଣି ? ମୁଁ ମୋ ସାନପୁଅକୁ ପିଲାଟି ଦିନରୁ ବେଶି ଭଲପାଏ । କାରଣ ଜାଣୁ ସେ ଭଲ ପଢ଼େ । ଆଉ ସେ ମଧ୍ୟ ବଡ଼ପରି ବ୍ୟବହାର କରେ । କିନ୍ତୁ ବାପର ହୃଦୟ ଅଲଗା । ଯିଏ ଦୁର୍ବଳ ତା' ପ୍ରତି ବେଶି ଅନୁକମ୍ପା ରୁହେ ପିତାମାତାଙ୍କର । ଭଲପାଇବା ଓ ଅନୁକମ୍ପା ରହିବା ଅଲଗା କଥା ।

– ଜାଣେ । ହେଲେ ଏବେ ତ ତୁ ଦଗା ଖାଇଲୁ । ସତରେ ମରିବାପୂର୍ବରୁ କେଉଁ ପୁଅ ନାଁରେ ସମ୍ପତ୍ତିବାଡ଼ି କରିଦେବା କଥା ନୁହଁ । ନଚେତ୍ ଏ ବୁଢ଼ାବେଳକୁ କିଏ ପଚାରିବେନି । ତୁ ସିନା ପେନ୍‌ସନ ଟଙ୍କା ପାଉଛ ବୋଲି ଚଳିଯିବୁ । ହେଲେ ଯିଏ କିଛି ନ ପାଏ ତାକୁ ପିଲାମାନେ ପଚାରିବେ କେମିତି ? ଯାହାହେଉ ମୋର ଏବେ କିଛି ରୋଜଗାର ନାହିଁ । ଦୁଇବାଟି ଜମି ଆଉ ଘରଡ଼ିହ ଖଣ୍ଡକ ଅଛି ବୋଲି ପିଲାମାନେ ହତାଦର କରୁନାହାନ୍ତି । ଏଥିରେ ତୋ ଭାଉଜର ଟାଣ କମ୍ ନୁହେଁ । ବୋହୂମାନଙ୍କୁ ନିଜ ଅନୁସାରେ ଚଳଉଛି । ଗାଁରେ ଦୁଇମହଲା ଘର କରିଛି । ତା'ର ମୂଲ୍ୟ ଆଉ କ'ଣ ? ନିଜେ ଯାହା ଭୋଗ କରିବୁ । ମରିଗଲେ ଘରୁ ମଢ଼ା ବାହାର କରିବାକୁ କେତେସମୟ ଲାଗିବ କହିଲୁ ?

– ସତରେ ଆଜିକାଲି ପିଲାଙ୍କ କଥା ଦେଖ । ଭାରି ସ୍ୱାର୍ଥପର । ନିଜ ଚିନ୍ତା ଛଡ଼ା ଅନ୍ୟ ଚିନ୍ତା କରିବାକୁ ଚାହାଁନ୍ତି ନାହିଁ ।

– ସେୟା ତ । ସେମାନଙ୍କ ଭିତରେ ପାପ, ପୁଣ୍ୟର ବିଚାର ନାହିଁ । ନିଜରପଣର ବନ୍ଧନ ନାହିଁ । ଗୁରୁଜନଙ୍କ କଥାଗୁଡ଼ିକ ଅର୍ଥହୀନ ସେମାନଙ୍କ ପାଖରେ । ସତରେ ମୁଁ ମୋ ବାପାଙ୍କ ସେବାଯତ୍ନରେ ଯେତେ ତତ୍‌ପର ଥିଲି ସେତକ ମୁଁ ମଧ୍ୟ ପାଉନି ଆଜି ।

– ଆଉ ମନଦୁଃଖ କରି ରୋଗଣା ହେବାନି ତ ! ଯିଏ ଯାହାକଲା କରନ୍ତୁ । ଆଶାରଖି ନିରାଶ ହେଲେ ମନଭାଙ୍ଗିଯାଉଛି ପରା ।

– ଆରେ ଭରତ, ତୁ ଭାଙ୍ଗି ପଡ଼ିଲେ ଭାଉଜଙ୍କ ଅବସ୍ଥା କ'ଣ ହେବ ? ପୁଅମାନେ ବାପାମା'ଙ୍କ ପ୍ରତି କର୍ତ୍ତବ୍ୟ କ'ଣ କରିବେ ଓଲଟି ଅଧିକାର ପାଇଁ ଅଡ଼ି ବସୁଛନ୍ତି । କିଛି ଚିନ୍ତା କରନା । ଏହି ଗାଁରେ ତୋର ଜନ୍ମ, ଏହି ଗାଁ ହିଁ ଆପଣେଇ ନେବ ତତେ ।

– ସତ କହିଲୁ । ଏଠି ଆସି ରହିଲାପରେ ମୁଁ ପୁରାପୁରି ସେ ସହର କଥା ଭୁଲିଗଲଣି । ଜମିବାଡ଼ି ଦେଖାଚାହାଁ ସାଙ୍ଗକୁ ଗାଁର ଅନେକ ଜଞ୍ଜାଳରେ ତ ମୁଁ ପଶିଗଲିଣି ।

- ଗାଁରେ କ'ଣ ନାହିଁ ଆଉ ? ସହର ପରି ରାସ୍ତା, ଆଲୁଅ, ପାଇପ୍ ପାଣି ସବୁ ତ ସୁବିଧାହେଲା । ଯେଉଁଠି ରହିଲେ ଟିକିଏ ଶାନ୍ତିରେ ରହିବା ଦରକାର ନା ନାହିଁ ?

- ହଁ । ଆଜି ମନଟା ଭାରି ହାଲ୍‌କା ଲାଗୁଛି । ତତେ ମୋ ହୃଦୟର କଥା କହିଦେଲି ।

- ଯାହାହେଉ । ଜିଇଁବାପାଇଁ ଟିକିଏ ସ୍ନେହ ପ୍ରେମ ଦରକାର, ସେ ଘରର ଲୋକ ହେଉ କି ବାହାରର ଲୋକ ହେଉ । ଆମେ ନିଜେ ହିଁ ଘର ପର ସୃଷ୍ଟି କରିଛେ । ଯାହାକୁ ନିଜର ଭାବିବ ସେ ଯଦି ତମକଥା ଭାବିଲାନି ତେବେ ତା ପାଖରୁ ଖୁସି ମିଳିବ କେମିତି ?

- ହଁ । ମୁଁ ସହରକୁ ଯାଇ ରହିବାପରେ ତମମାନଙ୍କୁ ପୁରା ଭୁଲି ଯାଇଥିଲି । ଭାବିବାକୁ ସମୟ ମିଳିନି ତମମାନଙ୍କ ବିଷୟରେ କେବେ ଭାବିବାକୁ ।

- କିନ୍ତୁ ଆମେମାନେ ଗାଁରେ ରହି ତତେ ମନେପକାଉଥାଉ । କିଏ ଜାଣିଥିଲା ଯେ ତୁ ପୁଣି ଦିନେ ଫେରିବୁ ଗାଁକୁ ?

- ଏଇ ତ ବିଧିର ନିୟମ । ଯାହାକୁ ଯେଉଁଠି ଯେତେ ଦିନ ଭୋଗ କରିବାକୁ ଥିବ ସେଇଠି ସେ ରହିବ ।

- ତୋର ଗାଁରେ କିଛି ଅସୁବିଧା ନାହିଁ ତ ?

- ଓଦା ହୋଇ ଆସିଲା ଭରତଙ୍କ ଆଖି । ଗମ୍ଭୀର ହୋଇ କହିଲେ - ସତ କହିବି ନା ମିଛ କହିବି ।

- ଆରେ ସତ କହ ।

- ଭାରି ମନେପଡୁଛି ପିଲାମାନଙ୍କ କଥା । ଏତେବର୍ଷ ସହରରେ କଟାଇବାପରେ ଗାଁର ପାଣିପବନରେ ଆଉ ମୋହନାହିଁ । ବାଧ୍ୟରେ ଏଠି ପଡ଼ିଛୁ ସିନା । ହେଲେ ମନ ତ ନାତିଟି ପାଖରେ ଅଟକି ଯାଇଛି ।

- ଗାଁ ଘରବାଡ଼ି ବିକି ଫେରିଯାଆ ସହରକୁ ।

- ଆଉ ଇଚ୍ଛାନାହିଁ ଭିଟାମାଟି ବିକିବାକୁ । ହାତରେ ମଧ୍ୟ ଟଙ୍କା ନାହିଁ ସହରରେ ଜାଗାଘର କିଣି ରହିବାକୁ । ସହରରେ ବୁଢ଼ା ବୁଢ଼ୀ ଦୁଇଜଣ ଯାଇ ରହିଲେ କିଏବା ସାହା ହେବ । ଚୋରୀ ବଦମାସ୍ ସବୁ ହିଁ ସହରରେ ହୁଏ । ଗାଁ ପରି ଶାନ୍ତି କ'ଣ ସେଠି ଅଛି କି ? ସାନପୁଅ ତ ତା ପାଖକୁ ଡାକୁଛି ଯାଇ ରହିବାକୁ । ଆଉ କୁଆଡ଼େ ଯିବୁନି ଆମେ ।

- ତଥାପି ସମସ୍ତେ ତ ଆଜି ସହର ମୁହାଁ । କଥା କ'ଣ ?

- ସବୁ ମାୟା । ସହରରେ କାୟା ସହ ମାୟା ମଧ୍ୟ ବଢ଼ିଗଲାଣି ପରା ।

ଖୁବ୍ ବିହ୍ୱଳ ହୋଇ ପ୍ରଭାତ କହିଲେ - ସତରେ ମୋ ପିଲାମାନେ ଚାକିରୀ ବାକିରୀ କରିଥିଲେ ଆଧୁନିକତାର ପ୍ରଭାବରେ ଶୀକାର ହୋଇ ମୋତେ ଦିନେ ମଧ୍ୟ କ'ଣ କହିଥାଆନ୍ତେ ଘରୁ ବାହାରି ଯିବାପାଇଁ କି ?

- ସମସ୍ତେ ତ ଏକାଗୁଣର ଅଧିକାରୀ ନୁହଁନ୍ତି ।

- କିଏ ଜାଣେ ସହରର କୋଣ ଅନୁକୋଣରେ କେତେ ପିତାମାତା ଆଖିରୁ ଲୁହ ଗଡ଼ଉଥିବେ । ଆଉ ସେମାନଙ୍କ ଲୁହ ସହରି ଗରମ ପବନରେ ଖୁବ୍ ଶୀଘ୍ର ଶୁଖିଯାଉଥିବ ବୋଧେ ।

- ତେବେ ସମସ୍ତେ ତ ସହରର ଆକର୍ଷଣ ଓ ଗାଁର ବିକର୍ଷଣରେ ଜର୍ଜରିତ । ନିଜଠାରୁ ପିଲାମାନଙ୍କ ଚିନ୍ତା ବେଶି ଅଧିକା । ସେମାନଙ୍କ ସ୍ୱପ୍ନ ପାଇଁ ଆମର ଚେଷ୍ଟା ମଧ୍ୟ କମ୍ ନୁହେଁ ତଥାପି ସେମାନେ ଆମପାଇଁ ଜମାରୁ ଚିନ୍ତିତ ନୁହଁନ୍ତି । - ଭରତ ଗମ୍ଭୀର ହୋଇ କହିଲେ ।

- ଶୁଣିଛୁ ନା ଆମର ସାଙ୍ଗ ଉମେଶ ଏବେ ଗାଁରେ ଆସି ରହିଲା । ପିଲାମାନେ ବାଙ୍ଗାଲୋର ଓ ବମ୍ବେରେ । ପାଖ ଗାଁ ସ୍କୁଲରୁ ତା' ସ୍ତ୍ରୀ ରିଟାୟାର୍ଡ଼ ନେଲେ । ଏବେ ଗାଁରେ ସାନଭାଇର ପରିବାର ରହୁଛନ୍ତି । ମା' ବାପା ତ କେଉଁକାଳୁ ଆରପାରିରେ । ରିଟାୟାର୍ଡ଼ପରେ ଗାଁରେ କୋଠାଘର କରିଲା । ଏବେ ଭାଇ ସହିତ ମିଶି ରହୁଛି ।

- ସତରେ କିଏ ବା ଭାଇପାଇଁ ଘରଦ୍ୱାର କରି ତା' ପରିବାରକୁ ପୋଷୁଛି ମ ?

- ତା' ଭାଇପରା ବେକାରିଆ ।

- ହଁ ସେୟା । ଗାଁର ଜମିବାଡ଼ି କଥା ଟିକିଏ ବୁଝୁଛି ତ ।

ନିୟତିର ନିର୍ଦ୍ଦେଶକୁ ସମସ୍ତେ ତ ମାନିବାକୁ ବାଧ୍ୟ । ଆୟୁଷ ଟିକକ କେତେ ବର୍ଷ ପାଇଁ ରହିବ କି ଆଉ ? ଦୀପରୁ ତେଲ ସରିଗଲା ପରି ଦିନେ ସେ ଜୀବନ ଲିଭିଯିବ । ଯେଉଁଠି ରୁହ ଟିକିଏ ଶାନ୍ତିରେ ନିଃଶ୍ୱାସ ନେଲେ ହେଲା । ମାୟାର ମରୀଚିକା ପଛରେ ଦୌଡ଼ିଛେ ତ । କେତେବେଳେ ଅମୃତ ଟିକିଏ ପାଇବା ତ କେତେବେଳେ ବିଷ ଟିକିଏ ଚାଖିବା । ତଥାପି ତମାମ ଜୀବନକୁ ଭଲପାଇବା ଶିଖିଛେ । ସ୍ୱଳ୍ପ ସମୟକୁ ନେଇ ଅନ୍ୟର ପାପୁଲିରେ ଆହୁତି ଦେବାର ଯଥାର୍ଥତା କ'ଣ ?

■

ମୃତ୍ୟୁର ଅପେକ୍ଷାରେ

ଶ୍ରୀକାନ୍ତ ସେଦିନ ସେମିତି ଚାହିଁ ରହିଥିଲେ ଶୂନ୍ୟକୁ । ରାତ୍ରୀର ମୃଦୁମୃଦୁ ବାୟୁର ଚଳନ ଦେହରେ ଶୀତଳତା ଭରି ଦେଉଥିଲା । ଦେହର ଉତ୍ତାପ କିନ୍ତୁ ପୁରାପୁରି କମି ଯାଇନଥିଲା । ଉତ୍ତାପ ଥିଲା ନର୍ମାଲଠାରୁ ଟିକିଏ କମ୍ । ପଲସ୍ ରେଟ୍ କମି ଯାଇଥିଲା ଡାକ୍ତରଙ୍କ ଭାଷାରେ । ଅଙ୍ଗଗୁଡ଼ିକର ଚଳନର ଶକ୍ତି ମାନ୍ଦା ହୋଇଯାଇଥିଲା । ଉଠି ବସିବାକୁ ଇଚ୍ଛା ହେଉଥିଲେ ମଧ୍ୟ ଦେହରେ ବଳ ଆସୁନଥିଲା ଟିକିଏ । ତେଣୁ ଉଠିବାର ସବୁ ଚେଷ୍ଟା ବିଫଳ ହୋଇଯାଇଥିଲା ଆଉ ସେ ଅଗଣାର ଖଟ ଉପରେ ସେମିତି ନିର୍ବିକାର ହୋଇ ଚାହିଁଥିଲେ ଅନ୍ଧାର ରାତ୍ରୀର ଆକାଶକୁ ଓ ଶୂନ୍ୟକୁ । ତାଙ୍କ ଆଖି ଆଗରେ ତାରକାଗୁଡ଼ିକ ମିଟି ମିଟି କରି ଉଠୁଥିଲେ ଗୋଟିକ ପରେ ଗୋଟିଏ । ସେହି ଆଲୋକରେ ଆକାଶର ଅନ୍ଧକାର ଦୂରୀଭୂତ ହୋଇ ପାରୁନଥିଲା କିନ୍ତୁ ଆକାଶ ଅବସ୍ଥିତିର ସୂଚନା ମିଳୁଥିଲା ତାଙ୍କ ଆଖି ଦୁଇଟିକୁ ।

କାହିଁ ଆଜି ଜହ୍ନ ରାତି ? କାହିଁ ଆଜି ଜୋସ୍ନାର କିରଣ ? କୁଆଡ଼େ ଗଲା ଶୀତଳ ଚନ୍ଦ୍ର କିରଣର ସ୍ପର୍ଶ ? କିନ୍ତୁ ଏ ଆମା ଅନ୍ଧକାର ରାତ୍ରୀଟା ଭାରି ଭୟଙ୍କର ହୋଇ ଉଠିଛି ଶ୍ରୀକାନ୍ତଙ୍କ ଆଗରେ । ସେ ଖାଲି ଚାହିଁଛନ୍ତି ଶୂନ୍ୟକୁ ଓ ତା' ଭିତରେ ଖୋଜୁଛନ୍ତି ମହାଶୂନ୍ୟକୁ ଓ ତା'ପରେ ପୁଣି କ'ଣ ?

ପୃଥିବୀଟା ଗୋଲ୍ ଥିଲା ଭୌଗୋଳିକ ଦୃଷ୍ଟିକୋଣରେ । ତା'ର ଚାରିପଟେ ଶୂନ୍ୟ । ତା'ର ଉପରେ ମହାଆକାଶ ହୋଇପାରେ । ତା' ତଳେ ମଧ୍ୟ ମହାଆକାଶ ହୋଇପାରେ । ତା'ର ଚର୍ତୁପାଶ ହିଁ ମହାଆକାଶର ଉପସ୍ଥିତି । ଏହି ଆକାଶଟା କ'ଣ ଶୂନ୍ୟ ଓ ମହା ଶୂନ୍ୟକୁ ଛୁଇଁ ଯାଇଛି ଯେଉଁଠି ଦିନେ ସେ ଶୂନ୍ୟ ହୋଇଯିବେ ଓ ମହାଶୂନ୍ୟକୁ ସ୍ପର୍ଶ କରିବେ । କିନ୍ତୁ ଶୂନ୍ୟ ଓ ମହାଶୂନ୍ୟର ଭାବନାଟା କାହିଁକି ପଚାଶବର୍ଷ ତଳେ ତାଙ୍କ ମନକୁ ଜୁଟି ନଥିଲା ? କାହିଁକି ଶରୀର ପଙ୍ଗୁଅଙ୍ଗର ଦୃଶ୍ୟ ତାଙ୍କୁ ଆଗୁଆ

ଦୃଷ୍ଟିଗୋଚ଼ର ହୋଇ ନଥିଲା । କାହିଁକି ସେ ସେତେବେଳେ ବୁଝି ପାରୁନଥିଲେ ଭବିଷ୍ୟତର ଅବସ୍ଥାକୁ ? କାହିଁକି ସେ ଖାଲି ସେତେବେଳେ ଦେଖୁଥିଲେ ସୁନେଲୀ ସ୍ୱପ୍ନର ସୁନେଲୀ କିରଣର ମନଛୁଆଁ ମହକକୁ ? ସେ କ'ଣ ଥିଲେ ମୂର୍ଖ ଯେ ଭବିଷ୍ୟତର ଅବସ୍ଥାକୁ ବୁଝି ପାରୁନଥିଲେ ? ନା ସେ ସବୁ ବୁଝିଥିଲେ କିନ୍ତୁ ବର୍ତ୍ତମାନର ସ୍ୱପ୍ନକୁ ଛାଡ଼ିଦେଇ ଭବିଷ୍ୟତର ଅନ୍ଧକାର ଧାରାକୁ ଧରିବାକୁ ଚାହୁଁନଥିଲେ । ସେଥିପାଇଁ ସେ କେବେ ଭାବୁନଥିଲେ ଭବିଷ୍ୟତକୁ । ଖାଲି ବର୍ତ୍ତମାନ ସହିତ ବଞ୍ଚିବା ଶିଖିଥିଲେ । ଖାଲି ବର୍ତ୍ତମାନ ଆଉ ବର୍ତ୍ତମାନ ହିଁ ତାଙ୍କ ଆଖିରେ ନାଚ଼ି ଉଠୁଥିଲା ସବୁଠି ସବୁଜ କ୍ଷେତ୍ରପରି ।

ସେହି ବର୍ତ୍ତମାନକୁ ସେ ଛାଡ଼ି ଆସିଛନ୍ତି ବହୁତ ଦୂରରେ । ସେତେବେଳେ ଜୀବନଟା ଥିଲା ଏକ ବରଦାନ । ସେ ବଞ୍ଚୁଥିଲେ ଅୟସ୍ ଆରାମ୍‌ରେ । ବିରାଟ କୋଠାରେ ଚାକର ଚାକରାଣୀଙ୍କ ଗହଣରେ ସେ ରାଜକୀୟ ଜୀବନ ଅତିବାହିତ କରୁଥିଲେ । ବେଶି ଚାଲିବାକୁ ପଡୁନଥିଲା କି ଗୋଡ଼ ଦୁଇଟିରେ । ପାଦ ଦୁଇଟି କଅଁଳ ଯୋତାର ସ୍ପର୍ଶରେ ଆହୁରି ନରମ ହୋଇ ଉଠୁଥିଲା । ଘରୁ ବାହାରି ମାତ୍ରେ ପାଖକୁ କାର୍ ଆସି ପହଞ୍ଚି ଯାଉଥିଲା । ଶରୀରକୁ କଷ୍ଟ ଦେବାକୁ ସେ କେବେ ଚାହୁଁନଥିଲେ । ଖାଦ୍ୟପେୟର ମହମହ ବାସ୍ନା ତାଙ୍କର କ୍ଷୁଧାକୁ ଦ୍ୱିଗୁଣିତ କରୁଥିଲା । ସେ ସବୁବେଳେ ଆକଣ୍ଠ ଭୋଜନ ସାଙ୍ଗକୁ ଆକଣ୍ଠ ପାନରେ ବୁଡ଼ି ରହୁଥିଲେ । ସେ ଥିଲେ ରାଜ ପରିବାରର ଏକମାତ୍ର ପୁତ୍ର । ଧନର ପ୍ରାଚୁର୍ଯ୍ୟ ତାଙ୍କୁ ଆହୁରି ସୁଖ ଦେଇଥିଲା । ସେଥିପାଇଁ ସେ କୌଣସି କାର୍ଯ୍ୟ ବିନା ଜୀବନକୁ ଖାଲି ଉପଭୋଗ କରି ଶିଖିଥିଲେ । ସେହି ସୁଖର ଜୀବନଟାକୁ ସେ ହାତଛଡ଼ା କରିବାକୁ କେବେ ଚାହୁଁନଥିଲେ ତେଣୁ ସେ ପ୍ରତିଦିନକୁ ଉପଭୋଗ କରୁଥିଲେ ମନପ୍ରାଣ ଦେଇ । କାହିଁ ଦିନକ ପାଇଁ ସେ ବିରକ୍ତ ହୋଇ ଉଠୁନଥିଲେ ଏକା ଏକା ଜୀବନ ବିତାଇ । କିନ୍ତୁ ଆଜି ଏହି ଜୀବନକୁ ବିତାଇଲାବେଳକୁ ତାଙ୍କୁ ବିରକ୍ତ ଲାଗୁଛି । ଏ କି ଜୀବନ ଯେଉଁଠାରେ ଖାଲି ଦୁଃଖ ଯନ୍ତ୍ରଣା ଭର୍ତ୍ତି । ଅଭିଶପ୍ତ ହୋଇପଡ଼ିଛି ଅଚ଼ଳନ୍ତ ଶରୀର ଖଣ୍ଡକ ।

ପାଞ୍ଚବର୍ଷ ତଳେ ଶେଫାଳୀ ଚାଲିଗଲା । ତା'ର ଦୁଃଖ ନ ଥିଲା କି ଯନ୍ତ୍ରଣା ନଥିଲା । ଭଲ ଖାଦ୍ୟ ଖାଇଲା ରାତିରେ ଆଉ ଅଧରାତିରେ ତାଙ୍କୁ ହଲେଇ ଦେଇ କ୍ଷୀଣ ସ୍ୱରରେ କହିଥିଲା- ଶୁଣୁଛ । ମୋ ଦେହଟା କ'ଣ ହୋଇ ଯାଉଛି ? ମୋ ଛାତିଟାରେ ନିଃଶ୍ୱାସ ପ୍ରଶ୍ୱାସ ଗଲାବେଳେ କଷ୍ଟ ଲାଗୁଛି । ମୁଁ ଆଉ ବଞ୍ଚି ପାରିବିନି ? ହାତ ମାର ମୋ ଦେହରେ । କେମିତି କେମିତି ଭାବନା ମୋତେ ଘାରୁଛି ।

ଶ୍ରୀକାନ୍ତ ସେତେବେଳେ ହାତ ମାରିଥିଲେ ଶେଫାଳୀର ଦେହରେ । ସତେ ସେ ଯେମିତି ଥରୁ ଥିଲା ଆଉ ଭୟରେ ଜାବୁଡ଼ି ଧରିଥିଲା ସ୍ୱାମୀ ଶ୍ରୀକାନ୍ତଙ୍କୁ ।

ଶ୍ରୀକାନ୍ତ ବିଚଳିତ ହୋଇ ଶଯ୍ୟାରୁ ଉଠିଥିଲେ । କହିଲେ - କିଏ ଅଛରେ, ଡାକ୍ତରଙ୍କୁ ଡାକିଆଣ ।

ଡାକ୍ତର ଆସିଥିଲେ କିନ୍ତୁ ଶେଫାଳୀ ତା' ପୂର୍ବରୁ ମହାଶୂନ୍ୟରେ ମିଳେଇ ଯାଇଥିଲା ।

ଡାକ୍ତରଙ୍କ ନିରାଶ ବାଣୀ ଶ୍ରୀକାନ୍ତଙ୍କ ପଞ୍ଚଇନ୍ଦ୍ରିୟଙ୍କୁ ଉତ୍ତେଜିତ କରି ଦେଇଥିଲା । ସେ ଗର୍ଜନ କରିଥିଲେ - ତମେ କି ଶିକ୍ଷା କରିଛ ଯେ ମଣିଷକୁ ବଞ୍ଚାଇ ପାରୁନ ? ଜାଣିନ ତମେ ଶେଫାଳୀ ପାଇଁ ମୁଁ ବଞ୍ଚିଛି କିନ୍ତୁ ସେ ଝଡ଼ି ପଡ଼ିଲା ମାନେ ମୁଁ ମଉଳି ଯିବି ।

ସତକୁ ସତ ଶ୍ରୀକାନ୍ତ ଆସ୍ତେ ଆସ୍ତେ ଶେଫାଳୀର ଅବର୍ତ୍ତମାନରେ ଚୁପ୍ ହୋଇଯାଉଥିଲେ । ପୁଅ ବୋହୂ କଥାକୁ ବେଳେବେଳେ ନଜର ଦେଉନଥିଲେ । ଭାବୁଥିଲେ ତ ଭାବୁଥିଲେ ସେ । ଶୂନ୍ୟକୁ ଚାହିଁଥିଲେ ତ ସେମିତି ଚାହିଁଥିଲେ । ଆଉ ଖାଇବା ପିଇବାର ଲୋଭ ନଥିଲା । ଶେଫାଳୀର ମୃତ୍ୟୁ ତାଙ୍କୁ ବଦଳେଇ ଦେଲା ଯେମିତି । ସେ ଦେଖିଥିଲେ ଜୀବନଟା କେମିତି ତାଙ୍କ ଆଗରେ ପାଣି ଫୋଟକା ପରି ଫାଟି ମିଳେଇଗଲା । ଦିନେ ସେ ମଧ୍ୟ ଏମିତି ଚାଲିଯିବେ କିଏ ଜାଣିବେନି ! ସେତେବେଳେ ପାଖରେ ତାଙ୍କର କିଏ ନଥିବେ ତାଙ୍କୁ ଦେଖିବାକୁ । ସେ ମଧ୍ୟ ଚୁପ୍ କରି ଆଖି ମୁଦି ମହାନିଦ୍ରାରେ ଶୋଇଯିବେ ।

କିନ୍ତୁ କାହିଁକି ଏସବୁ ଅଘଟଣ ଘଟିଗଲା ଶ୍ରୀକାନ୍ତଙ୍କଠାରେ ? ଶେଫାଳୀର ମୃତ୍ୟୁପରେ ପରେ ସେ ଗୋଟିଏ ଅଚଳ ମହାମେରୁ ହୋଇ ପଡ଼ିଲେ । ଦେହର ହାତଗୋଡ଼ ଚଳିଲାନି । ସେ ପାଲଟି ଗଲେ ଏକ ଅଥର୍ବ ରୋଗୀ । ଡାକ୍ତରଙ୍କ ପରାମର୍ଶ ଥିଲା - କୌଣସି କଥା ଭାବନ୍ତୁ ନାହିଁ । ଠିକ୍‌ରେ ଔଷଧ ଖାଆନ୍ତୁ । ରିଚ୍ ଫୁଡ୍ ଆପଣଙ୍କ ରୋଗ ବଢ଼େଇ ଦେଇଛି । ଏବେ ବିନା ଲୁଣ ଓ ତେଲରେ ଅଳ୍ପ ଖାଦ୍ୟ ଖାଇବେ ।

ଛିଃ, ବଞ୍ଚିବା ପାଇଁ ଏ ଖାଦ୍ୟ ସେ ଖାଇବେ ? ନା କେବେ ଖାଇବେ ନାହିଁ । ଏସବୁ କ'ଣ ମଣିଷ ଖାଆନ୍ତି ? ପ୍ରଥମେ ପ୍ରଥମେ ଶ୍ରୀକାନ୍ତ ସବୁ ଖାଦ୍ୟକୁ ଫୋପାଡ଼ି ଦେବାପାଇଁ ନିର୍ଦ୍ଦେଶ ଦେଉଥିଲେ । ଖାଦ୍ୟ ଛୁଉଁ ନଥିଲେ । କିନ୍ତୁ ଦେଖିଲେ ଖାଦ୍ୟ ବିନା ଦେହ ଦିନକୁ ଦିନ କ୍ଷୀଣ ହୋଇଗଲାଣି । ପୁଅ ବୋହୂଙ୍କ ତାଗିଦ - ଏହି ଖାଦ୍ୟ ଖାଇବ । ତମ ଦେହର ଭଲ ପାଇଁ ଏହି ଖାଦ୍ୟ ଉପଯୁକ୍ତ । ଯଦି ଆମକଥା ନଶୁଣିବ ତେବେ ତମକୁ ନର୍ସିଂହୋମ୍‌ରେ ଆଡ୍‌ମିଟ୍ କରିଦେବୁ । ସେଠି ତମ ପାଖରେ ଆମେ

ସବୁବେଳେ ରହିବୁନି । ତମ ଘର ନ ଥିବ ସେଠି । ବିଭିନ୍ନ ରୋଗୀଙ୍କ ଭିତରେ ତମେ ରୋଗୀଟିଏ ହୋଇ ଆହୁରି ନିଜକୁ ନିଜ ରୋଗୀ ମନେକରିବ । ଏହି ଘରଠାରୁ ସେଇଟା କ'ଣ ଉପଯୁକ୍ତ ସ୍ଥାନ ହେବ କି ?

ଶ୍ରୀକାନ୍ତ ଚିଲେଇ ଉଠିଥିଲେ ତତ୍‌କ୍ଷଣାତ୍- ଜାଣେ ମୁଁ ଜଣେ ରୋଗୀ କିନ୍ତୁ ତମେମାନେ ମୋତେ କାହିଁକି ହଇରାଣ କରୁଛ ? ମୁଁ ମୋ ଘର ଛାଡ଼ି କୁଆଡ଼େ ଯିବିନି । ଯାହା ଦେବ ଖାଇବି । ବଞ୍ଚିବି । ତମେ ମତେ ମାରିବାକୁ ଚାହୁଁନ । ଅଧିକା ଦିନ କଦର୍ଥନା କରିବ କାହିଁକି ?

ତା'ପରେ ଶ୍ରୀକାନ୍ତ ଛାଡ଼ି ଦେଇଥିଲେ ମୋହ ନିଜ ଜୀବନରୁ । ଆଉ ବଞ୍ଚିବାପାଇଁ ଅଖାଦ୍ୟକୁ ଚର୍ବଣ କରୁଥିଲେ । କି କଷ୍ଟ ! କି ଦୁଃଖ ! ହାତ ଉଠିପାରୁନି ଶରୀରକୁ ଟିକିଏ ଛୁଇଁଦେବାକୁ । ସେ ଆଗ ନିର୍ଜୀବ ହୋଇପଡ଼ିଛି । ଏହି ହାତରେ ସେ ଅତୀତର ସ୍ୱର୍ଗକୁ ସାଉଁଟିଥିଲେ । କିନ୍ତୁ ଏ ହାତ ଆଜି ନର୍କକୁ ମଧ୍ୟ ଛୁଇଁ ପାରୁନି । ଗୋଡ଼ଟିରେ ବେଡ୍ ସୋର ହୋଇଗଲାଣି । ଭାରି କଷ୍ଟ ଲାଗୁଛି । କିନ୍ତୁ ହାତ ଉଠାଇ ତାକୁ ଛୁଇଁ ହେଉନି । କି ନର୍କ ଯନ୍ତ୍ରଣା !

ଶ୍ରୀକାନ୍ତଙ୍କ ଦେହଟା ଆହୁରି ଅବଶ ଲାଗୁଛି । ସେ ସେମିତି ଉପରକୁ ଚାହିଁ ରହିଛନ୍ତି । ପାଖରେ ପୁଅ, ବୋହୂ, ନାତି, ନାତୁଣୀ ସମସ୍ତେ ଠିଆ ହୋଇଛନ୍ତି । ସେ କିଛି କହିବାକୁ ଚାହୁଁଛନ୍ତି କିନ୍ତୁ ପାଟି ଖୋଲି କହି ପାରୁନାହାନ୍ତି । ଭାବନାଗୁଡ଼ିକ ସେମିତି ମନଭିତରେ ରହିଯାଇଛି । ସେ ବୁଝିପାରୁଛନ୍ତି ବୋଧେ ତାଙ୍କ ମୃତ୍ୟୁକାଳ ପାଖେଇ ଆସିଲାଣି । ସେଥିପାଇଁ ସମସ୍ତଙ୍କ ମନରେ ଦୁଃଖ ଓ ବିଷାଦ ଭରିଉଠିଛି । କିନ୍ତୁ କାହିଁକି ? ସେ ମୃତ୍ୟୁକୁ ତ ଏବେ ଆଉ ଡରୁନାହାନ୍ତି । ଏହି ଯନ୍ତ୍ରଣାଠାରୁ ମୃତ୍ୟୁଟା ଆରାମ୍ ଦାୟକ ହେବ ତାଙ୍କପାଇଁ । ସେ ଟିକିଏ ମୁକ୍ତି ପାଇଯିବେ ଯନ୍ତ୍ରଣାରୁ ।

କି ଗରମ ଲାଗୁଛି ଦେହଟା ଆଜି ! କ'ଣ ଦେହଟା ଖାଲି ଜଳୁଛି । ସେହି ଜ୍ୱଳନକୁ କିଏ ଅନୁଭବ କରିପାରୁନାହାନ୍ତି । ସେ ହିଁ ଭୁକ୍ତଭୋଗୀ । ସେ ଏହି ଜ୍ୱଳନରୁ ରକ୍ଷାପାଇବାପାଇଁ କହିଥିଲେ-ନେଇଯାଅ ମୋତେ ଅଗଣାର ଖଟକୁ । ମୁଁ ଟିକିଏ ଦେହକୁ ଶୀତଳ କରିବି । ସହିପାରୁନି ଉତ୍ତାପକୁ ।

ପୁଅ କହିଥିଲା- ଏ ଥଣ୍ଡା ପାଗରେ ତମ ଦେହଟା କ'ଣ ଜଳୁଛି ବୋଲି କହୁଛ ?

ଆରେ ତମେ ବୁଝିପାରିବନି ମୃତ୍ୟୁର ପୂର୍ବ ଅନୁଭୂତିକୁ । ଆଉ ମୋର ସମୟ କେତେ ? ମୁଁ ଏ ଦୁଇଦିନ ଭିତରେ ମୁକ୍ତିପାଇବି ଏହି ନର୍କ ଯନ୍ତ୍ରଣାରୁ !

ତା'ପରେ ସମସ୍ତେ ନୀରବ । ମୃତ୍ୟୁକୁ କ'ଣ କେହି ଦେଖିପାରେ ? ମୃତ୍ୟୁ

ସମସ୍ତଙ୍କୁ ଛୁଇଁଯିବ ତା' କାଉଁରୀ ସ୍ପର୍ଶରେ । କାହାକୁ ସେ ତ୍ୟାଗ କରିପାରେନି । କିନ୍ତୁ ଶ୍ରୀକାନ୍ତ ଅନୁଭବ କରି ପାରୁଛନ୍ତି ମୃତ୍ୟୁ ତାଙ୍କୁ ଖୁବ୍ ନିକଟରେ ଭେଟିବ । ତେଣୁ ସେ ରାତ୍ରୀର ଆକାଶକୁ ଚାହିଁଛନ୍ତି ଅବିଚ଼ଳିତ ହୋଇ କେତେବେଳେ ସେ ମିଶିଯିବେ ପବନ ହୋଇ ଆକାଶ ଆଉ ମହାକାଶ ବକ୍ଷରେ । ତା'ପରେ ସବୁ ଶେଷ । ଲୋଭ ମୋହ ମାୟାର ପାର୍ଥୀବ ଶରୀରକୁ ଛାଡ଼ି ଦେଇ ସେ ଚାଲିଯିବେ । ତା'ପରେ ସବୁ ଭୁଲିଯିବେ ସେ । ଭୁଲିଯିବାର ଅନ୍ୟନାମ ହିଁ ମୃତ୍ୟୁ । ହଁ ମୃତ୍ୟୁ ।

■

ଦୃଶ୍ୟାନ୍ତର

ଶ୍ୱଶୁର ଚାଲିଗଲା ପରେ ଶାଶୁଙ୍କର ଆଉ ଆଗପରି କାଟ୍‌ତି ନାହିଁ । ତଥାପି ଶାଶୁଙ୍କ କଥାକୁ ବୋହୂମାନେ ଶୁଣୁଛନ୍ତି । ଗାଁରେ ଥିବା ବୋହୂମାନେ ଆହୁରି ଏବେ ମଧ୍ୟ ଶାଶୁଙ୍କ କଥା ଅନୁସାରେ ବେଶି ଚଳୁଛନ୍ତି । ରୋଷେଇବେଳେ କି ତରକାରୀ ହେବ କି ଭଜା ହେବ, କେମିତି ପରିବା କଟାଯିବ ସବୁକଥା ଗୋଟି ଗୋଟି କରି ଶାଶୁ ବୋହୂମାନଙ୍କୁ ବାରଣ୍ଡାରେ ବସି କହିଥାଆନ୍ତି । ଆଉ ବୋହୂମାନେ ଶାଶୁଙ୍କ କଥାକୁ ଅକ୍ଷରେ ଅକ୍ଷରେ ପାଳନ କରନ୍ତି ଅନିଚ୍ଛାସତ୍ତ୍ୱେ । କିନ୍ତୁ ଯେଉଁ ପୁଅମାନେ ବାହାରେ ଚାକିରି କରିଛନ୍ତି ସେମାନଙ୍କ ସ୍ତ୍ରୀମାନେ ଆଉ ଶାଶୁଙ୍କ କଥାକୁ ନ ଶୁଣି ବା ନ ପଚାରି ନିଜ ରୋଷେଇ ନିଜ ରୁଚି ଅନୁସାରେ କରି ପରଶିଥାଆନ୍ତି । ଗାଁର ବୋହୂମାନଙ୍କ ଅପେକ୍ଷା ବାହାରେ ରହୁଥିବା ବୋହୂମାନଙ୍କ ସ୍ୱାଧୀନତାରେ ଶାଶୁଙ୍କ କର୍ତ୍ତୃତ୍ୱର ଡୋରିଟି ବାନ୍ଧି ହୁଏନି ସତେ ଯେମିତି । କିନ୍ତୁ ସେହି ବୋହୂମାନେ ଆଜିକାଲି ଝିଅମାନଙ୍କ ପରି ଉଦଣ୍ଡୀ ନୁହଁନ୍ତି । ଶାଶୁ ଆସିଲେ ତାଙ୍କ ପାଖକୁ ମନ ଜିଣିବାକୁ ଚେଷ୍ଟା କରିଥାଆନ୍ତି । ଭଲ ଭଲ ରାନ୍ଧି ଖୁଆଇଥାଆନ୍ତି । ଆଉ ଶାଶୁ ଗାଁକୁ ଗଲାବେଳେ ପ୍ରଶଂସା କରନ୍ତି ସେ ରୋଷେଇର ଓ ସେଇ ବୋହୂମାନଙ୍କର ।

ସମୟ ତ ସବୁବେଳେ ଗୋଟିଏ ସରଳରେଖାରେ ଯାଏନି । ବୟସ ବଢ଼ିବା ସହିତ ଅଙ୍ଗ ପ୍ରତ୍ୟଙ୍ଗ ମାନଙ୍କରେ ବେମାର ଦେଖାଯାଏ । ଆଖିରେ ପରଳ ମାଡ଼େ । ଆଣ୍ଠୁ ଗଣ୍ଠିରେ ଦରଦ ହୁଏ । ବ୍ଲଡ୍‌ପ୍ରେସର, ବ୍ଲଡ୍‌ସୁଗାର ବଢ଼େ । କାର୍ଯ୍ୟ କରିବାର କ୍ଷମତା ମଧ୍ୟ ଲୋପପାଏ ଆଉ ନିଜକୁ ସମ୍ଭାଳିଲାବେଳକୁ ଅବସ୍ଥା ହୋଇଯାଏ କାଠିକାର । ଆଗପରି ଆଉ ଜୋର୍‌ରେ କଥା କହିବା ଶକ୍ତିକୁ ପ୍ରଶମିତ କରିବାକୁ ପଡ଼େ । ଅନ୍ୟ ଉପରେ ନିର୍ଭର କରିବାକୁ ପଡ଼େ ଆଉ ବୃଦ୍ଧ ଅବସ୍ଥାରେ ମଣିଷ କଠୋର ପରିବର୍ତ୍ତେ ହୋଇଯାଏ ନରମ । ବୋହୂ ଓ ପୁଅମାନଙ୍କ କଥାକୁ ଶୁଣିବାକୁ

ପଡ଼େ । ସବୁ ଯେମିତି ଓଲଟ ପାଲଟ ହୋଇଯାଏ ଦେହର ବଢ଼ନ୍ତା ବୟସ ସାଙ୍ଗରେ ।

ଠିକ୍ ଆଜି ଶ୍ୱଶୁର ଚାଲିଗଲାପରେ ଶାଶୁଙ୍କ ଭାଉଟା ଟିକିଏ କମିଯାଇଛି । ସେ ଆଗରୁ ଯେମିତି ପ୍ରତିକଥାକୁ ମୋଟ କରି ପାରୁଥିଲେ ଆଜି ଆଉ ସେମିତି କରିବାକୁ ଡରୁଛନ୍ତି । ଗୋଡ଼ ହାତ ତ ଠିକ୍‌ରେ ଚାଲୁନି । ବୋହୂମାନେ ତ ରାନ୍ଧିବାଢ଼ି ଠିକ୍ ସମୟରେ ଚା ଜଳଖିଆ, ଭାତ, ରୁଟି ଡାକି ଖାଇବାକୁ ଦେଉଛନ୍ତି । ଯଦି ସେମାନଙ୍କ କିଛି ଦୋଷ ତ୍ରୁଟି ପୂର୍ବପରି ଦେଖିବେ ତେବେ କିଏ ପଚାରିବ ଆଉ ! ପୁଅମାନେ କ'ଣ ଘରେ ସବୁବେଳେ ରୁହନ୍ତି କି ?

ବୋହୂମାନେ ତ ଠିକ୍‌ରେ ଶାଶୁଙ୍କ ଖାଇବା ପିଇବା ବୁଝନ୍ତି । ସେମାନେ ଟି.ଭି. ଦେଖନ୍ତୁ କି ପିଲାଙ୍କୁ ପାଠ ପଢ଼ାନ୍ତୁ ସେଥିରେ ଶାଶୁଙ୍କ ଯାଏ ଆସେ କେତେ ? ବେଳେବେଳେ ମଧ୍ୟ ପାଟିକରି ଡାକନ୍ତି - କେତେ ଟି.ଭି.ର ସିରିୟଲ୍ ପିଇଯାଉଛ ? ଆସ ମୋତେ ଖାଇବାକୁ ଦେଇଯିବ । ତମେମାନେ ଏଠି ଖାଅ କି ଟି.ଭି. ପାଖରେ ଖାଅ ମୋର ଯାଏ ଆସେ ନାହିଁ । ମୁଁ ଖାଇଲେ ଟିକିଏ ଶୋଇବି ।

ଡାକ ଶୁଣି ବୋହୂଟି ଆସି ଶାଶୁଙ୍କୁ ଖାଦ୍ୟ ବାଢ଼ି ଦିଏ । ଆଉ ଶାଶୁ ଖାଇ ସାରିବାପରେ ନିଜ ରୁମ୍‌କୁ ଯାଇ ଗଡ଼ିପଡ଼ନ୍ତି ।

ସେଦିନ ମୁଁ ଗାଁକୁ ଯାଇଥିଲି ଶ୍ୱଶୁରଙ୍କ ଶ୍ରାଦ୍ଧପାଇଁ । ଶାଶୁ ପ୍ରଶଂସା କରି ଚାଲିଥାଆନ୍ତି ମଝିଆଁ ପୁଅ ଘରର କଥା - ଯେମିତି କେତେ ମାଂସ ଆଣିଥିଲା ନୂଆବର୍ଷକୁ ସେ । ସକାଳେ ଖାଇଲୁ ଓ ରାତିରେ ଖାଇଲୁ । ସେଠୁ ମୁଁ ଆସିଲାବେଳେ ଆହୁରି ମୋଟା ହୋଇଯାଇଥିଲି । ଏବେ ଟିକିଏ ଝଡ଼ିଗଲିଣି ଗାଁରେ ।

ମୁଁ ଦେଖିଲି ଗାଁରୁ ଯେତେବେଳେ ଶାଶୁ ମୋ ପାଖକୁ ଆସିଥିଲେ ସେତେବେଳେ ଯାହାଥିଲେ ମୋ ପାଖରୁ ଯିବାବେଳେ ଆଉ ଟିକିଏ ଭଲ ଦିଶୁଥିଲେ । ମୋ ପାଖରୁ ସେ ସାନ ଦିଅରଙ୍କ ଘରକୁ ଗଲେ ସେଠୁ ମଝିଆ ଦିଅରଙ୍କ ଘରକୁ । ଏମିତି ଦୁଇ ଅଢ଼େଇମାସ ପୁଅମାନଙ୍କ ପାଖରେ ରହି ଗାଁକୁ ଯିବାବେଳେ ତ ନିଶ୍ଚୟ ମୋଟା ହୋଇଥିବେ । କାରଣ ସେ ଯାହାପାଖକୁ କେଇଦିନ ପାଇଁ ଆସିବେ ସେଠୁ ସେ ଭଲ ବ୍ୟବହାର ଓ ଭଲ ଖାଇବା ପିଇବା ତ ପାଇବେ ନିଶ୍ଚୟ । କାରଣ ସବୁଦିନ ତ ଆସି ଆମ ପାଖରେ ରହୁନାହାଁନ୍ତି ସେ । ତେଣୁ ଯେତେକ ଦିନ ରହୁଛନ୍ତି ତାଙ୍କ ମନ ପସନ୍ଦର ଖାଦ୍ୟ ବୋହୂମାନେ ତ ବାଧ୍ୟହୋଇ ଦେବେ । ନହେଲେ କାଳେ କ'ଣ କହିବେ ପଛରେ ।

ମୁଁ ହସିହସି କହିଲି - ସତରେ ମା' ତମେ ମୋଟା ହୋଇଯାଇଛ ।

– ଖାଲି ତ ମାଂସ, ମାଛ ପ୍ରତିଦିନ ଖାଉଥିଲି ।

ମୋ ସାନଯାଆ ଚୁପ୍ କରି କହିଲା – ନାନୀ କେତେ ଆଉ ଶୁଣିବୁ କେଜି କେଜି ମାଛ ମାଂସ କଥା । ସବୁଦିନ ଶୁଣି ଶୁଣି ଆଉ ଶୁଣିବାକୁ ଇଚ୍ଛାନାହିଁ ଆମର ।

ମୁଁ ସହଜ ହୋଇ କହିଲି – ତୁ ଶୁଣିସାରିଲୁଣି । ଏବେ ମୋତେ ମା' କହୁଛନ୍ତି । ମୋ ପାଳି ଶୁଣିବାକୁ ବାକି ଅଛି ପରା ।

ମୁଁ ଭାବୁଥିଲି – ଶାଶୁଙ୍କ ବ୍ଲଡ୍‌ସୁଗାର ଅଧିକା ଯେ ଇନ୍‌ସୁଲିନ୍ ନେଉଛନ୍ତି । ପ୍ରତିଦିନ ବ୍ଲଡ୍‌ପ୍ରେସର ଔଷଧ ଖାଉଛନ୍ତି । ଶରୀରର ଓଜନ କମାଇବାକୁ ଡାକ୍ତର ପରାମର୍ଶ ଦେଇଛନ୍ତି । କିଡ୍‌ନି ଖରାପ ଯୋଗୁ, କ୍ରିଏଟାଇନ୍ ଅଧିକା ଯୋଗୁ ଖାଦ୍ୟପେୟରେ ସତର୍କତା ଅବଲମ୍ବନ କରିବାକୁ ମୁଁ ଆଉ ମୋ ସ୍ୱାମୀ ବୁଝାଇଥିଲୁ । ତଥାପି ସେ ବୁଝିଛନ୍ତି କ'ଣ ? ଯେଉଁଠି ଭଲ ଖାଦ୍ୟ ଖାଇଲେ ଆଉ ଭଲ ତେଲ ମସଲାଯୁକ୍ତ ତରକାରୀ ଖାଇଲେ ତା'ର ପ୍ରଶଂସା କରୁଛନ୍ତି ସବୁବେଳେ । ଯଦି କମ୍ ଲୁଣ ତେଲ ଖାଦ୍ୟ ଦେବ ତେବେ କହିବେ – ଭାତ ଯାଉନି ପାଟିକୁ । କେମିତି ଗିଳିବି ଭାତ ସହ ଏହି ତରକାରୀ । ମଣିଷର ରୁଚି ଅନୁସାରେ ଖାଇଲେ ଭଲଲାଗିବ ।

ମୋ ପାଖରେ ଥିବାବେଳେ ମୁଁ ମଧ୍ୟ ପକୁଡ଼ି ଛାଣି ଆଉ ଟିକିଏ ଭଲ ତେଲ ମସଲାଦେଇ ରାନ୍ଧିବାକୁ ବାଧ୍ୟ ହୁଏ ନହେଲେ ପରେ କହିବେ – କି ରୋଷେଇ କରୁଥିଲା ଯେ ମୋ ପାଟି ପଡ଼ିଗଲା । ଜମାରୁ ରୁଚୁ ନଥିଲା ଖାଇବାକୁ ।

ଆମେ ଜାଣୁ ସେ ଏହି ସବୁ ଖାଦ୍ୟ ଖାଇବା କଥା ନୁହେଁ । ମୁଁ ମଧ୍ୟ ଏସବୁ ଖାଦ୍ୟଠାରୁ ଆଜି ମଧ୍ୟ ଦୂରେଇ ଯାଉଛି । ଭଲ ଲାଗିଲେ ମଧ୍ୟ ମିଠା କି ଅଧିକା ମସଲାଦିଆ ତରକାରୀ ଖାଇବାକୁ ଚାହୁଁନି ଯଦିଓ ଶାଶୁଙ୍କ ବୟସଠାରୁ ମୋ ବୟସ ପ୍ରାୟ ତିରିଶିବର୍ଷ କମ୍ । କିନ୍ତୁ ଶାଶୁ ସବୁ ଭଲ ଜିନିଷ ଖାଇବାକୁ ଚାହିଁଲାବେଳକୁ କେମିତି କ'ଣ କରିବି ଭାବିପାରେନି । ମୋତେ ମୋ ସ୍ୱାମୀ କହନ୍ତି – ମା'ଙ୍କୁ ଡାକ୍ତରଙ୍କ କଥା ଅନୁସାରେ ଖାଦ୍ୟ ଦେବ । ନଚେତ୍ ତା ଦେହ ଖରାପ ହେବ ।

ମୁଁ କହିଥିଲି – ଆର ଥରକୁ ଯେଉଁ ଦୁଇମାସ ଏଠି ଥିଲେ ସବୁ ତ ଡାକ୍ତରଙ୍କ ଅନୁସାରେ ଦେଇଥିଲି । ଗାଁକୁ ଯିବାପରେ କହିଲେ "ବଡ଼ପୁଅ ଘରେ ଲୁଣ କମ୍, ତେଲ ମସଲା କମ୍ ଯୋଗୁ ମୁଁ କ'ଣ ଭାତ ଖାଇପାରୁଥିଲି କି ? ଏବେ ଗାଁରେ ଟିକିଏ ଖାଉଛି ।"

– ସେଠି ବୋହୂମାନେ ମା' ଅନୁସାରେ ଖାଦ୍ୟ ଦେଉଛନ୍ତି କାହିଁକି ?

– କ'ଣ କରିବେ ସେମାନେ ? ସେମାନଙ୍କୁ ପରାମର୍ଶ ଦେବେ ରୋଷେଇରେ ମା' । କେମିତି ରାନ୍ଧିଲେ ଭଲ ଲାଗିବ ବତେଇବେ । ଆଉ ସେମାନେ ରାନ୍ଧିବେ ।

ଏଠି ତମ ଡରରେ କିଛି କହୁନଥିଲେ । କିନ୍ତୁ ମା' ଏଥର ଯେଉଁ ଆସିଥିଲେ ପନ୍ଦର ଦିନପାଇଁ ସବୁ ଠିକ୍‌ରେ ଦେଇଛି ମୁଁ । ଭଲ ରାନ୍ଧି ନ ଦେଲେ ପୁଣି କେତେ କ'ଣ କହିବେ ।

ତମେମାନେ ସମସ୍ତେ ଜାଣି ଜାଣି ମା'ର ରୋଗକୁ ବଢ଼େଇଦେବ ! ସେ ବୁଝି ପାରୁନିକି ତମେମାନେ କିଏ ବୁଝି ପାରୁନ କାହିଁକି ? ପ୍ରଶଂସା ଶୁଣିବାକୁ ବ୍ୟଗ୍ର ହେଉଛ ।

ମୁଁ ରୋଗକୁ ବୁଝିଛି ବୋଲି ତ ମା' ଯାହା ଖାଇବାକୁ ଚାହୁଁଛନ୍ତି ମୁଁ ଖାଉନି । ସେଦିନ ମା' ମୁହଁଭଙ୍ଗକରି କହିଲେ- "ବୋହୂ ତୁ କେମିତି ବିନା ଲୁଣ ଓ କମ୍ ତେଲରେ ତରକାରୀ ଖାଇ ପାରୁଛୁ ।" ଆଉ ମୁଁ କହିଲି- ମୋ ଆଗରେ କର୍ତ୍ତବ୍ୟର ବୋଝଟା ଭାରି ଅଛି । ମୋର ଆହୁରି ବଞ୍ଚିବାର ସମୟ ଅଛି । ପିଲାମାନଙ୍କ କାମ ସାରିନି । ତେଣୁ ବଞ୍ଚିବାପାଇଁ ଖାଉଛି କିନ୍ତୁ ଖାଇବାକୁ ବଞ୍ଚୁନି । ଖାଇ ଖାଇ ରୋଗ ବଢ଼େଇବି କାହିଁକି ?

- ମା' ଶୁଣି କ'ଣ କହିଲା ?

କହିବେ କ'ଣ ? ହସିଲେ ।

- ତମକୁ ସେଦିନ ମନାକଲି ଡାଲ୍‌ଡା ଘିଅରେ ପୁରୀ ଛାଣି ଦିଅନି କିନ୍ତୁ କ'ଣ ଶୁଣିଲ ?

- ମୁଁ ତ କହୁଥିଲି ଚାକରାଣୀକୁ ଦେଇଦେବାକୁ ଡାଲ୍‌ଡା ଘିଅ । କିନ୍ତୁ ମା' କହିଲେ- "ପୁରୀ ଛାଣିଦିଏ ସେ ଘିଅରେ । ମୁଁ ଖାଇଦେବି । ମୋର କିଛି ହେବନି । ମୁଁ ଏ ଘିଅ ଖାଇପାରୁଛି । ତମେମାନେ ନଖାଇଲେ ନଖାଅ ।"

- ଆହୁରି ମା'ର ଖାଇବା ଲୋଭ ଅଛି । ହେଲେ କେତେଦିନ....।

- ସେ ଭଲ ଖାଇଛନ୍ତି ଆଉ ଖରାପ ଟିକିଏ ପାଟିରେ ପଶେଇବାକୁ ଚାହୁଁନାହାନ୍ତି । ମୁଁ କ'ଣ କରିବି ? ମୋତେ ପାଟି କଲେ କ'ଣ ହେବ ? ତମ ମା' କ'ଣ ମୋ କଥା ଶୁଣିବେ କି ? ସେ ତ କେଉଁ ବୋହୂ କଥା ଶୁଣିବାକୁ ପ୍ରସ୍ତୁତ ନୁହଁନ୍ତି । ତମେ ପୁଅମାନେ ମା'ଙ୍କୁ କିଛି ନକହି ଓଲଟି ବୋହୂମାନଙ୍କ ପାଖରେ ବକ୍‌ବକ୍ ହେଉଛ । ମା' ତ କହିଲେ ମୁଁ ଯେଉଁ ମଝିଆପୁଅ ଘରକୁ ଯାଇଥିଲି ସେତେବେଳେ ସେ ତା' ବୋହୂକୁ କହିଥିଲା "ଯେମିତି ମା'ର ଖାଇବା ପିଇବାରେ କିଛି ଅସୁବିଧା ନହୁଏ । ତାକୁ ତା ଇଚ୍ଛାର ଖାଦ୍ୟ ପରସିବୁ ।"

- ଭାରି ଭଲ କହିଥିଲା ସେ । ମା'ର ରୋଗକୁ ବଢ଼େଇବାକୁ ବଢେଇ ଦେଇଥିଲା ।

- ମା'ତ ସେଠାର ଖାଦ୍ୟ ପଦାର୍ଥରେ ଖୁସି । ସେ ତା'ର ଗୁଣ ଗାଇ ଚାଲିଛନ୍ତି ସମସ୍ତଙ୍କ ଆଗରେ । ମୋତେ ମଧ୍ୟ କେତେଥର କହିଲେଣି ଏଇ ଖାଦ୍ୟର ପ୍ରଶଂସତାକୁ ।

- ତମେମାନେ ଶାଶୁ ଆଗରେ ଭଲ ହୋଇଯାଉଛ ଆଉ ମା'ର ରୋଗକୁ ବଢ଼େଇବାକୁ ସାହାଯ୍ୟ କରୁଛ !

- କ'ଣ କରିବୁ ଆମେ ?

- ପୁରାପୁରି ମା' କଥା ଶୁଣନି । ତା' ଖାଦ୍ୟ ତା' ଅନୁସାରେ ଦିଅନି । ଦେଖିବ ସେ କେତେବର୍ଷ ବଞ୍ଚିଯିବ । ଆଉ ତମେମାନେ କ'ଣ ତାକୁ ବଞ୍ଚିବାକୁ ଦେବନିକି ?

- ମୁଁ ତ ଚାହେଁ ସେ ବଞ୍ଚନ୍ତୁ । କିନ୍ତୁ ସେ କ'ଣ ଚାହୁଁଛନ୍ତି ସେ ଜାଣନ୍ତି । ଦିନେ କହୁଥିଲେ "କେତେଦିନ ଆଉ ବଞ୍ଚିବି କି ? ଭଲ ଟିକିଏ ଖାଇବି ନାହିଁ କାହିଁକି ?" ତମେ ତ ମା'ଙ୍କ ଆଗରେ କିଛି କହିପାରୁନ ଆଉ ମୋ ଆଗରେ ଭାରି ବଡ କଥା କହୁଛ । ବୋହୂମାନେ କ'ଣ କରିବେ କହିଲ ?

- ଏ ଭଲ ପାଇବାଟା କ'ଣ ଠିକ୍ ପ୍ରକୃତରେ ?

- ଠିକ୍ ହେଉ କି ଭୁଲ୍ ହେଉ । ଯିଏ ନ ବୁଝିବେ କେତେ ବୁଝେଇବ ତାଙ୍କୁ ? ଭଲ ଟିକିଏ ନଖୁଆଇଲେ କେତେଥର କହିବେ 'ଆଗରୁ ମୁଁ କିଲେ କିଲେ ମାଛ ଭଜା ଖାଉଥିଲି । ଏବେ ସେ ଦିନ କୁଆଡ଼େଗଲା ? ପୋଖରୀରୁ ମାଛ ଧରାହେଲେ ବସ୍ତାରେ ଆସେ ମାଛ । ଭାତ ବଦଳରେ ଥାଳିଏ ମନଭାଙ୍ଗି ମାଛଭଜା ଖାଏ ।

- ସବୁ ତ ମନଇଚ୍ଛା ଖାଇ ଖାଇ ରୋଗକୁ ଡାକିଛି । ଖାଉଥାଉ ଯାହା ମନ ହେଉଛି । ଏତେ ବୟସ ହେଲାଣି ତଥାପି କାହା କଥା ଶୁଣୁନି । ଯେତେବେଳେ ପୁରାପୁରି ଦେହ ଖରାପ ହୋଇଯିବ ସେତେବେଳେ ଆଉ ଆମପାଖରେ ସମୟ ନ ଥିବ । ଏଇଟା କେଉଁ ତମମାନଙ୍କର ଭଲପାଇବା ମୁଁ ବୁଝିପାରୁନି ?

ବାପାଙ୍କ ଶ୍ରାଦ୍ଧକାମ ସରିଲାପରେ ପିଣ୍ଡ ପକେଇବାକୁ ବଡ଼ପୁଅ ପୋଖରୀକୁ ଚାଲିଗଲେ । ଆଉ ସେତେବେଳେ ମା' କହିଲେ - ଏଥର ଆମେ ସମସ୍ତେ ଖାଇଦେବା । ମୋପାଇଁ, ପୁଅମାନଙ୍କ ପାଇଁ ବାଢ଼ିଦିଏ । ଏବେ ତ ପୋଖରୀରୁ ଫେରିଆସିବ । ପୁରୋହିତ ତ ପିଠାଖିରି ଖାଇଗଲେଣି । ତାଙ୍କ ଘରେ ଚାଉଳ ପରିବା ପହଞ୍ଚାଇ ଦିଅ ।

ମୁଁ ପତରରେ ବାଢ଼ିଦେଲାବେଳକୁ ଶାଶୁଙ୍କୁ ପଚାରିଲି- ମା' ତମେ ମିଠା ଖିରୀ ନା ସାଧା ଖିରୀ ଖାଇବ ?

ମୋ ମୁହଁକୁ ଚାହିଁ କହିଲେ - ସାଧା ଖିରୀ ଖାଇବି । ତୁ ପରା ସାଧା ଖିରୀ ଖାଇବୁ ।

- ହଁ । ତମେ କାକରାପିଠା ଖାଇବ ?

- ହଁ ଦିଏ ତିନିଟା । ଖାଇବି । ଇଞ୍ଜେକ୍‌ସନ୍ ତ ନେଇସାରିଲିଣି । କିଛି ହେବନି ।

କାକରାପିଠା ଶାଶୁଙ୍କ ପତରରେ ଦେଇ ଭାବିଥିଲି ଶ୍ୱଶୁରଙ୍କ କଥା । ସେ ଆଜି ଆମପାଖରେ ନାହାନ୍ତି ସତ କିନ୍ତୁ ସେ ଦେଇଥିବା କେତେଟା ଉପଦେଶ ଏବେ ମଧ୍ୟ ଆମପାଖରେ ଗଚ୍ଛିତ ହୋଇରହିଛି । ଶ୍ୱଶୁର ଶେଷବେଳକୁ ମିଠା ଖାଇବା ଲୋଭ ପୁରାପୁରି ଛାଡ଼ି ଦେଇଥିଲେ ଯଦିଓ ତାଙ୍କୁ ମିଠା ଖାଇବାକୁ ଭଲ ଲାଗୁଥିଲା । ଶ୍ୱଶୁରଙ୍କ ହାଇବ୍ଲଡ଼୍‌ପ୍ରେସର କି ବ୍ଲଡ଼୍‌ସୁଗାର ନଥିଲା ତଥାପି ଖାଦ୍ୟପେୟରେ ଭାରି ସତର୍କତା ରଖିଥିଲେ । କିନ୍ତୁ ଆମେ କ'ଣ ତାଙ୍କ ପରି ହୋଇପାରୁଛୁ ? ରୋଗ ଥାଇ ମଧ୍ୟ ଦରକାର ପଡ଼ିଲେ ମିଠା ଖଟା ସବୁ ଖାଇଦେଇ କହୁଛୁ - "ହଁ ଆଜି ଦିନକ କ'ଣ ଚଳିଯିବନି ।" କିନ୍ତୁ ସେହି ଦିନଟାର ଖାଦ୍ୟକୁ ନେଇ ରୋଗର ମାତ୍ରା ବିଷୟରେ ସଚେ୍ତନ ହୋଇ ପାରୁନୁ । କିନ୍ତୁ ଶ୍ୱଶୁର ସବୁବେଳେ ରୋଗ ପ୍ରତି ସଚେ୍ତନ ଥିଲେ । ଏବେ ଇଚ୍ଛା ହେଉଛି ଶ୍ୱଶୁରଙ୍କ ଆଶୀର୍ବାଦ ଟିକିଏ ପାଇବାକୁ 'ବାପା ଆପଣ ଯେଉଁଠି ଥାଆନ୍ତୁ କିନ୍ତୁ ଆମକୁ ଟିକିଏ ଆଶୀର୍ବାଦ ଦିଅନ୍ତୁ । ଆମେ ଯେମିତି ରୋଗରେ ପଡ଼ିବୁ ନାହିଁ କି କଷ୍ଟ ଭୋଗିବୁ ନାହିଁ ।'

ଜାଣେନି ବାପା ସତରେ ମୋ କଥା ଶୁଣି ପାରୁଛନ୍ତି କି ନାହିଁ । ତଥାପି ମନରେ ଆଶା ଅଛି ବାପା ନିଶ୍ଚୟ ସବୁକଥା ଶୁଣି ପାରୁଥିବେ ଆଉ ଆମର ଭଲ ତ ଚାହୁଁଥିବେ ଆମଠାରୁ ଦୂରେଇ ଯାଇଥିଲେ ମଧ୍ୟ ।

ଶୁଣାଗଲା ଶାଶୁଙ୍କ ଘର - ମିଠା ଖିରୀ ଟିକିଏ ଦିଏ ରଖିବି । ଆଉ ଗୋଟିଏ ପିଠା ଦିଅ । ଆଜି ଦିନଟି ମନଭାଙ୍ଗି ଖାଇଦେବି ।

ମୋ ପାଟିରୁ ଖସିଗଲା ଶବ୍ଦଟି - ମା' ସତରେ ପରଷିବି କି ?

କ୍ଷୀଣସ୍ୱର ଶୁଣାଗଲା - ତମ ଇଚ୍ଛା । ଆଉ କେତେବର୍ଷର ଆୟୁଷ ଅଛି କି ମୋର ?

■

ଝିଅର ଜନ୍ମ

କେମିତି ଉଦ୍ଧାର ପାଇବ ଗର୍ଭଯନ୍ତ୍ରଣାରୁ ? ପୁଅ ହେଉ କି ଝିଅ ହେଉ ଚିନ୍ତାନାହିଁ । ଆଗ ସୁରୁଖୁରୁରେ ଛୁଆଟି ଜନ୍ମ ଦେଉ ।

ହଠାତ୍ ଆରମ୍ଭ ହୋଇଯାଇଥିଲା ଲରାର ଲେବର ପେନ୍ । ଚିନ୍ତା କରିବାପାଇଁ ଆଉ ପାଖରେ ସମୟ ନଥିଲା । ତେଣୁ ସାଙ୍ଗେ ସାଙ୍ଗେ ତାକୁ ନର୍ସିଂହୋମ୍‌ରେ ଆଡ୍‌ମିଟ୍ କରିବାକୁ ପଡ଼ିବ । କାଳ ବିଳମ୍ବ ନକରି ଗ୍ୟାରେଜ୍‌ରୁ ଅତନୁ କାର୍‌ଟି କାଢ଼ିଲେ । ଦୁଇଟା ବ୍ୟାଗ୍ ଭିତରେ କିଛି ଦରକାରୀ ଜିନିଷପତ୍ର ଆଗରୁ ସଜାଡ଼ି ରଖିଥିଲେ । ତେଣୁ ସାଙ୍ଗେ ସାଙ୍ଗେ କାର୍‌ର ଡିକି ଭିତରେ ସେ ଦୁଇଟି ବ୍ୟାଗ୍ ରଖି ଦେଇ ଲରାର ହାତ ଧରି ତାକୁ କାର୍‌ର ପଛ ସିଟ୍‌ରେ ଆରାମ୍‌ରେ ବସାଇଲେ । ପାଖରେ ଆଉ କିଏ ସାହାଯ୍ୟ କରିବାକୁ ନ ଥିଲେ । ଘରର ଚାବି ଦେଇ କାର୍ ଷ୍ଟାର୍ଟ କଲେ ଅତନୁ ।

ଅତନୁଙ୍କ ମନଟା ଆଶଙ୍କାରେ ବୁଡ଼ିଗଲାଣି । ଡେଲିଭରି ହେବାର ଡେଟ୍‌ଟା ଆହୁରି ମାସେ ଅଛି । ଏ କ'ଣ ଡେଲିଭରିର ଲେବର ପେନ୍ ନା ଫଲ୍‌ସ ପେନ୍ । ହଁ ଲରାର ମଝିରେ ମଝିରେ ଏମିତି ପେଟ ଟିକିଏ କାଟେ । କିନ୍ତୁ ଆଜି ପେନ୍ ଅସହ୍ୟ ହୋଇ ପଡ଼ିଛି । ରାତିସାରା ଶୋଇ ପାରିନି ଲରା । ଭାରି ବ୍ୟସ୍ତହୋଇ ପଡ଼ିଥିଲା । କଷ୍ଟ ସହିବାଟା ତା' ପାଇଁ ଅସହ୍ୟ ହୋଇ ପଡ଼ିଥିଲା । ବାଧ୍ୟହୋଇ ଅତନୁ ତାକୁ ନର୍ସିଂହୋମ୍‌ରେ ଆଡ୍‌ମିଟ୍ କଲେ ।

ସମୟ ସକାଳ ଆଠଟା । କାର୍‌ରୁ ଓହ୍ଲାଇ ନର୍ସିଂହୋମ୍‌ରେ ପହଞ୍ଚି ସାରି ଅତନୁ ଲରାର ହାତଧରି ଆସ୍ତେ ଆସ୍ତେ ନର୍ସିଂହୋମ୍ ବାରଣ୍ଡାରେ ଚଢ଼ିଲେ । ଲରାକୁ ଚେୟାରରେ ବସାଇ ଦେଇ ଫୋନ୍ କଲେ ଡାକ୍ତର ମହାନ୍ତିଙ୍କୁ । ସେପଟରୁ ଉତ୍ତର ଆସିଲା- ଅପେକ୍ଷା କରନ୍ତୁ । ମୁଁ ଯାଉଛି ।

ଅତନୁ ଚୁପ୍‌କରି ଲରା ପାଖ ଚେୟାର୍‌ରେ ବସିଗଲେ । ବାରମ୍ବାର ହାତର

ଘଣ୍ଟାକୁ ଚାହୁଁଥିଲେ । ପାଖ ସିଟ୍‌ରେ ବସିଥିବା ଲରାର ଓଃହର ବିକଳ ସ୍ୱରଟା ତାଙ୍କୁ ଆହୁରି ଅଧୀର କରି ଦେଉଥିଲା । ଘଣ୍ଟାକୁ ବାରମ୍ବାର ଚାହିଁ ଭାରି ଅସ୍ଥିର ହୋଇ ଗୁଣୁଗୁଣୁ ହେଉଥିଲେ- ଆହୁରି ପଚାଶ ମିନିଟ୍ ବାକି ଅଛି ।

କେତେବେଳେ ଡାକ୍ତର ଆସିବେ ? ଲରାର ଅଧୈର୍ଯ୍ୟ ସ୍ୱର ଶୁଣାଗଲା ।

ଏମିତି ବ୍ୟସ୍ତହେଲେ ଚଳିବ କି ? ଡାକ୍ତର ତ ପୁଣି ନିଜ କାମ ଦାମ ସାରି ଖାଇପିଇ ଆସିବେ । ଦିନସାରା ଏହି ନର୍ସିଂହୋମ୍‌ରେ ଆଟେଣ୍ଡ କରିବେ ତେଣୁ ସେ ତ ପୁଣି ନିଜକଥା ଚିନ୍ତା କରିବେ । ଦିନସାରା ରୋଗୀମାନଙ୍କ କଥା ବୁଝିଲାବେଳକୁ ନିଜେ ଆଉ ରୋଗୀ ପାଲଟି ଯିବେନି ତ ?

ଲରାର ଅଧୀର ସ୍ୱର – କେତେ ସମୟ ଏମିତି କଷ୍ଟ ସହିବି ?

– ଛୁଆଜନ୍ମ ହେଲା ପର୍ଯ୍ୟନ୍ତ । ଚାଲ ଗୋଟିଏ ରୁମ୍ ବୁକ୍ କରିଦେବା । ତମେ ସେଠି ରେଷ୍ଟ ନେବ ।

– ଏ କଷ୍ଟ ବେଳେ ରେଷ୍ଟ କଥା କହୁଛ କ'ଣ ? ତମେ ପୁରୁଷ ଲୋକ, କୁଆଡ଼େ ବୁଝିବ ନାରୀର ପ୍ରସବ ବେଦନା କଥା ? ଯଦି ବେଶି କଷ୍ଟ ହୁଏ ତେବେ ମୋତେ ସିଜେରିଆନ୍ ଅପେରସନ କରି ଦେଇ ଛୁଆକୁ କାଢ଼ିଦିଅ ।

– ଏମିତି ବ୍ୟସ୍ତ ହେଲେ ଚଳିବନି । ଟିକିଏ ଧୈର୍ଯ୍ୟଧର । ଡାକ୍ତର ଆସିଯିବେ ।

– ଆଉ କେତେ ସମୟ ପରେ ଆସିବେ ? ଏତେ କଷ୍ଟ ସହି ପିଲା ଜନ୍ମ କରିବ ଅଥଚ଼ ଶେଷରେ କେଉଁ ପୁଅ କି ଝିଅ ପଚାରିବେ ନାହିଁ । ଆଜିକାଲି କିଏ କାହାର କି ? ପିଲାମାନଙ୍କୁ ଛୋଟରୁ ବଡ଼ କରିବ । ପାଠ ପଢ଼େଇ ମଣିଷ କରିବ ଆଉ ସେମାନଙ୍କ ମୁଣ୍ଡକୁ ହାତ ପାଇଗଲେ ଆଉ ମା' କି ବାପାଙ୍କୁ ପଚାରିବାକୁ ସମୟ ପାଇବେନି । କାହିଁକି ଏ କଷ୍ଟ ସହିବ ?

ଅତନୁ ଆଶ୍ଚର୍ଯ୍ୟ ହୋଇ ଚାହିଁଲେ ଲରା ମୁହଁକୁ । କାଲି ପିଲାଟିଏ ପାଇଁ ଆତୁର ହୋଇ ଉଠୁଥିବା ଲରା ଆଜି କଷ୍ଟ ସହିଲାବେଳକୁ ଏମିତି ବ୍ୟସ୍ତହୋଇ ପଡୁଛି । ମା'ର ମମତାର ସ୍ୱରଟା ସତରେ କ'ଣ ଭୁଲ ହୋଇଯାଇଛି ଲରା ମୁହଁରୁ ?

– ଏମିତି ଚାହିଁଛ କ'ଣ ? ସ୍ୱାମୀକୁ ସ୍ତ୍ରୀ ଓ ସ୍ତ୍ରୀକୁ ସ୍ୱାମୀ ପଚାରେ । ନହେଲେ କେଉଁ ପୁଅ କି ଝିଅ ପଚାରୁଛି ? ହାତରେ ଟଙ୍କା ରଖିଥିଲେ ଯିଏ ମନ ସିଏ ଆସି ତମର ସେବା କରିବେ । ଲରାର ଅଭିଯୋଗର ସ୍ୱର ଶୁଣାଗଲା ।

– ତମେ ଭୁଲ୍ କହୁଛ ? ନିଜ ପିଲାଙ୍କ ପରି କ'ଣ ବାହାର ଲୋକ ବାପ ମା'ଙ୍କ ସେବା କରିପାରିବେ ? ପିଲାମାନଙ୍କ ମୁହଁ ଦେଖିଲେ ବାପମା'ଙ୍କ ରୋଗ ଦୂର ହୋଇଯିବ ।

- ଥାଉ ତମର ଏ ସବୁ କଥା । ପାଖ ଘରର ମାଉସୀଙ୍କ ବୋହୂପୁଅଙ୍କୁ ଦେଖୁଛେ ? କେମିତି ସେମାନଙ୍କ ବ୍ୟବହାର ଜାଣିଛ ? ଓଃହ । ଅଶ୍ୱସ୍ତିବୋଧ କଲା ଲରା ।

- ପୁଣି ପେଟ କାଟିଲାନା ?

- କଷ୍ଟ ସହି ହେଉନି । କାହାନ୍ତି ଡାକ୍ତର ? ଫୋନ୍ କରି ଡକାଅ ।

- ସେ ଆସୁଥିବେ ।

- ତେବେ ମୋତେ ଏ ବେଡ୍‌ରେ ପଡ଼ିବାକୁ ଦିଅନି । ନେଇ ଯାଅ ଲେବଲ ରୁମ୍‌କୁ ।

- ଅପେକ୍ଷା କର ।

- ନା । ମୁଁ ଆଉ ଅପେକ୍ଷା କରି ପାରିବିନି । ଡାକ ନର୍ସଙ୍କୁ ।

ନର୍ସ ବ୍ୟସ୍ତତାରେ କହିଲା - ଆଉ ଅପେକ୍ଷା କରି ହେବନି । ପିଲା ଜନ୍ମ ହୋଇଯିବ । ଡାକ୍ତରାଣୀ ଆସିଯିବେ । ଆମେ ୟାଙ୍କୁ ଲେବର ରୁମ୍‌କୁ ନେଇଯିବା ।

ଲରାକୁ ଲେବର୍ ରୁମ୍‌ରେ ଟେବୁଲ ଉପରେ ଶୁଆଇ ଦେଇ ସାରିବାପରେ ଡାକ୍ତରାଣୀଙ୍କ କାର୍‌ର ହର୍ଣ୍ଣ ଶୁଣାଗଲା । ନର୍ସ ସ୍ୱତଃପ୍ରବୃତ୍ତ ଭାବରେ କହିପକାଇଲେ- ମ୍ୟାଡ଼ମ୍ ଆସିଗଲେ ।

ଅତନୁଙ୍କ ମୁହଁଟାରେ ଟିକିଏ ଉଜ୍ଜଳତା ଭାବ ଫୁଟି ଉଠିଲା । ଏବେ ଆଉ ଚିନ୍ତା ନାହିଁ ? ନର୍ମାଲ୍ ଡେଲିଭରି ହେଉ କି ସିଜେରିଆନ ହେଉ । ଯେମିତି ହେଲେ ମାଆ ପିଲା ଦୁଇ ଜଣ ଭଲ ଥାଆନ୍ତୁ ।

ଗୁଡ୍ ମର୍ଣ୍ଣିଙ୍ଗ୍ ମ୍ୟାଡ଼ାମ୍ । ଅତନୁଙ୍କ ସ୍ୱର ଶୁଣାଗଲା ।

ଡାକ୍ତରାଣୀ ଆଉ କୌଣସି ଉତ୍ତର ନ ଦେଇ ସିଧା ଚାଲିଲେ ଲେବର ରୁମ୍ ଭିତରକୁ । ମନରେ କୌଣସି ଆଶଙ୍କା ନ ଥିଲା । ହଠାତ୍ ଲେବର ରୁମ୍ ଭିତରେ କ'ଣ ଘଟୁଛି ବୁଝି ପାରିନଥିଲେ ଅତନୁ । କିଛି ସମୟପରେ ନର୍ସଟିଏ ଆସି କହିଲା- ସାର୍ ମିଠା ଦିଅନ୍ତୁ । ଆପଣଙ୍କ ଝିଅଟିଏ ହୋଇଛି ।

ଅତନୁଙ୍କ ମୁହଁଟାରେ ଫୁଟି ଉଠୁଥିବା ପୁଲକ ମ୍ଳାନ ପଡ଼ିଗଲା, କହିଲେ- ଝିଅ ହୋଇଛି ପୁଣି ମିଠା ମାଗୁଛନ୍ତି ଆପଣ ?

ନର୍ସ ହସି ହସି କହିଲେ- ଝିଅପାଇଁ କ'ଣ ମିଠା ବାଣ୍ଟିବେନି ? ଝିଅ ତ ବେଶି ବାପାମା'ଙ୍କୁ ପଚାରନ୍ତି । ଆପଣଙ୍କ ସ୍ତ୍ରୀଙ୍କ ପ୍ରଥମ ଡେଲିଭରି ପୁଣି ଏତେ ଚିନ୍ତା କାହିଁକି ?

- ଏଇଟା ମୋର ପ୍ରଥମ ଓ ଶେଷ ସନ୍ତାନ ।

- ଭଲ କଥା । ଯାହାହେଉ ଆପଣଙ୍କ ପରି ପୁରୁଷ ଏ କଥା ବୁଝିପାରୁଛନ୍ତି ।

- ଝିଅଟିର କୁଆଁ କୁଆଁ ଶବ୍ଦ ଅତନୁଙ୍କ କାନରେ ବାଜୁଥିଲା । ସେ ଭାବୁଥିଲେ ଆଜିକାଲି ଝିଅଟିଏ ଜନ୍ମହେଲେ ଘରଲୋକ ଖୁସି ହୋଇପାରୁନାହାନ୍ତି କାହିଁକି ? ସେ ତ ମଧ୍ୟ ସେମାନଙ୍କ ମଧ୍ୟରୁ ଜଣେ । ସେ କେତେ ଆଶା କରିଥିଲେ ପୁଅଟିଏ ପାଇଁ । କିନ୍ତୁ ଝିଅଟିଏ ଜନ୍ମ ହୋଇ ତାଙ୍କ ଆଶାକୁ ନିରାଶ କରିଦେଲା । କିନ୍ତୁ କାହିଁକି ଏ ପାତରଅନ୍ତର ଭାବ ଦେଖାଯାଉଛି ପିତା ମାତାଙ୍କଠାରେ ?

ହଠାତ୍ ଏକ କରୁଣ ଚିତ୍କାର ଶୁଣାଗଲା । ଅତନୁ ମୁହଁ ବୁଲେଇ ଚାହିଁ ରହିଲେ ସେପଟକୁ । ଜଣେ ଝିଅର ଅର୍ଦ୍ଧଦଗ୍ଧ ଶରୀର ଉପରେ ଆପେ ଆପେ ତାଙ୍କର ଆଖି ପଡ଼ିଗଲା । ଝିଅର ମା'ଟି କାନ୍ଦି କାନ୍ଦି ବ୍ୟାକୁଳ ହୋଇ ଗାଳି ଦେଉଥିଲା ସେହି ଯୌତୁକ ଲୋଭି ରାକ୍ଷସମାନଙ୍କୁ । ଜଣେ ଧାଇର ସ୍ୱର ଶୁଣାଯାଉଥିଲା 'ଦେଖିଲେ ତ ଝିଅ ଜନ୍ମର ଫଳ । ଯୌତୁକ ପାଇଁ ପୋଡ଼ି ଦେଇଛନ୍ତି ଶାଶୁ ଘର ଲୋକମାନେ । କି ପାଷାଣ୍ଡ କର୍ମ କରି ନର୍କ ଯନ୍ତ୍ରଣା ଭରିଦେଲେଣି ବୋହୂଟିର ଶରୀରରେ । ଏପରି ଲୋକଙ୍କୁ ଭଲ ଶାସ୍ତି ମିଳିବା କଥା ।

ଅତନୁ ଭାବି ପାରିନଥିଲେ ଏମିତି ଜୀଅନ୍ତା ଦରପୋଡ଼ା ଶରୀରକୁ କେବେ ଏଠି ଦେଖିବେ ବୋଲି । ତାଙ୍କ ଆଖିରୁ ଥପ୍ ଥପ୍ ଲୁହ ଗଡ଼ି ପଡ଼ିଲା । ଯଦି ତାଙ୍କ ଝିଅର ଏମିତି ଅବସ୍ଥା ହୁଏ ତେବେ ସେ କ'ଣ ଧୈର୍ଯ୍ୟ ଧରି ରହିପାରିବେ ? ହଁ ପୁଅ ଜନ୍ମ କରିଥିବା ଲୋକମାନେ ଝିଅଟିର ଏପରି ଅବସ୍ଥା କରିଛନ୍ତି । ଯଦି ସେମାନଙ୍କ ଝିଅର ଅବସ୍ଥା ଏମିତି ହୋଇଥାଆନ୍ତା ତେବେ ସେମାନେ ନିଜକୁ କି ବୋଧ ଦେଇଥାଆନ୍ତେ ?

- ସାର୍ ଦେଖିଲେ ତ ଝିଅର ଅବସ୍ଥା । ଆଜିକାଲି କିଏ ଝିଅ ଜନ୍ମ କରିବାକୁ ଚାହୁଁଛନ୍ତି କି ? ଅଚିହ୍ନା ଲୋକଟିର ଦରଦଭରା ସ୍ୱର ଶୁଣାଗଲା ।

ଅତନୁଙ୍କ ଦୃଢ଼ୋକ୍ତିର ଶୁଣାଗଲା - ମୁଁ ଚାହେଁ । ଆଜି ମୋ ଝିଅ ଜନ୍ମ ହୋଇଛି । ମୁଁ ମିଠା ବାଣ୍ଟିବି ଏଠି । ଝିଅ କମ୍ ନୁହେଁ ପୁଅଠାରୁ ।

ଅତନୁଙ୍କୁ ଆବାକ୍ ହୋଇ ଚାହିଁ ରହିଲା ଅଚିହ୍ନା ଲୋକଟି । ଅତନୁ ବଢ଼ାଇଦେଲେ ଦୁଇଟା ଶହେ ଟଙ୍କିଆ ନୋଟ୍ ଜଣେ ପିଅନ ହାତକୁ । କହିଲେ- ଯାଅ ମିଠା କିଣିବ । ସମସ୍ତେ ବାଣ୍ଟି ଖାଇବ ।

ଅଚିହ୍ନା ଲୋକଟି ଆଁ କରି ଚାହିଁ ରହିଲା ଅତନୁଙ୍କୁ । ଅତନୁ କିଛି କହିବା ପୂର୍ବରୁ ପିଅନ ଜଣକ ଅଚିହ୍ନା ଲୋକଟିକୁ ଚାହିଁ କହିଲା- ମଉସା ଆଁ କରି ଥାଅ । ମିଠା ଆଣିଲେ ତମପାଟିରେ ଦେବି ମୁଁ ।

ନର୍ସଟି ଚମକେଇଦେଇ କହିଲା- ଯାହାହେଉ ସତରେ ଆପଣ ଝିଅଜନ୍ମକୁ ଏମିତି ଖୁସିରେ ପାଳିବେ ବୋଲି ମୁଁ ଭାବି ପାରିନଥିଲି ।

- ମୋ ପାଇଁ ପୁଅ ଯେମିତି ଝିଅ ସେମିତି ।

- କିଏ ବୁଝୁଛି ଏ କଥା ? ନର୍ସର ସ୍ୱରଟି ଶୁଣାଗଲା ।

ଝିଅଟିର କାନ୍ଦଣାଟା ବନ୍ଦ ହୋଇଯାଇଥିଲା । ଅତନୁ ମନେମନେ କହିଉଠିଲେ- ଝିଅ, ତୋ ଜୀବନରେ ସବୁବେଳେ ହସ ଭରିରହୁ । ସେଇ ଚେଷ୍ଟା ବାପା ହିସାବରେ ମୁଁ ଜାରି ରଖିବି ।

ଆସନ୍ତୁ ଝିଅପାଖକୁ- ନର୍ସର ସ୍ୱରରେ ସେ ଉଲ୍ଲସିତ ହୋଇ ପାଦ ଥାପି ଚାଲିଥିଲେ ଲରାଙ୍କ ବେଡ୍ ପାଖକୁ । ଝିଅର ମୁହଁକୁ ଚାହିଁଲାବେଳେ ଲରାର ପ୍ରଶ୍ନ ତାଙ୍କ କାନରେ ବାଜିଥିଲା - ଝିଅକୁ ନେଇ ସତରେ ତମେ ଖୁସି ତ ?

ଅତନୁ ହସିହସି କହିଲେ- ଦୁଃଖ କରିବାର କ'ଣ ଅଛି ? ତମେ ତ ଗୋଟିଏ ଝିଅ ଥିଲ ପୁଣି ?

ନର୍ସ ଆସି ଶୁଣାଇଦେଲାଣି - ଆଜି ଖାଲି ଝିଅ ଜନ୍ମ ହେଲେଣି । ସତରେ ଆପଣଙ୍କ ବାପା ମା' ମାନେ ମିଠା ବାଣ୍ଟି ପାରିବେ ତ ? ଆଜି ଖାଲି ପାଟି ମିଠା ହୋଇଯିବ ।

ଲରା ଓ ଅତନୁଙ୍କ ହସରେ ଭରିଗଲା ଆତ୍ମବିଶ୍ୱାସର ଝଲକ ଝିଅଟି ପାଇଁ । ନର୍ସ କହି ଚାଲିଥିଲା- ଆସ ଦେଖିବ ଏମିତି ବାପା ଓ ମା'ଙ୍କୁ ।

■

ତର୍ଜମାର ମୁହୂର୍ତ୍ତରେ

ବର୍ଷ ବର୍ଷ ଧରି ଯାଚ୍ଛାଥିବା ପୂଜାଟି ପାଳନ ନକରିପାରିଲେ ମନକୁ ହିଁ ସଂଶୟ ଛୁଏଁ। ତେଣୁ ପ୍ରତି ଶୁକ୍ରବାରଦିନ ମନ୍ଦିର ଯାଇ ସନ୍ତୋଷୀମା'ଙ୍କ ପୂଜା ଚାଲିଛି ମୋର ଏଇ ଦୁଇମାସ ହେବ। ତେଣୁ ଏଠି ଠାକୁରାଣୀଙ୍କ ଦର୍ଶନ ପରେ ଦୁଃଖି ଦରିଦ୍ରଙ୍କ ସେବାପାଇଁ ଭିକାରୀଙ୍କୁ ଖୋଜିବାକୁ ପଡ଼ିବନାହିଁ। ମନ୍ଦିର ସାମ୍ନାରେ ସେମାନେ ଧାଡ଼ିକରି ବସିଯାଆନ୍ତି ନିଜ ନିଜର ଜାଗାଟିକୁ ସଫାସୁତୁରା କରି। ଖରାଯୋଗୁ ଛତାଟିଏ ମଧ୍ୟ ଧରି ଥାଆନ୍ତି। ମନ୍ଦିରରୁ ବାହାରୁ ବାହାରୁ ପାଟି ଶୁଣାଯାଏ - ବାବୁ, ମା' ଆମକୁ କିଛି ମିଳୁ। ଭଗବାନ୍ ମଙ୍ଗଳ କରିବେ।

ତେଣୁ ସେହି ଚିହ୍ନା ଭିକାରୀଙ୍କ ମୁହଁ ସହିତ ମଣିଷ ପରିଚିତ ହୋଇଗଲାଣି ଯାରି ଭିତରେ। ମୁଁ ସିନା ଟଙ୍କାଟିଏ କି ଦୁଇଟଙ୍କା ଭିକାରୀଙ୍କୁ ଦିଏନି ପୂଜା ସାରି ଫେରି ଆସିବାବେଳେ କିନ୍ତୁ ସେମାନଙ୍କ ପାଇଁ କଏନ ଟଙ୍କା ଘରୁ ୟାଙ୍କୁ ଦେଇଥାଏ ଓ ମାଗିବା ପୂର୍ବରୁ ଭିକାରୀଙ୍କୁ ଦେଇ ଦେବାକୁ କହିଥାଏ। ତେଣୁ ଦିନେ ଗୋଟିଏ ଅନ୍ଧ ମୋ ପାଦ ଶବ୍ଦ ଶୁଣି କହିଲା - ମା' ଦୟା କର।

ଠିକ୍ ତା' ପାଖରେ ବସିଥିବା ଭିକାରୁଣୀଟି କହିଲା - ୟାଙ୍କ ବାବୁ ପରା ଦେଇ ଗଲେଣି ଆମକୁ।

ତେଣୁ ସେମାନେ ଆଉ ମୋତେ ଆଉ ପଇସା ମାଗନ୍ତି ନାହିଁ। ମୁଁ ଭୋଗ ଖୁଆଇ ଓ ନିଜେ ଗ୍ରହଣ କରି ଘରକୁ ଫେରିଆସେ ୟାଙ୍କ ସାଙ୍ଗରେ।

କାର୍‌ର ଷ୍ଟିୟରିଂ ବୁଲାଉ ବୁଲାଉ ମୋ ସ୍ୱାମୀ ଖୁବ୍ ଉତ୍ସାହରେ କହନ୍ତି - ଏହି ଭିକାରୀଙ୍କ କି ଚିନ୍ତା ? ଯାହା ପାଇଲେ ସେଥିରେ ଶାନ୍ତିରେ ରହୁଛନ୍ତି। ଆମର ସବୁ ଥାଇ ଖାଲି ଚିନ୍ତାରେ ଘାଣ୍ଟି ହେଉଛେ। ଏମାନଙ୍କଠାରୁ ମଧ୍ୟ ଶିଖିବାର ଅଛି। ମନେ ପକାଅ ହାଇସ୍କୁଲରେ ପଢ଼ିଥିବା 'ଏନ୍‌ଚାନ୍‌ଟେଡ୍ ସାର୍ଟ' କବିତା।

- ତମର ମଜା କି କୌତୁକ ଶୁଣିବାର ଆଗ୍ରହ ମୋର ନାହିଁ । ଘରକୁ ଶୀଘ୍ର ଚାଲ । ପୁଅ ଡାକ୍ତରଖାନା ଯିବାକୁ ବାହାରିବ ।

- ମଣିଷ ସବୁବେଳେ ତ କାମ ପଛରେ ପଡ଼ି ପଡ଼ି ସମୟ ସାରିଲା । ଆରେ ନିଜକଥା ଟିକିଏ ଚିନ୍ତାକର ।

ଆଜି ପୁଣି ଶୁକ୍ରବାର । ମନ୍ଦିରରୁ ଫେରି ଆସୁ ଆସୁ ଦୀପ ଦୋକାନୀବାଲା କହିଲା- ମା' କଦଳୀ ନେଇଯାଆନ୍ତୁ । ବାବୁ ଟଙ୍କା ଦେଇଛନ୍ତି ।

ପଲିଥିନ୍‌ରେ କଦଳୀନେଇ ଆସୁ ଆସୁ ଚାହିଁଲି ଭିକାରୀଙ୍କ ଆଡ଼କୁ । ମୋତେ ଦେଖି କିଏ ହେଲେ ପଇସା ମାଗୁନଥିଲେ । ଜଣେ ଭିକାରୁଣୀ ମୋତେ ଖୁବ୍ ଉତ୍ସାହରେ ଚାହିଁଥିଲା । ଗତକାଲି ତାକୁ ରାମ ମନ୍ଦିରରେ ମୁଁ ଦେଖିଥିଲି । ବୋଧେ ଶୁକ୍ରବାରଦିନ ଏଠି ଡେରାପକେଇ ବସୁଛି ସେ । ତା' ପାଖରେ ଆଠ କି ଦଶବର୍ଷର ପୁଅଟେ ସବୁବେଳେ ବସିଥାଏ । ସେଦିନ ରାମ ମନ୍ଦିର ପାଖ ଟ୍ୟାପ୍‌ରେ ସେହି ପିଲାଟିକୁ ଗାଧୋଇ ଦେଉଥିଲା ସେ । ଆଜି ତାକୁ ପାଖରେ ବସି ପାଠ ପଢ଼ଉଛି । ପିଲାଟି ଖାତା କଲମ ଧରି ବସିଛି ।

ଏକ ତୀର୍ଯ୍ୟକ୍ ଦୃଷ୍ଟିରେ ତା' ଆଡ଼କୁ ଚାହିଁଲେ ମଧ୍ୟ ଅଟକିଗଲା ଆଖି ସେଠି । ଦେଖିଲି ପିଲାଟି କ'ଣ ସବୁ ଲେଖୁଛି । ସେପଟରୁ ମୋ ସ୍ୱାମୀଙ୍କ ଚାହାଁଣୀ ସ୍ଥିର ରହିଛି ମୋ ଆଡ଼କୁ । ଭିକାରୁଣୀକୁ ଟିକିଏ ଚାହିଁଦେଲାରୁ ସେ ମୋତେ ଚାହିଁଲା ହସିଲା ମୁହଁରେ । ଆଉ ମୁଁ ମଧ୍ୟ ଟିକିଏ ସହାସ୍ୟ ଦୃଷ୍ଟି ପକାଇ ଭାବିନେଲି - ସତରେ ପିଲାଟିକୁ ଶିକ୍ଷିତ କରିବାକୁ କ'ଣ ଚାହୁଁଛି ଭିକାରୁଣୀଟି ! ଅଥଚ୍ କେତେପିଲାଙ୍କ ସୁବିଧା ଥାଇ ମଧ୍ୟ ବାପା ମା' ମାନେ ପିଲାଙ୍କୁ ପାଠ ପଢ଼ାଇବାକୁ ଚାହୁଁନାହାନ୍ତି । ଆଜି ସ୍କୁଲରେ ସବୁ ସୁବିଧା ଯୋଗାଇବାକୁ ସରକାର ବଦ୍ଧପରିକର । ତଥାପି ସ୍କୁଲରେ ପିଲାଙ୍କ ଉପସ୍ଥାପନ ହାର କମ୍ । ଦୁଃଖ କଷ୍ଟରେ ପଢୁଥିବା ପିଲାମାନେ ପାଠର ମୂଲ୍ୟ ବୁଝିପାରିଥାଆନ୍ତି । ଆଉ ଏଠି ଆମର ପିଲାଙ୍କୁ ଏଇଟା କିଣିଦେବି, ସେଇଟା କିଣିଦେବି ଆଦିର ଲୋଭ ଦେଖାଇ ପାଠପଢ଼ାରେ ଜୋର୍ ଜବରଦସ୍ତି ବସାଯାଉଛି । ମୁଁ ଯେତେବେଳେ ୟାଙ୍କୁ ଭିକାରୁଣୀ ପୁଅର ପାଠପଢ଼ା କଥା କହିଲି ସେତେବେଳେ ସେ କହିଲେ- ଯାହାହେଉ ଏବେ ସମସ୍ତଙ୍କର ପଢ଼ାରେ ଅଧିକାର ଅଛି । ନହେଲେ ଅତୀତରେ ଉଚ୍ଚଜାତି ବ୍ୟତୀତ ଅନ୍ୟମାନଙ୍କୁ ପଢ଼ାରୁ ବଞ୍ଚିତ କରାଯାଉଥିଲା ବିଭିନ୍ନ ବାହାନା ଦେଖାଇ ।

ହସିଲି ମୁଁ । କହିଲି- ମଣିଷ ଆଗେଇ ଗଲାଣି । ଆଉ ଅତୀତକୁ ବୁଲିବାକୁ କାହା ପାଖରେ ସମୟ ନାହିଁ, ଅତୀତ ହିଁ ଇତିହାସ ପାଲଟିଗଲାଣି ।

- ତେବେ ଧର୍ମ ତ ଇତିହାସ ହୋଇ ରହିନି । ଆଗ ଅପେକ୍ଷା ଧର୍ମର ଆଚ଼ରଣବିଧି

ବଢ଼ିଗଲାଣି । ମନରେ ପଛକେ ଧର୍ମଭାବନା ନଥାଉ କିନ୍ତୁ ଧର୍ମକୁ ଛାଡ଼ିବାକୁ କିଏ ଚାହୁଁନାହାନ୍ତି । ଆଗ ଅପେକ୍ଷା ଏବେ ଅନେକ ପୂଜାସ୍ଥଳୀ ଗଢ଼ି ଉଠିଲାଣି । ଧର୍ମ ହେଉଛି ଏକ ଅଫିମ । ଯିଏ ଧର୍ମଭାବନାରେ କବଳିତ ତା'ର ଦେଖାଇ ହେବାର ଯଥାର୍ଥତା କ'ଣ ? ସେଥିପାଇଁ ତ ଆଜିକାଲି ବାବାଙ୍କ ଆବିର୍ଭାବ ଅନେକ କ୍ଷେତ୍ରରେ ଘଟୁଛି । ଆଉ ଆମଲୋକ ଖୁବ୍ ଗର୍ବରେ ଧର୍ମକୁ ଭାଗ ଭାଗ କରି କି ଶାନ୍ତି ପାଉଛନ୍ତି କେଜାଣି ? ମଣିଷ ଗୋଟିଏ ଜାତି । ପ୍ରତି ମଣିଷର ଗୁଣ ସୂତ୍ର ସଂଖ୍ୟା ସମାନ । ଧର୍ମ ହେଉଛି ମନୁଷ୍ୟର ଏକ ମାନସିକ ଅବସ୍ଥା । ବିଶ୍ୱାସ ବଳରେ ଧର୍ମ ଚାଲିଛି । ସର୍ବନିୟନ୍ତା ଭଗବାନଙ୍କଦ୍ୱାରା ବିଶ୍ୱର ସମସ୍ତ ପଦାର୍ଥ ସୃଷ୍ଟି । ଧର୍ମ ମନୁଷ୍ୟର ମାନବିକ ମୂଲ୍ୟବୋଧଗୁଡ଼ିକର ପ୍ରତିଷ୍ଠା ପାଇଁ ଉଦିଷ୍ଟ । ତେବେ ଆମ ଭିତରେ ଶାନ୍ତି ରହିବା ବଦଳରେ ଧର୍ମ ନାମରେ ଅଶାନ୍ତି ବିରାଜୁଛି କାହିଁକି ? ବିଜ୍ଞାନର ଅବଦାନ ଯୋଗୁ ମଣିଷ ଯାଇ ଚନ୍ଦ୍ରରେ ପହଞ୍ଚିଗଲା । ବିଜ୍ଞାନ ଯୋଗୁ ଚିକିତ୍ସା ବିଜ୍ଞାନରେ ଅନେକ ରୋଗକୁ କାବୁ କଲେଣି । ନୈତିକତାକୁ ଧର୍ମ ସହିତ ସଂଶ୍ଳିଷ୍ଟ କଲେ ହିଁ ଦେଶ ଓ ଦଶର ମଙ୍ଗଳ ହେବ ।

- ତମେ ବିଜ୍ଞାନୀ ତ ତେଣୁ ତମପାଖରୁ ବିଜ୍ଞାନ ସମ୍ବନ୍ଧୀୟ କଥା ହିଁ ଶୁଣିବ ।

- ତମମାନଙ୍କର ଅନ୍ଧବିଶ୍ୱାସ କେବେ ଯିବ ଆଉ ? ମଣିଷ ଏତେ ଶିକ୍ଷିତ ହୋଇ ମଧ୍ୟ ଅନ୍ଧବିଶ୍ୱାସକୁ ଜାବୁଡ଼ି ଧରିଛି ।

- ତମେ ଆଉ ବଡ଼ ବଡ଼ କଥା କୁହନି । ଧର୍ମ ଆଉ ବିଜ୍ଞାନ ସବୁବେଳେ ତିଷ୍ଠି ରହିବ ।

- ଜାଣିଛନା ମହାମାନବ ଆଲବର୍ଟ ଆଇନଷ୍ଟାଇନ କହିଥିଲେ- "ଧର୍ମ ବିନା ବିଜ୍ଞାନ ଅନ୍ଧ ହୋଇଯିବ ଏବଂ ବିଜ୍ଞାନ ବିନା ଧର୍ମ ପଙ୍ଗୁ ହୋଇଯିବ ।"

- ଆଉ କିଛି କୁହନି । ଠିକ୍‌ରେ ଗାଡ଼ି ଚଳାଅ । ଭିକାରୁଣୀ ପୁଅର ପାଠପଢ଼ା ଦେଖି ଆଶ୍ଚର୍ଯ୍ୟ ଲାଗିଲା !

- ଆଗକୁ ଆହୁରି ଆଶ୍ଚର୍ଯ୍ୟ ଲାଗିବ ଭିକ୍ଷାବୃତ୍ତିକୁ ଦେଶରୁ ପୂରା ଲୋପ କରାଯିବ । ଅନ୍ୟ କେତେକ ରାଜ୍ୟରେ ଆଇନବଳରେ ଏହି ପ୍ରଥାକୁ ରୋକାଯାଇପାରୁଛି ଅଥଚ ଆମ ରାଜ୍ୟରେ ଧର୍ମ, ଦାନ ନାମରେ ଆମେ ଏହି ପ୍ରଥାକୁ ଉତ୍ସାହିତ କରୁଛେ । ଆଜିକା ଖବରକାଗଜ ପଢ଼ିଛ ତ ? କୋଟିପତି ଭିକାରୀମାନଙ୍କ କଥା ପ୍ରକାଶିତ ହୋଇଛି । ଏକେ ତ ଆମଲୋକଙ୍କର ସ୍ୱାଭିମାନ ନାହିଁ । କିନ୍ତୁ ଏହି ପ୍ରଥାକୁ ଖୁସିରେ ଆପଣେଇ ଅର୍ଥ ଉପାର୍ଜନ କରିଚାଲିଛନ୍ତି ।

- ସେମାନଙ୍କୁ ଭିକାରୀ ହେବାକୁ ଭଲ ଲାଗୁଛି ।

- ତେବେ ପ୍ରତି ଜନ୍ମରେ ଭିକାରୀ ହୁଅନ୍ତୁ ।

- ଏମିତି ଅଭିଶାପ ଦିଅନି ।

- ଆଉ କ'ଣ କୁହାଯାଇପାରିବ ? ମିଥ୍ୟା କଥନରେ, ମିଥ୍ୟା ଆଚ଼ରଣରେ ଭିକାରୀପ୍ରଥାକୁ ଗୋଟାଇବା କି ଦରକାର ?

- ସବୁର ମୂଳରେ ଦରକାର ଟଙ୍କା । ଯଦି ଏହି ବୃତ୍ତିରୁ କମ୍ ପରିଶ୍ରମରେ ଭଲ ରୋଜଗାର ହେଉଛି ତେବେ କର୍ମକୁଣ୍ଠ ହେବା ଶ୍ରେୟସ୍କର ମଣୁଛନ୍ତି ଆଳସ୍ୟ ପରାୟଣ ଲୋକଗୁଡ଼ାକ । ନିଜ ପିଲାମାନଙ୍କୁ ଇଞ୍ଜିନିୟର, ଡାକ୍ତର ବା ଜଣେ ଉଚ୍ଚପଦସ୍ଥ ପ୍ରଶାସନିକ ଅଧିକାରୀ ହେଉ ବୋଲି ଅଧିକାଂଶ ପିତାମାତା ଚ଼ାହାନ୍ତି କିନ୍ତୁ ମୁମ୍ବାଇର କିଛି ଭିକାରୀ ସେମାନଙ୍କ ସନ୍ତାନ ଭିକ୍ଷାବୃତ୍ତିକୁ ଗ୍ରହଣ କରନ୍ତୁ ବୋଲି ଚ଼ାହାନ୍ତି । ଏହାଦ୍ୱାରା ସହଜ ଉପାୟରେ ବିପୁଳ ଅର୍ଥ ଉପାର୍ଜନ ହୋଇ ପାରିବ । ଏପରି ମୁମ୍ବାଇ ରାସ୍ତାକଡ଼ରେ ଭରତ ଜୈନ ନାମକ ଜଣେ ଭିକାରୀଙ୍କ ଦୈନିକ ରୋଜଗାର ହେଲା ୬୦ ହଜାର ଟଙ୍କା । ସେ ବିଶେଷ କରି ମୁମ୍ବାଇର ଆଜାଦ୍ ମୈଦାନ ଓ ଛତ୍ରପତି ଶିବାନୀ ଟର୍ମିନାଲରେ ଭିକ୍ଷାବୃତ୍ତି କରିଥାଏ । ଦିନକୁ ୮ ରୁ ୧୦ ଘଣ୍ଟା ଭିକମାଗେ । ନିଜର ଫ୍ଲାଟ୍, ଦୋକାନ ଘର ଅଛି । ବୟସ ୪୯ ବର୍ଷ । ବାପା, ମା' ପତ୍ନୀ, ଭାଇ, ଦୁଇ ପୁଅ ସହିତ ରହନ୍ତି । ଏହିପରି କୋଟିପତି ଭିକାରୀ ଅଛନ୍ତି । ବିମା ବାବଦରେ ଟଙ୍କା ମଧ୍ୟ ଦେଇଥାନ୍ତି ।

- ଭିକ୍ଷାବୃତ୍ତି ତ ହୀନ ବୃତ୍ତିଟିଏ ! ଆମ ଦେଶର ଗୌରବ ହାନି କରୁଛି । କଠୋର ଆଇନ ମଧ୍ୟ ରହିଛି । ମାଡ୍ରାସ୍ ପ୍ରିଭେନ୍‌ସନ୍ ଅଫ୍ ବେଗିଂ ଆକ୍ଟ, ୧୯୪୫, ଓ ବମ୍ବେ ପ୍ରିଭେନ୍‌ସନ୍ ଅଫ୍ ବେଗିଂ ଆକ୍ଟ ୧୯୫୯ ଅନୁଯାୟୀ ଭାରତରେ ଭିକ ମାଗିବା ବେଆଇନ୍ । କିନ୍ତୁ ଭିକ୍ଷାବୃତ୍ତି ସମ୍ପୂର୍ଣ୍ଣ ନିଷିଦ୍ଧ ହୋଇପାରିନାହିଁ । ବରଂ ଏହା ଏକ ଶିଳ୍ପରେ ପରିଣତ ହେଲାଣି !

- ଏବେ ତ ଗାଁରେ ଟଙ୍କିକିଆ ଚ଼ାଉଳରୁ ମୁଠାଏ ପାଇବାକୁ ଭିକାରୀମାନେ ଚ଼ାହୁଁନାହାନ୍ତି । ତେଣୁ ସହରମାନଙ୍କରେ ଆସ୍ଥାନ ଜମେଇବାକୁ ଲାଗିଲେଣି ।

- ଭିକ୍ଷାବୃତ୍ତିକୁ ନେଇ ବିଶ୍ୱରେ ଅଧିକାଂଶ ଦେଶରେ ଭିନ୍ନ ଭିନ୍ନ ଆଇନ୍ ରହିଛି । ନରୱେ, ଅଷ୍ଟ୍ରିଆ, ହଙ୍ଗେରୀ ଓ କାନାଡ଼ାରେ ଭିକ ମାଗିବା ବେଆଇନ୍ । ଡେନ୍‌ମାର୍କରେ ଭିକ ମାଗିଲେ ସମ୍ପୃକ୍ତ ଭିକାରୀକୁ ୬ ମାସ ଜେଲ୍‌ଦଣ୍ଡ ଭୋଗିବାକୁ ପଡ଼ିଥାଏ । ଏମିତି କେତେ କେତେ ଦେଶରେ କେତେ ନିୟମ ଅଛି । ଯୁକ୍ତରାଷ୍ଟ୍ରର ସାନ୍‌ଫ୍ରାନ୍ସିସକୋ, କାଲିଫର୍ଣ୍ଣିଆ ପରି ରାଜ୍ୟରେ ଭିକ୍ଷାବୃତ୍ତିକୁ ବେଆଇନ୍ କରାଯାଇଛି । କେଉଁ ରାଜ୍ୟରେ ମଧ୍ୟ ଏହା ଆଇନ୍ ସିଦ୍ଧ ।

- ପୁରୀ ବଡ଼ଦାଣ୍ଡ, କଟକର ଚଣ୍ଡିମନ୍ଦିର, ଭୁବନେଶ୍ୱର ଲିଙ୍ଗରାଜ ମନ୍ଦିର

ଏପରିକି ଛୋଟ ବଡ଼ ମନ୍ଦିର ସାମ୍ନାରେ ଓ ଅଧିକାଂଶ ରେଳଷ୍ଟେସନ, ବସ୍ ଷ୍ଟପ୍‌ରେ ବହୁ ସଂଖ୍ୟାରେ ଭିକାରୀଙ୍କୁ ଦେଖିବାକୁ ମିଳେ ।

- ଏମାନଙ୍କୁ ସମାଜର ମୁଖ୍ୟ ସ୍ରୋତରେ ସାମିଲ୍ କରିବାପାଇଁ ଏକାଧିକ ଯୋଜନା ପ୍ରଣୟନ ହୋଇଛି ।

- ଦେଖାଯାଉ କେବେ ଭିକ୍ଷାବୃତ୍ତିକୁ ଘୃଣା କରିବ ଭିକାରୀଟିଏ ।

- କାର୍ ଅଟକିଗଲା ଗେଟ୍ ପାଖରେ । ଗେଟ୍ ଖୋଲିଲି ମୁଁ । ଦୂରରୁ ଶୁଣାଯାଉଥିଲା ଯୋଗୀର ସ୍ୱର - କେତେ ଦିନକୁ ମନ ବାନ୍ଧିଛୁ ଆଶ୍ରେ...।

ମୁଁ କହିଲି- କିଛି ପଇସା ବାହାର କର ପକେଟରୁ । ଆଜି ପୂଜାଦିନରେ ନ ଦେଲେ ଧର୍ମ ମିଳିବନି ।

ହସିଲେ ମୋ ସ୍ୱାମୀ । କହିଲେ ସେ ବୃଦ୍ଧ ନା ଯୁବକ ନା ଅକ୍ଷମ ନା ଭିନ୍ନକ୍ଷମ ?

- ମୋତେ ଏତେକଥାରୁ କ'ଣ ମିଳିବ ? ଭିକାରୀଟିଏ ପରା !

- ଏବେ ବୁଝିଛି, ତମମାନଙ୍କ ପରି ଲୋକଥିଲେ ଭିକାରୀ ପ୍ରଥା ହିଁ ବଢ଼ି ଚାଲିବ ।

- ଓଃହ ଟଙ୍କେ କି ପାଞ୍ଚଟଙ୍କା ଦେବାକୁ ଏତେ କଞ୍ଜୁସ୍ କାହିଁକି ?

- ତମକୁ କହିବି ଧର୍ମଭୀରୁ ।

- ହଁ, ହଁ । ଯାହାକୁହ ମୋର ଚିନ୍ତାନାହିଁ ।

- ସେମିତି ସେମାନଙ୍କ ମାଗିବାରେ ଦ୍ୱିଧାନାହିଁ ।

- ବାବୁ କାହିଁକି ରାଗୁଛନ୍ତି ? ମୁଁ କିଛି ଟଙ୍କା ଧାରଦେଇ ପାରେ କି ?

ଆଁ କରି ଚାହିଁଲି ତା' ମୁହଁକୁ ।

କହିଲି- ଯାଅ ଏଠୁ । ଖଟି ଖାଅ । ଲାଜ ଲାଗୁନି ତମ ମୁହଁକୁ ।

ଭିକାରୀଟି ଗୁଣୁଗୁଣୁ ହୋଇ କିଛି ଅସ୍ପଷ୍ଟ କଥା କହି ଫେରିଯାଉଥିବା ବେଳେ ମୋ ସ୍ୱାମୀ କହିଲେ - ଦେଖିଲ ତ ଯା'ର ବହପକୁ ?

ମୁଁ କହିଲି - ଯାହାହେଉ, ଏବେ ଏମାନେ ଆଉ ଅଭୁକ୍ତ ନାହାନ୍ତି । ନିଜର ଗୁଜୁରାଣ ମେଣ୍ଟାଇ ଆରାମ୍‌ରେ ମଧ୍ୟ ଚଳିପାରିବାକୁ ଚାହିଁଲେଣି ।

- ତେବେ ଦେଶ ତ ଆଗେଇଛି ।

- ହଁ, ଏମାନଙ୍କ ମନ ମଧ୍ୟ ଆଗେଇଯାଇଛି । ଆଉ ଚିନ୍ତା କ'ଣ ?

ଘର ଭିତରକୁ ପଶୁପଶୁ ଶୁଣାଗଲା ପୁଣି ସେଇ ଯୋଗୀ ଗୀତର ପଂକ୍ତି । ଗେଟ୍ ଖୋଲି ଡାକିଲି - ଆସ, ନିଅ ଟଙ୍କା ।

ହସିହସି ଯୋଗୀଟି କହିଲା - ମା' ତମର ଧର୍ମ ହେବ ।

ମନେମନେ ଭାବିଲି- ଧର୍ମ ହେବ ନା ପାପ ହେବ ।

ମୋ ସ୍ୱାମୀଙ୍କ ସ୍ୱର ଶୁଣାଗଲା - ଅପାତ୍ରେ ଦାନ କରିବା କଥା ନୁହଁ ।

- ଥାଉ ତମର ଉପଦେଶ । ମୋ ଟଙ୍କା ସରିଯାଉନି ତ ଆଉ !

- ଛାଡ଼, କିଏ ବୁଝାଇବ ତମକୁ ? ଆସ ଶୀଘ୍ର ରାନ୍ଧିବ । ଭୋକ ଲାଗିଲାଣି ।

- ମଣିଷ କ୍ଷୁଧା ଦୂର କରିବାକୁ ଏସବୁ ପନ୍ଥା ଆପଣେଇଛି ପରା ।

- ଏସବୁ ମନର ମନର ବିକାର । ଯିଏ ମାଗିଖାଇଲା ସେ କାମକୁ ଡରୁଛି ପରା !

ହଁ ମନେ ପଡ଼ିଲା ଟ୍ରେନ୍‌ରେ ସମ୍ବଲପୁରରୁ ଫେରୁଥିବାବେଳେ ଭିକାରୀଙ୍କୁ ଦୁଇଟଙ୍କା ଦେଲାବେଳେ ପାଖରେ ବସିଥିବା ମହିଳା ଜଣକ କହିଲେ - ଆପଣ କାହିଁକି ଏମାନଙ୍କୁ ଦୟା କରି ଭିକ୍ଷାବୃତ୍ତିକୁ ବଢ଼ଉଛନ୍ତି ?

- ସେୟା ତ । ତମେ ତ ଶୁଣିବନି ଏପରି ଅଧର୍ମ କଥା । ଧର୍ମ କର । ପୂଣ୍ୟ ସଂଗ୍ରହ କର । ଶାନ୍ତି ପାଉଥାଅ । ଧନ୍ୟ ତମର ବୋଧଶକ୍ତି, ଭିକାରୀର ସଂଙ୍କାଖୋଜି ଦାନ କର କିଏ ତମକୁ ମନା କରୁଛି କି ?

- ପୂଜାପର୍ବ ଦିନରେ ଖାଲିଟାରେ ଗାରୁ ଗାରୁ ହେଲେ ମଣିଷ କ'ଣ କରିବ ?

- ବୁଝାଇବା ଲୋକକୁ ହିଁ ଗାଳି କରୁଥିବ ।

- ସତରେ ତମେ ଏତେ ଅବୁଝା ହୁଅ କାହିଁକି ?

- ମୁଁ ନା ତୁମେ । ପଚ୍ଚର ନିଜକୁ ତ ?

- ମୋ ଭିତରେ ଅନ୍ୟ ଗୋଟିଏ ହୃଦୟର ଧ୍ୱନି ଏବେ ପ୍ରତିଧ୍ୱନିତ ହେଉଛି - ମା' କିଛି ମିଳିଯାଉ କିନ୍ତୁ ନୁହେଁ ବାପା କିଛି ମିଳିଯାଉ । କାହିଁକି ଭିକାରୀମାନେ ହିଁ ସ୍ତ୍ରୀ ସାମ୍‌ନାରେ ସ୍ୱାମୀଙ୍କୁ ଦେଖିଲେ ମଧ୍ୟ କହି ନଥାନ୍ତି ବାବୁ କିଛି ମିଳିଯାଉ ।

- କାହିଁକି କହିବ ? ପିଲାଟି ଦିନରୁ ତ ଶୁଣିଆସିଛି "ମା' କିଛି ମିଳିଯାଉ ।" ମା' ମନ ତ ତରଳି ଯିବ ।

ବ୍ୟଙ୍ଗସ୍ୱର ଶୁଣାଗଲା ସ୍ୱାମୀଙ୍କର - ତମେ ପରା ଲକ୍ଷ୍ମୀ ମା', ତମେ ପେଟ ଚିହ୍ନିବନି ତ ଆଉ କ'ଣ ଆମେ ଚିହ୍ନିବୁ ?

ସଂସାର ମୂଳରେ ନାରୀ । ତା'ର ଛାୟା ତ ତମକୁ ଭଲଭାବେ ଜଣା । ତଥାପି ମୋ ଇଚ୍ଛା ଓ ଅନିଚ୍ଛାର ସ୍ୱରକୁ ତୁମେ ଠିକ୍ ବୁଝିପାରୁନ କାହିଁକି ?

■

ବଦଳିଯାଉଥିବା ଚରିତ୍ର

ଆଜୀବନ ପ୍ରିୟା, ମାନେ ଧର୍ମପତ୍ନୀ । ସେ ରୂପସୀ ଲାବଣ୍ୟବତୀ ବା ଲଜ୍ୟାବତୀ ହୋଇପାରେ କି ନ ହୋଇପାରେ । ସେ ତୁମର ପତ୍ନୀ ଓ ଜୀବନ ସାଥି । ସେ ଉଦଣ୍ଡୀ ହେଲେ ମଧ୍ୟ ତମର ପାଟି ଚୁପ୍ । ଆଜିକାଲି ନାରୀ ନିର୍ଯ୍ୟାତନାର ପ୍ରତିକାର ପାଇଁ ବିଭିନ୍ନ ଆଇନ ଅଛି । ତେଣୁ ଅତ୍ୟାଚାରର ଜର୍ଜରିତା ସ୍ତ୍ରୀ ଚୁପ୍ ବସେନି । ଲୋକହସା ହେଲେ ସୁଦ୍ଧା ଅଧିକାର ପାଇଁ ଲଢ଼େ ।

ଏମାନେ ହେଲେ ଆଧୁନିକା ନାରୀ । ସ୍ୱାମୀ ପାଇଁ ସେମାନଙ୍କ ମନରେ ସରାଗ ଅଛି କି ନାହିଁ ସେମାନେ ଜାଣନ୍ତି । ଆଜିକାଲି କିଏ ବିବାହିତା କିଏ ଅବିବାହିତା ଜାଣିବା ମୁସ୍କିଲ । ହାତରେ ଚୁଡ଼ି ନଥିବ, ମଥାରେ ସିନ୍ଦୁର ନଥିବ ଓ ଆଧୁନିକା ପରିପାଟିରେ ସଜ୍ଜିତା ମହିଳାଟିକୁ ଦେଖିଲେ କିଏ ମଧ୍ୟ ଝିଅଟିଏ କହିପାରେ ।

ନାରୀକୁ ବୟସ ପଚାରିବା ମନା । ସେ ସବୁବେଳେ ବୟସକୁ କମାଇବା ଚକ୍କରରେ ଥାଏ । ତେଣୁ ନିଜେ ମଧ୍ୟ ସ୍ୱୀକାର କରେନି ନିଜ ବୟସକୁ । ବୟସ ବଢ଼ିଲେ ମଧ୍ୟ ସଠିକ୍ ବୟସକୁ ଅନ୍ୟ ଆଗରେ ପ୍ରକାଶ କରିବାକୁ ଏତେ କୁଣ୍ଠାବୋଧ କାହିଁକି କରେ ବୁଝିପାରୁନି ମୁଁ ।

ମୁଁ ସେଦିନ ବଡ଼ମାଇଁଙ୍କୁ ପଚାରିଲି "ମାଇଁ ଆପଣଙ୍କୁ କେତେ ବର୍ଷ ?"

ଟିକିଏ ଭାବି ଉତ୍ତର ଦେଲେ- ଷାଠିଏ ହୋଇଥିବ ।

- ବୋଉ ତ ଚଉସ୍ତରୀରେ ଆର ପାରିକୁ ଗଲା । ଆପଣ ତ ବୋଉଠାରୁ ଛଅବର୍ଷ ବଡ଼ ହେବେ । ତେବେ ଷାଠିଏ ହେବ କେମିତି ?

- ମୁଁ ସିନା ଏମିତି ଦିଶୁଛି ହେଲେ ମୋ ବୟସ ବେଶି ନୁହେଁ । ତୁମେ ତ ପିଲାଟିଏ ।

ଆଁ କରି ଚାହିଁଲି ତାଙ୍କ ମୁହଁକୁ । ମୁଁ ପୁଣି ପିଲା । ଆଇ, ଜେଜେମା ହେଲାପରେ

ବୟସ ତ ପଚାଶ ଉପରେ ଥିବାର ଅନୁମାନ କରିପାରୁଥିବେ । ହସି ହସି କହିଲି - ମାଇଁ ଆପଣ ଏବେ ସତରେ ପିଲାଟିଏ । ସବୁ ଭୁଲିଗଲେଣି ।

ପାଖ ଚେୟାରରେ ବସିଥିବା ମାମୁଁ ହସିହସି କହିଲେ- ସ୍ତ୍ରୀ ଲୋକଗୁଡ଼ା ବୟସ ଲୁଚାନ୍ତି । ତୋ ମାଇଁ ବୋହୂରୁ ଶାଶୁ ହୋଇଗଲେଣି ଚାଳିଶ ବର୍ଷ ହେଲା । ତଥାପି ବୁଝିପାରୁନି ଯେ ଶାଶୁ ଯୁଗ ଗଲାଣି ବୋଲି ।

- ସତକଥା ।

ଚୁ-ଚୁ ହୋଇ ଘର କଣରେ ମୁଣ୍ଡରେ ହାତେ ଓଢ଼ଣା ଟାଣି ଠିଆ ହୋଇ ଇସାରା ଦେବାକୁ ପଡୁନି ଆଉ ବୋହୂଟିକୁ । ଶାଶୁ ଯୁଗ ଗଲା ତ ଗଲା । ଏବେ ଶାଶୁମାନେ ପାଟିରେ କୋଲପ ପକାଇ ନୀରବଦ୍ରଷ୍ଟା ପାଲଟିଯିବାକୁ ଉଚିତ ମନେ କଲେଣି । ଆଧୁନିକତାର ତାଳଦେଇ ଏବେ ଆରମ୍ଭ ହୋଇଗଲାଣି ବୋହୂ ଯୁଗ ।

ଓଃ ଭୁଲ କହିଲି । ସମୟର ବେଶି ଭାଗ ସ୍ତ୍ରୀଙ୍କ ଯୁଗ ଉପରେ ନିର୍ଭର କରୁଛି । ବୋହୂ ହୋଇ ରହିବାକୁ ନାରୀଟିଏ ଆଉ ପସନ୍ଦ କରୁନି । ସ୍ତ୍ରୀ ହୋଇଗଲା ପରେ ସେହିଁ ପୁରୁଷର ଅନେକ ସ୍ୱାଧୀନତାକୁ ଅକ୍ତିୟାର କରିବସୁଛି ।

ଏଥିରେ ବିବ୍ରତହେବାର କିଛି ନାହିଁ । ଯଦିଓ ସବୁ ପୁରୁଷଙ୍କ କ୍ଷେତ୍ରରେ ଏମିତି ଘଟେନି ତଥାପି ଅନେକ ତ ଅଙ୍ଗେ ଲିଭାଇ ପାଟିରେ ତାଲାପକେଇ ରହନ୍ତି । କହିଲେ ପରା 'କୁଳ କୁଟୁମ୍ବକୁ ଲାଜ' ।

ଆଉ ସ୍ତ୍ରୀଟି ଖୁବ୍ ଦାମ୍ଭୀକତାରେ ପୁରୁଷକୁ ନିର୍ଦ୍ଦେଶ ଦେଇପାରୁଛି ପ୍ରତି କାମରେ । ଆଉ ଦୋଷ ଦେଇପାରୁଛି ପୁରୁଷକୁ । ଦୁନିଆରେ ଯେତେସବୁ ମାଙ୍କଡ଼ାମିର ଅଘଟଣ ଘଟୁଛି ତା'ର ନିୟନ୍ତା ହିଁ ପୁରୁଷ । ପୁରୁଷ ଶୂନ୍ୟ ହେଲେ ଏତେ ନିର୍ଯ୍ୟାତିତା ହୁଅନ୍ତା ନାହିଁ ନାରୀଟି !

ତେବେ ନାରୀ ତ ଖାଲି ପୁରୁଷଙ୍କ ପାଇଁ ନିର୍ଯ୍ୟାତିତା ହୁଏନି । ସେହିଁ ନିର୍ଯ୍ୟାତିତା ହୁଏ ନାରୀଦ୍ୱାରା । ଧର୍ଷଣର ଶିକାର ହୋଇଥିବା ନାରୀଟି ପୁରୁଷକୁ ଦୋଷଦେବ । କିନ୍ତୁ ଯେଉଁ ସ୍ତ୍ରୀ ନିଜେ ଧର୍ଷିତା ହେବାକୁ ବାଟ କାଢ଼ି ବସିବ ସେଠି ଦୋଷ କାହାର ?

ବିଚାରା ସ୍ୱାମୀଟି ଉଠିଲା ସିଡି ପାହାଚ୍‌ରେ । ଗୋଟିଏ ହାତରେ ବାଲ୍‌ଟିଏ ଓଦା ଲୁଗା । ଅନ୍ୟ ହାତରେ ସିଡ଼ିଘରର ଚାବି ।

ସେଇ ସ୍ୱାମୀଟିର ନାଁ ସନ୍ତୋଷ । ମନେ ମନେ ଅସନ୍ତୋଷ ହୋଇ ଗୁଣୁଗୁଣୁ ହେଲା "ବାପା ମା' ତା' ନାଁ ସନ୍ତୋଷ ରଖିଥିଲେ କାହାପାଇଁ, ତାଙ୍କ ପାଇଁ ନା ମୋ ପାଇଁ ?"

ହାତର ଓଜନକୁ ଲାଘବ କରିବାକୁ ବାଲ୍‌ଟିଟି ରଖିଦେଲା ଉପର ପାହାଚ୍‌ରେ

ନଥି କରି । ଟିକିଏ ଶବ୍ଦ ହେଲା । ଘର ଭିତରୁ ଶୁଣାଗଲା ସ୍ତ୍ରୀଟି ସ୍ୱର – ହାତରେ କ'ଣ ବଳ ନାହିଁ କି ? ପୁରୁଷ ହୋଇ ଘରକାମ କରିବାକୁ ଏତେ ବାଧୁ ଯାଉଛି କାହିଁକି ? ନିଜକୁ ତ ଶକ୍ତିମାନ ଦେଖାଇ ପାରୁଛ । ମୋତେ ଏ ପୁରୁଷଗୁଡ଼ାକ ଏକାପ୍ରକାର ଲାଗନ୍ତି । ପୁରୁଷ ନଥିଲେ ଏତେ ବଳାତ୍କାର ସଂସାରରେ ଘଟନ୍ତା ନାହିଁ, ସବୁଠି ତ ତମମାନଙ୍କ କର୍ତ୍ତୃତ୍ୱ । ଆଉ ଘରକାମରେ ଏତେ ଦୁର୍ବଳ କାହିଁକି ?

– ଲିଲି, କାହିଁକି ଯାଉସ୍ୟାଉ ଏତେ କହୁଛୁ ? ପଡ଼ିଶାଘର ଶୁଣିବେ ଯେ !

– ଡରିନି ମୁଁ କାହାକୁ । କେତେଖଣ୍ଡ ଚଦର ବେଡ୍‌ସିଟ୍ ଶୁଖାଇଦେବାକୁ ଯାଇ ଏମିତି ହେଉଛ ତ ତମତମ ?

– କ'ଣ ହେଲି ?

– ଛେଚି ଦେଲଣି ବାଲ୍‌ଟିଟି, ଫାଟିଗଲେ ପୁଣି କିଣ ? ଘର ସମ୍ଭାଳୁଛି ମୁଁ । ଭାରି ବାଧୁଯାଉଛି ଅନ୍ତରକୁ । ଯୁଆଡ଼େ ଯାଅ ବୁଲିବୁଲି ଚାହୁଁଥାଅ ଝିଅମାନଙ୍କୁ, ସତେ ଯେମିତି ଗୋଟାପଣେ ୟ୍ୟାଙ୍କର ।

– କ'ଣ କହୁଛ ତମେ ? ନିଜ ଦୋଷକୁ ଲୁଚାଇବାକୁ ଯାଇ ମୋ ଦୋଷ ଖୋଜୁଛ କାହିଁକି ? ଖଣ୍ଡେ ସିଗାରେଟ୍ କିଣିଲେ ତମହାତକୁ ଚାହିଁଥାଅ । ଟଙ୍କା ରୋଜଗାର କରିବି ମୁଁ । ଆଉ ଅୟସ କରିବ ତମେ !

– କ'ଣ କହିଲ ମୁଁ ଟଙ୍କାଟିଏ ଦେଉନି ତମକୁ ? ତମ ଦୁଇଭଉଣୀଙ୍କ ବାହାଘର କଲା କିଏ ? ସିଗାରେଟ୍ ତ ଦାମୀ ଉପକାରୀ ଖାଦ୍ୟଟିଏ ନୁହେଁ ଯେ ଖାଇ ଖାଇ ହେଣ୍ଡିମାରିବ । ତାକୁ ଖାଇ କଳିଜାକୁ କଣା କରିବ କାହିଁକି ?

– ତମ ଯୋଗୁ ଖାଇବି କହିଉଠିଲେ ସନ୍ତୋଷ । କବାଟ ଖୋଲି ଛାତ ଉପରକୁ ଲୁଗା ବାଲ୍‌ଟିଟି ଟେକିନେଲେ । ଚାରିଆଡ଼କୁ ଆଖି ବୁଲାଇ ଆଣିଲେ । ଫୁଲକୁଣ୍ଡରେ ଥିବା ଗଛଗୁଡ଼ିକରେ ରଙ୍ଗବେରଙ୍ଗର ଫୁଲଗୁଡ଼ିକ ପବନରେ ଦୋଳି ଖେଳୁଥିଲେ ।

ବାଲ୍‌ଟିଟି ରଖିଦେଇ ଚାହିଁଲେ ଆକାଶକୁ । ସକାଳୁ ସକାଳୁ ସୂର୍ଯ୍ୟଙ୍କର ଦେଖାନାହିଁ କାହିଁକି ? ବୋଧେ ବର୍ଷା ହେବ । ମନେପଡ଼ିଗଲା ଉକ୍ତିଟି 'ସକାଳର ମେଘ ମେଘ ନୁହଁ ।'

ଗୋଟିଏ ଗୋଟିଏ ବେଡ଼ସିଟ୍ ବାଲଟିରୁ କାଢ଼ି ଲୁଗାଶୁଖା ତାରରେ ସାଇଜ୍ କରି ଶୁଖାଇବାକୁ ଲାଗିଲେ ସନ୍ତୋଷ । ଯାରି ଭିତରେ ଅନ୍ୟଘରର ଛାତ ଉପରଆଡ଼େ ଆଖିବୁଲି ଆସୁଥିଲା । କାଳେ କିଏ ଦେଖିଦେବକି ?

ଲାଜ ମନକୁ ଖାଇଯାଉଥିଲା । ସ୍ତ୍ରୀଲୋକଙ୍କ କାମଗୁଡ଼ା ଗାଁର ପୁରୁଷଲୋକ ଜମାରୁ କରୁନଥିଲେ । ବାପ, ଜେଜେ ପିଢ଼ିରେ ବସିଗଲାପରେ ପାଣିଗ୍ଲାସଠାରୁ

ଲୁଣଲେମ୍ବୁ ସବୁ ଖାଇବାପିଇବା ଜିନିଷ ପରଷା ଯାଉଥିଲା । ଖାଇବା ସରିବା ପର୍ଯ୍ୟନ୍ତ ତାଙ୍କ ପାଇଁ ଅପେକ୍ଷା କରି ରହୁଥିଲେ । ଭାତ ତରକାରି ସରିଗଲେ ପୁଣି ପରଷା ଯାଉଥିଲା । ଆଜିକାଲି ଏହି ସହରୀ ସଭ୍ୟତା ବଳରେ ସ୍ତ୍ରୀମାନେ ଆଉ କାହାକୁ ଅପେକ୍ଷା କରିବାକୁ ବସୁନାହାନ୍ତି । ଡାଇନିଂ ଟେବୁଲ୍‌ରେ ରନ୍ଧଣାଜିନିଷ ଥୋଇଦେଇ ଯିଏ ଯାହାର କାମରେ ଯାଆନ୍ତି । ପୁରୁଷ ଲୋକଟି ହିଁ ନିଜେ ବାଢ଼ି ଖାଇବାକୁ କୁଣ୍ଠିତ ହେଲେ ମଧ୍ୟ ଖାଇ ଦିଏ ବିନାଦ୍ୱିଧାରେ । ନଚେତ୍ ତ ଘରେ ତ ମହାଭାରତ ସୃଷ୍ଟି ହୋଇଯିବ !

ଯାରି ଭିତରେ ଚଦରତକ ଶୁଖାଇଦେଇ କ୍ଲିପ୍ ମାରିଦେଲେଣି ସନ୍ତୋଷ । ବାଲ୍‌ଟି ଖାଲି । ଚାଲିଲେ ପାଣିଟାଙ୍କି ପାଖକୁ । ବାଲ୍‌ଟିଟି ଟ୍ୟାପ୍‌ତଳେ ରଖିଦେଲେ । ପାଣି ଟ୍ୟାପ୍ ଖୋଲିଦେଇ ଫୁଲଗଛଗୁଡ଼ିକୁ ପାଣିଦେବା ଆରମ୍ଭ କଲେ । କୁଣ୍ଡ ପାଖରୁ ଝଡ଼ାପତ୍ର ଓ ଫୁଲଗୁଡ଼ିକ ଉଠାଇନେଇ ଗୋଟିଏ ଫଟା ବାଲ୍‌ଟି ଭିତରେ ରଖୁଥିଲେ । ଫୁଲଗଛର ପାଣି ଦେଉଦେଉ ଫୁଲଗୁଡ଼ିକୁ ହାତରେ ଆଉଁସି ଦେଉଥିଲେ ଟିକିଏ । କି ନରମ ସ୍ପର୍ଶ ! କଥା କହୁନଥିବା ଫୁଲଗୁଡ଼ିକର ସ୍ପର୍ଶ ଲିଲିଠାରୁ ଅଧିକ ଆନନ୍ଦଦାୟକ !

ଲିଲି କାହାର ସ୍ତ୍ରୀ ? ତାଙ୍କର ନା ଅନ୍ୟର ? ମନକୁ ମନ ଗୁଣୁଗୁଣୁ ହେଲେ ସନ୍ତୋଷ ? ନଷ୍ଟଚରିତ୍ରା, ବେଶ୍ୟା, ପତିତାଠାରୁ କେଉଁ ଗୁଣରେ ତ ଲିଲି କମ୍ ନୁହେଁ । ବାହାହୋଇଛି ବୋଲି କିଏ ଅଙ୍ଗୁଳି ଦେଖାଇ ପାରୁନାହାନ୍ତି । ନହେଲେ ତ କେଉଁ ଜେଲ୍‌ଖାନାରେ କି ବିଉଟି ପାର୍‌ଲୋର୍‌ରେ ବସିଥାଆନ୍ତା । ଦେହ ବିକୁଛି ବୋଲି ଢିବିଢ଼ିବି ହେଉଥାଆନ୍ତା । କିନ୍ତୁ ସ୍ୱାମୀ ପାଖରେ ଅଛି ବୋଲି ସବୁ ତ ଲୁପ୍ତ ହୋଇଯାଉଛି !

କେଡ଼େ ମୂର୍ଖ ମୁଁ ! ନିଜକୁ ନିଜେ ଗୁଣୁଗୁଣୁ ହେଲେ ସନ୍ତୋଷ । ବିଲେଇ ଆଖି ବୁଜି ବୁଜି କ୍ଷୀର ପିଇଲାପରି ଲିଲି ଆଖି ବୁଜିଦେଇଛି ଘର ବାହାରକୁ । ସ୍ୱାମୀଟିଏ ଅଛି ବୋଲି ତା'ର ଆଉ ମନେନାହିଁ ବୋଧେ । ପୁଅଟି ହଷ୍ଟେଲ୍‌ରେ ରହି ପଢ଼ୁଛି ବୋଲି ଭୁଲିଗଲାଣି ସେ । ସକାଳୁ ରାତି ଯାଏଁ ଚାଲେ ଫେସ୍‌ବୁକ୍‌ରେ ଚାଟିଙ୍ଗ୍ । କେତେ ସାଙ୍ଗ ଜମେଇଲାଣି । ଭାରି ଚାଲାକ୍ ଦେଖାଇ ହେଉଛି । ଘରକୁ ଆସୁଥିବା ଟ୍ୟୁସନ ମାଷ୍ଟର ସହିତ ଏମିତି କଥାବାର୍ତ୍ତା ହେବ ଯେ ସତେ ଯେମିତି ସେ ତା'ର ସ୍ତ୍ରୀ । ପୁଅକୁ ପାଠ ପଢ଼େଇବା ନିହାତି ଦରକାର ଥିଲାବୋଲି ଟ୍ୟୁସନସାର୍ ଆସୁଥିଲା । ଏମିତି ହାବଭାବ ଦେଖି ଯେତେବେଳେ ସନ୍ତୋଷ ଟ୍ୟୁସନ ମାଷ୍ଟରକୁ ଘରକୁ ଆସିବାକୁ ମନା କରିଦେଲେ ସେତେବେଳର କଥା କିଏ ଦେଖିଛି ? ଘରେ ତ ଲଙ୍କାକାଣ୍ଡ । ଜିନିଷପତ୍ର ଫୋପଡ଼ାଫିଙ୍ଗା । ସତେ ଯେମିତି ଗୋଟିଏ ପାଗଳୀ ଘରେ ଉତ୍ପାତ ହେଉଛି । ଶେଷରେ ଆତ୍ମହତ୍ୟା କରିବାକୁ ଧମକ ।

ସନ୍ତୋଷଙ୍କ ଚାରା ଆଉ କ'ଣ ଥିଲା ? ପୁଣି ସେହି ମାଷ୍ଟରକୁ ଘରକୁ ନିମନ୍ତ୍ରଣ

କର । ଚୁପ୍‌ଚାପ୍ ତାମସା ଦେଖ । ନଚେତ ସ୍ତ୍ରୀ ନିର୍ଯ୍ୟାତନା ଅଭିଯୋଗରେ ଜେଲ୍‌ରେ ଚାରିକାନ୍ଥରେ ବନ୍ଧା ହୁଅ ।

ନିଜକୁ ଦେଖିବା ନା ପୁଅକୁ ଦେଖିବ ? ଆଖି ବୁଜିଦିଅ ସ୍ତ୍ରୀକୁ । ସେତ ଚାରିଦଉଡ଼ି କଟା । ଲାଜସରମ ବୋଲେ କିଛିନାହିଁ । କେତେଜଣ ପୁରୁଷ ବନ୍ଧୁ ତା' ପାଖକୁ ଆସନ୍ତି ସେ ହିଁ ଜାଣେ ? ଅଫିସ୍‌ରୁ ଫେରିଲାପରେ ଆଖିରେ ପାପ ଦେଖିବିନି ବୋଲି ସଂକଳ୍ପ ନେଇ ସେ ହିଁ ନିଜ ରୁମ୍‌ରେ ବସିଯାଆନ୍ତି ଘଣ୍ଟା ଘଣ୍ଟା ଧରି । ଏମିତିରେ ସେ ଜଣେ ଉତ୍ତମ ସ୍ୱାମୀ, ଯିଏ ସ୍ତ୍ରୀର ଆଜ୍ଞାକୁ ମାନି ଚଳେ । ନିଜର ସ୍ୱାଭିମାନ ଗଲା କୁଆଡ଼େ ? ବଞ୍ଚିବାର ମୂଲ୍ୟ କ'ଣ ?

ଆଖିରେ ନାଚିଗଲା ପୁଅ ରାହୁଲର ମୁହଁଟି । ପିଲାଟି ବୁଝେ କ'ଣ ? ଘରକୁ ଅଙ୍କଲ ଆସିଲେ ଖୁସି ହୁଏ । କାରଣ ତା'ର ହାତରେ ଦାମୀ ଚକୋଲେଟ ଧରାଇଦେଇ ସେମାନେ ବାହାବା ନିଅନ୍ତି ଯେ ବାବାଠାରୁ ସେମାନେ ଆହୁରି ଭଲ । ଭଲ ଖରାପର ଧାରଣା ତା'ର ଆସିବା ପୂର୍ବରୁ ସେ ତ ବୋର୍ଡ଼ିଂ ସ୍କୁଲରେ ଭର୍ତ୍ତିହୋଇଗଲା । ଭଲ ହେଲା, ନହେଲେ ପିଲାଟି ଶିଖିଥାଆନ୍ତା କ'ଣ ?

ମା', ଲିଲି ଖୁସିରେ ଖୁସିରେ ରାହୁଲକୁ ବିଦା କରିଦେଲା ଅଥଚ ସନ୍ତୋଷ ପୁଅକୁ ବିଦାକଲାବେଳେ ଆଖିରେ ଆଖିଏ ଲୁହ । ଘର ଭିତରକୁ ପଶିଲେ ଲାଗେ - ସେ ଯେମିତି ଘର ଭିତରର ମଣିଷ ନୁହଁନ୍ତି । ସେ ହୋଇପାରନ୍ତି ଏ ଘରର ଚାକର କି ପୂଜାରୀ ! ତଥାପି ଚିନ୍ତା ନାହିଁ ଏତିକି ଯେ ମା' ବାପାଙ୍କ ନଜରରେ ସେ ହିଁ ସୁଖୀ ଜୀବନ ବିତାଉଛନ୍ତି ।

କିଏ ଦେଖିଆସୁଛି ଏହି ମେଟ୍ରୋସହରକୁ ଓ ଶହ ଶହ କିଲୋମିଟର ଦୂରତାକୁ ? ମା' ବାପା, ନିଜ ଗାଁ ନିଜ ଘରେ ଖୁସି । ଏହି ବୟସରେ ମଧ୍ୟ ବାପାଙ୍କୁ ଛାଡ଼ି ମା' କୁଆଡ଼େ ଯାଏନି । ଦାମ୍ପତ୍ୟ ଜୀବନକୁ ନେଇ ସେମାନଙ୍କର ମନୋମାଳିନ୍ୟ ନାହିଁ । ସୁଖ, ଦୁଃଖରେ ସାଥିହୋଇ ରହିଛନ୍ତି ।

ଦୀର୍ଘଶ୍ୱାସ ଛାଡ଼ିଲେ ସନ୍ତୋଷ । ବଞ୍ଚିବା ହିଁ ଅସହ୍ୟ ହୋଇଯାଉଛି । ପୁରୁଷଙ୍କ ପାଇଁ ସେମିତି ତ ଦୃଢ଼ ଅଦାଲତ ନାହିଁ ଯେ ସ୍ତ୍ରୀ ବିରୁଦ୍ଧରେ ଆରୋପ ଆଣିବ ନିର୍ଯ୍ୟାତନାର । ଓଲଟି ଗୋଟିଏ ଆରୋପ ଆଣୁଆଣୁ ଆଉ ସ୍ତ୍ରୀର ଦଶଟା ଆରୋପ ଶୁଣିବାକୁ ପଡ଼ିବ । କ'ଣ କରାଯାଇପାରେ ? ରାହୁଲ ଭାବିବ କ'ଣ ? ଗୃହତ୍ୟାଗୀ ହେଲେ ନିଜେ ଦୁର୍ବଳହୋଇ ପଳାତକ ଆରୋପରେ ନିଜେ ହିଁ ସଢ଼ିବେ । ଆତ୍ମହତ୍ୟା କଲେ ପୁଅ ମୁଣ୍ଡରେ ଅପବାଦ ଲଦିହୋଇ ପଡ଼ିବ । ତେବେ କ'ଣ କରିବେ ସେ ? ବୁଦ୍ଧି ତ ଆଉ କିଛି ଦିଶୁନି । ନାଟକ କରିପାରିଲେ ହେଲା । ସେ ମଧ୍ୟ କେତୋଟି

ଝିଅକୁ ଆଣି ଘରେ ପଶେଇଲେ ହୁଅନ୍ତା । କିନ୍ତୁ କିଏ ଜଣେ ଯଦି ରିପୋର୍ଟକରେ 'ଏଠି ଝିଅମାନଙ୍କୁ ଆଣି ଅସଦ୍ କାମରେ ନିୟୋଜିତ କରୁଛନ୍ତି ତେବେ ଆଉ ତ କଲୋନୀରେ କିଏ ରଖେଇ ଦେବେନି । ଘରବାଲା ଘରୁ ବିଦାକରିଦେବ । ଜେଲ୍‌ରେ ପଶିବେ ଦୁଇ ଜଣ ସ୍ୱାମୀସ୍ତ୍ରୀ । ପୁଅର ଭବିଷ୍ୟତ ହେବ ଅନ୍ଧାର ।

ବରଂ ସବୁକୁ ସହିଯାଇ ଅନ୍ଧପାଲଟିଗଲେ ଠିକ୍ ହେବ । ବରଂ ଘରକୁ ପ୍ରତିଦିନ ନ ଆସିଲେ ଚଳିବ ।

କିନ୍ତୁ ରହିବେ କେଉଁଠି । ଅଫିସରେ କାମପରେ କିଏ ବା ରଖିବ ତମକୁ ? ହଁ ସେଥିପାଇଁ ତ ଅନେକ ଦିନ ଓଭରଟାଇମ୍ କରି ସମୟ କାଟୁଛନ୍ତି । ତଥାପି ନିଜର ଶରୀରକୁ ଟିକିଏ ବିଶ୍ରାମ ତ ଲୋଡ଼ା । ନିଜ ଘରଠାରୁ ଆଉ କେଉଁଟି ବା ଉତ୍ତମ ସ୍ଥାନ । ନିଜ ରୁମ୍ ଭିତରେ ପଶିଗଲେ ଆଉ କିଛି ପେଗ୍ ପେଟ ଭିତରକୁ ଚାଲିଗଲେ ମଣିଷ ଭୁଲିଯାଏ ନିଜକୁ ! ନିଜ ପରିଚୟକୁ !

ବୋଧେ ସେଥିପାଇଁ ଜୀବନର ଅବସାଦରୁ ମୁକ୍ତିର ବାଟ ଖୋଜିବାକୁ ଗଢ଼ିଉଠିଛି ସୁରା ଦୋକାନଗୁଡ଼ିକ । ତୁମେ ନିଜେ ପିଇ ମରିଲେ ଦୋଷ କାହାର ନୁହେଁ । କାରଣ ସବୁଠି ତ ପ୍ରଚାର ଚାଲିଛି ମଦ ବିରୁଦ୍ଧରେ । ତଥାପି ମଣିଷ ପିଉଛି କ'ଣ ଖୁସିରେ ? ବରଂ ସରକାର ଖୁସିରେ ଦୋକାନର ସଂଖ୍ୟା ବଢ଼େଇ ଚାଲିଛନ୍ତି ବର୍ଦ୍ଧିତ ଚାହିଦାକୁ ଦେଖି । ଅଧିକା ମିଳିବ ଟ୍ୟାକ୍ସ ଟଙ୍କା, ଦେଶ ଆଗେଇବ, ଉନ୍ନତ ହେବ, ଲୋକେ ସଭ୍ୟ ହେବେ ।

ସଭ୍ୟ ନା ଅସଭ୍ୟ ! ରେଭ୍ ପାର୍ଟିର ଆୟୋଜନ କରୁଛି କିଏ ? ବାର୍ ଚଳଉଛି କିଏ ? ମଦ ଖାଉଛି କିଏ ? କେତେ ଯେମିତି କାରବାର ଲୁଚଛପାରେ ଚାଲିଛି ତାକୁ ପ୍ରଶୟ ଦେଉଛି କିଏ ?

ୟାରି ଭିତରେ ସବୁ କୁଣ୍ଡରେ ପାଣି ଦେବା ସରିଗଲାଣି । ଲିଲିର ଡାକ ଶୁଣାଗଲା – ସେଠି ଶୋଇ ପଡ଼ିଲ କି ? ଏଠି ରୋଷେଇ ଘରେ ମୁଁ କେତେ ଘାଣ୍ଟି ହେଲିଣି ଅନୁଭବ କରିପାରୁଛ ତ ? ଖାଇବାକୁ ବାଢ଼ିବି, ଟିଫିନ୍ ଭରିବି । ଏତେ କାମ କିଏ କରିବ ମ ?

ଯାଉଛି ଯାଉଛି କହି ଓହ୍ଲାଇଲେ ସନ୍ତୋଷ । ପାହାଚ୍ ତଳକୁ ଓହ୍ଲାଉ ଓହ୍ଲାଉ କହୁଥିଲେ– ବ୍ୟସ୍ତ ହୁଅନି । ମୁଁ ମୋ ଟିଫିନ୍ ସଜାଡ଼ି ଦେବି ।

– କେବେ ଟିପିନ୍ ସଜାଡୁଛ କି ?

ପୁଣି ଆକ୍ଷେପ । ଅଫିସ ସମସ୍ୟା ତ ଲାଗିରହିଛି । ତା' ସମସ୍ୟାଠାରୁ ସବୁଠୁ ବଡ଼ ସମସ୍ୟା ହେଲା ସ୍ତ୍ରୀଟି । ବାହା ହେବାପାଇଁ ମନରେ ଯେତେ ଉତ୍ସାହ ଥାଏ

ବାହାଘର ପରେପରେ ତାହା ଝାଉଁଳିବାକୁ ଆରମ୍ଭ କରେ । କିନ୍ତୁ ନିଜ ସମସ୍ୟା ତ ଅନ୍ୟଠାରୁ ଭିନ୍ନ । ଶବ ସିନା କିଛି ଦେଖିପାରିବନି କିନ୍ତୁ ଏ କ୍ଷେତ୍ରରେ ଶିବ ପାଲଟି ସବୁ ଦୃଶ୍ୟ ହଜମ କରିବାର ସଂକଳ୍ପ ନେଲେ ହିଁ ଅବଶିଷ୍ଟ ଜୀବନ କଟିଯିବ । ନଚେତ୍ ଭଙ୍ଗାଘରେ ସନ୍ତାନଙ୍କ ଭଙ୍ଗାମନକୁ ଯୋଡ଼ିବାକୁ ପ୍ରୟାସ କରୁ କରୁ ଜୀବନଦୀପ ଲିଭି ଯାଇଥିବ ।

ଚୁପ୍ ହେବା ଠିକ୍ ନୁହେଁ । ବିରୋଧ କରିବା ଠିକ୍ ନୁହେଁ । ହିଂସା କରି ପାରିବନି । ଅହିଂସା ଆଚରଣ କରି ଚୁ-ଚୁ ହୋଇ ପୁରୁଷ ଏବେ ନାରୀ ପାଲଟିଯାଉଛି କି ?

ଛିଃ ଛିଃ ନିଜର ସ୍ୱାଭିମାନକୁ ଏତେ ଶୀଘ୍ର ଜଳାଞ୍ଜଳି ଦେଲେ ସେ କେମିତି ? ସ୍ତ୍ରୀକୁ ଦିଏ ବଦଳେଇ ପାରୁନି ସେ କି ମଣିଷରେ ଗଣା ?

ନିଜକୁ ଧିକ୍କାର କଲେ ସନ୍ତୋଷ । ତେବେ ଆଉ ସେ ବିଚ୍ରା ହୋଇ ରହିବାର ସମୟ ଅତିକ୍ରାନ୍ତ କରିସାରିଲାଣି । ଟଙ୍କାଟିଏ ରୋଜଗାର କରିବାର ଯୁ ନାହିଁ ଲିଲିର । ଏଥିରେ ଆକ୍ଷେପ କରୁଛି ସ୍ୱାମୀକୁ । ସତେ ଯେମିତି ସେ ସତୀ ସାବିତ୍ରୀଟିଏ !

ଲିଲି କେଉଁ ସ୍ତ୍ରୀଗୁଣର ଅଧିକାରୀଟିଏ ଯେ ମଣିଷ ଏତେ ସମ୍ମାନ ଦେବ ? କଣ୍ଟାକୁ କଣ୍ଟାରେ ବାହାରେ କରାଯାଇପାରିବ । ସନ୍ତୋଷ ମନେ ମନେ ଗୁଣୁଗୁଣୁ ହେଲେ - ଭଲ ସ୍ୱାମୀଟିଏ ବୋଲି ସବୁ ସହି ଚୁପ୍ ରହିଛି ମୁଁ । ବିଚ୍ରା ପାଲଟିଯାଇଛି । ଏଇମିତି କେତେ ସ୍ୱାମୀଙ୍କ ଭାଗ୍ୟ ତ ଥିବ ନିଶ୍ଚୟ । ଆଜି କିଛି ଗୋଟାଏ ଯୋଜନା କରିବାକୁ ହେବ ।

ଅଫିସ୍ ଛୁଟି ହେଲା । ଘରକୁ ନ ଆସି ସନ୍ତୋଷ ଚାଲିଲେ ଗାଁକୁ । ଘରେ ମା', ବାପା ଭାଇ ତା' ପିଲାମାନେ ଅଛନ୍ତି । ମନେ ମନେ ସିଦ୍ଧାନ୍ତ କଲେ ଏବେ ଗାଁରେ ରହିବେ । ଦେଖିବି ଲିଲି ଚଳିବ କେମିତି ? ଅର୍ଥ ହିଁ ସବୁର ମୂଳ । ଟଙ୍କା ନ ଥିଲେ କିଏ କାହିଁକି ପଚାରିବ ? ମାସେପରେ ଘରବାଲା ନୋଟିସ୍ ଦେଇ ବିଦା କରିଦେବ । ଦେଖିବି କେତେଜଣ ବାହାର ଲୋକ ଆସିବେ ନିଜଘରେ ନେଇ ଲିଲିକୁ ରଖିବାକୁ । ଯିଏ ଯାହାର ଘର ସଂସାରରେ ବାନ୍ଧି ହୋଇଛନ୍ତି । ତଥାପି କ'ଣ ଟାଇମ୍ ପାସ୍ କରିବାକୁ ଲିଲି ପାଖକୁ ଆସନ୍ତି କି ? ଛତରା ଗୁଡ଼ାକ !

ରାତି ଦଶଟା ବେଳକୁ ସାତ ଆଠଥର ଫୋନ୍ ଲିଲି ପାଖରୁ ଆସିଲାଣି । ନମ୍ବର ଜାଣି ସୁଦ୍ଧା ସନ୍ତୋଷ ଉଠେଇଲେ ନାହିଁ । ବାରଟା ବେଳକୁ ପୁଣି ଆସିବାରୁ ଉତ୍ତର ଦେଲେ - ତମର ସବୁ ବନ୍ଧୁ ଗଲେଣି ତ ? ଏବେ କାହିଁକି ମୋତେ ଖୋଜାପଡ଼ିଛି । ମୁଁ ବର୍ତ୍ତମାନ ଗାଁରେ ଅଛି । ଏଠି ରହିବାର ସିଦ୍ଧାନ୍ତ ନେଇଛି । ମୁଁ ତ

ଜଣେ ସ୍ୱଳ୍ପ ରୋଜଗାରିଆ ସ୍ୱାମୀ ତମକୁ କ'ଣ ବା ଅଧିକା ଦେଇ ଖୁସି କରିପାରିବି । ଏଥର ତମେ ତମ ବନ୍ଧୁମାନଙ୍କ ସହାୟତାରେ ବଞ୍ଚିଯାଅ । ଅନେକ ଟଙ୍କା ମିଳିଯିବ । ମୋ ନାଁରେ ସିନ୍ଦୁର ପିନ୍ଧି ବାହାବା ନେଇ ସଜବାଜ ହୋଇ ବସୁଥାଅ । ମୋର ଚିନ୍ତା ଆଉ ନାହିଁ । ମନଭିତରୁ ତମକୁ ତ୍ୟାଗ କରି ସାରିଛି । ପିଲାଟି ପାଇଁ ଛାଡ଼ପତ୍ର ଦେଇ ତ ପାରିବିନି । ତମେ ଶାନ୍ତିରେ ରୁହ ।

ଯାରି ଭିତରେ ପନ୍ଦରଦିନ ଅତିକ୍ରାନ୍ତ ହୋଇସାରିଥିଲା । ଦିନେ ଦେଖିଲା ବେଳକୁ ଅଫିସ୍‌ରେ ଆସି ଲିଲି ହାଜର । ସମସ୍ତଙ୍କ ଆଗରେ ଗୁହାରି କଲା ବାବୁଙ୍କୁ ବୁଝାନ୍ତୁ । ସେ ଏତେବର୍ଷପରେ ମୋତେ ଏଠାରେ ଏକାଠି ଛାଡ଼ି ଗାଁରେ ଯାଇ ରହୁଛନ୍ତି । ସ୍ତ୍ରୀଲୋକଟିଏ କେମିତି ରହିବି ଏଠି ?

ଅନେକଙ୍କ ଅନୁକମ୍ପା ଅଚିରେ ଗୋଟାଇ ପକାଇଲା ଲିଲି । କିଏ ବୁଝୁଛି ପୁରୁଷ ନିର୍ଯ୍ୟାତନାର ଫର୍ଦ୍ଦ ? ଅନେକ ପୁରୁଷ ଅଫିସରେ ସିଂହ ଆଉ ଘରେ ମେଣ୍ଢା ତ ! କିଏ କାହା କଥା ପଦାରେ କହି ନିଜେ ଅପଦସ୍ତ ହେବାକୁ ଚାହିଁନାହାନ୍ତି ।

ସନ୍ତୋଷ ଶେଷରେ ନିଜ କଥା ବଖାଣିବା ବଦଳରେ କହିଲେ- ମୋର ଏବେ ଟଙ୍କା ପଇସାର ଅଭାବ ପଡ଼ିବି । ପୁଅଟି ପାଇଁ ଅନେକ ଟଙ୍କା ଖର୍ଚ୍ଚ କରିବାକୁ ପଡ଼ୁଛି । ସହରରୁ ତ ଦଶକିଲୋମିଟର ଦୂରରେ ମୋ ଘର । ସେଠି ରହିଲେ ଏଠା ଖର୍ଚ୍ଚ କମିଯିବ । ତେଣୁ ବାଧହୋଇ ସହରରେ ବସବାସ କରିବା ପରିବର୍ତ୍ତେ ଗାଁକୁ ଯିବାକୁ ଚାହିଁଛି । ବାପା ମା'ଙ୍କ ତ ବୟସ ହୋଇଗଲାଣି । ଏ ବୟସରେ ପୁଅବୋହୂଙ୍କ ସାହାରା ହିଁ ଦରକାର ।

- ଆପଣ ତ ଭଲପାଇ ବାହାହୋଇଥିଲେ, ସ୍ତ୍ରୀଙ୍କ ପାଇଁ ବାପାମା'ଙ୍କୁ ଛାଡ଼ିଥିଲେ, ଏତେବର୍ଷପରେ ବାପାମା'ଙ୍କ ମନପଡ଼ିଲା କେମିତି ?

- ସତ କହିଲେ ରବିବାବୁ । ଆପଣ ତ ମୋ ବିଷୟରେ ସବୁ ଜାଣନ୍ତି । ମଣିଷ ଯେତେବେଳେ ପୁଅ ଥିବ ସେତେବେଳେ ବୁଝିପାରିବନି ବାପାର ମନକୁ । କିନ୍ତୁ ଯେତେବେଳେ ବାପା ହୋଇଯିବ ସେ ବୁଝିପାରିବ ବାପର ଯନ୍ତ୍ରଣାକୁ । ଏତେବର୍ଷ ହେଲା ମୋ ବାପାମା'ଙ୍କୁ ଯେଉଁ କଷ୍ଟ ଦେଇଛି ତା'ର ପରିସମାପ୍ତି କରିବାକୁ ଚାହୁଁଛି ।

ଯାରି ଭିତରେ ଆଉ ସପ୍ତାହଟେ ଅତିକ୍ରାନ୍ତ ହୋଇଯାଇଥିଲା । ଅଫିସ ବାରଣ୍ଡାରେ ଦୁଇଜଣ ବୁଢ଼ାବୁଢ଼ୀଙ୍କୁ ଚେୟାର୍‌ରେ ବସିଥିବା ଦେଖି ରବିବାବୁ ପଚାରିଲେ- ମାଉସୀ କି କାମଥିଲା କି ?

- ମୋ ପୁଅ ସନ୍ତୋଷ ଏ ଅଫିସରେ କାମ କରେ କି ?

- ହଁ । କହନ୍ତୁ ତାଙ୍କୁ ଡାକିଦେବିକି ?

– ତାକୁ ଡାକିବା ଦରକାର ନାହିଁ । ବୁଝାନ୍ତୁ ଟିକିଏ । ସେ ଆମ ପାଖକୁ ନ ଯାଉ । ପୁଅବୋହୂ ସୁଖରେ ରହିବେ ବୋଲି ଆମେମାନେ ତ ସେମାନଙ୍କୁ ଆମଠାରୁ ଦୂରେଇ ରଖିଲୁ । ନିଜ ଇଚ୍ଛାରେ ବାହାହୋଇ ଶାନ୍ତିରେ ରହନ୍ତୁ ବୋଲି ଆମେ ଚାହିଁଲୁ । ଯଦି ଆମେ ବୋହୂ ଠିକ୍ କରି ବାହାଘର କରିଥାଆନ୍ତୁ ତେବେ ବୋହୂର ଗୁଣ କି କର୍ମପାଇଁ ଦାୟୀ ରହନ୍ତୁ କିନ୍ତୁ ସନ୍ତୋଷ ତ ଲିଲିକୁ ଭଲଝିଅ, ଭଲଗୁଣର ଅଧିକାରୀ କହି ବୁଲୁଥିଲା ସମସ୍ତଙ୍କ ଆଗରେ । ଏବେ କାହିଁକି ତାକୁ ଛାଡ଼ି ଆମପାଖରେ ଆସି ରହୁଛି ଏକଥା ଆମେ ବୁଝିପାରୁନୁ କି ବୁଝିବାକୁ ଚାହୁଁନୁ ମଧ୍ୟ । ଏବେ ତ ସେ ତା' ଘରସଂସାର ପାଇଁ ସମ୍ପୂର୍ଣ୍ଣଦାୟୀ । ଆମର ଦୋଷ କ'ଣ ?

– କିଏ ଆପଣଙ୍କୁ ଦୋଷ ଦେଲା କି ?

– ପୁଅ ହେଉକି ବୋହୂ ଯିଏ ଦୋଷଦେଲା ଦେଉ କିନ୍ତୁ ଆମେ ତ ବାହାଘର ପୂର୍ବରୁ ପୁଅକୁ ମନରେ ତ୍ୟାଗ କରିସାରିଥିଲୁ । ଏବେ ତା' ଦୁଃଖ ତା' ଯନ୍ତ୍ରଣା ତା' ପାପ, ତା' ପୂଣ୍ୟ ତା'ର । ଆମେ କାହିଁକି ହନ୍ତସନ୍ତ ହେବୁ ନା ଭାଗୀଦାର ହେବୁ ? ତା' କୁକର୍ମର ଫଳ ଆମେ ବୁଢ଼ାବୁଢ଼ୀ କି ଭାଇ କାହିଁକି ପାଇବ ? ଯଦି ବୋହୂ ଯୌତୁକ ନିର୍ଯ୍ୟାତନା ଆଣେ ଆମେ ବିନା ଦୋଷରେ ଜେଲ୍ ଭୋଗିବୁ ।

ଏହି ସମୟରେ ସନ୍ତୋଷଙ୍କ ଉପସ୍ଥିତିରେ ଚମକିଗଲେ ରବିବାବୁ । ସନ୍ତୋଷ ମା' ବାପାଙ୍କ କଥା ଶୁଣି ସାରିଥିଲେ । ତେଣୁ ଖୁବ୍ ବିନତି ସ୍ୱରରେ ଅନୁରୋଧ କଲେ – ମୋତେ ତୁମଠାରୁ ଅଲଗା କରନି, ଏବେ ମଧ୍ୟ ମୁଁ ତମର ପୁଅ ।

– ବାପରେ ତୋ ଭାଗ ତୁ ଆମ ଅନ୍ତେ ପାଇଯିବୁ । ଏବେ କିନ୍ତୁ ନୁହଁ । ତୁ ଯେମିତି ତୋ ସ୍ତ୍ରୀ ପିଲାଙ୍କୁ ନେଇ ଏତେବର୍ଷ ଚଳିଆସିଲୁଣି ସେମିତି ଚଳିଯାଆ । ଆଉ ଗାଁକୁ ଯାଇ ଆମକୁ ଲୋକହସା କରାନି । ଏବେ ଆଉ ଶାଶୁଙ୍କ କାଟ୍‌ତି ନାହିଁ । ବୋହୂମାନେ ଆଧୁନିକା ହେଲେଣି । ଗାଉଁଲୀ ଝିଅ ବଦଳରେ ସହରୀଟିଏ ତୁ ବାଛିଲୁ । ଆମ କଥାକୁ ସମ୍ମାନ ତ ଦେଲୁନି । ଭାରି ଜୋର୍‌ଦେଇ କହିଥିଲୁ – ମୁଁ ବାହାହେଉଛି ନା ? ତମକୁ କାହିଁକି ଭାରି ଲାଗୁଛି ?

ଏବେ ପୁଅ ବୋହୂର ଆଧୁନିକ ଚଳଣିରେ ଆମ ମୁଣ୍ଡ ନଇଁଗଲାଣି, ଆଉ ଉପରକୁ ଉଠାଇ ପାରୁନୁ । କି ବୋହୂଯୁଗ ଆରମ୍ଭ ହେଲାଯେ ଶ୍ୱଶୁର ଶାଶୁମାନେ ହିଁ ଅଣଦେଖା ହୋଇଗଲେ । ଆଉ ସ୍ୱାମୀକୁ ସ୍ତ୍ରୀ ନ ପଚାରିଲେ ଆମର ତ ଭୂମିକା ନାହିଁ । ଆମେ ତମ କଳିରେ କାହିଁକି ପଡ଼ିବୁ ବଳି ? ତତେ ନେହୁରା ହେଉଛି ତୁ ଆମଘର ଦୁଆର ମାଡ଼ିବୁନି । ଆମ ଚିନ୍ତା ତୋର କରିବା ଦରକାର ନାହିଁ । ଆମେ ଖୁବ୍ ଖୁସିରେ ଗାଁରେ ରହିଛୁ । ତମ ସହରି ଜୀବନକୁ ଦୂରୁ ଜୁହାର । ଆଖିରୁ ଲୁହକୁ ପଣତ କାନିରେ

ପୋଛି ପୋଛି ମା'ଟି ବାପାଟିର ହାତଧରି ବାହାରି ଯାଉଯାଉ ପୁଣି ଗୁଣୁଗୁଣୁ ହେଲା - ବୋହୂଯୁଗରେ ତମେମାନେ ସୁଖ ଶାନ୍ତିରେ ରୁହ । ଭଗବାନ ତମମାନଙ୍କ ମଙ୍ଗଳ କରନ୍ତୁ ଆମକୁ ନ ପଚାର ପଛକେ !

ବାପଟି ବୁଲିପଡ଼ି ଚାହିଁଲା ସନ୍ତୋଷଙ୍କ ମୁହଁକୁ । ଦୀର୍ଘଶ୍ୱାସ ଛାଡ଼ି କହିଲେ - ଆମ ଋଣ ତୁ ଶୁଝି ତ ପାରିଲୁନି । ଆମ ପାଖରେ ଧାରୁଆ ହୋଇ ରହିଗଲୁ ଜୀବନଯାକ ।

- ବାପା, ତମ ସ୍ନେହରୁ ମୋତେ ବଞ୍ଚିତ କରନି !

- ନାଇଁରେ ବାପ, ଆମର ଏ ବୟସରେ ହାଡ଼ ତ ଟାଣ ହୋଇଗଲାଣି ଆଉ ହୃଦୟ ନରମ ରହିବ କେମିତି ? ଏବେ ଖୁବ୍ ଟାଣ ହୋଇ ପଥର ପାଲଟିଯାଇଛି !

■

ବଡ଼ ଭାଇ

ଗେଟ୍ ବନ୍ଦ କରି ଘର ଭିତରକୁ ପଶିଲାବେଳକୁ ମୋବାଇଲ୍‌ର ରିଙ୍ଗ୍ ବାଜିଲା ତୃପ୍ତି କାନରେ । କାହାର ଫୋନ୍ ହୋଇପାରେ ଭାବି ଅନ୍‌କଲା ମୋବାଇଲ୍ ସୁଇଚ୍‌କୁ । ହ୍ୟାଲୋ କରୁ କରୁ ସେପଟରୁ ପ୍ରତି ଉତ୍ତର ଆସିଲା- ଭାଉଜ ନମସ୍କାର । ନନା ନାହାନ୍ତି କି ?

ପ୍ରତି ନମସ୍କାର ଜଣାଇ ତୃପ୍ତି କହିଲା - ଅଫିସ ଗଲେଣି । ଘରେ ସବୁ ଭଲ ତ ! ଆଉ ତମ ପୁଅ ଭଲ ନମ୍ବର ରଖିପରା ସ୍କଲାରସିପ୍ ପାଇଲା ।

- ହଁ ।

ତୃପ୍ତିକୁ ଲାଗିଲା କିଛି କଥା ଦିଅର କହିବାକୁ ଚାହୁଁଛନ୍ତି କିନ୍ତୁ କହିପାରୁନାହାନ୍ତି । ତେଣୁ ତା' ପାଟିରୁ ବାହାରି ପଡ଼ିଲା - କଥା କ'ଣ ?

- ଭାଉଜ କାଲି ଘରେ ଗଣ୍ଡଗୋଳ ହୋଇଛି ଆମ ଦୁଇଭାଇଙ୍କ ଭିତରେ ।

- ଆଉ ଦୁଇଯାଆଙ୍କ ଭିତରେ... ।

- ହଁ, ସେ ସ୍ତ୍ରୀଲୋକମାନଙ୍କ ଭିତରେ ମଧ୍ୟ ସେମିତି କଥା କଟାକଟି ଲାଗିଛି ।

- ଆଉ ମା' କ'ଣ କରୁଛନ୍ତି ? ସେ କାହାପକ୍ଷରେ... ।

- ମା' କ'ଣ କରିବ ? ସେ କେତେବେଳେ କାହାକୁ ଭଲ କହିବ ଓ କାହାକୁ ଖରାପ କହିବ ତା'ର ଠିକ୍ ଠିକଣା ନାହିଁ । ଭାବୁଛି ଆଉ ଘରେ ରହିପାରିବିନି ।

- କାହିଁକି ? ଏଇଟା ତମମାନଙ୍କର ଘର । ସବୁ ଭାଇଙ୍କର ସେହି ଘରେ ଅଧିକାର ଅଛି । ଆମେ ବାହାରେ ରହିଗଲୁ ବୋଲି କ'ଣ ପୈତୃକ ସମ୍ପତ୍ତିରେ ଆମର ଅଧିକାର ନାହିଁ କି ? ଆମେ ଚାହିଁଲେ ଖୁସିରେ ଖୁସିରେ ଘରୁ ଭାଗ ନେବୁନି । ଯଦି ଏମିତି ଗଣ୍ଡଗୋଳ କରି ସମସ୍ତଙ୍କୁ ଡରେଇ ଥରେଇ ଗାଁ ଦୁଆର ମାଡ଼ିବାକୁ ଦେବେନି ସେ ତେବେ ଭାଗ କାହିଁକି ଛାଡ଼ିବୁ ? ସେ ନିଜକୁ ଭାବନ୍ତି କ'ଣ ? ସାନ ବୋଲି

ମା'ଙ୍କର ଗେହ୍ଲାପୁଅ । ଚାକିରି କଲାପରେ ନିଜ ଟଙ୍କା ନିଜ ଆକାଉଣ୍ଟରେ ରଖିଲେ । କାହାକୁ ଦବାକୁ ପଡ଼ିଲାନି । ଭାଇ ଭଉଣୀଙ୍କ ପଢ଼ାଖର୍ଚ୍ଚ କି ଘରଖର୍ଚ୍ଚ ବାବଦକୁ କିଛି ଦେବାକୁ ପଡ଼ିନି । ବାପାଙ୍କର ପେନସନ୍‌ରେ କେତେବର୍ଷ ନିଜଖର୍ଚ୍ଚ ଚଳେଇ ନେଇ ଟଙ୍କା ସଞ୍ଚିଲେ । ଏବେ ଟଙ୍କା ବଢ଼ିଗଲାପରେ ମୁହଁଟାରୁ ବଡ଼ବଡ଼ କଥା ବାହାରୁଛି । କାହାକୁ ସମ୍ମାନ ଦେଇ କଥା କହିବାଟା ଭୁଲିଗଲେଣି । ଆଉ ମା' ସବୁବେଳେ କହିବେ - 'ମୋ ସାନପୁଅ ସବୁ ଠିକ୍ କଥା କହିବ ।'

- ଏଥର ତ ଆଗ ଅଲଗା ରୋଷେଇ କରି ସେ ଖାଉଛି । ଆମେ ମଧ୍ୟ ଅଲଗା ଖାଇବୁ ।

- ତମ ଇଚ୍ଛା । ଆମେ ତ ଗାଁରେ ଚଳୁନୁ ଯେ ପରିସ୍ଥିତିକୁ ଦେଖି ସମସ୍ୟାର ସମାଧାନ କରିବୁ । ତମେ ଚଳୁଛ ତମକୁ ଉଚିତ୍ ଅନୁଚିତ୍‌କୁ ଅନୁଧ୍ୟାନ କରି ଚଳିବାକୁ ପଡ଼ିବ । ହଁ, ତମେ ତାଙ୍କର ବଡ଼ଭାଇ ତେଣୁ ଟିକିଏ ସହି ସମ୍ଭାଳି ଚଳିଯାଅ । ଟିକିଏ ଧୈର୍ଯ୍ୟଧରି ରହିଯାଅ । ବେଶି ଗଣ୍ଡଗୋଳ କଲେ ବାପାଙ୍କର ନାଁ ଗାଁରେ ପଡ଼ିବ । ଲୋକ କ'ଣ କହିବେ ? ହଉ ରହୁଛି ।

ତୃପ୍ତି ଏତକ ଶୁଣିଲାପରେ ମନକୁ ଭାରାକ୍ରାନ୍ତ କରିସାରିଲାଣି । ଯେତେ ଭାଇ ସେତେ ଘର । କିନ୍ତୁ ମା' ତ ସମସ୍ତଙ୍କୁ ସମାନ ସ୍ନେହ ମମତା ଦେବା କଥା । କାହିଁକି ସେ ପାତର ଅନ୍ତର କରନ୍ତି ? ତୃପ୍ତିକୁ ଲାଗୁଥିଲା ସବୁ କଳିର ମଞ୍ଜି ପୋତନ୍ତି ଶାଶୁ । ସେ ଯାହା ବିରୁଦ୍ଧରେ କହୁଥିବେ ଆଉ ସମୟ ଦେବେନି ଅନ୍ୟକୁ କଥା କୁହାଇ ଦେବାକୁ । ଅନବରତ ବର୍ଷିଚାଲିଥିବେ ନିଜ ମନରେ ଜଳୁଥିବା କଥାଗୁଡ଼ିକ । କେମିତି ମିଛକୁ ବାଗେଇ ଚୂନେଇ କହିଦେବେ ଯେ ଶୁଣିବାଲୋକ ବିଶ୍ୱାସ କରିପାରିବନି ଯେ ସେ ମିଛକଥାଗୁଡ଼ିକ ଶୁଣୁଛି ବୋଲି ! ଯାହାହେଉ ଏହି କଥାର ଚାତୁରୀରେ ଶାଶୁ ଧୁରନ୍ଧର । ତେଣୁ ଅନ୍ୟ ପୁଅମାନଙ୍କ ଆଖିରେ ପଟି ବାନ୍ଧି ହୋଇଯାଏ । ଆଉ ସେମାନେ ବିନା ଶୋଚନାରେ ମା'ଙ୍କ ମିଥ୍ୟା କଥାକୁ ସତ୍ୟ ବୋଲି ଗ୍ରହଣ କରିନେଇ ଦର୍ପିତ ଭଙ୍ଗୀରେ ଅସନ୍ତୋଷକୁ ଢାଳିଦିଅନ୍ତି ବିଚରା ଭାଇ ମୁଣ୍ଡରେ । ଆଉ ମା'ର ରୋଷର ଶିକାର ହୋଇଥିବା ଭାଇ ଶେଷରେ ଭାଇମାନଙ୍କ କଟୁ ଚକ୍ଷୁରେ ପଡ଼ି ଚୁପ୍ ରହେ । ନିଜ ଜନ୍ମକଲା ମା'ଙ୍କଠାରୁ ହତାଦର ହୋଇ ଆଖି ଛଳ ଛଳ କରି ନିଜକୁ ଦୋଷ ଦିଏ - କାହିଁକି ସତ କହି ମା'ର ଚକ୍ଷୁଶୂଳ ହେଲି !

ତୃପ୍ତିର ମନେପଡ଼ିଲା ସେ ବୋହୂହୋଇ ଆସିଲାବେଳେ ସାନଦିଅର ଅଷ୍ଟମରେ ପଢୁଥିଲେ । ସ୍କୁଲ ଛୁଟି ପୂର୍ବରୁ ବ୍ୟାଗ୍ ଧରି ଘରେ ପହଞ୍ଚିଯାଆନ୍ତି । ଅଧିକାଂଶ ଦିନ ଖେଳଛୁଟିପରେ ମଧ୍ୟ ଆଉ ସ୍କୁଲକୁ ଯାଆନ୍ତି ନାହିଁ । ଶାଶୁଙ୍କଠାରୁ ଟଙ୍କା ନେଇ ଫିଲ୍ମ

ଦେଖନ୍ତି । ତୃପ୍ତି ବୁଝିପାରେନି ଶାଶୁଙ୍କର ଭଲପାଇବାର ଏ ସ୍ୱାର୍ଥକୁ । ଯେଉଁ ମା' ପୁଅକୁ ରାଗିବା ବଦଳରେ କାହିଁକି ଟଙ୍କାଦେଇ ଫିଲ୍ମ ଦେଖାନ୍ତି । ଏହା ଭିତରର ରହସ୍ୟ କ'ଣ ? ଆଜି ପର୍ଯ୍ୟନ୍ତ ସେ ମଧ୍ୟ ବୁଝିନି । କିନ୍ତୁ ରତନ କୁହନ୍ତି – ମା'ର ସ୍ୱାର୍ଥ ଏଥିରେ ନିହିତ ଥିଲା । ସବୁ ପିଲାମାନେ ପାଠପଢ଼ି ବାହାରେ ଚାକିରି କଲେ ଘରେ କେମିତି ଚଳିବେ ? ଘର ପାଇଁ ଜଣେ ପୁଅ ଦରକାର । କିନ୍ତୁ ପାଠ ନ ପଢ଼ିଲେ ଗାଁ ଜମିରୁ ଧାନ ଆଣି ବାପାଙ୍କ ଅନ୍ତେ କେମିତି ଚଳିବ ସେ ?

ଆଜି ସାନଭାଇର ଅସୁବିଧା ନାହିଁ । ଗାଁରେ ଚାକିରି କରି ଗାଁଘରେ ରହି ବାପାଙ୍କ ପେନ୍‌ସନ୍‌ରେ କେତେବର୍ଷ ଚଳିଯାଇ ହାତପାଣ୍ଠିରେ କେତେ ଟଙ୍କା ଜମେଇ ଦେଇ ଗାଁରେ ଜାଗା ଘର କଲେଣି । ତେଣୁ ମିଲିଟାରୀରୁ ଚାଳିଶବର୍ଷ ବୟସରେ ରିଟାୟାର୍ଡ୍ କରି ଫେରିଥିବା ବଡ଼ଭାଇକୁ ମାନିବେ କାହିଁକି ? ତାଙ୍କ ମୁହଁ ତ ଖୋଦ୍ ଶାଶୁ ବଢ଼େଇଛନ୍ତି । ସେ ଯେତେ ମାଦକଦ୍ରବ୍ୟ ଖାଇଲେ ମଧ୍ୟ ଆମକୁ ଲୁଚେଇବେ । ଓଲଟି ଦୋଷ ଦେବେ ଅନ୍ୟକୁ । କାହିଁକି ?

ସଂଧ୍ୟାବେଳକୁ ରତନ ଅଫିସରୁ ଫେରିଲାପରେ ତୃପ୍ତି ପ୍ରଶ୍ନ କଲା-ଗାଁରୁ କିଛି ଫୋନ୍ ଆସିଥିଲା କି ?

– ନା । କଥା କ'ଣ ?

– ଘରେ ପୁଣି ଗଣ୍ଡଗୋଳ । ତମ ସାନଭାଇ ଘରକୁ ମଦଖାଇ ଆସି ଗଣ୍ଡଗୋଳ କରି ହାଣିବ ମାରିବ ବୋଲି କୁଆଡ଼େ ଧମକାଉଛି ?

– ଗୁଣ୍ଡାଟିଏ ହୋଇଗଲା କି? ସବୁ ମା'ର ଗୁଣ । ଏବେ ଆଉ କିଏ କିଛି କହିପାରିବେ ନାହିଁ? କେଉଁ ଭାଇଠୁ ଲକ୍ଷେ କାହାଠୁ ଦୁଇଲକ୍ଷ ଆଉ କାହାଠୁ କେତେ ଲକ୍ଷ ଆଣି ବିଜିନେସ୍ କଲାଣି । ଚାକିରି ସାଙ୍ଗକୁ ସ୍ତ୍ରୀ ନାଁରେ ବିଜିନେସ୍ କରି ବେଶି ଲାଭ କରିବ ବୋଲି ଭାବିଛି । ହେଲେ ଗୁଣ୍ଡାଗିରିଠାରୁ ଭଲ ବ୍ୟବହାରଟା ସିନା ବ୍ୟବସାୟକୁ ଆଗେଇ ନେବ । ଆଉ ମା' ତ ତାକୁ ଟଙ୍କା କିଛି ସାହାଯ୍ୟ କରିଛି ତେଣୁ ତା' ସପକ୍ଷରେ ନିଶ୍ଚୟ ଯୁକ୍ତି କରିବ । ଯିଏ ତାକୁ ଟଙ୍କା ଦେଇଛି ତା' ବିରୁଦ୍ଧରେ କହିଲେ ସେମାନଙ୍କ ଟଙ୍କା ବୁଡ଼ିଯିବନିକି ! ଯାହା କରୁଛନ୍ତି କରନ୍ତୁ । ମୋର ବ୍ଲଡ୍‌ପ୍ରେସର ହାଇ । ବଡ଼ଭାଇ ବୋଲି ଆଉ ସେମାନଙ୍କ କଥାରେ ମୁଣ୍ଡ ପଶେଇବିନି । ଏବେ ଯିଏ ଯାହାର ରାସ୍ତାରେ ଯିବେ । କାହାକୁ ଉପଦେଶ ଭଲ ଲାଗିବନି । ପିତା ଲାଗିବ । ଆଉ ମା' ସେ ତ ଆରେକ... ।

– ତମେ ଏମିତି ରାଗନି । ମା'ଙ୍କୁ ପଚାରି ବୁଝ କଥାଟା ।

– ମୋ ପାଖରେ ସମୟ ନାହିଁ ଏ ଗଣ୍ଡଗୋଳ କଥା ବୁଝିବାକୁ । ମା' ବୁଝୁଥାଉ ।

ତାଙ୍କୁ କଳିଆକଥା ଭଲଲାଗେ । କେମିତିଆ ମା'ଟେ କେଜାଣି ? ତୁମେ ମୋତେ ଏସବୁ କହି ବିବ୍ରତ କରି ଦିଅନି । ମୋ ବ୍ଲଡ୍‌ପ୍ରେସର ବଢ଼ିଲେ କିଏ ମୋ ପିଠିରେ ପଡ଼ିବ ? କି ସାହାଯ୍ୟ କରିଛନ୍ତି ସାନଭାଇମାନେ ? ଓଲଟି ସାହାଯ୍ୟ ପାଇ ବଡ଼ମାନଙ୍କ ଉପରେ ଚଢୁଛନ୍ତି । ମୁଁ ଏ ବିଷୟରେ ଆଉ ମୁଣ୍ଡ ପଶେଇବିନି କହି ତୀବ୍ର ଦୃଷ୍ଟିରେ ତୃପ୍ତିକୁ ଚାହିଁଲେ ରତନ । କହିଲେ - ଗାଁ ଘର ସଂପର୍କର ସମସ୍ୟା ଅତି ଶୋଚନୀୟ । କିଏ ଆଉ ସେମାନଙ୍କ ଭୁଲ୍ ସଂଶୋଧନ କରିବ ? ଯାହା ମନକୁ ଯାହା ଖରାପ ଭାଷା ଆସୁଛି କହିଯାଉଛନ୍ତି । ବାପା ଥିଲେ କିଛି ଆକଟ କରନ୍ତେ । ଆଉ ମା'କୁ କିଏ ମାନୁଛି ? ଅସୂୟାଭାବର କଷାଘାତରେ ଘରର ପରିବେଶ ପ୍ରଦୂଷଣ ହୋଇଗଲାଣି । ଆଜିର ବଡ ଅଭାବ ଅନାଟନ ହେଉଛି ସ୍ନେହ ।

ତୃପ୍ତି ଶୁଣି ନ ଶୁଣିଲା ପରି ଦୂରେଇ ଯିବାକୁ ଚାହୁଁଥିବାରୁ ରତନ କହିଲେ - କ'ଣ ରାଗିଲ କି ?

- ନା । ମୁଁ କାହିଁକି ରାଗିବି ? ତମ ଘର ଲୋକମାନେ ବେଶି ରାଗ ଖାଆନ୍ତି ପରା ?

- କି କଥା କହୁଛ ?

- ସତ କହୁଛି । ନ ହେଲେ ମାଡ଼ପିଟି ହୁଅନ୍ତେ କେମିତି ?

- ଯାଏ ମା'କୁ ପଚାରିବି ଘଟଣାଟା କ'ଣ ? ମୋର ମଧ୍ୟ ଚୁପ୍ ହୋଇ ବସି ରହିବା ଉଚିତ୍ ନୁହେଁ । ରତନ ଗାଁର ଫୋନ୍ ନମ୍ବରକୁ ଡାଏଲ୍ କଲେ । ସେପଟୁ ମା'ର ସ୍ୱର ଶୁଣି ନମସ୍କାର କଲେ । କିଛି କଥା ପଚାରିବାକୁ ଉଦ୍ୟତ୍ ହେଲା ବେଳକୁ ମା'ଙ୍କର ଅନର୍ଗଳ କଥା ଆରମ୍ଭ ହୋଇଗଲା - ଜାଣିଛୁ ନା ସେ ମୋ ସାନ ପୁଅକୁ କି ହଇରାଣ ହରକତ କରୁଛି । ସେ ଓ ତା' ସ୍ତ୍ରୀ ଯାହା ପାଟିକୁ ଆସୁଛି କହୁଛନ୍ତି । ସବୁ ଭୁଲ୍ ତାଙ୍କର ।

ରତନ ବାରମ୍ବାର ଉଚ୍ଚାରଣ କରୁଥିଲେ - ତୁ ଖାଲି କହିଚାଲିଛୁ । ମୋ କଥା ଶୁଣେ ? ମା', ମା' ମୋ କଥା ଶୁଣେ । ମୁଁ ତତେ ପଚାରୁଛି ସତରେ ଭୁଲ କାହାର ?

ମା' ସବୁ ଶୁଣି ନ ଶୁଣିଲାପରି ସେମିତି ଜଣେ ପୁଅ ନାଁରେ ବିଷୋଦ୍‌ଗାର କରି ଚାଲିଥିଲେ । ରତନଙ୍କୁ ଭାରି ଅଶ୍ୱସ୍ତି ଲାଗିଲାଣି । ଜାଣନ୍ତି ମା' ସାନ ପୁଅର ଭୁଲ୍‌କୁ ଲୁଚାଇବାକୁ ଯାଇ ତାଙ୍କୁ କହିବାର ସୁଯୋଗ ଦେଉନି । କିଛି ମିନିଟ୍ ପରେ ବାଧ୍ୟ ହୋଇ ରତନ ଫୋନ୍‌ଟି ଅଫ୍ କରି ଦେଲେ ।

ତୃପ୍ତି କହିଲେ - ଏ କ'ଣ କଲ ?

- ଦଶଥର କହୁଛି ତୁ କଥା ବନ୍ଦ କର ମୁଁ କିଛି ପଚାରୁଛି ତଥାପି ଶୁଣୁନି ମା' । ସେମିତି କହି ଚାଲିଥାଉ । ତା' ମନଟା ହାଲ୍‌କା ହୋଇଯିବ । ଚିଡ଼ି ଲାଗିଲା ମୋତେ !

- ତମେ ରାଗୁଛ କାହିଁକି ?

- କିଏ ବରଦାସ୍ତ କରିବ ଏକତରଫା ପାତର ଅନ୍ତରକୁ? ଦୁଇଜଣ ମୋର ଭାଇ । ଯାହାର ଭୁଲ୍ ଦେଖିଲି ତାକୁ ସଂଶୋଧନ ପାଇଁ କିଛି କହିବି । କିନ୍ତୁ ମା' କୁହାଇ ଦେଲେ ସିନା ?

ଏତକ କହି ବିମର୍ଷ ହୋଇଉଠିଲେ ରତନ । ଆଖିରୁ ଲୁହ ଧାର ବୋହିଗଲା । ସେପଟରୁ ଫୋନ୍ ରିଙ୍ଗ୍ ପୁଣି ଶୁଣାଗଲା । ଥରକୁ ଥର ଫୋନ୍ ରିଙ୍ଗ୍ କଟୁଥିଲା ପୁଣି ବାଜୁଥିଲା । କିନ୍ତୁ ରତନ ତୃପ୍ତିକୁ କଡ଼ା ସ୍ୱରରେ କହିଲେ - ସେ ସେମିତି ବାଜୁଥାଉ । ତମେ ଉଠାଅନି ।

- ଖବରଟା ଜାଣିବା କେମିତି !

- ମନାକଲି ପରା । ଏଇଟା ମା'ର ଫୋନ୍ କଲ୍ ନିଶ୍ଚୟ ?

- ଆରେ ରାଗୁଛ ଯେ ?

- ରାଗୁଛି କେଉଁଠି ? କିଛି କହୁନି ବୋଲି ତ ଏତେ ଉତ୍‌ପାତ ଓ ଏତେ ଉତ୍ତେଜନା ଲାଗିଛି ।

ତୃପ୍ତି ଚାହିଁଥିଲା ରତନଙ୍କ ଲାଲ୍ ପଡ଼ିଯାଇଥିବା ମୁହଁକୁ ।

ରତନ ଧଡ଼ାସ୍ କରି ଉଠିଗଲେ ସୋଫା ଉପରୁ । ରିସିଭରଟି ଉଠାଇ ଚଡ଼ାଗଳାରେ କହିଲେ - ଘରର କବଲାଟା କାଢ଼ି ରଖିଥିବ । ମୁଁ କାଲି ସକାଳୁ ସକାଳୁ ଘରେ ପହଞ୍ଚିବି । ତମମାନଙ୍କ କଥା ମୁଁ ବୁଝିବି । ବହୁତ ବଡ଼ଭାଇମାନଙ୍କୁ ହଇରାଣ କଲଣି । କାଲି ହିସାବ କରିବି କିଏ କେତେ ଘରକୁ ଦେଇଛି ଆଉ ନେଇଛି । ତା'ପରେ ସବୁ କଳି ତୁଟିଯିବ । ଯିଏ ଯାହା ବାଟରେ ରହିବ । ଯେତେ ଭାଇ ସେତେ ଘର ହେବ ।

- ଆରେ ପୁଅ ମୋ କଥା ଶୁଣେ ? ମୁଁ ତୋ ମା' କହୁଛି ? ମୁଁ ରହିବି କେଉଁଠି ?

- ଯେଉଁ ପୁଅମାନଙ୍କୁ ଖୁବ୍ ମନ ଭରି ଭଲପାଉ ସେମାନଙ୍କ ପାଖରେ ରହିଲେ ତୁ ଶାନ୍ତି ପାଇବୁ । ସବୁ ସମସ୍ୟାର ସମାଧାନ କରି ଫେରିବି ମୁଁ ।

- ନା, ତୋର ଆଉ ଆସିବାର ଦରକାର ନାହିଁ । ମୁଁ ସେମାନଙ୍କୁ ବୁଝାବୁଝି କରେଇ ଦେଉଛି ।

ରତନଙ୍କ ଦୃଢ଼ସ୍ୱର ଶୁଣାଗଲା - ତୋର ଏ ବୟସରେ ବୁଝାଇବା ଦରକାର ନାହିଁ । ମୁଁ କାଲି ଯାଉଛି । ସକାଳୁ ଆଠଟା ସୁଦ୍ଧା ଘରେ ପହଞ୍ଚିବି ।

- ତୋର ଆସିବାଟା ଆଉ କି ଦରକାର ?

ରତନ ମା' କଥା ଶୁଣି ମଧ୍ୟ ସେମିତି ନ ଶୁଣିଲା ପରି ଫୋନ୍ ରିସିଭରଟି ଜୋର୍‌ରେ ଫୋନ୍ ଷ୍ଟାଣ୍ଡରେ ରଖିଦେଇ ଚାହିଁ ରହିଥିଲେ ସେଲ୍‌ଫ୍‌ରେ ରଖାଯାଇଥିବା ବାପାଙ୍କ ଫଟୋଟିକୁ । ବୁନ୍ଦା ବୁନ୍ଦା ଲୁହ ଝରି ଆସି ଟପ୍‌ଟାପ୍ ଖସିପଡ଼ିଲା ଚଟାଣରେ ।

ଚମକି ପଡ଼ିଲା ତୃପ୍ତି । ତା' ପାଟିରୁ ବାହାରିଗଲା - ଆରେ ତମେ କାନ୍ଦୁଛ ?

- ନା, ବଡ଼ଭାଇ କାନ୍ଦି ପାରିବନି । ସେ ଖାଲି ବୁଝି ପାରିବ !

■

ନୀରବ ବ୍ୟଥା

ସଂଧ୍ୟା ଉତ୍ତୀର୍ଣ୍ଣ । ମଣିଷ ମୁକୁଳିପାରୁନି ଘରର ବନ୍ଧନରୁ । କେତେ ଆଶା କରିଥିଲା ମନୋରମା ଅନେକ କିଛି ଲେଖିବ ସ୍ୱାମୀଙ୍କ ଅବସର ପରେ । ହେଲେ କୁଆଡୁ ବା ମିଳୁଛି ସମୟ ଏବେ ? ନିଜଘରେ ଆସି ରହିବା ଦିନରୁ ଝିଅ, ପୁଅ ମଧ୍ୟ ପାଖରେ ରହୁଛନ୍ତି । ଏ ପଟରେ ନାତିର ହସଖୁସି କାନ୍ଦ ଭିତରେ ଅମାନିଆ ହୋଇ ଉଠୁଛି ଶୃଙ୍ଖଳିତ ମନଟି । ଆପେ ଆପେ ତା' ସାଙ୍ଗରେ ଦୌଡ଼ାଦୌଡ଼ି ସାଙ୍ଗକୁ ତା' ଖେଳରେ ସାମିଲ୍ ହୋଇ ଉଠୁଛି ଆଈଟି ।

ବେଳେବେଳେ ଖୁବ୍ ବିଷଣ୍ଣ ହୋଇଉଠୁଛି ମନଟି । ଦିନପରେ ଦିନ ଚାଲିଯାଉଛି କେଉଁ ଗପ ଫାଳେ ତ କେଉଁ ଗପ ଦୁଇଫାଳ ଏମିତି ଅଧା ଲେଖାହୋଇ ପଡ଼ିଛି । ପୁରାଗଳ୍ପଟି ଲେଖିବାକୁ ବସିଲାବେଳକୁ କାହାର କ'ଣ ବରାଦ ଆସି ପହଞ୍ଚି ଯାଉଛି । ଅଦ୍ଭୁତ ଶୃଙ୍ଖଳିତ ଜୀବନରୁ ମୁକ୍ତି ପାଇବାର ସମୟ କାହିଁ ? ସ୍ମୃତି ସବୁ ମନ ପରଦାରୁ ଲିଭିଗଲା ପରେ ତାକୁ ଖୋଜିବାକୁ ଇଚ୍ଛା ହେଲାବେଳେ ସେ କ'ଣ ଆଉ ଧରାଦିଏ ?

– ଆରେ କାହାର ଫୋନ୍ ? ମନୋରମାର କଥା ଶୁଣାଗଲା ।

ଗପି ଚାଲିଛନ୍ତି ସଂଜୟ । ବେଳେବେଳେ ସେଲ୍ ଫୋନ୍‌ଟି ଏ କାନ ସେ କାନ କରୁଛନ୍ତି । ମନୋରମା ରୋଷେଇ ଘରୁ ବାହାରି ଆସୁଆସୁ ଫୋନ୍ କଟିଲା । ସଂଜୟ କହିଲେ – ଜଣେ ଭଦ୍ରକରୁ ଫୋନ୍ କରିଥିଲେ ।

– କାହିଁକି ?

– ତମ ଗପ 'ମହକ'ରେ ପଢ଼ି ଖୁବ୍ ପ୍ରଶଂସା କରିଛନ୍ତି, କ'ଣ ଲେଖିଛ କି ?

– ମୁଁ ତ ସବୁ ଗପର ବିଷୟବସ୍ତୁକୁ ମନର ବୋଝରେ ବାନ୍ଧି ରଖିଛି ହେଲେ ହଠାତ୍ କହିପାରିବିନି କ'ଣ ଲେଖିଛି । ଯେତେବେଳେ ଯାହା ମନକୁ ଆସିଲା ଲେଖିଦେଉଛି । ଯଦି ଅଧାରୁ ରଖିଦେଲି ତେବେ ମୂଳଗପର ବିଷୟବସ୍ତୁ ଏପଟ ସେପଟ

ହୋଇଯାଉଛି । ରାତିରେ ସ୍ୱପ୍ନରେ ଅନେକ ଗପ ଭାବିଥାଏ ହେଲେ ସକାଳପାହିଲେ ସେମାନେ ତ ଆଉ ମୋ ପାଖ ମାଡ଼ନ୍ତିନି । ସ୍ୱପ୍ନହୋଇ ରହିଯାଆନ୍ତି । ମନ ଛଟପଟ ହୁଏ ସେମାନଙ୍କୁ ସାଉଁଟିବାକୁ ହେଲେ ସେମାନେ ତ ଆଉ ମିଳନ୍ତି ନାହିଁ !

- ତମେ ଯେତେବେଳେ ଚାହୁଁଛ ଲେଖି ଦେଉନ ।

- ଆଉ ଏ ବଡ଼ବଡ଼ କଥା କୁହନି । ଘରର ପ୍ରତି କାମପାଇଁ ମୋର ଉପସ୍ଥିତି ଦରକାର ହେଉଛି କାହିଁକି ?

ଚୁପ୍ ରହିଲେ ସଂଜୟ । ମନୋରମା ଆଉ କିଛି ନ କହି ସେଠୁ ଫେରିଲାବେଳକୁ ମନେମନେ ଭାବୁଥିଲା - ସ୍ତ୍ରୀ ଲୋକମାନେ ଖାଲି ଘରକଥା ବୁଝିବାକୁ ଜନ୍ମ ହୋଇଛନ୍ତି କି ? ତା' ମନ ଭିତରକୁ ପଶିଆସିଲା ସକାଳେ ଜଣେ ପଡ଼ୋଶୀ ବ୍ୟଙ୍ଗସ୍ୱରରେ କହିଥିଲେ- ଆପଣ ପାଠ ପଢ଼ି ବସିଗଲେ କାହିଁକି ? ଘର କ'ଣ ଚଳିବନି କି ନାରୀ ବିନା । ଆପଣଙ୍କ ଇଚ୍ଛା ହେଲାନି ବୋଲି ଚାକିରୀ କଲେନି ନା ?

ଚମତ୍କାର ଯୁକ୍ତି । ଓଃହ ମନୋରମା ଯଦି ଜୋର୍ ଜବରଦସ୍ତି ଚାକିରୀକୁ ଜାବୁଡ଼ି ଧରି ଘର ପ୍ରତି ଅଣଦେଖା କରି ଦେଇଥାଆନ୍ତେ ତେବେ ସଂଜୟ କ'ଣ ଠିକ୍‌ରେ ଘର ଚଳାଇ ପାରିଥାଆନ୍ତେ ? ଏଇ ତ ସକାଳୁ ସକାଳୁ ନାତିକୁ କ'ଣ ପାଇଁ ରାଗିଲେ ବୋଲି ସେ ଦୌଡ଼ି ଆସିଲା ଆଈ କୋଳକୁ । ସେମିତି ତା' ପରୀକ୍ଷାବେଳେ ଓଲଟି ପିଲାମାନଙ୍କୁ କହିବେ - ଯାଅ ନିଜେ ଖାଇଦେବ । ମା' ତ ପଢୁଛି ।

ଏମିତିରେ ପିଲାଙ୍କ ମନ ବୁଝିପାରନ୍ତି ନାହିଁ ବାପାମାନେ । ପିଲାମାନଙ୍କ ମନକୁ ଭାଙ୍ଗି ଦେଇପାରିବେ ଖୁବ୍ ଶୀଘ୍ର, ଓଲଟି ଆକ୍ଷେପ କରିବେ 'ମା'ଙ୍କୁ ହିଁ ପିଲାଟି ବହୁତ ଭଲପାଏ' ।

ଏହାର କାରଣ ଖୋଜିବାପାଇଁ ବାପା ମନଟି ତତ୍‌ପର ହୋଇ ଉଠେନି କାହିଁକି ? ଯିଏ ଯାହାକୁ ବେଶି ଭଲପାଏ ସେହି ଭଲପାଇବା ତାରି ପାଖକୁ ଫେରିଆସେ ଧ୍ୱନିର ପ୍ରତିଧ୍ୱନି ପରି । ଏଥିରେ ପିଲାର ଭୁଲ୍ କେଉଁଠି ?

- ଆସ ପିଠା କରିବ । ଟିକିଏ ଜଳଖିଆ ଖାଇବା । ସଂଜୟଙ୍କ ଡାକ ଶୁଣାଗଲା ।

ମନୋରମା ପ୍ରକୃତିସ୍ଥ ହୋଇ ଉଠିଲା ଡାଇନିଂ ଚେୟାରରୁ । ପଚାରିଲା - କାହାର ଫୋନ୍ ?

- ଓଃହ ତମ ପାଖକୁ ଆସିଥିଲା । କିନ୍ତୁ ମୁଁ ତମ ସ୍ୱାମୀ ହିସାବରେ କଥା ହୋଇଗଲି ।

- ମୋତେ ଦେଲନି ଟିକିଏ କଥା ହେବାକୁ ?

- କିଏ ସେ ଜାଣିନ ତ ?

- ଓଃହ ଜଣେ ମୋ ଗପର ପାଠକ ତ ?

- ମୁଁ କଥା ହୋଇଗଲି ପରା !

ଚୁପ୍ ରହିଲା ମନୋରମା । ଏତେବର୍ଷ ପରେ ବି ତା' ସ୍ୱାମୀ ଉଚିତ୍ ମଣୁନାହାନ୍ତି କଥା କରେଇବାପାଇଁ ଜଣେ ପାଠକ ସହିତ କାହିଁକି ? ଠିକ୍ ଅଛି । ସେ ତ କଥା ହୋଇଗଲେ ଭଲ ହେଲା । ଚାକିରୀ କରିବାକୁ ମଧ୍ୟ ତା' ସ୍ୱାମୀ ଚାହିଁନଥିଲେ ? ସାଧାରଣତଃ ନାରୀମାନେ ସନ୍ଦେହୀ । କିନ୍ତୁ ପୁରୁଷ ମଧ୍ୟ ନାରୀକୁ ସ୍ୱାଧୀନତା ଦେବାକୁ ପଛାଇଥାଏ । ସେଥିପାଇଁ ଖାଲି ଦାୟିତ୍ୱର ଦୁହାଇ ଦେଇ ନାରୀକୁ ମାନସିକ ହେଉ କି ଦୈହିକ ଅତ୍ୟାଚାର କରିଥାଏ । ଛାତି ଉପରେ ପଥର ଲଦି ଅନେକ ନାରୀ ସହିଯାଆନ୍ତି କଷଣ । ସଂସାରରେ ଘର କରିଛ ମାନେ ନାରୀ ହିଁ ସମ୍ଭାଳିବେ ଘର ସମସ୍ୟା ବୋଲି ଯୁକ୍ତି କରନ୍ତି ପୁରୁଷ ।

- ଆରେ ଶୁଣୁଛ ନା ଶେଷରେ ନାରୀ ହିଁ ପୃଥିବୀ ପୃଷ୍ଠରେ ତିଷ୍ଠି ରହିଥିବ । ପୁରୁଷ କ୍ରୋମୋଜୋମ୍ ଆସ୍ତେ ଆସ୍ତେ ଛୋଟ ହୋଇଯାଉଛି ଆଉ ଦିନେ ସେ ପୃଥିବୀରୁ ବିଦାୟ ନେବ- କହିଲେ ସଂଜୟ !

- ହଁ ମୁଁ ମଧ୍ୟ ପଢ଼ିଛି ଆଜିର ମାଗାଜିନ୍‌ରୁ । ଦେଖିବାକୁ ଗଲେ ପୁରୁଷ ଅପେକ୍ଷା ନାରୀ ହିଁ ଉନ୍ନତ । ପୁରୁଷ ପାଖରେ ପଶୁତ୍ୱର ଗୁଣ ପ୍ରକାଶ ପାଇଲେ ସଂସାରରେ ନାରୀ ପାଏ ନିର୍ଯ୍ୟାତନା । ନାରୀ ଯୋଗୁ ସମାଜ କ୍ଷତି ହୁଏନି । ହୁଏ ପୁରୁଷ ପାଇଁ । କେତେଟା ନାରୀକୁ ଛାଡ଼ିଦେଲେ ପ୍ରାୟ ଅନେକ ନାରୀ ଲଜ୍ଜାଶୀଳା । ନିଜର ଅସ୍ତିତ୍ୱ ପ୍ରତି ସଚେତନ । ତଥାପି ପୁରୁଷର ନଜର ନାରୀକୁ ସାମ୍ନା କରିବାକୁ ପଡ଼େ । ସତ କହିଲ ?

- ହଁ ପୁରୁଷ ଅପେକ୍ଷା ନାରୀ ଆଉ ଟିକିଏ ଉନ୍ନତ । ସେଥିପାଇଁ ତ ଏକା ବର୍ଷରେ ଜଣେ ନାରୀ, ପୁରୁଷ ଅପେକ୍ଷା ଚତୁର । ପାଠ ପଛକେ ନଥାଉ କିନ୍ତୁ ଘରକରଣାରେ ଖୁବ୍ ଉନ୍ନତ ।

- ଯାହାହେଉ ନାରୀର ପ୍ରଶଂସା କଲଣି ତ !

- ତମେ ପରା ଲେଖିବ । ଯାଅ ମୁଁ ତମ ରୋଷେଇ କାମ ସମ୍ଭାଳି ଦେବି ।

ନରମିଗଲା ମନୋରମାର ମନ । ସେ ଦାମ୍ଭିକ ସ୍ୱରରେ କହିଲା - ତମର ରୋଷେଇ ଘରେ ପଶିବା କି ଦରକାର ? ଟେଲିଭିଜନ୍‌ରେ ସିରିୟାଲ୍ ଦେଖିବା ଭିତରେ ମୋର ରୋଷେଇ ସରିବ ।

- ତମେ ତ ମୋତେ ଏମିତି କିଛି କାମ କରେଇ ଦେଉନ ।

- ତମେ କିଛି ଜାଣିବନି । କାଲି ପ୍ରଥମାଷ୍ଟମୀ । ବିରି ଚାଉଳ ବାଟିବି ମୁଁ ଗ୍ରାଇଣ୍ଡରରେ । ତମେ କେଉଁ କାମଟି ଠିକ୍‌ରେ କର କି ?

- ତେବେ ମୋତେ ଆଉ ଦୋଷ ଦେବନି ।

- ନା । ଯାଅ ତମ ପଢ଼ା ଟେବୁଲ୍ ପାଖକୁ ।

ମନୋରମା ଚାଲିଲା ଟିଭି ସୁଇଚ୍ ଅନ୍ କରିବାକୁ । ସମାଚାର ଆରମ୍ଭ ହୋଇଗଲାଣି । ଓଃହ ଫାଇଲିନ୍ ପରେ ହେଲେନ୍ ଲେହର ଏମିତି କେତେ କ'ଣ ବାତ୍ୟା ନିଜର ଇତିହାସ ବହି ମାଡ଼ି ଆସୁଛନ୍ତି ଥରକୁ ଥର । ବଦଳି ଯାଉଛି ଗାଁ ଘରର ଭୂଗୋଳ । ସେମାନେ ତ ଚାକିରୀ କରି ବିଭିନ୍ନ ଜାଗା ବୁଲିବୁଲି ସେହି ସ୍ଥାନର ଭୌଗୋଳିକ ପରିସ୍ଥିତି ସହିତ ଚଳି ଆସିଥିଲେ କେତେକେତେ ବର୍ଷ । ଏବେ ନିଜଘରେ ମନେପଡୁଛି ସେହି ସ୍ଥାନର ସ୍ମୃତିର ଇତିହାସ । ଆଜି ଆଉ ବେଶି ମନେପଡୁନି ଅତୀତର କଥାଗୁଡ଼ିକ ଓ ସେହି ପାଖ ପଡ଼ୋଶୀଙ୍କ ମୁହଁ ଆଉ ନାଁ ମଧ୍ୟ । ବୟସ ସାଙ୍ଗରେ ପାସୋରି ହୋଇଯାଉଛି ସଂପର୍କର ଭଗ୍ନାଂଶ ମଧ୍ୟ । ବଂଚିବାର ନୂଆ ନୂଆ ପରିବେଶରେ ନୂଆ ନାଁ ଗୁଡ଼ିକୁ ଆଖିରେ ସ୍ୱପ୍ନ ଭରି ଦେଉଛନ୍ତି । ବାସ୍ତବରେ ଜୀଇଁବାକୁ ପଡ଼େ ସିନା ହେଲେ ସ୍ମୃତିକୁ ତ ଖୋଜିବାକୁ ପଡ଼େ !

କବାଟରେ ଠକ୍ ଠକ୍ ଶବ୍ଦ । କିଏ ଏ ରାତିରେ ଆସିଛି ଟିକିଏ ଦେଖିଲ ବୋଲି ମନୋରମା କହିଲା ସଂଜୟକୁ ।

- କଲିଙ୍ଗ୍‌ବେଲ୍ ନ ଚିପି କବାଟ ଠକ୍ ଠକ୍ କରେ ଶାନ୍ତି । ସଂଜୟ ଉତ୍ତର ଦେଲେ ।

ହେଃ ତମ ପାଖକୁ ଆସିଥିବ ସେ । ଯାଅ କବାଟ ଖୋଲି ପଚାରିବ ତା' ଆସିବା କାରଣଟି ।

- ରାତିରେ ତ ସେ ଆସେନି !

- କ'ଣ କାରଣ ଥିବ । ଯାଅ ।

ଦେଖ କିଛି ଅସୁବିଧାରେ ପଡ଼ିଯାଇଥିବ । ପଚାରି ନିଅ ।

ମନୋରମା କବାଟ ଖୋଲିଲା । ଶାନ୍ତି ବଦଳରେ ତା' ପୁଅ ଠିଆହୋଇଛି ଦୁଆର ମୁହଁରେ । କଥା କ'ଣ ?

- ମା', ମା' ମୋ ମା'ର ଦେହ ଭଲ ନାହିଁ । ମୁଣ୍ଡ ବିନ୍ଧୁଛି, କାଲି ଆସି ପାରିବନି ବୋଲି ସେ କହି ପଠାଇଛି । ତମେ ଅଲଗା ଲୋକ ଠିକ୍ କରିଦେବ ।

- ହଠାତ୍ କାହିଁକି କାମ ନକରିବାକୁ ମନାକରି ପଠାଇଛି ।

- ମା', ମୁଁ ଏକଥା ଜାଣିପାରିନି । କହିଲା ବାବୁଙ୍କ ଘରେ କହି ଆସେ ।

ମନୋରମା ଶାନ୍ତିର ପୁଅର ମର୍ମକୁ ହଠାତ୍ ବୁଝି ପାରିନଥିଲା । କବାଟ ବନ୍ଦକରି ଘର ଭିତରକୁ ଆସି ସଂଜୟଙ୍କୁ କହିଲା - ହଠାତ୍ ଶାନ୍ତି କାମ ଛାଡ଼ିଦେବ ବୋଲି ତା' ପୁଅ ହାତରେ କହି ପଠାଇଲା କାହିଁକି ?

ସଂଜୟ ଟିକିଏ ସମୟ ଚୁପ୍ ରହି କହିଲେ - ଶାନ୍ତି ଟଙ୍କା ନେଇସାରିଛି ତ ?

- ହଁ । ପ୍ରାୟ ସବୁ ମାସରେ ତା' ଉପରେ ଅଧିକା ଦୁଇ ଚାରିଶହ ଟଙ୍କା ଥାଏ କିନ୍ତୁ ଏ ମାସରେ ସବୁ ଶୁଝି ଠିକ୍ ହିସାବ କରି ଯାଇଥିଲା । ବୋଧେ କାମ ଛାଡ଼ିବ ବୋଲି ଆଗରୁ ଭାବି ନେଇଥିବ ।

- ଯାହା ଭାବୁ ସେ କାମବାଲୀ । ଚିନ୍ତାନାହିଁ । ଅଲଗା ଲୋକ ବୁଝି ନେବ । କିଏ ନ ଆସିଲେ କାହାଘର କାମ ଅଚଳ ହୋଇ ଯିବନି ତ - କହିଲେ ସଂଜୟ ଖୁବ୍ ସହଜରେ ।

ମନୋରମାଙ୍କ ମନରେ ବସାବାନ୍ଧିଥିଲା ଶାନ୍ତିର କାମ ଛାଡ଼ିବାର କାରଣ କ'ଣ ? ଶାନ୍ତିର ମନ ଭଲଥିଲେ ବସିଯାଏ କିଛି ସମୟ ପାଇଁ । ତା'ପରେ ଆରମ୍ଭ କରେ କଥା - ମା' ମୁଁ ସନିଆର ହାତ ଧରିଲିଣି କୋଡ଼ିଏ ବର୍ଷ ହେଲା । ତଥାପି ସେ ବୁଝିପାରିଲାନି ମୋତେ, କଥା କଥାରେ ହାତ ଉଠେଇ ବିଧା ଚାପୁଡ଼ା ମାରୁଛି ?

- କାହିଁକି ?

- ଟଙ୍କା ମୋ ପାଖରୁ ନେବାପାଇଁ । ମଦ ଖାଇ ଖାଇ ଟଙ୍କା ତ ଉଡ଼େଇ ଦେଉଛି । ଆଉ ମୋ ସଞ୍ଚୟ ଟଙ୍କାରୁ ନେବାକୁ ବେଳେବେଳେ ଜିଦି ଧରୁଛି । ଘରେ ବଢ଼ିଲା ଝିଅଟିଏ ଅଛି । ତା'ର ବାହାଘର କରିବି ନା ନାହିଁ ? ଖାଲି ମାଇପି ଲୋକ କ'ଣ ଘରକଥା ଆଉ ପିଲାଙ୍କ କଥା ଚିନ୍ତା କରିବାକୁ ଜନ୍ମ ହୋଇଛି ବୋଲି ପାଟି କରି କହିଲେ ସେ କହୁଛି 'ତୁ ନଥିଲେ ମୋ ଘର କ'ଣ ଚଳିବନି କି ?' ଇଚ୍ଛା ହେଉଛି ମା' ଏ ସଂସାରରୁ ଚାଲିଯାଆନ୍ତି କୁଆଡ଼େ ।

- କୁଆଡ଼େ ଯିବୁ ତୁ ? ପୁଅ ଝିଅର ମୁହଁକୁ ଚାହିଁ ସଂସାର ପାର କରିଦିଏ । ତମ ଛୋଟଘରେ ପୁରୁଷ ଲୋକଗୁଡ଼ା ଏମିତି ମାଡ଼ଗାଳି ସ୍ତ୍ରୀକୁ ଦିଅନ୍ତି କାହିଁକି ?

- ମା', ପୁଅପିଲା ବୋଲି ସେମାନଙ୍କ ଗଉଁ କମ୍ ନୁହେଁ । ଏତେ ତ ବଡ଼ ବଡ଼ କଥା କହୁଛି ଦେଖିବନି କି ତାକୁ ମୁଁ ଯଦି ନ କନ୍ଦେଇଛି ? ଶାନ୍ତି ଉଠିଗଲା ତା' ବସିବା ସ୍ଥାନରୁ । କହିଲା ମା' କବାଟ ବନ୍ଦକର, ଆହୁରି ଦୁଇଘର କାମ ବାକିଅଛି ପରା । ଯାଉଛି ।

ମନୋରମାଙ୍କୁ ଆଶ୍ଚର୍ଯ୍ୟ ଲାଗିଲା ଶାନ୍ତି ପୁଅର କଥା । ତେବେ ଶାନ୍ତି କ'ଣ ଘରଛାଡ଼ି ଯିବକି ଅନ୍ୟ କାହା ସାଙ୍ଗରେ । କାଲି ତ କହୁଥିଲା - ପ୍ରବଚନ ଶୁଣୁଛି ମୁଁ, ଭାରି ଭଲ ଲାଗୁଛି । ତେବେ ସନ୍ୟାସିନୀ ହୋଇଯିବନି ତ ଆଉ ! କଥା କ'ଣ ? ମନରେ ଭୟ ମଧ୍ୟ ଅଙ୍କୁରିତ ହେଲା କାଳେ ସଂସାରରୁ ବିଦାୟ ନେଇ ଯିବନି ତ ଆଉ !

ଏଇ ତ କହୁଥିଲା ଅଳ୍ପଦିନ ତଳେ ବାତ୍ୟାବନ୍ୟାରେ ଆମ ଘର ଗଲା । ଯେତେ କହୁଛି ଛାତ ଘରଟିଏ କରିଦିଏ ବୋଲି ଇଏ କ'ଣ ଶୁଣୁଛି ? ଓଲଟି କହୁଛି ଘରରୁ କ'ଣ ମିଳିବ ?

ସଂଜୟଙ୍କ ପାଟି ଶୁଣାଗଲା - ରାତି ସାଢ଼େ ନଅଟା ହେଲାଣି, ଖାଇବା ବାଢ଼ିଦିଅ ।

- ଟିକିଏ ଅପେକ୍ଷା କର । ମୁଁ ଗୋଟିଏ ଗପ ଲେଖୁଛି, ସରିଯିବ ଦଶମିନିଟ୍ ପରେ ।

- କିନ୍ତୁ ମୋ ଖାଇବା ସମୟ ଗଡ଼ିଯିବ ଯେ ?

- କିନ୍ତୁ ମୋ ଭାବନା ସବୁ ଉଭେଇ ଯିବ ଯେ ? ଆଉ ଯେତେ ଖୋଜିଲେ ପାଇବିନାହିଁ ଯେ - ଯୁକ୍ତିକଲା ମନୋରମା ।

- ହଉ, ମୁଁ ବସି ଟିଭି ଦେଖୁଛି ! ଗମ୍ଭୀର ସ୍ୱରରେ କହିଲେ ସଂଜୟ ।

ତଥାପି ମନୋରମାର ମନ ଭିତରକୁ ପଶି ଆସୁଥିଲା ଶାନ୍ତିର କଥା । ତେବେ ଶାନ୍ତି ତ କହୁଥିଲା ଯେତେ ତଡ଼ିଲେ ସୁଦ୍ଧା ମା' ମୁଁ ତୁମଘର କାମ ଛାଡ଼ିବି ନାହିଁ, କିନ୍ତୁ ଆଜି ଖବର ପଠାଇ ମନାକଲା କାହିଁକି ?

- ହଉ, ସକାଳ ହେଉ ଦେଖା କରିବ ତା' ସହିତ ଓ କାରଣଟି ପଚାରି ବୁଝିନେବି ।

ରାତ୍ରୀର ଅବସାନ ପରେ ସୂର୍ଯ୍ୟକିରଣରେ ଉଦ୍‌ଭାସିତ ହୋଇଯାଇଛି ପୃଥିବୀ । କାଚ୍ ଝରକାରେ ପଡ଼ିଛି ସୂର୍ଯ୍ୟଙ୍କ କିରଣ । ଘରଟି ବେଶ୍ ଆଲୋକିତ ହୋଇଯାଇଛି କେତେବେଳୁ । ଓଃହ ବେଳକେତେ ହେଲାଣି ? ଆଜି ନିଦ ଭାଙ୍ଗିଲାନି କେମିତି ? ବୁଲିପଡ଼ି ଚାହିଁଲା ସଂଜୟଙ୍କ ଶୋଇବା ସ୍ଥାନକୁ ।

ଓଃହ ଇଏ ଉଠିଗଲେଣି କେତେବେଳୁ ହେଲେ ଝରକା ପରଦା ଏମିତି ଗଦେଇ ଦେଇ ଯାଉଛନ୍ତି କାହିଁକି ! ଭାରି ଅଦ୍‌ଭୁତ ଲୋକଟିଏ । ନିଜ ନିଦ ଭାଙ୍ଗିଗଲା ବୋଲି ଅନ୍ୟକୁ ଜଗେଇ ଉଠେଇବାର ଏମିତି ପ୍ରୟାସ କରିଛନ୍ତି ବୋଧେ । ଯେତେ କହିଲେ ବୁଝିବେ ନାହିଁ ସ୍ତ୍ରୀର ମନକୁ । କେମିତିଆ ଲୋକଟିଏ ମ ?

ଅଳସ ଭାଙ୍ଗି ଉଠିଲା ମନୋରମା । ଆଖି ଖୋଲିଲା ବେଳକୁ ସଂଜୟ ଆସି ପହଞ୍ଚିଯାଇ କହିଲେ - ନିଦ ଭାଙ୍ଗିଗଲା ତ ? ତମକୁ ଆଲୁଅ ଭଲ ଲାଗେ ବୋଲି ମୁଁ ଘରକୁ ଆଲୋକିତ କରିସାରିଛି ।

- ଆଉ ତମର ଯୁକ୍ତି ଏ ସକାଳୁ ସକାଳୁ । ବେଡ୍‌ରୁ ଉଠିଲା ମନୋରମା । ମଶାରୀ ଖୋଲି ସାଇଜ୍ କଲା ବେଡ୍‌ସିଟ୍‌କୁ । ତା'ପରେ ମୁହଁଧୋଇ ବ୍ରସ୍ କରୁକରୁ

କିଏ ପୁଣି କବାଟ ଠକ୍ ଠକ୍ କଲାଣି । ଭାବିଲା ଶାନ୍ତି ଆସିଥିବ ବୋଲି । କବାଟ ଆଡ଼କୁ ଅଗ୍ରସର ହେଉଥିବା ବେଳେ ସଂଜୟ ଆଗେ କବାଟ ଖୋଲି କାହା ସହିତ କଥାବାର୍ତ୍ତା ହେଉଥିଲେ । ମନୋରମା ଫେରିଆସି ନିଜ ନିତ୍ୟକର୍ମ ସାରି ଠାକୁର ପୂଜା କରି ଜଳଖିଆ କରିବାପାଇଁ ରୋଷେଇ ଘରକୁ ଗଲା । ସଂଜୟ ନିଜ କାମ ସାରି ନୀରବରେ ବସିଗଲେ ଡାଇନିଂ ଚେୟାର୍‌ରେ । ମନୋରମା ବୁଝିପାରୁନଥିଲା ସଂଜୟଙ୍କୁ ମନୋଭାବକୁ । ଆଜି ଏମିତି ଚୁପ୍‌ହୋଇ ବସି ଯିବାର କାରଣ କ'ଣ ?

ମନୋରମା ରୋଷେଇ ଘରୁ କହିଲା - ଜଳଖିଆ ଖାଇବ କି ?

ଆଜି ଆମେ ଏକା ସମୟରେ ଜଳଖିଆ କରିବା ।

କଥା କ'ଣ ! ଏମିତି ଅନ୍ୟମନସ୍କ ହୋଇଯାଉଛି କାହିଁକି ? ଗପ 'ମହକ' ପଢ଼ି କ'ଣ ଭାବୁଛୁ କି ?

- ନା, ସେମିତି କିଛି ନୁହେଁ । ସତରେ ସ୍ତ୍ରୀମାନେ ପୁରୁଷଠାରୁ ଉନ୍ନତ । କିନ୍ତୁ ପୁରୁଷମାନେ ମାନିବାକୁ ନାରାଜ । କିନ୍ତୁ ମୋର ଜଣେ ସାଙ୍ଗ ଏବେ କହିଲେ ଯେ ତମେ ଆଉ ଏମିତି ସ୍ତ୍ରୀମାନଙ୍କୁ ଉନ୍ନତ କରି ଲେଖନି କିଛି ଆର୍ଟିକିଲ୍ ଯାହାଫଳରେ ସେମାନେ ଆମ ମୁଣ୍ଡରେ ଆହୁରି ଚଢ଼ିବେ ।

- ଓଃହ ତମ ସାଙ୍ଗପରା ବିବାହ କରିନାହାନ୍ତି ! ତାଙ୍କ ସ୍ତ୍ରୀ ମୁଣ୍ଡରେ ଚଢ଼ିଲା କେତେବେଳେ ?

- ତେବେ ସେ କେଉଁଠି ଧୋକା ଖାଇଥିବେ ନିଶ୍ଚୟ ।

- ଆରେ ଆଜି ସକାଳେ ସେହି କଥା ଚୁପିଚୁପି ହେଉଥିଲ କି ?

ଅନ୍ୟମନସ୍କ ହୋଇଗଲେ ସଂଜୟ । ମନୋରମା ଆଉ କିଛି ନ କହି ଦୁଇଟା ପ୍ଲେଟ୍‌ରେ ପରଟା ଭଜା ଆଣି ରଖିଲା ଟେବୁଲ୍‌ରେ । କହିଲା-ହାତ ଧୋଇ ଖାଅ । ମୁଁ ମଧ୍ୟ ଆଜି ଖାଇବି ଏଇ ସକାଳୁ ସକାଳୁ ।

- ତମେ ତ ଠିକ୍‌ରେ ଜଳଖିଆ ଖାଅନି, ତେଣୁ ଔଷଧ ଖାଇବା ଡେରି ହୋଇଯାଉଛି ।

- ଏମିତି ତ କାମ କାମରେ ସମୟ ଯାଉଛି । କେତେବେଳେ ନଅଟା ଦଶଟା ବାଜିଲା କିଏ ଦେଖୁଛି ଘଣ୍ଟାକୁ ?

- ନିଜ ଦେହ କଥା ଆଗ ଚିନ୍ତା କରିବା କଥା । ତମ ଦେହ ଠିକ୍ ଥିଲେ ଘର ଠିକ୍‌ରେ ଚାଲିବ ।

- ହଉ ଥାଉ ଏତେ ପ୍ରଶଂସା କରିବା ଦରକାର ନାହିଁ । ଖାଅ ଆଗ । ମୁଁ ତା'ପରେ ଖାଇବି ।

ଖାଇବା ସରିବାପରେ ମନୋରମା ଉଠିଲା ଚେୟାରରୁ ଦୁଇଟା ଅଇଁଠା ପ୍ଲେଟ୍ ହାତରେ ଧରି । ଆଗକୁ ଦୁଇପାଦ ଯିବାକୁ ଅଗ୍ରସର ହେଲାବେଳକୁ ସଂଜୟ ଗମ୍ଭୀର ହୋଇକହିଲେ - ବୁଝିଲ ମନୋରମା, ଶାନ୍ତି ପରା ଚାଲିଗଲା କାଲି ରାତିରୁ ।

କାନକୁ ବିଶ୍ୱାସ କରି ପାରୁନଥିଲା ମନୋରମା ଏହି କଥାକୁ । ଉଦ୍‌ବିଗ୍ନ ହୋଇ କହିଲା - କାହାଠୁ ଶୁଣିଲ ଏ କଥା ?

- ସେ ପରା ତୁମକୁ ଖବର ପଠାଇଥିଲା କାମ ଛାଡ଼ିଯିବ ବୋଲି ।

- ହଁ ।

- ସେ କିନ୍ତୁ ସଂସାର ଛାଡ଼ିଯିବ ବୋଲି ମନେମନେ ଧରି ନେଇଥିଲା କି ?

ମନୋରମାଙ୍କ ଆଖିରୁ ବୋହିଗଲା ଲୁହ । କାନ୍ଦକାନ୍ଦ ହୋଇ କହିଲା - ଏତେ ବର୍ଷପରେ ନିଜ ଜୀବନକୁ ବୁଝିଲାନି କେମିତି ? ଜୀବନର ଉଦ୍ଦେଶ୍ୟ ନୁହେଁ ଆତ୍ମାହୁତି । ତିକ୍ତ ମଧୁର ସମାବେଶରେ ଜୀବନର ଯାତ୍ରାର ସ୍ୱତନ୍ତ୍ର ଗତି ଅଛି ପରା । ଧୈର୍ଯ୍ୟର ଭଙ୍ଗା ପଡ଼ିବାକୁ କାହିଁକି ଦେଲା ସେ ? ମଧୁର ସ୍ମୃତି ହିଁ ଜୀବନର ଏକ ସ୍ପନ୍ଦନ । କ'ଣ ଦୋଷପାଇଁ ଦାମ୍ପତ୍ୟ ଜୀବନ ଏମିତି ଦୁର୍ବିସହ ହୋଇଉଠେ ଓ ତା'ର ପରିଣାମ କେମିତି ଉଦ୍ଦେଶ୍ୟବିହୀନ ହୋଇଉଠେ । ତା'ର ନିରାକରଣ ଦରକାର । ଉଭୟେ ସ୍ୱାମୀ ସ୍ତ୍ରୀ ଉଭୟଙ୍କୁ ବୁଝିବା ଦରକାର । ଭଗବାନଙ୍କ ଇଚ୍ଛାକୁ ସମ୍ମାନ ଓ ସମର୍ଥନ କରିବା କଥା । କିନ୍ତୁ ନିଜ ଅଧିକାରର ଦୁରୁପଯୋଗ କରିବା ନିୟତିର ପରିହାସ ଛଡ଼ା ଆଉ କ'ଣ ହୋଇପାରେ ? ବଞ୍ଚିବା ଶିଖ କିନ୍ତୁ ମରିବା ଶିଖିବା କଥା ନୁହେଁ ।

- କାହାକୁ ଶିଖାଇବ ? ଯାଅ ଶାନ୍ତି ଘରକୁ ।

- କ'ଣ ଶବ ଦେଖିବାକୁ ଯିବି କି ? ଇଏ ତ ପୋଲିସ କେସ୍ । ଶବ ବ୍ୟବଚ୍ଛେଦ ହେବ ।

- ସେୟା ଯେ । ହଉ ଯାଅନି ।

ମନୋରମା କବାଟ ଖୋଲି ରାସ୍ତାରେ ଦୁଇପାହୁଣ୍ଡ ଯାଇଛି ଶୁଣାଗଲା ପାଖଘର କାମବାଲୀର ସ୍ୱର- 'ମା', ଶାନ୍ତି ତ ଚାଲିଗଲା । ଏବେ ତା' ସ୍ୱାମୀ ତଳେ ପଡ଼ି ଗଡି ଯାଉଛି ଆଉ ବାହୁନି ବାହୁନି କାନ୍ଦୁଛି 'ଏମିତିଆ ସ୍ତ୍ରୀ କାହାର ନାହିଁ । ମୁଁ ତା'ର ସ୍ୱାମୀ ହେବାକୁ ଯୋଗ୍ୟ ନଥିଲି ।'

ଚଢ଼ାଗଳାରେ ମନୋରମା କହିଲା- ବୁଝୁ ଏବେ ନିଜ ଘର କଥା । ବଞ୍ଚିଥିଲାବେଳେ ତ ବୁଝିପାରିଲାନି ସ୍ତ୍ରୀର ମନକଥା । ଏବେ ଆଖିରୁ ଲୁହ ଝରେଇ ଲାଭ କ'ଣ ?

- ତଥାପି ଶାନ୍ତି କ'ଣ ଭଲକଲା କି ?

- ଶାନ୍ତି ଭୁଲ୍ କଲା ତ । ଭଗବାନ ମଧ୍ୟ କ୍ଷମା କରିବେନି ।

- ଏମିତି କ'ଣ ଘରେ ପାଟିତୁଣ୍ଡ ହୁଏନି କି ? ତଥାପି ଶାନ୍ତି ଦୂରେଇଗଲା ସ୍ୱାମୀ ପିଲାଙ୍କଠୁ କେମିତି ?

ମନୋରମା ଆଉ କିଛି ନକହି ଆଗକୁ ପାଦ ପକେଇ ଯାଉ ଯାଉ ସଂଜୟଙ୍କ ପଛରୁ ଡାକ ଶୁଣାଗଲା - କୁଆଡ଼େ ଯାଉଛ, ଫେରିଆସ । ଯିଏ ଗଲା ସିଏ ଗଲା । ତା' କଥା ଭାବିବାକୁ ତା' ଘରଲୋକଙ୍କ ପାଖରେ ମଧ୍ୟ ସମୟ ପରେ ରହିବନାହିଁ । ତେଣୁ ନିଜ ଶରୀରକୁ ସଂସାରର ଦାନ ଭାବି ଠିକ୍ ଭାବରେ ଚଳେଇ ନେବା ବାହାଦୂରୀ ।

ମନୋରମା ଫେରି ଆସି ଚାହିଁଲା ସଂଜୟଙ୍କ ମୁହଁକୁ । ଆଉ ଶୁଣିପାରୁଥିଲା ମନ ଭିତରେ ଯେମିତି ସଂସାରର ବିଷାଦ ଗୀତି । ଏ କାହାର ସ୍ୱର ?

ସଂଜୟ ଜୋର୍‌ରେ ଚାପି ଧରିଲେ ମନୋରମାର ପାପୁଲୀକୁ । କହିଲେ ଉଦ୍‌ବିଗ୍ନ ହୋଇ- ମୋର କୌଣସି ହାଡ଼ଧରା କଥାରେ ବିଚ଼ଳିତ ନ ହୋଇ ମୋତେ କ୍ଷମା ଦେଇପାରିବ ତ ?

ଶବ୍ଦଗୁଡ଼ିକ ବିନମ୍ରତାର ଧାରାରେ ଠକ୍‌ଠାକ୍ କରୁଥିଲେ ତା ହୃଦୟକୁ । ମନୋରମା ଖୁବ୍ ଦୃଢ଼ଭାବରେ କହିଲା- ମୁଁ କେତେ ଦୃଢ଼ ତମେ କ'ଣ ଚିହ୍ନିନ କି ? ଅସ୍ତବ୍ୟସ୍ତ ଜୀବନର ଭିତ୍ତିଭୂମି ଉପରେ ହିଁ ସୁନ୍ଦର ସୃଷ୍ଟିର ଧାରା ବିଦ୍ୟମାନ । ତାକୁ କିଏ କାହିଁକି ରଙ୍ଗହୀନ କରି ବ୍ୟଥା ଭରିଦେବ କି ? ପାପ ତ ତାକୁ ଉଦ୍‌ଭ୍ରାନ୍ତ କରିଦେବ କିନ୍ତୁ ପୂଣ୍ୟ ତ ଟଳମଳ ପାଦକୁ ଆହୁରି ଶକ୍ତ କରିଦେବ । ମଣିଷ ଧ୍ୱଂସାତ୍ମକ ଦିଗରୁ ମନକୁ ଦୂରେଇ ଦେଇ ଆଲୋକର ଉତ୍ସ ଖୋଜୁ । ଦେଖିବ ଏଠି କେତେ ଭଲପାଇବାର ଆଲୋକ ବିଚ୍ଛୁରିତ ହେଉଛି ଆସକ୍ତିର ଶିଖାରେ ।

■

ନିଃଶବ୍ଦ ସ୍ତବକ

ଯେଉଁଠି ଅତ୍ୟଧିକ ସ୍ୱପ୍ନ ଏକାଠି ହୋଇଯାଇ ନିଜର ସ୍ଥିତିକୁ ସାକାର କରିବାକୁ ଚାହିଁ ବସିଥାଆନ୍ତି ସେଠି ଅନ୍ୟର ଗ୍ରହଣ ଆଖି ପଡ଼ିଯାଇଥାଏ କେମିତି ବୁଝି ହୁଏନି । ସ୍ୱପ୍ନଗୁଡ଼ିକ ଶୋଇପଡ଼ି କଳାଛାଇର ଚାଦର କେମିତି ଘୋଡ଼ି ହୋଇପଡ଼ନ୍ତି ଜଣା ପଡ଼େନି । ଶୂନ୍ୟତାର ଇଚ୍ଛାରେ କିଏ ଦିଗହରା ହୁଏତ କିଏ ପଥହରା ହୁଏ । ନିଜକୁ ଛୋଟ ମନେ କରୁକରୁ ଅନ୍ୟର ଆଖି ତମକୁ ନଚାଏ । ଆଉ ତମେ ଭୁଲିଯାଅ ଯେ ତମର ବିଶ୍ୱାସ ମଜଭୁତ ବଦଳରେ ଅନ୍ୟର କାଠକଣ୍ଢେଇ ବନିସାରିଛି । ନିଜର ଅଭିମାନଠାରୁ ଅନ୍ୟର ଛଳନା ଖୁବ୍ ଭଲ ଲାଗୁଛି । ସତ୍ୟ, ଅସତ୍ୟ ଭିତରେ ବୁଝିଲାପଣ ହଜିଯାଇଛି । ଆଉ ତମ ସ୍ୱପ୍ନ ତଳକୁ ତଳ ଖସିଲେ ମଧ୍ୟ ତମେ ବୁଝିପାରିବନି ତମର ଅଧୋଗତି ଘଟୁଛି ବୋଲି !

କାରଣ ମନ ଅନ୍ଧ ଆଉ ଅଂହକାରରେ ଭରପୁର । ତାରି ଭିତରୁ ନିଜକୁ ଖୋଜିବା ମଧ୍ୟ କଷ୍ଟକର ବ୍ୟାପାର । ଅସ୍ଥିରତାରେ ମନ ତ୍ରସ୍ତ ଆଉ ଆତଙ୍କିତ । ଏ ପରି ଅନ୍ଧକାର ଭିତରୁ କୁଆଡ଼େ ପାଇବ ସତ୍ୟର ଶିହରଣ ?

ଇଏ ତ ଧ୍ରୁବସତ୍ୟ । ଅନ୍ୟର ଛଳନାରେ ନିଜ ବିଶ୍ୱାସକୁ ଜଳାଞ୍ଜଳି ଦେବାପରେ ନିଜର ଅସ୍ମିତାକୁ ଭୁଲିଯିବା କେଡ଼େ ସହଜ ! ମନରେ ଅବଶୋଷ ଉଠିବନି । ଜୀବନ ନକ୍ସା ବଦଳିଗଲେ ମଧ୍ୟ ଚିନ୍ତାନାହିଁ । ଦୟାର ଗୁଣୁଗୁଣୁ ସ୍ୱରରେ ସତରେ କ'ଣ ଖୋଜିପାଇବ ନିଜର ଅସ୍ମିତାକୁ ?

ଏଇ ତ ସତ୍ୟ । ମଣିଷ ଏତେ ଦୁର୍ବଳ ନିଜକୁ ଭାବେ କାହିଁକି ? ନିଜ ବିବେକକୁ ପଚାରି କାମ କଲେ ସେ ତ ଠିକ୍ ଦିଗ୍‌ଦର୍ଶନ ପାଆନ୍ତା । କେଉଁଟି ଆଗ କେଉଁଟି ପଛ ଭାବି କାମକଲେ ପଛରେ ଅନୁତାପ କରିବାକୁ ପଡ଼ିବନି । କିନ୍ତୁ ପ୍ରତି ଭୁଲ୍‌ର ଅନୁତାପ ହିଁ ନିଜ ମନକୁ ଆଚ୍ଛନ୍ନ କରିବ ଦିନେ ନା ଦିନେ । ବାହାରକୁ

ଯେତେ ଦୃଢ଼ତା ଦେଖାଇଲେ ମଧ୍ୟ ନିଜ ଭିତରେ ତ ନିଜ ଭୁଲ ନିଜକୁ ହିଁ ଗୋଡ଼ାଉଥିବ ସତ୍ୟକୁ ଅନୁଭବ କଲା ପର୍ଯ୍ୟନ୍ତ ।

ସମୟ ଅତିକ୍ରାନ୍ତ ହୋଇ ସାରିଥିବ । ଚେହେରାର ରୂପରଙ୍ଗ ବଦଳିଯାଇଥିବ । ନିଜ ବିଶ୍ୱାସର ରଙ୍ଗ ଉପରେ ପ୍ରଲେପର ଆସ୍ତରଣ ପଡ଼ି ଆସିଥିବ । ଆଉ ସେତେବେଳେ ଭଲପାଇଥିବା ଓ ଭଲପାଉଥିବା ଭିତରେ ହିତାକାଂକ୍ଷୀଙ୍କୁ ଖୋଜିବାକୁ ମନ ଚାହିଁବ । ଭଲ ପାଇବାରେ ସ୍ୱାର୍ଥ ଲୁଚିଥିବା ବେଳେ ହିତାକାଂକ୍ଷୀ ଭିତରେ ନିଃସ୍ୱାର୍ଥ ଭାବନା ଜଡ଼ିତ ଥିବ । ତେବେ ଭୁଲ୍ କିଏ, ବୁଝୁବୁଝୁ ସମୟ ହାତଛଡ଼ା ହୋଇ ସାରିଥିବ ତମ ପାଖରୁ ।

ଭାବନାରେ ବୁଡ଼ି ରହିଥିବା ବେଳେ, ଅଙ୍କିତଙ୍କ ସ୍ୱର ଶୁଣାଗଲା - ଖୋଲା ଛାତରେ ଅନ୍ଧାର ରାତିରେ ବସିଛ କାହିଁକି ? ତଳକୁ ଆସ । କେତେ ଆଉ ପିଲାଙ୍କ କଥା ଭାବୁଥିବ ? ଯିଏ ଯାହା ରାସ୍ତା ଆପଣେଇ ନେଇ ଯଦି ଖୁସିରେ ଚାଲିଲେ ତେବେ ଆମର ଚିନ୍ତା କ'ଣ ?

ପ୍ରଭାର କୋହ ଉଠିଲା । ବାଷ୍ପରୁଦ୍ଧ ସ୍ୱରରେ କହିଲା - ଆମେ ଭାବିଥିଲେ କ'ଣ? ଫଳ ଓଲଟି ହେଲା ।

- କାହିଁକି ଧରିଛ ପିଲାଙ୍କ କଥା ?

- ପିଲାଙ୍କ ସାଧାରଣ ଭୁଲ୍‌ଟିଏ ଥିଲେ ଭାବନ୍ତି ନାହିଁ । କିନ୍ତୁ ସେମାନଙ୍କ ଯେଉଁ ବଡ଼ ଭୁଲ୍‌ଟା ଦେଖୁଛି ତାକୁ ନ ଦେଖି ଆଖି ବୁଜିଦେବି କେମିତି ? ମୋ ସ୍ୱପ୍ନରେ ତମ ସ୍ୱପ୍ନ ତ ମିଶିଥିଲା । ପିଲାମାନେ ଆମ ସ୍ୱପ୍ନକୁ ସାକାର କରିବାକୁ ଲାଗିପଡ଼ିଥିଲେ । କିନ୍ତୁ ଅଧାବାଟରୁ ଝୁଣ୍ଟିଲେ କେମିତି ? ଏତେ ପରବୋଲିଆ ହେଲେ କେମିତି ? ହିତାକାଂକ୍ଷୀକୁ ନ ଚିହ୍ନି ଭଲପାଇବାକୁ ଗୁରୁତ୍ୱ ଦେଲେ ଯେଉଁଠି ରହିଥିଲା ଛଳନା ।

- ସେୟା ହୋଇଥାଇପାରେ ।

- କାହିଁ ମୁଁ ତମ ସହ ଛଳନା ତ କରିନି ! କାଳେ ତମେ ମୋ ସହ ଛଳନା କରିଥାଇପାର । କେଉଁଟି ଭଲ କେଉଁଠି ଖରାପ ତା'ର ପାର୍ଥକ୍ୟକୁ ପିଲାମାନେ ବୁଝି ପାରିଲେନି କେମିତି ? ଚକଚକ୍ୟ ଆବରଣରେ ଏତେ ଲୋଭ ଗ୍ରାସ କଲା କେମିତି ? ଆମେ କ'ଣ ପାଇଁ ଏତେ ଚିନ୍ତିତ ହେବା ? ରୋଗ ବଢ଼େଇବା ।

- ସତ ଯେ ।

- ସୁନ୍ଦର ଅସୁନ୍ଦର ଭିତରେ ପାର୍ଥକ୍ୟ ଅଛି ନା ନାହିଁ ? କଳା ଗୋରା ଭିତରେ ଫରକ ଅଛି ନା ନାହିଁ ?

- ଅଛି । ଯିଏ ଯାହାକୁ ରସିଲା, ତାକୁ କିଆ ଫୁଲପରି ବାସିଲା - ଅଙ୍କିତ କହିଲେ ।

- ପ୍ରତି କଥା ହସରେ ଉଡ଼ାଇ ଦିଅନି । ପିଲାମାନଙ୍କ ବୋକାମିକୁ ପରଖ । ଜୀବନର ବାଟ ଆହୁରି ଲମ୍ବା ଅଛି । ସଂସାରକୁ ଚିହ୍ନିବା ତ ମୃତ୍ୟୁ ପର୍ଯ୍ୟନ୍ତ ! ତଥାପି ଗୁରୁଜନଙ୍କ କଥାକୁ ଅଣଦେଖା କରି ପ୍ରହେଳିକାରେ ବଞ୍ଚିବାର ଜୀବନ କେତେ ଅସୁନ୍ଦର ତମେ ବୁଝିପାରିବନି ।

- ମୁଁ ଜାଣେ ତମେ ମୋ ପାଖରେ ସବୁ ଖୋଲି କହିଦେଇ ପାର । ତମପରି କିଏ ସତ୍ୟକୁ ଏତେ ଆପଣେଇବ ନାହିଁ । କିନ୍ତୁ ମା'ର ଗୁଣରୁ ବିଚ୍ୟୁତ ହେଲେ କେମିତି ପିଲାମାନେ ?

- ମନକୁ ଦମ୍ଭ କରିଦେବି । କାହାର ଦୟାର ପ୍ରାର୍ଥୀ ହୋଇ ରହିବା କି ଦରକାର ? ଅତି ଭଲ ମା' ହେବାରୁ ନିଜକୁ ଭୁଲିଗଲି । ଅତି ଭଲ ସ୍ତ୍ରୀ ହେବାରୁ ଦାସୀ ପାଲଟିଗଲି, ଯାରି ବଦଳରେ ତମେମାନେ ମୋତେ କି ପୁରସ୍କାର ଦେଲ ଭାବ ଟିକିଏ ? ପିଲାଙ୍କ ପାଠକୁ ଗୁରୁତ୍ୱଦେଇ ବର୍ଷ ବର୍ଷ ଟିଭି ଦେଖିବା ବନ୍ଦ କଲି । କଷ୍ଟକରି ସେମାନଙ୍କୁ ପାଠ ଘୋଷାଇଲି । ବନ୍ଧୁବାନ୍ଧବଙ୍କଠାରୁ ଦୂରେଇ ରହିଲି । କିନ୍ତୁ ପିଲାଙ୍କୁ ନେଇ ଦେଖିଥିବା ସ୍ୱପ୍ନ କ'ଣ ପୁରଣ ହେଲା ?

- ଦୋଷ ତମର କି ମୋର ନୁହଁ, ପିଲାମାନଙ୍କର । ଖରାପ ସାଙ୍ଗରେ ପଡ଼ି ପାଠକୁ ଅବହେଳା କରି ସମୟକୁ ନଷ୍ଟ କରିଦେଲେ । କିଏ କାହାକୁ କମ୍ ନୁହଁନ୍ତି ।

- କିନ୍ତୁ ଆମେ ସେମାନଙ୍କ ଭୁଲ୍‌କୁ ଚେତେଇ ଦେବାକୁ ଚାହିଁଲାବେଳେ ସେମାନେ ରାଗିଉଠନ୍ତି କାହିଁକି ?

- କାହିଁକି ତୁମେ ତାଙ୍କୁ ପଢ଼ିବାକୁ କହୁଥିଲ କି ?

- ମୁଁ ନକହିଲେ ବାହାର ଲୋକ କହିବେ କି ? ବ୍ୟଙ୍ଗକରି କହିବେ - ଏତେବଡ଼ ଶିକ୍ଷିତ ବାପର ପୁଅ ମୂର୍ଖ ହେଲା କେମିତି ?

- ଆମ କଥା ମାନିଲେ ସିନା ହେବ । ଆମ ଉପଦେଶକୁ ହୃଦୟଙ୍ଗମ କରିଥିଲେ ମନରେ ଅବଶୋଷ ନଥାନ୍ତା । ତୁମେ ଆଉ ମୋର କି ନିଜର ବ୍ଲଡ୍‌ପ୍ରେସର ବଢ଼ାଅନି ।

- କେମିତି ଭାବିବିନି ପିଲାଙ୍କ କଥା କହିଲ ? ନାରୀ ବୋଲି ବାରମ୍ବାର ଭଲପାଉଥିବା ସଦସ୍ୟକୁ ଆକଟ କରୁଛି । ଭାବୁଛି କାହିଁକି ଏତେ ବକ୍ ବକ୍ ହେଉଥିଲି ।

- କାରଣ ତୁମେ ପାଠକୁ ଗୁରୁତ୍ୱ ଦେଉଛ ବୋଲି । ତମପରି ହିତାଂକ୍ଷୀ ମା'ଟିଏ କାହାକୁ ମିଳିବନି - ଅଙ୍କିତ କହିଲେ ।

- ନ ମିଳୁ । ମୁଁ ଆଉ ଥରେ ଜନ୍ମନେବାକୁ ଚାହୁଁନି । ବହୁତ କଦର୍ଥନିଆ

ଭୋଗିଲିଣି ଏହି ସଂସାରରେ । ମୋ ନିଜ ସ୍ୱାଭିମାନ କ୍ଷୁର୍ଣ୍ଣ ହେଲେ ମୁଁ ସହ୍ୟ କରିପାରେନି ଏତେ ସହଜରେ । ତମେମାନେ ଭାବ କ'ଣ କି ? ମଣିଷ ବଞ୍ଚିବାପାଇଁ ସାହାରା ଖୋଜେ । ତା' ବୋଲି ନିଜ ସ୍ୱାଭିମାନକୁ ଦଳିଚ଼କଟି ନୁହେଁ ।

- ଚିନ୍ତା କରନି । ଆମ ଟଙ୍କା ଆମକୁ ଯଥେଷ୍ଟ ।

- ଏଠି ଟଙ୍କା କଥା ଉଠୁନି । ଉଠୁଛି ପିଲାଙ୍କ ମନୋଭାବ କଥା ।

- ଚିନ୍ତା କରନି । ପରଝିଅ, ପରପୁଅ ସାଙ୍ଗରେ ଆମପିଲାଙ୍କ ମନ ଯୋଡ଼ି ହୋଇଗଲାପରେ ନିଶ୍ଚୟ ସେମାନଙ୍କ ଚିନ୍ତାଧାରାର ଛାପ ଏମାନଙ୍କ ଉପରେ ପଡ଼ିବ । କିନ୍ତୁ ତମର ଛାପ ମୋ ଉପରେ ପଡ଼ିବାକୁ ମୁଁ ଦେଇନି ।

- ମୁଁ ମଧ୍ୟ ତମରି ଭୁଲ୍ ଭାବନାକୁ ମୋ ଭାବନାରେ ଯୋଡ଼ି ଦେଇନି । ନିଜସ୍ୱ ଭାବନା ଭିତରୁ ଆମେ ଖୋଜିଛେ ଭଲପଣିଆକୁ । ସେହି ଉଭୟଙ୍କ ଭଲକୁ ନେଇ ଭବିଷ୍ୟତର ସ୍ୱପ୍ନ ଦେଖିଛେ । କିନ୍ତୁ ପିଲାମାନେ ଭାଙ୍ଗିଦେଲେ ଆମ ସ୍ୱପ୍ନକୁ - ପ୍ରଭା ମନରେ କ୍ଷୋଭ ଭରି କହିଲେ ।

- ଛାଡ଼ । ସେ କଥା । ତମେ ଚାହିଁ ଚାହିଁ ଚାହିଁଥିବ ମୋ ସୁନ୍ଦର ପୁଅପାଇଁ ଗୋଟିଏ ସୁନ୍ଦରୀ ଲକ୍ଷ୍ମୀପ୍ରତିମା ବୋହୂଟିଏ ଯିଏ ଷୋଳଗୁଣ ସମ୍ପର୍ଣ୍ଣା ଥିବ । ଆଉ ସେମିତି ଝିଅ ପାଇଁ ସୁନ୍ଦର ଭଲ ରୋଜଗାରିଆ ଜ୍ୱାଇଁଟିଏ ଯିଏ ଝିଅକୁ ଖୁସି ରଖିବାକୁ ଅଧିକ ଗୁରୁତ୍ୱ ଦେଉଥିବ ଆଉ ଝିଅ ଶାନ୍ତିରେ ଥିବ । ଦେଖିଲାଲୋକ କହିବେ - ଏମିତି ବୋହୂ କି ଜ୍ୱାଇଁ ଆମେ ଦେଖିନୁ । ଏୟା ତ ?

- ହଁ । ମଣିଷ ନିଜ ପିଲାଙ୍କର ହିଁ ଭଲ ଚାହେଁ । ମଙ୍ଗଳ ଚାହେଁ । ଖୁସି ଚାହେଁ ।

- ଏବେ ଚିନ୍ତା କାହିଁକି ? ସେମାନେ ଯଦି ନିଜ ସାଥି ସହିତ ଖୁସିରେ ଅଛନ୍ତି ତେବେ ଆମେ ଦୁଃଖିତ କାହିଁକି ?

- ଦୁଃଖିତ ନିଜ ପାଇଁ ନୁହେଁ । ସେମାନଙ୍କ ପାଇଁ ହିଁ । ସେମାନେ ବୁଝିପାରିନାହାନ୍ତି ନିଜ ଭୁଲ୍‌କୁ, ନିଜର ଅପାରଦର୍ଶୀତାକୁ । ନିଜକୁ ଭଲ ଲାଗୁଥିବା ଜିନିଷ ଯେ ଅନ୍ୟ ଆଖିରେ ଅସୁନ୍ଦର ବୁଝିପାରୁନାହାନ୍ତି କାହିଁକି ?

- ଭାବନି ଆଉ ସେମାନଙ୍କ କଥା । ସମୟ ଆସିଲେ ବୁଝିପାରିବେ ନିଜ ଭୁଲ୍‌କୁ । ଅଙ୍କିତ କହିଲେ ।

- ସେ ସମୟ କେବେ ଆସିବ ?

- ଆସିପାରେ, ନ ଆସି ବି ପାରେ । ଚିନ୍ତା ନାହିଁ । ଚାଲ ବାହାରେ ବୁଲି ଆସିବ । ଖୋଲା ପାର୍କରେ ବସି ଦୀର୍ଘଶ୍ୱାସ ନେବ । ତାରି ଭିତରେ ଖୋଜିବ ଆମ

ଭବିଷ୍ୟତ ବଂଶଧରମାନଙ୍କୁ ଯାହାଙ୍କ ପାଖରେ ଫୁଟିଉଠୁଥିବ ତମ ସ୍ୱଭାବ, କିଛି କିଛି ଗୁଣ ।

- ତମେ ବୁଲି ବୁଲି ସେଇ ବିଜ୍ଞାନରେ ଆସି ଉପନୀତ ହେବ ।

- ବିଜ୍ଞାନୀ ହିଁ ବିଜ୍ଞାନକୁ ଟାଣି ଆଣିବ ପାଖକୁ । ମଣିଷର ଚଳିଚଳନ ସବୁ ବିଜ୍ଞାନର ପ୍ରଭାବରେ ପ୍ରଭାବିତ । ନେଟ୍, ଫେସବୁକ୍ ସବୁ ବିଜ୍ଞାନର ଅବଦାନ । ସେହି ଫେସ୍‌ବୁକ୍ ହିଁ ମାଧ୍ୟମ ହୋଇଛି ପରସ୍ପରକୁ ନିକଟବର୍ତ୍ତୀ କରିବାରେ । ପିଲାଙ୍କ ବାହାଘର ପରେ ଏତେ ଭାବନା କାହିଁକି ? ଖୁସି ହୁଅ । ଦେଖିବ ପୃଥିବୀଟି ଖୁବ୍ ସୁନ୍ଦର ଲାଗିବ । ପ୍ରଜାପତି ଡେଣା ମେଲେଇ ଦୌଡ଼ି ଆସିଲା ପରି ଆମ ଅଂଶର କୁନି କୁନି ଡଉଲଡାଉଲ ଛୁଆ ଆମପଛରେ ଗୁଣୁଗୁଣୁ ହେବେ । ସେତେବେଳେ ତମେ ଚିଡ଼ିବ ନାହିଁ ଆଉ ? ତମର ସବୁ ଅଭିମାନ କୁଆଡ଼େ ହଜିଯିବ । ତମେ ଖୁବ୍ ଆଶ୍ୱସ୍ତ ହୋଇ କହିବ - ଏମାନେ ହିଁ ଆମର, ହସ ଖୁସିର ଚହଟା ପବନ । ଭୁଲିଯିବ ନିଜକୁ, ନିଜ ପିଲାମାନଙ୍କ ପିଲାଦିନକୁ, ଆପେ ଆପେ ସେମାନଙ୍କ ଭୁଲ୍ ଦୂରେଇଯିବ ମନରୁ । ଆଉ ଖୋଜିବନି ଅବଶୋଷକୁ । ପୁଣି ଶୋଇ ରହିଥିବା ସ୍ୱପ୍ନ ଉଠିବସିବେ ନାତି ନାତୁଣୀଙ୍କ ମେଳରେ ।

ପ୍ରଭା କହିଲା - ମୋର ଆଉ ସ୍ୱପ୍ନ ଦେଖିବାକୁ ଇଚ୍ଛାନାହିଁ । ଦୀର୍ଘ ତେତିଶ ବର୍ଷ ହେବ ତମକୁ ବାହାହୋଇ ଏତେ ସ୍ୱପ୍ନ ଦେଖିଲି ଯେ ଭାରକ୍ରାନ୍ତ ହୋଇଗଲାଣି ମନ । ସେହି ସ୍ୱପ୍ନ ବଦଳରେ ତମେ ମୋତେ କି ସାହାଯ୍ୟ କରିଛ କି ? ତମର ଅନେକ ଆକ୍ଷେପ ହିଁ ମୋ ଅବଶୋଷ ପାଲଟିଯାଇଛି । ତମ ଗୁଣ ତୁମ ସନ୍ତାନଙ୍କ ପାଖରେ ପରିସ୍ଫୁଟ । ତେଣୁ ତୁମେ ଭଲରେ ଜାଣ ତୁମ ଭାବନା ମୋ ଭାବନା ଭିତରେ ଫରକ୍ କ'ଣ ?

- ଅତୀତକୁ ଝୁରି ହେଲେ ମିଳିବ କ'ଣ ?

- କିଛି ମିଳିବନି ମୋତେ । ବରଂ ଅତୀତକୁ ଆଉ ତମମାନଙ୍କ ମୋହକୁ ତ୍ୟାଗ କରିଦେଲେ ମୋର କିଛି ଅସୁବିଧା ହେବନି । ମନଟି ଈଶ୍ୱରଙ୍କ ପାଖରେ ପୁରାମାତ୍ରାରେ ସମର୍ପି ଦେଇ ପାରିବି ।

- ଏପରି ବୈରାଗ୍ୟ ଭାବନା ଆଣିବା କି ଦରକାର ?

- ଆସିବା ପାଇଁ ଅନୁକୂଳ ପରିସ୍ଥିତି ଉପସ୍ଥିତ ହୋଇଥାଏ ଯେତେବେଳେ ଜଣେ ନିଜ ଆତ୍ମୀୟଙ୍କଦ୍ୱାରା ଆକ୍ରାନ୍ତହୋଇ ମୁକ୍ତି ଖୋଜୁଥାଏ । ତମେମାନେ ମୋର କି ଉପକାର କରିଛ ? ବରଂ ମୋ ଦ୍ୱାରା ବେଶି ଉପକୃତ ହୋଇ ନିଜକୁ ଗର୍ବିତ କରିଛ । ସ୍ୱାମୀ, ପୁତ୍ର, କନ୍ୟାପାଇଁ ଯେତେ ତ୍ୟାଗ କରିଛି ତା'ର କାଣିଚାଏ ତମେ

ଶୁଝିପାରିବାକୁ ଚେଷ୍ଟା କରିଛ କି ? ସ୍ତ୍ରୀ, ମା' କେବଳ ନିଜକୁ ତିଳ ତିଳ କରି ଜାଳିପାରେ । ସେହି ଜ୍ୱଳନରୁ ଉତ୍ପନ୍ନ ହୁଏ ଶକ୍ତି । ମୋ ଜୀବନରେ ତମମାନଙ୍କ ଭୂମିକା ସରିଗଲାଣି ।

- ଏପରି କହୁଛ କାହିଁକି ?

- ଅତ୍ୟଧିକ ଆସକ୍ତି ଯେତେବେଳେ ଧକ୍‌କା ଖାଏ, ସେ ତ ଖଣ୍ଡବିଖଣ୍ଡିତ ହୋଇ ରହିଁଥାଏ ତାକୁ କିଏ ମାରିଲା ଧକ୍‌କା । ସେଠି ସ୍ୱାମୀ ହୋଇପାରେ, ପୁଅ ବୋହୂ ହୋଇପାରନ୍ତି, କନ୍ୟା ଜମାତା ହୋଇପାରନ୍ତି । ନିଜ ସ୍ୱପ୍ନ ତ ବାହାଘର ପରେ ପରଗୋତ୍ରୀ ହୋଇଯାଏ । ତମମାନଙ୍କ ପାଇଁ ସ୍ୱପ୍ନ ଦେଖି ଦେଖି ସମୟ ସରେ ତଥାପି ମନ ପୁରେନି କାହିଁକି? ଏଠି ନିଜ ଦୋଷ ଖୋଜିଲା ବେଳକୁ ଉତ୍ତର ମିଳେ ବିବେକରୁ - କ'ଣ ପାଇଁ ଏତେ ମୋହାସକ୍ତ ଥିଲି । ନିଜଠାରୁ ଅନ୍ୟମାନଙ୍କ ଚିନ୍ତାରେ ଏତେ ବ୍ୟଥିତ ଥିଲି କାହିଁକି ? ମୁଁ ଯଦି ସେମାନଙ୍କୁ ଅତି ଆପଣାର ବୋଲି ଭାବିଥିଲି ତେବେ ସେମାନେ ମୋତେ ଦୂରେଇଦେଲେ କାହିଁକି ? ଏସବୁ ସମୟର ପ୍ରପଞ୍ଚ ନୁହେଁ ତ ଆଉ କ'ଣ ? ପ୍ରଭାର ସ୍ୱର ଗମ୍ଭୀର ହୋଇ ଉଠୁଥିଲା ।

- ଥାଉ ତୁମ ଭାଷଣ । ମୋ ପାଖରେ ସମୟ ନାହିଁ ଶୁଣିବାକୁ ।

- ଠିକ୍ ଅଛି ମୋ ପାଖରେ ମଧ ସମୟ ନାହିଁ ସମସ୍ତଙ୍କ କଥା ଭାବି ଭାବି ସମୟ ସାରିଦେବାକୁ । ଯାହାର ମୂଲ୍ୟ କିଛି ନାହିଁ । ସମୟ ସାଙ୍ଗରେ ସେ ମଧ ଲିଭିଯିବ । ମୁଁ ଯାଏ ମୋ ଲେଖା ଲେଖିବି । ଏଠି ଆଲୁଡୁଫାଲୁଡୁ, ଯା ତା' ନାଁରେ ଗପକରି ସମୟ ସାରି ତମକୁ ସମୟ ବାଣ୍ଟି ପାରିବିନି । ଗୋଟିଏ ଦିନ ଚାଲିଗଲେ ଗୋଟିଏ ଦିନର ଆୟୁଷ ସରିଗଲା ପରା ।

- ଓଃ ମୁଁ ଯାଏ ଏଠୁ ।

- ବସ ଏଇଠି, ଖୋଲା ପବନ ଟିକିଏ ଖାଇବ । ପ୍ରଭା ଚାହିଁଲା ଖୋଲା ଆକାଶକୁ । ଜହ୍ନ କଳାମେଘ ଭିତରେ ଲୁଚି ଯାଇଥିଲା କେତେବେଳେ । ପୁଣି ଧିରେ ଧିରେ ତା' ମୁହଁ ଦେଖାଇ ବାହାରି ଆସୁଥିଲା । ପ୍ରଭା ଏକଲୟରେ ଚାହିଁ ଭାବୁଥିଲା - ତେବେ ଭୌତିକ ଜଗତରେ ଅନାବିଳ ସୁଖ ମିଳିବ କେଉଁଠୁ ? ସୁଖ ଓ ଦୁଃଖ ନିଶ୍ଚିତ ଜୀବନରେ ଜୀବ ଦୌଡୁଛି ଭୌତିକ ଧନ ପଛରେ । ନିତ୍ୟ ସୁଖ ପାଉଛି କେତେ ? ତଥାପି ସଂସାର ଏତେ ସୁନ୍ଦର କାହିଁକି ?

ହଠାତ୍ ବୋହୂ ସୀମାର ସ୍ୱର ଶୁଣାଗଲା - ମା' ପନିର ପକୋଡ଼ା କରିଛି ନିଅନ୍ତୁ ଖାଇବେ ।

- ମୋର ଖାଇବାକୁ ଇଚ୍ଛା ନାହିଁ । ଯାଅ ତମେମାନେ ଖାଇବ ।

ଅଙ୍କିତକୁ ପନିର ପକୋଡା ପ୍ଲେଟ୍‌ଟି ବଢ଼େଇଦେଲା ବୋହୂ । ଖୁସିରେ ଗୋଟିଏ ପକୋଡ଼ା ପାଟିକୁ ନେଉ ନେଉ ପ୍ରଶଂସା କରି କହିଲେ- ବଢ଼ିଆ ଲାଗୁଛି । ଫାଇଭ୍ ଷ୍ଟାର୍ ହୋଟେଲ୍‌ଠାରୁ ଅଧିକ ଭଲ ଲାଗୁଛି । ଶିଖିଲୁ କେମିତି ?

- ନେଟ୍‌ରୁ ଶିଖିଛି । ଏମିତି ପରା ରନ୍ଧଣା ସଂଜୀବ କପୁର ଶିଖାଉଛି ।

- ବାସ୍ । ଯାହାହେଉ କ୍ୱାଲିଟି ଜିନିଷଗୁଡ଼ିକ ତୁ ଆଗ ଶିଖିଯାଆ । ପାଟିରୁ ଲାଳ ବଢ଼ିଯାଉଛି ଏମିତି ରାନ୍ଧଣା ଖାଇବାକୁ ।

- ବାପା ଡିନର୍‌ରେ ପୋଟଳ କୁର୍‌ମା କରିବି କି ?

- ଯାହା ଶିଖିଛୁ ରାନ୍ଧି କି ଆମକୁ ଖୁଆଇ ଦିଏ । ତୋ ଶାଶୁ ତ ଏମିତି ରନ୍ଧଣା କେବେ ମୋତେ ଖୁଆଇନି । ବୋହୂ ପରଷାରେ ବିଭିନ୍ନ ଆଇଟମ୍ ତୁ ରାନ୍ଧି ଖୁଆଇ ଚାଲେ ।

କଟମଟ କରି ପ୍ରଭା ଚାହିଁଲା ଅଙ୍କିତର ମୁହଁକୁ । ଗମ୍ଭୀର ସ୍ୱରରେ କହିଲା- ଦେହକୁ ପଛକେ ରୋଗ ଖାଉ ଏପଟେ ତେଲ ମସଲା ସସ୍ ଦିଆ ସୁଆଦିଆ ଖାଦ୍ୟ ପେଟ ପାଉ । କାଲିଠାରୁ ଆଉ ଏତେ ତେଲ ମସଲା ଖର୍ଚ୍ଚ କରି ହୋଟେଲ୍ ଖାଦ୍ୟ ରାନ୍ଧିବା ଦରକାର ନାହିଁ ।

ବୋହୂ ଊଁ କି ଚୁଁ କିଛି କହିଲା ନାହିଁ । ଅଙ୍କିତ ବୋହୂର ମୁହଁକୁ ଚାହିଁ କହିଲେ - କିଏ ନ ଖାଇଲେ ମୁଁ ଖାଇବି । ମୋ ପାଇଁ ଏମିତି ସୁଆଦିଆ ଖାଦ୍ୟ ରାନ୍ଧିଦେବୁ ।

- ବୁଢ଼ାବେଳକୁ ପାଟି ଖରାପ ହୋଇଯାଉଛି କି ? ଚାଲ କାଲି, ବ୍ଲଡ୍‌ସୁଗାର ଦେଖି ଆସିବା ।

- ଏତେ ଚିନ୍ତା କରନି । ମୋର ଦେହ ଠିକ୍ ଅଛି । ଆଗ ତମର ବ୍ଲଡ୍‌ପ୍ରେସର ଦେଖିନିଅ । ଏତେ ଚିଡୁଛ କାହିଁକି ?

ବୋହୂ ପୁଣି ପନିର ପକୋଡ଼ା ପ୍ଲେଟ୍‌ଟି ପ୍ରଭା ହାତକୁ ବଢ଼େଇ ଦେଲାବେଳକୁ ପ୍ଲେଟ୍‌ଟି ତଳେ ଖସିପଡ଼ି ଭାଙ୍ଗିଗଲା ଆଉ ବିଛାଡ଼ି ହୋଇପଡ଼ିଲା ପନିର ପକୋଡ଼ା ଗୁଡ଼ିକ ।

ଶଙ୍କିଗଲା ସୀମା । ଅଙ୍କିତ ପ୍ରଭାକୁ ଚାହିଁ କହିଲେ- ଠିକ୍‌ରେ ଧରିପାରିଲନି କେମିତି ?

ନିରୁତ୍ତର ରହିଲା ପ୍ରଭା । ସୀମା ଚାହିଁଲା ଶାଶୁଙ୍କ ମୁହଁକୁ । ତା'ପରେ ଧିର ସ୍ୱରରେ କହିଲା - ବାପା, ମୋ ହାତରୁ ଖସିପଡ଼ିଲା ପ୍ଲେଟ୍‌ଟି । ମା'ଙ୍କର ଦୋଷ ନାହିଁ ।

- ତେବେ ମୋର କ'ଣ ଦୋଷ ? କାହିଁକି ଅସମାପ୍ତ କଥାକୁ ନେଇ ବୁଢ଼ିଆଣୀ ଜାଲରେ ନିଜ ମନକୁ ଛନ୍ଦି ନିସ୍ତେଜ କରୁଛ ଯେ ? ଶୁଣାଗଲା ଦୀର୍ଘଶ୍ୱାସର ସ୍ୱରଟି ।

- ତେବେ ମୋତେ ସଂପର୍କର ଜାଲରେ କାହିଁକି ଛଟପଟ କର ? ବାକିଥିବା ମୁହୂର୍ତ୍ତକୁ ଅବସାଦମୟ କରନି । କିନ୍ତୁ ମୋତେ କିଏ ଲୋଡୁଛି ? ଅପାଙ୍‌କ୍ତେୟ ହୋଇ ମୁଁ କଣ ଜୀବନ ସାରିଦେବି କି ? ପ୍ରଭା ବିଷାଦପୂର୍ଣ୍ଣ ଠାଣିରେ କହିଲା ।

- ଯାଅ ଜୀବନରେ ସବୁଜ ପୃଷ୍ଠା ଆଙ୍କିଦେବ । କିଏ ମନା କରୁଛି ?

■

ଜୀବନର ଜିତାପଟରେ

ସମସ୍ତଙ୍କର ଉତ୍‌କଣ୍ଠା ସେହି ଦୃଶ୍ୟଟି ଉପରେ । ଲୋକଙ୍କ ଭିଡ଼ । ପୋଲିସ୍ ଭାଙ୍ଗିଲା ଲୋକଙ୍କ ଭିଡ଼କୁ ନିଜ ଶକ୍ତି ପ୍ରଦର୍ଶନ କରି ।

- ଏଇ ତ ଆମର ସେହି ଦୋକାନୀ ପିଲାଟି - କିଏ କିଏ କହିହେଲେ ।

ଆଉ କିଏ କିଏ କହିଲେଣି - ଏ ତ ସେହି ବିଲ୍‌ଡ଼ରଟି ।

- ଆରେ ବୟସ ତିରିଶି ଭିତରେ ତେବେ ତା'ର ପୃଥିବୀ ଛାଡ଼ି ଯିବାର ନଥିଲା । ଏଇ ଦୁର୍ଘଟଣାଟି ମଣିଷକୃତ ତ ?

- କିଏ ମାରିଛି ? କିଏ ମାରିଛି ?

- ହଁ, ହଁ ସେଇ ମେନକା ନୁହେଁତ !

- ହୋଇପାରେ ତା' ବାଁ ହାତର ଖେଳ ।

ଅନ୍ୟମନସ୍କ ହୋଇଗଲେଣି କେତେଜଣ । ମେନକା । ସେ ପୁଣି କିଏ ? ଇଏ ତ ଶକୁନ୍ତଳାଙ୍କ ମା' ନୁହଁନ୍ତି ତ !

- ନା, ନା, ଇଏ ତ ଏକ ମାୟାବୀ ସ୍ତ୍ରୀ । ନିଜର ସ୍ୱାମୀ ଥାଉ ଥାଉ ଏମିତି ପୁରୁଷ ସାଙ୍ଗରେ ଲଟପଟ ହୋଇ ଧନ କମେଇବାରେ ବ୍ୟସ୍ତ ।

- ହଁ ମ, ତା'ର ଗୋଟିଏ ବିୟୁଟି ପାର୍‌ଲୋର ଅଛି ପରା ।

- ଓଃହ ସେଠି ଅଚିହ୍ନା ଝିଅମାନଙ୍କୁ କଡ଼ାନଜରରେ ରଖି ଟଙ୍କା କମାଏ ପରା ।

- ବାଃରେ ନାରୀ ଯିଏ ହିଁ ନାରୀର ଶତ୍ରୁ !

- ଓଃହ ଝିଅମାନଙ୍କୁ ଚାକିରୀ ପ୍ରଲୋଭନ ଦେଖାଇ ସେମାନଙ୍କ ଅନିଚ୍ଛାସତ୍ତ୍ୱେ ହୋଟେଲ୍‌କୁ ମଧ୍ୟ ପଠାଏ ।

- ତେବେ ସେହି ଦାମି ଅଡ଼ି କାର୍‌ଟି ସେହି ସ୍ତ୍ରୀଲୋକଟିର କି ?

- ହଁ, ହଁ ଠିକ୍ କହିଲେ । ନିଜ ବୟସ ବଢ଼ିଗଲାପରେ ଆଉ କି ରୋଜଗାର

ସେ କରିବ ଭାବିବାକୁ ସମୟ ନପାଇ ଗୋଟିଏ ସୁନାର ବ୍ୟବସାୟ ଧରି ବସିଲା ପରେ ।

- ତେବେ ସେହି କୋଠାଗୁଡ଼ିକ ତା'ର ତ ?

- ହଁ । କ'ଣ ଥିଲା କି ତା'ର ? ଯା ତା' ଘରେ ରୋଷେଇ କରି ଘର ସମ୍ଭାଳୁଥିଲା । କେମିତି ତା' ଭାଗ୍ୟରେ ସେ ବିଲଡ଼ର ଟୋକାଟି ପଡ଼ିଗଲା ଯେ ସବୁ ଟଙ୍କା ପଇସାର ନୋମିନିରେ ସେ ତା ନାଁ ଲେଖିଦେଲା ।

- ବାସ୍ ଆଉ ଚିନ୍ତା କ'ଣ ?

- ନା, ନା, ତା'ର ଚିନ୍ତା ଥିଲା କେମିତି ତାକୁ ନିପାତ କରି ଏକଚାଟିଆ ସବୁ ସମ୍ପତ୍ତିକୁ ଅକ୍ତିଆର କରିବ ।

- ବୋଧେ ସେଥିପାଇଁ ତାକୁ ମର୍ଡ଼ର କରିଦେଲା କି ?

- ବିଚ଼ରା ଆରପାରିକୁ ଚାଲିଗଲା ଏମିତିଆ ସ୍ତ୍ରୀଲୋକଙ୍କ ହାବୁଡ଼ରେ ପଡ଼ି ତ !

- ବାହା ହୋଇଥିଲା କି ?

- ନା, ନା, ବାହା ହୋଇଥିଲେ ଏମିତି ନଖରାମୀ କରନ୍ତା କାହିଁକି ?

- ଛାଡ଼ । ଆଜିକାଲି ପୁରୁଷମାନଙ୍କର ବିଭିନ୍ନ ଭୂମିକାକୁ ନେଇ ଭାବିଲା ବେଳକୁ ମନରେ ଶଙ୍କା ଆସୁଛି ପରା ।

- ମଉସା ମଉସା, ତମର ବୟସ ତ ପଚାଶ ଉପରେ ହେବ ।

- ଆରେ ମୋ ବୟସ କଥା ଏଠି କାହିଁକି ଉଠିଲା କିରେ ।

- ମଉସା ତୁମପରି ମଣିଷମାନେ କ'ଣ କମ୍ ଦୋଷୀ କି ?

- ଆରେ ବାଲୁଙ୍ଗା, ତମମାନଙ୍କ ଦୋଷ ଆମ ଉପରେ ଲଦୁଛ କାହିଁକି ?

ଠିକ୍ ଏତିକିବେଳକୁ ଜଣେ ସାଧାରଣ ସ୍ତ୍ରୀଲୋକ ଆସି ଗାଳିକରି ଦେଲା ସମସ୍ତଙ୍କୁ ।

- କଥା କ'ଣ ? ଇଏ ପୁଣି କିଏ ?

- ଓଃହ ସେଇ ପିଲାଟିର କିଏ ସଂପର୍କୀୟ ହୋଇଥିବେ ବୋଧେ ।

- କିଏ ହୋଇପାରେ ?

- ମା' ନା ଭଉଣୀ ।

- ନା, ନା ।

- ତେବେ କିଏ ?

- ସେ ତ ମେନକା !

- ସେ ପୁଣି କାହାକୁ ଗାଳି ଦେଉଛି ?

- ସେଇ ଅଦୃଶ୍ୟ ହତ୍ୟାକାରୀକୁ । ଯିଏ ନିରୀହ ଲୋକଟିର ଜୀବନ ନେଇଗଲା । କେଇଜଣ କୁହାକୋହି ହେଲେଣି - ଇଏ ତ 'ବିରାଡ଼ି ବୈଷ୍ଣବ' !

- ଆଜିକାଲି ଯେତେ ପ୍ରଚ୍ଛର ଓ କୁମ୍ଭୀର କାନ୍ଦଣା କଲ ତମର ନାଁ ହେବ ପରା ।

- ସେଥିପାଇଁ କେତେ ନେତା ଭୋଟ ଭିକ୍ଷାବେଳେ ଏମିତି ଦୁଃଖିତ ମନରେ ସମବେଦନା ଅଜାଡ଼ି ଦିଅନ୍ତି ପରା ।

- ସବୁ ହିଁ ଜିତିବାର କଳା ଓ କୌଶଳ । ଯିଏ ଯେତେ ଏହି କଳାରେ ପାରଙ୍ଗମ ସେ ତ ମନ ଜିଣେ ଜନତାଙ୍କର ।

- ଉଠ୍ ଉଠ୍ । ଶୁଣାଗଲାଣି ପୋଲିସ୍‌ବାଲାଙ୍କ ସ୍ୱର । ଲାସ୍ ଯିବ ପୋଷ୍ଟମର୍ଟମ୍ ହେବାକୁ । ଚୁପ୍ ପଡ଼ିଗଲେ କୁହାକୋହି ହେଉଥିବା କେତେଜଣ ଲୋକ ।

ଆ ତା ମୁହଁକୁ ଚାହିଁଲେ । ଲାସ୍ ଉଠି ଯିବାପରେ ଜଣେ ବେଖାତିରି ସ୍ୱରରେ କହିଲା - ଆଜିକାଲି ସବୁ ରିପୋର୍ଟ ବଦଳିଯିବାକୁ ହାତରେ ମାଲ୍ ଥିବା ଦରକାର । ଦେଖିବେ କେଇ ଦିନପରେ ଏଇ କେସ୍‌ଟିର ମଧ୍ୟ ପୂର୍ଣ୍ଣଛେଦ ପଡ଼ିଯିବ ।

- ତେବେ ଏତେ ଫନ୍ଦି ଫିକର କାହିଁକି ?

- ସବୁ ହିଁ ନିୟମରେ ଚାଲେ । ତା' ଭିତରେ ଭେଲ ପଶିଗଲାପରେ ସେ ତ ଓଲଟ ପାଲଟ ହୋଇଯାଏ ।

ଠିକ୍ ଏତିକିବେଳକୁ ମା'ଟି କାନ୍ଦି କାନ୍ଦି ଲୋଟି ପଡୁଥିଲା ତଳେ । ଇଏ ବୋଧେ ସେଇ ଯୁବକର ମା' ହୋଇପାରେ । ଅଥଚ୍ ସେ ସ୍ତ୍ରୀଲୋକଟି କାହିଁ ?

ଜଣେ ଧଇଁ ସଇଁ ହୋଇ ଦୌଡ଼ି ଆସି କହିଲା- ମା', ମା' ଚାଲେ । ଭାଇର ଘରେ ପଶି ସେଇ ସ୍ତ୍ରୀଲୋକ ତା' ଆଲମାରୀରୁ ସବୁ ଟଙ୍କା ପଇସା ନେଇ ଚାଲିଗଲାଣି । ତୁ ଏଠି ବସି କାନ୍ଦିଲେ କିଛି ଲାଭ ନାହିଁ । ତାଙ୍କୁ ମାରି ଘର ଲୁଟ୍ କଲାଣି ।

ମା'ଟି ଲୁହ ପୋଛୁ ପୋଛୁ ଗାଳିଦେଲା - ସେ ଧନସମ୍ପତ୍ତିରୁ ମୋତେ କ'ଣ ମିଳିବ ? ମୋ ପୁଅର ଜୀବନ ତ ଚାଲିଗଲା ସେ ମାଇପି ପାଇଁ ।

ପୁଅ ଘରକୁ ଯାଇ ଦେଖିଲାବେଳକୁ ସବୁ ଘର ଆଲମିରା ଖୋଲା ପଡ଼ିଛି । ଚାବି ତ ମେନକା ପାଖରେ । ସିଏ ଯାହା ନେଲା ତା'ର । ସବୁ ଦୋଷ ପୁଅର କହି ବାହୁନି ବାହୁନି କାନ୍ଦିଲା ମା'ଟି ।

ଯା'ପରେ ବର୍ଷେ ଅତିକ୍ରମ ହୋଇଗଲା ପରେ ଦିନେ ଜଣାପଡ଼ିଲା ମେନକା

ପାଖରେ ଏବେ ବହୁତ ଧନସମ୍ପତ୍ତି । ସେ ବଜାର ପାଖରେ ପାଞ୍ଚଗୁଣ୍ଠ ଜାଗା କିଣି ତିଆରି କରୁଛି ମାର୍କେଟ କମ୍ପ୍ଲେକ୍ସ ।

- ଏତେ ଟଙ୍କା ପାଇଲା କ'ଣ ସେହି ବିଲ୍‌ଡ଼ର ପାଖରୁ କି ? ଲୋକେ କୁହାବୋଲା କଲେ ।

ଆସ୍ତେ ଆସ୍ତେ ଅତୀତ ଅତୀତ ହୋଇ ପଛରେ ଲୁଚିଗଲା । ବର୍ତ୍ତମାନ ସାଙ୍ଗରେ ଦେଖାଗଲା ମେନକା ମ୍ୟାଡ଼ାମ୍ ଏବେ ଖୁବ୍ ଆରାମ୍ ଓ ଆଭିଜାତ୍ୟ ଚଳଣିରେ ଚଳୁଛନ୍ତି । ଚିନ୍ତା କ'ଣ ? ପ୍ରତି ଦୋକାନ ଘରୁ ପାଞ୍ଚ ହଜାର ଭଡ଼ା ସୂତ୍ରରେ ପ୍ରତିମାସରେ ପାଉଛନ୍ତି । ପନ୍ଦରଟି ଦୋକାନ ଘର । ଖୁବ୍ ଆରାମ୍‌ରେ ଭଡ଼ାରେ ଚଳିଯାଉଛନ୍ତି । ଏହା ସଙ୍ଗେ ସଙ୍ଗେ ଏବେ କୁଆଡ଼େ ଲୁହାଛଡ଼, ସିମେଣ୍ଟ ବ୍ୟବସାୟରେ ଲକ୍ଷ ଲକ୍ଷ ଟଙ୍କା କାରବାର କରୁଛନ୍ତି ପ୍ରତିଦିନ । ଯେତେ ଧନ ବଢ଼ିଲେ ମଧ୍ୟ ସେଦିନର ଅପବାଦ ମୁଣ୍ଡରୁ ଯାଇନି । ସେଦିନ ଜଣେ କଥା ପ୍ରସଙ୍ଗରେ କହିଲା- ଆରେ ବାବୁ ସେ ସ୍ତ୍ରୀଲୋକ ଜମାରୁ ଭଲ ନୁହଁ । ତାଠାରୁ ଦୋକାନ ପାଇଁ ଭଡ଼ାଘର ନେବା ଦରକାର ନାହିଁ । ଦରକାର ପଡ଼ିଲେ ସେ ତମକୁ ଖାଇଯିବ ମଧ୍ୟ ।

ଏବେ ପୁଣି ସେହିଘର ଭଡ଼ାକୁ ନେଇ ଲୋକଙ୍କ ମନରେ ଦ୍ୱନ୍ଦ୍ୱ ଉଠୁଛି । ବେଳେବେଳେ ଦୋକାନଘର ସେମିତି ଖାଲି ପଡୁଛି । ଏଇ ତ ଅଳ୍ପଦିନ ପୂର୍ବରୁ ତା' ଘରଗୁଡ଼ିକ ରେଡ୍ ହେଲା ଯେ ପାର୍‌ଲୋରରେ ତାଲା ଝୁଲୁଛି । ବେଳେବେଳେ ଲାଗେ ମଣିଷ ଧନପାଇଁ ଦୌଡ଼ିଦୌଡ଼ି ଏପରି ଖରାପ ଗୁଣକୁ ଆପଣେଇ ନିଏ କାହିଁକି ?

କିନ୍ତୁ ଏ କ'ଣ ଘଟିଲା ? ସେହି ମେନକା ଏବେ ଜେଲ୍‌ରେ । ଭୋଗ କରିବାକୁ ପାଖରେ କିଛି ନାହିଁ । ତେବେ ଧନସମ୍ପତ୍ତି କାହାପାଇଁ କାହା ପାଖରୁ ଛଡ଼େଇ ଆଣିଥିଲା ତା'ର ମୂଲ୍ୟ କିଛି ନୁହେଁ ।

କିଏ ଜଣେ ବୁଢ଼ା କହିଲାଣି - ଧର୍ମ ଦେବତା ସବୁ ଦେଖୁଛି । ଅଧର୍ମ କେତେଦିନ ପାର କରିଦେବକି ? "ଅଧର୍ମ ବିତ୍ତ ବଢ଼େ ବହୁତ ଗଲାବେଳେ ଯାଏ ମୂଳ ସହିତ ।"

ଆଉ ଜଣେ ଶଙ୍କିତ ଗଳାରେ କହିଲାଣି - ପାଟି ବନ୍ଦକର । ଯଦି ତା' କାନରେ କଥାଟା ପଡ଼ିଗଲା ନା ତେବେ ଆମର ଅବସ୍ଥା ଦିଅଣ୍ଟା ଦି କଡ଼ା କରି ଦେବ ସେହି ନାରୀଟି ।

- ଛାଡ଼, ଛାଡ଼, ତା' କଥା । ଏବେ ତା' ସ୍ୱାମୀ ମଦପିଇ ମାତାଲ ହେଉଛି । ଆଉ ପିଲାମାନେ ମଧ୍ୟ ସେୟା ହେବେ । ଶୂନ୍ୟେ ଶୂନ୍ୟେ ଉଡ଼ିଯିବ ଟଙ୍କା ପରା !

- ଓଃହ ସେ ମଦକଥା କୁହନା । ଗାଁଠାରୁ ସହର ପର୍ଯ୍ୟନ୍ତ ତ ମଦର ରାଜୁତି

ହେଲାଣି । ଦିନେ ମୁଁ ପରା ରାଉରକେଲା ଯିବା ବାଟରେ ଦେଖିଲି ଦେଶି ମଦର ବେପାର ଠାଏଁ ଠାଏଁ । ଆଉ ସେଠି ଦଶ କୋଡ଼ିଏ ଲୋକ ଜମାହୋଇ ପିଇଯାଉଛନ୍ତି ପାଣିପରି ମଦକୁ ।

- ଏଇ ତ ଆମ ଦେଶର ମନ୍ଦ ଭାଗ୍ୟ । କି ଇଂରେଜ ଲୋକ ଆସିଲେ ଯେ ନିଜର ମ୍ଲେଚ୍ଛ ପରମ୍ପରାକୁ ଆମକୁ ଦେଖେଇଦେଇ ଗଲେ । ଆଉ ଆମର ଗଜମୂର୍ଖମାନେ ପରା ଇଂରାଜୀର ବାହାଦୂରୀ ନେଇ ଗୋଟିଏ ଗୋଟିଏ ଫରେନର ହୋଇଯିବାକୁ ଚାହୁଁଛନ୍ତି !

- ଆରେ ବାବୁ ଯିଏ ନିଜ ସଂସ୍କୃତିକୁ ସମ୍ମାନ ଦିଏ ନାହିଁ କି ନିଜ ମାତୃଭୂମିକୁ ହତାଦର କରେ ସେ କେଡ଼େ ସ୍ୱାର୍ଥୀ ବୁଝିପାରୁଥିବେ ତ !

- ବୁଝିଲେ କ'ଣ ହେବ । ନେଡ଼ିଗୁଡ଼ପରା କହୁଣୀକୁ ବହିଗଲାଣି ।

ଏତିକିବେଳକୁ ଶହେ ଆଠ ନମ୍ବରର ଆମ୍ବୁଲାନ୍ସଟିଏ ସାଇରନ୍ ବଜାଇ ବଜାଇ ମାଡ଼ିଗଲାବେଳେ ଅନ୍ୟଜଣେ ଆଙ୍ଗୁଠି ଦେଖାଇ କହିଲା- ଦେଖିଲେ ତ ଆମ ଦେଶର ଜନସେବା । ଦୁଆରକୁ ଗାଡ଼ି ଆସି ରୋଗୀକୁ ନେଇଯିବ ଡାକ୍ତରଖାନା ।

- ଯାହାହେଉ ଆମପରି ଗରିବଙ୍କର ଦୁଃଖ ଟିକିଏ କମିଲା । ପ୍ରତିମାସରେ ମୋ ମା' ଭତ୍ତାପାଉଛି । ଘରକୁ କେଜିକେଜି ଚାଉଳ ଆସୁଛି । ତେଣୁ ଖାଇବା ଚିନ୍ତା ଆଉ କ'ଣ ?

- କାମ ମିଳିଲେ ନ ମିଳିଲେ ତୋର ତ ଚିନ୍ତାନାହିଁ ।

- ମା'ପାଖରେ ଥିଲେ ଚିନ୍ତାନାହିଁ । ମା' ଚାଲିଗଲାପରେ ଦେଖାଅଛି ।

- ଯାହା କୁହରେ ପୁଅ, ତମେମାନେ ମା'କୁ ପୋଷୁନ ଯେ ମା' ତମମାନଙ୍କୁ ପୋଷୁଛି ।

ହସିଦେଇ ଚାଲିଗଲା ଯୁବକଟି । ତା'ପରେ ପାଟିରୁ ମେଞ୍ଚାଏ ପାନଛେପ ପକାଇଲା ଅଣଆଡ଼ିଆ ଜାଗାଟିଏ ଦେଖି ।

ସେଠି ଉପସ୍ଥିତ ଥିବା ଆଉ ଜଣିଏ ବ୍ୟଙ୍ଗୋକ୍ତିରେ କହିଲେ- ଏମାନେ ଦେଶର କି ଉନ୍ନତି କରିବେ କି ? ନେତାଙ୍କ ଚେଲା ହୋଇ ଟାଉଟରି ମାରିବେ । ଏମାନଙ୍କୁ କି ଭରସା ? ବର୍ଷା ଯୁଆଡ଼େ ଛତା ସିଆଡ଼େ ପରି ଏମାନଙ୍କ ଗତି ।

ପୁଣି ପୋଲିସ୍ ଗାଡ଼ିଟି ହର୍ଣ୍ଣମାରି ପାଖଦେଇ ଚାଲିଗଲା ବେଳକୁ, ଦଳେ ଝିଅପିଲା ମୁହଁ ଘୋଡ଼େଇ ବସିଥିଲେ ସେଠି ।

- ଟଙ୍କା ପାଇଁ ସବୁ ବେପାର ଚାଲିଛି ପରା - ଜଣେ ଚୁପିଚୁପି କହିଲା ।

- କଳାବେପାରରେ ଭୟ ତ ଥାଏ କିନ୍ତୁ ଧଳାବେପାରରେ ଚିନ୍ତା ନାହିଁ ।

- ଏମାନେ କେଉଁଠୁ ଧରାଗଲେ ?

- କୌଣସି ସ୍ୱାରୁ ହୋଇଥିବେ ବୋଧେ ।

ଆସ୍ତେ ଆସ୍ତେ ଆମେ ପାଶ୍ଚାତ୍ୟ ସଭ୍ୟତାକୁ ଅନୁକରଣ କରି ଏତେ ତଳକୁ ଖସିଯାଉଛୁ କାହିଁକି ?

- ପଚ୍ଛର ସେହି ମଣିଷମାନଙ୍କୁ ଯିଏ କଳାବେପାର କରି ଟଙ୍କା ଠୁଳ କରନ୍ତି । ଆଉ ଯେଉଁଠି ଲୋକ ନିଜ ଘରଦ୍ୱାର ଉଜାଡ଼ି ପରପାଇଁ ମରନ୍ତି ।

ଜଣେ ଚହିଁଲା ଘଣ୍ଟାକୁ । ସମୟ ପାଞ୍ଚଟା ବାଜିଲାଣି । ଏଠି ଗୁଲିଗପ ସାରି ଘରକୁ ଫେର । ସଂଧ୍ୟା ପୂର୍ବରୁ ଘରକୁ ନଗଲେ ଆମପରି ଗୃହସ୍ଥଙ୍କର ଚଳା ନାହିଁ ପରା ।

ହସି ଉଠିଲେ ସମସ୍ତେ । ଯିଏ ଯାହାର ରାସ୍ତା ଧରି ଫେରିଯାଉଥିଲେ ସେଠୁ ।

ବିଲ୍ଡ଼ର ମରିବାର ମାସେ ଅତିକ୍ରାନ୍ତ ହୋଇଯାଇଥିଲା । ପୁରା ଛକଟି ଉପେର ଥିବା କାଦୁଅପଙ୍କ ଜମିଥିବା ଜମି ଉପରେ ଆରମ୍ଭ ହୋଇଯାଇଥିଲା ନୂଆଘର ତିଆରିର ସୂଚନା । ନିଅଁ ଖୋଳୁଥିଲେ କୋଡ଼ିଏ ପଚିଶି ହେବ କେଳାଲୋକ । କଥା କ'ଣ ବୁଝୁ ବୁଝୁ ସାତହଜାର ସ୍କୋୟାର ଫିଟ୍‌ରେ ନୂଆଘର ତିଆରି ହୋଇ ଦୋକାନ କମ୍ପ୍ଲେକ୍ସ ତିଆରି ହେବ ।

- କାହାର ଏତେ ଟଙ୍କା ଅଛି ଯେ ଏସବୁ କରିବ ?

ସେଦିନ ଅନ୍ୟଜଣେ ଉତ୍ତର ଦେଲା - ମେନକା କମ୍ପ୍ଲେକ୍ସର ଭୂମି ପୂଜା ହୋଇଛି । ସବୁ ଜାଗା ମେନକା ମ୍ୟାଡ଼ାମ୍‌ଙ୍କର ।

ଦୂରରେ ଗରୀବ ଲୋକଟି କହୁଥିଲା - ଅଳ୍ପ ଟଙ୍କାରେ ଏଥିରୁ ଖଣ୍ଡିଏ ଜାଗା ମୁଁ ବିଲ୍ଡ଼ରକୁ ବିକିଥିଲି । ଏବେ ସେ ମଲା ଆଉ ମୋ ବାକି ଟଙ୍କା ଗଲା ।

- ତୁମେ ଏମିତି କାହିଁକି କଲ ?

- ଆମ ଭାଇ ଭାଗରେ ମିଶାମିଶିହୋଇ ଏହି ଛକ ଉପର ଜାଗାଖଣ୍ଡକ ପୂର୍ବପୁରୁଷମାନଙ୍କର ଅର୍ଜିତ ଧନ ଥିଲା । କଳିଗୋଳ ଭିତରକୁ ପଶିବା ବଦଳରେ ବିକିଦେଇ ସେ ଟଙ୍କାରେ ଅଟୋ କି ଟ୍ରାକ୍ଟର ଚଳେଇ ଚଳିବାକୁ ଯୋଜନା କରିଥିଲୁ । କିନ୍ତୁ ପୁରାଟଙ୍କା ମିଳିନଥିଲା ତଥାପି ଆମେ ରେଜେଷ୍ଟ୍ରି କରି ଦେଇଥିଲୁ ଆମର ସମ୍ପତ୍ତିକୁ ସେମାନଙ୍କ ନାଁରେ ।

- କାହାର ନାଁରେ ?

- ସେହି ମେନକା ମ୍ୟାଡ଼ାମ୍‌ଙ୍କ ନାଁରେ । ଯିଏ ତାଙ୍କର ସ୍ତ୍ରୀ ଥିଲେ ।

- ମେନକା ମ୍ୟାଡ଼ାମ୍ ବିଲ୍ଡ଼ରର ସ୍ତ୍ରୀ ଥିଲେ କି !

- ବାବୁ ଆମେ ଏସବୁ ବିଷୟରେ ଏତେ ଜାଣିନୁ । ଅଶିକ୍ଷିତ, ଗରୀବ ଲୋକ । କୁଆଡୁ ବୁଝିବୁ ଏମାନଙ୍କର ଶଠତା । ଯାହା ନାଁରେ ତ ହେଲେ ଜମି ରେଜେଷ୍ଟ୍ରି କରିବାକୁ ପଡ଼ିବ ।

- ତେବେ ରେଜେଷ୍ଟ୍ରି ପୂର୍ବରୁ ଟଙ୍କା ପାଇସାରିଥିବ ବୋଲି ଟିପ ଚିହ୍ନ ତ ଦେଇଥିବ ।

- କେତେ ତ ଟିପ ଚିହ୍ନ ଦରକାର ପଡ଼ିଲା । ଦେଲେ ଦେଇଥିବୁ ।

- ତେବେ ତୁମର ଟଙ୍କା ଆଉ ପାଇବାର ନାହିଁ ?

- ହଁ ବାବୁ ମରିଗଲା ଲୋକକୁ କ'ଣ ଟଙ୍କା ମାଗୁଛୁ କି ? ଆମର ଭାଗ୍ୟରେ ଯାହାଥିଲା ପାଇଲୁ । ଦେଖ ମେନକା ମ୍ୟାଡ଼ାମ୍‌ଙ୍କ ଦୟା ।

ଚାହିଁଲି ସେ ଲୋକଟିର ମୁହଁକୁ । ଭାବିଲି ଏମାନେ ହିଁ ପ୍ରତାରିତ ହୁଅନ୍ତି ଆମ ସମାଜରେ ସବୁଠାରୁ ଅଧିକ । ସେମାନଙ୍କ ଧନ, ମନକୁ ଛଡ଼ାଇ ନେଇଗଲାପରେ ମଧ୍ୟ ଭାଗ୍ୟକୁ ଆଦରି ବସନ୍ତି କେମିତି ?

- ସତରେ, ତୁମେମାନେ ଟଙ୍କା ମାଗ ସେହି ମ୍ୟାଡ଼ାମ୍‌ଙ୍କୁ ।

- ବାବୁ ଆମ ଟଙ୍କା ଖାଇଲେ ତାଙ୍କର ଭଲ ହେବନି ।

ସେଦିନର କଥାଟା ଆଜି ମନ ଭିତରକୁ ପଶି ଆସୁ ଆସୁ କହିଲି - ବୋଧେ ସେମାନଙ୍କର ଅଭିଶାପର ଫଳ ମେନକା ମ୍ୟାଡ଼ାମ୍‌ର ଜେଲ୍ କୋଠରୀ କି ?

ପୋଲିସ୍ ଭ୍ୟାନ୍‌ଟି ସାଇରନ ବଜାଇ ଜୋର୍‌ରେ ମାଡ଼ି ଆସୁଥିଲା ମେନକା ମ୍ୟାଡ଼ାମ୍‌ଙ୍କ ଘରଆଡ଼କୁ । ପୋଲିସ୍ ଜଣେ ଯୁବକକୁ ଓହ୍ଲାଇ ହାତକଡ଼ି ପକାଇ ନେଇ ଯାଉଯାଉ ସେ କାକୁତି ମିନତି ହୋଇ କହୁଥିଲା- ବାବୁ, ମୁଁ ଅଫିମ୍, ଆଉ ଚରସ୍ ପୁଡ଼ିଆ ମ୍ୟାଡ଼ାମ୍‌ଙ୍କୁ କିଣି ନେଇଛି ।

ଏଃ କ'ଣ ? ମେନକା ମ୍ୟାଡ଼ାମ୍ ବାହାରକୁ ଆସି ହସି ହସି ପୋଲିସ୍‌ବାଲାଙ୍କୁ ଅଭ୍ୟର୍ଥନା ଦେଖାଇଲେଣି । ଯୁବକଟି ବାରମ୍ବାର ସେଇ କଥାକୁ ଦୋହରାଉଛି । ପୋଲିସ୍ ଦୁଇଜଣ ମ୍ୟାଡ଼ାମ୍‌ଙ୍କୁ କହୁଛନ୍ତି - ଆପଣଙ୍କର କିଛି ଦୋଷ ନାହିଁ । ଏଇ ପିଲାଟି ଯୋଗୁ ଆମେ ଏଠିକୁ ତଲାସି ନେବାକୁ ଆସିଲୁ । ଖୁବ୍ ଭଲ ଭାବରେ ଆପଣଙ୍କୁ ଜାଣୁ ତ ।

- ବ୍ୟସ୍ତ ହୁଅନ୍ତୁ ନାହିଁ । ସମାଜର ମଙ୍ଗଳ ପାଇଁ ତ ମୋର କାମ ଜାରି ରହିଛି । ଏଠି ଦେଖନ୍ତୁ ଝିଅମାନଙ୍କ ପାଇଁ ଗୋଟିଏ ଲେଡ଼ିଜ୍ ହଷ୍ଟେଲ୍ କରିଛି । ଗରୀବ ଝିଅମାନେ ଏଠି ରହି ମୋ ସ୍କୁଲରେ ପଢୁଛନ୍ତି ।

ଆପଣଙ୍କ ପରି ସମାଜସେବୀଙ୍କୁ ଧନ୍ୟବାଦ ଦେବା କଥା ।

ଗରୀବ ଲୋକଟି ଚାହିଁଲା ପୋଲିସ୍‌ବାଲାଙ୍କ ମୁହଁକୁ । ସେ ତା'ର ପ୍ରାପ୍ୟ ଟଙ୍କା

କଥା ଭୁଲିଯାଇଥିଲା । ସେ ସେଠୁ ଉଠି ଯାଉ ଯାଉ ଗୁଣୁ ଗୁଣୁ ହେଲା - ଏମିତି ସ୍ତ୍ରୀଲୋକ ସାଥିରେ କୋର୍ଟ କଚେରୀ କିଏ କରିବ କି ?

- ଏମିତି ହେଲେ ତୁମେମାନେ ନ୍ୟାୟ ପାଇବ କେମିତି ?

- ବାବୁ ନ୍ୟାୟ ଅପେକ୍ଷା ଆମର ଜୀବନ ଆମକୁ ବଡ଼ ।

ଆଁ କରି ତା' ମୁହଁକୁ ଚାହିଁଲି । ଏତେ କଷ୍ଟରେ ବଞ୍ଚିସୁଦ୍ଧା ଜୀବନ ପାଇଁ ସେମାନେ ଯତ୍ନବାନ । ଅଥଚ ବଡ଼ ବଡ଼ ନାମିଦାମୀ ଘରେ ଟଙ୍କା ପଇସା ସବୁ ଥାଇ ଜୀବନ ହାରିଦେବାକୁ କତିପୟ ଲୋକ ପଛଘୁଞ୍ଚା ଦେଉନାହାନ୍ତି କାହିଁକି ? ଆଶ୍ଚର୍ଯ୍ୟ ! ଏଠି ଦୁଃଖ ପାଇଁ ବଞ୍ଚିବା ବଡ଼ ନା ସୁଖପାଇଁ ମରିବା ବଡ଼ ?

ଶୁଣାଗଲାଣି ମେନକା ମ୍ୟାଡ଼ାମ୍‌ଙ୍କ କଡ଼ାସ୍ୱର - ଏ ବୁଢ଼ା ଏଠି କ'ଣ ପାଇଁ ସେତେବେଳୁ ବସିଛୁ ?

- ମା', ହାଲିଆ ଲାଗୁଥିଲା ତ । ଏତେ ବଡ଼ ଘରଦ୍ୱାର କାମ ଦେଖି ଆଖି ଅଟକିଗଲା ।

- ଘେର ସାଙ୍ଗରେ ସଲାସୁତୁରା ହୋଇନୁ ତ ?

- ମା', ଆମର ବେଶି ଟଙ୍କା ଦରକାର ନାହିଁ । ପେଟକୁ ଦୁଇ ଓଳା ଖାଦ୍ୟ ମିଳିଗଲେ ଆଉ ଚିନ୍ତା ନାହିଁ ।

ଦୁଇ ପ୍ୟାକେଟ୍ ପାଉଁରୁଟି ଦୋକାନରୁ ଆଣି ବୁଢ଼ା ହାତକୁ ବଢ଼ାଇ ଦେଲେ ମେନକା ମ୍ୟାଡ଼ାମ୍ । ବୁଢ଼ା ବାଧହୋଇ ପାଉଁରୁଟି ଧରିଲା । ଉଠି ଯାଉଯାଉ କହିଲା - ମାଗଣାରେ ଆମେ କାହାର ଖାଉନା । ଡାକିଲା କୁକୁରକୁ । ପାଉଁରୁଟି ଦୁଇ ପ୍ୟାକେଟ୍ ଖୋଲି ପକେଇ ଦେଇ କହିଲା - ଖାଇଯାଅ । ଯିଏ ମୋର ଖାଇଲା ସେ ଗରୀବ । ମୁଁ ତା'ର ଖାଇ ଗରୀବ ହେବିନି ତ ଆଉ ।

ଆଶ୍ଚର୍ଯ୍ୟ ହୋଇ ଚାହିଁଲି ସେ ବୁଢ଼ାର ମୁହଁକୁ । ସ୍ୱାଭିମାନର ଝଲକ ଉଙ୍କି ମାରୁଥିଲା ତା' ଆଖିରେ ।

ବୁଝିଗଲି ଏଠି ଗରୀବ କିଏ ?

ଦୁଇଟା କୁକୁର ପାଉଁରୁଟି ପାଇଁ କେଁ କାଁ ହେଲେଣି । ଚାହିଁଲି ସେ ଆଡ଼କୁ । ବଳବାନ କୁକୁରଟି ପାଉଁରୁଟି ପ୍ୟାକେଟ୍‌ଟି ଗୋଡ଼ରେ ଦାବି ଦେଇ ଧରିଛି । ଦୁର୍ବଳ କୁକୁରଟି ଦୂରରେ ଠିଆହୋଇ ଚାହିଁଛି ତା' ଖାଦ୍ୟକୁ । କିନ୍ତୁ ମିଳୁନି ଖଣ୍ଡିଏ ପାଉଁରୁଟି ।

ବୁଝିଗଲି ଏଠି ସବଳର ଦୁର୍ବଳ ଉପରେ ଆକ୍ରମଣ । କିନ୍ତୁ କେତେବର୍ଷ ପରେ ନିଜେ ଯେତେବେଳେ ଦୁର୍ବଳ ହୋଇଯିବ ସେତେବେଳେ କି ଭାବ ମନକୁ ଆକ୍ରାନ୍ତ କରିବ ଭାବ ତ ଟିକିଏ ?

ପାଖ ରୋଡ୍‌ରେ କାରଟିଏ ଚାଲିଗଲା । ମେଞ୍ଚାଏ କାଦୁଅପାଣି ମୋ ଉପରକୁ ଛିଟିକି ପଡ଼ିଗଲା । ମୁଁ ବୁଲିପଡ଼ି କହିଲି - ହେଃ ହେଃ । ଏମିତି କାର୍ ଚଲାନ୍ତି କି ?

ଗରୀବ ବୁଢ଼ାଟି କହିଲା - ବାବୁ, ଏମାନେ ହିଁ ଏମିତି । ଆପଣ ଫେରିଯାଆନ୍ତୁ ଘରକୁ । ଧୂଆଧୋଇ ହୋଇଯିବେ ।

ଫେରୁ ଫେରୁ ଭାବୁଥିଲି ସତରେ ଗରୀବ କିଏ ? ଖରାପ ମଣିଷ କିଏ ?

■

ଘର ଦର୍ପଣ

ନାରୀ ବୋଲି କେତେଦିନ କର୍ତ୍ତବ୍ୟର ବୋଝ ବହି ଚାଲିଥିବ କି ? ବେଳେବେଳେ ଖୁବ୍ ଅଶ୍ୱସ୍ତି ଲାଗେ ପୁରୁଷର ଏହି ଭାବନାର ବୋଝକୁ ନେଇ । ଓଃହ ସେଦିନ ଇଏ ଘର ଭିତରକୁ ପଶି ଆସୁଆସୁ ବିରକ୍ତ ମିଶା ଛିଟାସ୍ୱରରେ କହିଲେ - କୁଆଡ଼େ ଗଲ ?

- ଏଠି ଅଛି ତ ? କ'ଣ ପାଇଁ ଖୋଜୁଛ ?

- ରୋଷେଇ ସରିଗଲାଣି ତ ? ଆଉ ଅଧଘଣ୍ଟା ପରେ ମୁଁ ଖାଇବି ।

ଚାହିଁଲି ଯାଙ୍କ ମୁହଁକୁ । ସତେ ଯେମିତି ମୁଁ ଯାଙ୍କର ବୋଲ ମାନିବାକୁ ଗୋଡ଼େ ଗୋଡ଼େ ଚାହିଁ ବସିଛି । ଖାଇବାବେଳେ ପାଖରେ ଠିଆ ହୋଇଥିବି । ଆଉ କ'ଣ ଦେବି ବୋଲି ବାରମ୍ବାର ପଚାରି ବୁଝୁଥିବି । ଆଉ ଆମର ଏ ବାବୁ ଖୁବ୍ ତୃପ୍ତିରେ ଖାଇ ବସିଲାବେଳେ ଯଦି କେଉଁଟା ପାଟିକୁ ଭଲ ସ୍ୱାଦ ଲାଗିଲାନି ତେବେ ବ୍ୟଙ୍ଗସ୍ୱରରେ କହିବେ-ଏ କି ରାନ୍ଧଣା ? ଏତେବର୍ଷ ରାନ୍ଧିରାନ୍ଧି ତଥାପି ଠିକ୍‌ରେ ରାନ୍ଧିପାରୁନ କେମିତି ?

ଏହା ତ ପୁରାପୁରି ଠିକ୍ କଥା । ଯାହାର ରୋଷେଇରେ ମନଧ୍ୟାନ ଥିବ ସେ ହିଁ ରୋଷେଇ ସାମଗ୍ରୀ ସହିତ ରୋଷେଇର ଗୁରୁତ୍ୱକୁ ଉପଲବ୍ଧି କରିବ । ମନଧ୍ୟାନ ଦେଇ ଯେ କୌଣସି କାମ କଲେ ନିଶ୍ଚୟ ଭଲ ଫଳ ମିଳିବ । ଆଉ ଏ ରୋଷେଇ ପାଇଁ ମୋର କେଉଁ ମନ ଅଛି ଯେ ଭଲ କି ଖରାପ କଥା ଚିନ୍ତା କରିବି । କେମିତି ରାନ୍ଧିଦେଲେ ମୋ କାମ ସରିବ ସେଇ ଚିନ୍ତା ମୋତେ ଘାରିଛି । ଉଚ୍ଚରକ୍ତ ଚାପ ଯୋଗୁ ରୋଷେଇ ଘରେ ଅଧିକ ଗରମ ଲାଗୁଛି । ସହଜରେ ଏବେ ମେ ମାସ । ଉତ୍ତପ୍ତ ପବନ ବହୁଛି ଘରେ ବାହାରେ । ମୁଣ୍ଡଫଟା ଖରା । ଏଥିରେ ଟିକ୍‌କଣ ସ୍ୱାଦିଷ୍ଟ ରାନ୍ଧିବାକୁ ମୋର କେଉଁବଳ ବୟସ ଆଉ ଅଛି କି ? ଦୀର୍ଘ ତେତିଶ ବର୍ଷ ହେଲା ବୋହୂହୋଇ ଆସିଲିଣି । ଏଇଟା ବୋହୂର କର୍ତ୍ତବ୍ୟ, ସେଇଟା ସ୍ତ୍ରୀର କର୍ତ୍ତବ୍ୟ ଏମିତି ଅନେକ କର୍ତ୍ତବ୍ୟ ଭିତରେ

ଅଣନିଃଶ୍ୱାସୀ ଲାଗିଲାଣି । ଆଉ ମୋ ସ୍ୱାମୀଙ୍କଠାରୁ ଅଜବ ଯୁକ୍ତି ଶୁଣି କହିଲି - ଠିକ୍ ଅଛି । କାଲିଠାରୁ ତମେ ରୋଷେଇ କର । ଏବେ ତ ତମେ ଚାକିରୀରୁ ଅବସର ନେଇ ଘରେ ବସିଛ । ତମର କି କାମ ଅଛି କି ?

ମୁଁ ଜାଣେ ଇଏ ଆମର କେଉଁ ରାନ୍ଧିକି ଖୁଆଇଦେବା ଲୋକ କି ? ନିଜ ପେଟ ପୁରିଗଲା ପରେ କିଏ ଖାଇଲା କି ନ ଖାଇଲା କିଏ ପଚାରେ ? ମୋର ଦେହ ଖରାପହେଲେ ମୋତେ ହିଁ ବିସ୍କୁଟ ଖାଇବାକୁ ପଡ଼େ । ରାନ୍ଧିବି ରାନ୍ଧିବି କହି ସମୟ ଗଡ଼େଇ ଚାଲିଥିବେ । ବାଧ୍ୟ ହୋଇ ଦେହଖରାପ ସତ୍ତ୍ୱେ ଭୋକର ଜ୍ୱାଳାକୁ ସହିନପାରି ଯାହିତାହି ରାନ୍ଧି ଦିଏ । ଖାଲିଟାରେ ପତ୍ନୀକୁ ଆକ୍ଷେପ କରି କି ଖୁସିପାଆନ୍ତି ସେ ଜାଣନ୍ତି ।

ମୋ ରାଗ ପଞ୍ଚମକୁ ଚଢ଼ିଗଲାଣି । ଯାଙ୍କୁ ଉଚ୍ଚସ୍ୱରରେ କହିଲି - ସବୁବେଳେ ମୋତେ କର୍ତ୍ତବ୍ୟର ଦ୍ୱାହି ଦେଇ କାମ ହାସଲ କରିବନି । ଆଜି ବାପ, କାଲି ପୁଅ, ଝିଅଙ୍କ କାମ ଏମିତି କାମର ଚାପ ଭିତରେ ମୋର ବୁଦ୍ଧିଶୁଦ୍ଧି ସବୁ ପୋଡ଼ି ଖାଇ ଦେଲିଣି । ଯେତେ କଲେ ସେତେ ଅସନ୍ତୁଷ୍ଟ । ଯଦି ମୁଁ ଘରେ ନ ଥାନ୍ତି ତେବେ ଚଳନ୍ତ କେମିତି ? ବସିବସି କାମ କମ୍ ବେଶି କଥା କହୁଛନ୍ତି । ସତେ ଯେମିତି ମୋ ଉପରେ ଦୟା କରିଛନ୍ତି ? ବହୁତ ଖଟିଲିଣି । କେବେ ଭାବିଛ ? ଆରେ ଯାଃ । ପୁରୁଷ ନାରୀକୁ କ'ଣ ଦୟା ଦେଖାଇବ, ନାରୀ ଦୟାରେ ଘର ଚାଲିଛି । ସୃଷ୍ଟି ଚାଲିଛି ।

ଠିକ୍ ଏତିକିବେଳକୁ ଝିଅ ଆସି ପହଞ୍ଚିଯାଇ କହିଲା- ମା', ମା' ମୋର ଅଫିସ ଯିବା ସମୟ ହୋଇଗଲାଣି । ମୋ ପୁଅ କାନ୍ଦୁଛି । ତାକୁ ଟିକିଏ ବୁଝାଇ ରଖି ଦିଏ ।

ରାଗ ପୋଖରୀରେ ତ ମନ ଗାଧଉଥିଲା ତେଣୁ ତା' କଥା ଶୁଣି ଗର୍ଜି ଉଠି କହିଲି - ଏଠି, ମୁଁ ତମର ସବୁ ଠିକା ନେଇଛି । ସତେ ଯେମିତି ମୋତେ ଟେକି ନେଇ ସ୍ୱର୍ଗରେ ଥୋଇଦେବ ।

ଝିଅ ଶଙ୍କିତ ଗଳାରେ କହିଲା - ତୋର କ'ଣ ହୋଇଛି କି ? ତତେ କିଏ କ'ଣ କହିଲା ?

ତାଚ୍ଛଲ୍ୟ ସ୍ୱରରେ କହିଲି ମୋର କ'ଣ ହେବ ଆଉ ? ମୁଁ ତୋ ବାପାର ଖାଇପିଇ ଖୁବ୍ ଆରାମ୍‌ରେ ଏଠି ଅଛି । ଦେଖୁନୁ ଦିନକୁ ଦିନ କେମିତି ମୋଟି ହୋଇଗଲିଣି । ଘରଲୋକ ଯାହା କହିବା କଥା କହି ଚାଲିଛ ଆଉ ମୁଁ ଶୁଣୁଛି । ବାହାର ଲୋକଙ୍କ କି ଦରଜ ପଡ଼ିଛି ଯେ ଏଠି ଆସି କଥା କହିବେ ।

- ହଉ ମା' ମୁଁ ଯାଉଛି ।

- ହଁ ଶୁଣିରଖେ ଏଥର ତୋ ଶାଶୁଙ୍କୁ ଡାକି ଆଣେ । ସେ ତୋ ପିଲାର ଦେଖାଋହାଁ କରିବେ ?

- ସେ କ'ଣ ଘର ଛାଡ଼ି ଆସିବେକି ? ତୋ ପାଖରେ ମୋ ପୁଅ ରହିଯାଉଛି ପରା ।

ହଠାତ୍ ମୁଁ ଭାବିଲି ସତରେ ଯିଏ ଯେତେ ଅନୁଗତ୍ୟ ହୋଇ କାମ କରିଋଲିବ ତାକୁ ସେତେ ବୋଝ ଲଦି ଦିଆଯିବ । କିଏ ହେଲେ ବୁଝି ପାରିବେନି ମନକଥା । ସେଥିପାଇଁ ବୋଧେ ଠକ ଲୋକହିଁ ଲାଭବାନ ହୁଅନ୍ତି ଏହି କଳିଯୁଗରେ ।

ମୁଁ ଋହିଁଲି ଝିଅର ପ୍ରସ୍ଥାନ ପଥକୁ । ଏପଟେ ନାତି ଖଟରେ ଶୋଇ କୁଁ କୁଁ ହେଉଛି । ସେପଟେ ସ୍ୱାମୀ ଖୁବ୍ ଆଶ୍ୱସ୍ତିରେ ବସି ଖାଉଛନ୍ତି ଧିରେଧିରେ ।

କବାଟ ବନ୍ଦକରି ଘରକୁ ପଶୁ ପଶୁ ନାତିର ଜୋର୍‌ରେ କାନ୍ଦଣା । ସେପଟେ ସ୍ୱାମୀଙ୍କର ବିରକ୍ତର ସ୍ୱର - ପିଲାଟିକୁ ଧରିପକାଅ ।

ମୁଁ କହିଲି - କାନ୍ଦୁଥାଉ । ମୋର ପୂଜା ଅଛି । ମୁଁ ଯାଉଛି । ତମେ ଶୀଘ୍ର ଶୀଘ୍ର ଖାଇଦେଇ ଆସ । ସେତେବେଳୁ ଭାତକୁ ଗଣିଗଣି ଖାଉଛ କି ? ତମର ପାଖରେ ବଳକା ସମୟ ଅଛି ଆଉ ମୋ ପାଖରେ ହିଁ ଖାଲି ସମୟ ନାହିଁ ।

ସେପଟରେ ଫୋନ୍‌ର ରିଙ୍ଗ୍ ତୁହାକୁ ତୁହା ଶୁଣାଗଲାଣି । ଏ ପଟେ ସ୍ୱାମୀଙ୍କ ତାଗିଦ୍ - ବାଜୁ ଥାଉ । ମୁଁ ଖାଇସାରି ଯାଏ ।

ଯାରି ଭିତରେ ଋରିଥର ରିଙ୍ଗ୍ ଆସି କଟିଲାଣି । ମୁଁ ଫୋନ୍ ଧରି ନମ୍ବର ଦେଖି ଜାଣିନେଲି ଜଣେ ଚିହ୍ନାଜଣାଙ୍କ ଫୋନ୍ ନମ୍ବର । ହ୍ୟାଲୋ କହୁକହୁ ଯାଙ୍କୁ ଦେବାକୁ କହିଲେ ।

ମୁଁ ଫୋନ୍ ଧରି ଯାଙ୍କ ପାଖକୁ ଆସୁଆସୁ ଇଏ ଚିଡ଼ିଉଠି କହିଲେ - ଖାଇଲାବେଳେ କିଏ ଉଠି ଫୋନ୍ ଧରିବ କି ?

- ହଉ ନିଅ ସେଲ୍‌ଫୋନ୍‌ଟି ।

ମୋ ସ୍ୱାମୀ ହ୍ୟାଲୋ କହୁକହୁ କଟିଗଲାଣି ଫୋନ୍ । ସେପଟେ ନାତିର କାନ୍ଦ ।

ଖାଇସାରି ହାତଧୋଇ ଉଠୁଉଠୁ ମୋ ଉପରେ ବିରକ୍ତ ହୋଇ କହିଲେ - ଖାଲି ଅନ୍ଧବିଶ୍ୱାସକୁ ଧରି ବସିଥାଅ । ବିଭିନ୍ନ ପ୍ରକାର ଶୁଦ୍ଧିର ଦ୍ୱାହି ଦେଇ ପୂଜା ସମୟରେ କୁଆଡ଼େ ଆଉ ଛୁଅନି । ଏ କି ନିୟମ କରିଛ ?

- ତମର ନିୟମ ଖାଲି ମାନିବାକୁ ମୁଁ ବାଧ କି ? କାହିଁ ମୋ ପୂଜା ସମୟରେ ତମେମାନେ ମୋତେ ଘରକାମରୁ ମୁକ୍ତି ଦେଉନ ? କେତେଥର ଗାଧୋଇ ପୂଜା କାମରେ ଲାଗିବି କି ? ତମ ପାଖରେ ସମୟ ଅଛି ତମ ଅନୁସାରେ ଚଳିବାକୁ । ଆଉ

ମୋ ପାଖରେ ସମୟ ନାହିଁ ମୋ ଅନୁସାରେ ଚଳିବାକୁ । ତମମାନଙ୍କର ଗୋଡ଼ ହାତକୁ ଅନେଇ ବସିଥିବି ମୁଁ । ବାଃରେ ନାରୀ, ତୁ ହିଁ ମହୀୟସୀ । ଜୀବନକୁ ଜୀବନ ପରି ବଞ୍ଚିବାର ନିରୋଳା ଅନୁଭବ ତୋର କାହିଁ ? ତୁ ତ ଖାଲି ପାରିପାର୍ଶ୍ୱିକ ଅବସ୍ଥାରେ ଚଳି ପିଠିରେ ବୋହୁଛୁ ଆଭିଜାତ୍ୟର ଆଉ ନିଜ ଜନ୍ମର ଅସରନ୍ତି ବୋଝ । ତୋ ଉପରେ ଏ ନିଷ୍ଠୁର ପ୍ରହାର ନୁହେଁ ତ ଆଉ କ'ଣ ? କେବେ ହେବୁ ତୁ ସ୍ୱାଧୀନଚେତା ?

ମୋ ମନରେ ବିଦ୍ରୋହ ଭାବନା ଅନୁଭବ ହେଲା । ସାମାଜିକ ବ୍ୟବସ୍ଥା ପ୍ରତି ଉଦ୍ଦିଷ୍ଟ ଥିବା ନୀତି ନିୟମକୁ ନାରୀ ହିଁ ଅନ୍ଧ ଭାବରେ ଅନୁକରଣ କରେ । ପୁରୁଷ ନୁହେଁ । ଶିକ୍ଷିତ କି ଅଶିକ୍ଷିତ ମଣିଷ ମନରେ ନାରୀ ପ୍ରତି କାହିଁ ଟିକିଏ ଦୟା ତ ନାହିଁ । ଖାଲି ଘର ବାହାରେ ଶୋଷଣ କରି ଚାଲିଛନ୍ତି ।

ବାସ୍, ଇଏ କ'ଣ ନାରୀର ଇତିବୃତ୍ତି ? ନାରୀ କ'ଣ ଅଲୋଡ଼ା ଶରୀରଟିଏ କି ? ଖାଲି ସ୍ୱାର୍ଥତ୍ୟାଗ କରି ବାହାବା ପାଇବାକୁ ଯୋଗ୍ୟ କି ?

ମନେ ପଡ଼ିଲା ମୋର । ପିଲାଦୁଇଟିକୁ ନେଇ କେମିତି ଘରକାମ କରୁଥିଲି ମୁଁ । ଇଏ ତ ଉଠିବେ ସାତଟା ପରେ । ଅଫିସ ଯିବେ ଦଶଟାରେ । ଖାଇବେ ଅଧଘଣ୍ଟେ ଆଗରୁ । ସତେ ଯେମିତି ନିୟମରେ ବନ୍ଧା ସେ । ଆଉ ମୁଁ ପିଲାଙ୍କ ଖାଇବା ପିଇବା ବୁଝିବା ସାଙ୍ଗକୁ ଘର କାମ କରି ୟାଙ୍କୁ ରୋଷେଇ କରି ଠିକ୍ ସମୟରେ ପରଶିଦେଲେ ଘରେ ଶାନ୍ତି ବିରାଜିବ, ପଛକେ ମୋ ପାଟିକୁ ଦଶଟା କି ଏଗାର ପର୍ଯ୍ୟନ୍ତ ଖଣ୍ଡେ ବିସ୍କୁଟ ନ ଯାଇଥାଉ । କିଏ ବୁଝୁଛି ମୋ କଥା ? ମୁଁ ପରା ମା' ଆଉ ସ୍ତ୍ରୀ, ବୋହୂ !

ଖୁବ୍ ସୁସ୍ଥିରେ ଚାଲିବ ଘର ଗୃହସ୍ଥି । ସମସ୍ତେ କହିବେ- ଯାହାହେଉ ତମଘରେ କେଁ କଟର ନାହିଁ ଦାମ୍ପତ୍ୟ ଜୀବନରେ ।

ଆଉ ମୋ ସ୍ୱାମୀ ବାହାବାନେଇ କହିବେ – ମୁଁ ଭଲ ବୋଲି ଘରେ ଗଣ୍ଡଗୋଳ ନାହିଁ ।

ମନେପଡ଼ିଲା ମୋ ବାହାଘର ପୂର୍ବରୁ ମୋ ଶାଶୁ ବୁଝିଥିଲେ ମୋ ବିଷୟରେ ଯେ- ଝିଅଟିର କାନ କାଟିଲେ ବଚନ ବାହାରିବ ନାହିଁ ।

ବାହାଘର ପରେ ମୋ ସ୍ୱାମୀ ଯେତେବେଳେ ଏକଥା ମୋତେ କହିଲେ ସେତେବେଳେ ମୁଁ କହିଥିଲି – ଭୁଲ୍ ଶୁଣିଥିଲ । ଭୁଲ୍ ଦେଖିଲେ ମୁଁ ସହ୍ୟ କରିପାରେନି । ବଡ଼ ଲୋକଙ୍କୁ ସମ୍ମାନ ଦିଏ ବୋଲି ବଡ଼ଲୋକଙ୍କ ଭୁଲ୍‌କୁ ସମ୍ମାନ ଦେବା ମୋ ଜାତକରେ ନାହିଁ । ଚୁପ୍‌ଚାପ୍ ଝିଅ ବୋଲି ତମ ମା' ମୋତେ ବୋହୂ କଲେ । କାରଣ ଯାହା କହିଲେ ମୁଁ ଉତ୍ତର ଦେବିନି ବୋଲି ସେ ଜାଣିଥିଲେ ଆମ ଆଭିଜାତ୍ୟ ଚଳଣୀରୁ । କିନ୍ତୁ ଜାଣିନଥିଲେ ଯେ ମୁଁ ସବୁକଥାକୁ ଆଖିବୁଜି ବସିଥିବା ଝିଅ ନୁହେଁ । ସ୍କୁଲରେ

ପଢ଼ିବାବେଳେ କ୍ଲାସ ମନିଟ୍ରେସ୍ ଥିଲି । ଫାଷ୍ଟକ୍ଲାସ ପାଇ ମାଟ୍ରିକ୍ ପାସ୍ କଲି । ଦିଦିଙ୍କ ଆଗରେ କହିବାର ସାହସ ମୋର ଥିଲା । କିଛି ଭୁଲ୍ ଶୁଣିଲେ ଠିକ୍ କରି କହୁଥିଲି ମଧ୍ୟ ।

- ଓଃହ ତମେ ବଡ଼ଘର ଝିଅ ବୋଲି ଦିଦି କିଛି କହୁନଥିବେ । ଆଉ ତମେ ଭଲ ପଢୁଥିଲ ବୋଲି ଦିଦି ଭଲ ପାଉଥିବେ ।

ସତରେ ମୋ ଶିକ୍ଷୟିତ୍ରୀମାନେ ପିଲାଙ୍କ ଦାୟିତ୍ୱ ଖୁବ୍ ଉତ୍ସାହରେ ନେଉଥିଲେ । ମନେଅଛି ନା ମୋର ଜଣେ ସ୍କୁଲ ଦିଦି ଭଦ୍ରକରେ ଆମ ବସାକୁ ଆସିଥିଲେ ମୋତେ ଦେଖିବାକୁ । ପରାମର୍ଶ ଦେଇଥିଲେ - ଏତେ ଭଲ ପଢ଼ି ଘରେ ବସିଛୁ କାହିଁକି ? ଯା, ଚାକିରୀ କରିନିଏ ଏଇ ପାଖ ମହିଳା କଲେଜରେ । ଏବେ ଚାକିରୀ ଛାଡ଼ିଦେଲେ ପରେ ପସ୍ତେଇବୁ ।

କଲିଙ୍ଗ୍ ବେଲ୍‌ର ଶବ୍ଦ ଶୁଣାଗଲାଣି । ତେବେ କିଏ ଆସିଛି ? ଯାଇ କବାଟ ଖୋଲିଲି । ଦେଖିଲି କ୍ଷୀର ବାଲା । ମୁହଁର ଝାଳ ପୋଛି କହିଲା - ମା' ଭୀଷଣ ଖରା ହେଉଛି । କ'ଣ କରିବି ଆଉ ? ଏକେଲାଲୋକ ତ ? ଦିନ ଗୋଟାଏ ବାଜିଲାଣି ।

- ହଁ ଖରା ତ ଦିନକୁ ଦିନ ବଢୁଛି ?

- ଓଃହ ଅକ୍ଷିତୃତୀୟାକୁ ବର୍ଷା ହୋଇପାରେ ।

କବାଟ ବନ୍ଦ କରି ଆସୁ ଆସୁ ପୁଅର କାର୍ ଶବ୍ଦ ଶୁଣାଗଲା । ଗ୍ୟାରେଜରେ କାର୍ ରଖି ଆସୁଆସୁ ମୁଁ କବାଟ ଖୋଲି ଦେଇଥିଲି । ଘର ଭିତରକୁ ପଶୁପଶୁ କହିଲା - ମା' ଖାଇସାରିଲଣି କି ? ଚାଲ ଆଜି ହୋଟେଲ୍‌ରେ ଖାଇ ଆସିବା ।

ମନରେ ତ ରାଗ ଉକୁଟୁଥିଲା । ତେଣୁ ତତ୍‌କ୍ଷଣାତ୍ ପାଟିରୁ ବାହାରି ପଡ଼ିଲା- ଖାଲି ଭଲ ଜିନିଷ ଖାଇବାକୁ ତେଉଁଛ ? ପାଠ ପଢ଼ କି ନ ପଢ଼ ଚିନ୍ତା ନାହିଁ । ଏପଟେ ତେଲ ମସଲାଖାଇ ପାଟି ସୁଆଦ କର । ସେପଟେ ଜିମ୍‌ଯାଇ ଓଜନ କମାଅ । ୟାର ମୂଲ୍ୟ କିଛି ନାହିଁ । ଖାଲି ଟଙ୍କା ନଷ୍ଟ କର ।

- ଓଃହ ଆଜି ତୋର ଏତେ ରାଗ କାହିଁକି ? ତୁ ତ ନିଜେ କହୁ ଆଜି ପାଟିଟା ଭଲ ଲାଗୁନି ବୋଲି !

ଏପଟରେ ସ୍ୱାମୀଙ୍କ ପାଟି ଶୁଣାଗଲା - ଆରେ ଓଭରବ୍ରିଜ୍ କାମ ସରିଗଲାଣି ପରା ।

- ଆଜି ତ ଖୋଲାହେଲା ଓଭରବ୍ରିଜ ତେଣୁ ଗହଳି ଟିକିଏ କମିଯାଇଛି । ରାସ୍ତା ଆଉ ଜାମ୍ ଲାଗୁନି । ଖାଇଛୁ ନା ନାହିଁ ?

ଓଃହ ପୁଅସୁଆଗ ବାହାରି ପଡ଼ିଲା ଯାଙ୍କର କହି ମୁଁ ଗୁଣୁଗୁଣୁ ହେଲି । ମନେ ମନେ ଭାବିଲି - ଏହି ବୟସରେ ପୁତ୍ରପ୍ରେମ ଭାରି ହୋଇଯାଉଛି ।

- କ'ଣ କହୁଛ ?

- କିଛି ଶୁଣିଦେଲ କି ? ପିଲାଙ୍କପାଇଁ କର୍ତ୍ତବ୍ୟ ପଛକେ ନକର କିନ୍ତୁ ମଧୁର କଥା କହି ମନ ମୋହିଥାଅ । ପିଲାମାନେ ବାପାଙ୍କ ପ୍ରଶଂସା କରିବେ କେମିତି ? ଆଜିକାଲି ତ ତୋଷାମଦର ଯୁଗ ।

- ଆଜି ସକାଳୁ ତମ ମୁଡ୍ ଖରାପ କାହିଁକି ?

- କାରଣ ମୋତେ ଭୋକ ଲାଗିଲାଣି । ମୋ ରାଗ ବଢ଼ିଗଲାଣି ।

- ତମକୁ ତ ଭୋକ ଲାଗେନି ।

- ତେବେ ମୁଁ ମଣିଷ ନୁହଁକି ?

- ତେବେ ଏତେ ରାଗୁଛ କାହିଁକି ? "ହାଓ ଟୁ ବି ହାପି, ଟୁ ବି ହ୍ୟୁମାନ" ନାମକ ନିଜର ପ୍ରସିଦ୍ଧ ପୁସ୍ତକରେ ମନୋବିଜ୍ଞାନୀ ଆଲ୍‌ଫ ବେରାନ କହିଛନ୍ତି, "ଅବସାଦ କେବଳ ଏକ ଧୂଆଁର ପରଦା ଭଳି, ଏହା ବ୍ୟତୀତ ଅନ୍ୟ କିଛି ନୁହେଁ ।"

- ତମେ ଆଉ ଏ ନୀତିବାଣୀ ଶୁଣାଅନି । ଟେଲିଭିଜନ୍ ଅନ୍ କରି ପ୍ରୋଗ୍ରାମ ଦେଖ । ମନପ୍ରଫୁଲ୍ଲ କର ।

- ଓଃହ ସକାରାତ୍ମକ ବିଚାର ହିଁ ମନୁଷ୍ୟର କାର୍ଯ୍ୟକ୍ଷମତାକୁ ବଢ଼େଇଥାଏ ।

- ତେବେ ମୋ ଜନ୍ମଟି ସାର୍ଥକ ହୋଇଗଲା ନା । ସ୍ୱାମୀ, ପୁଅ, ଝିଅ ଗହଣରେ ମୁଁ ହିଁ ପ୍ରକୃତରେ ସୁଖୀ ନା ?

- ନିଶ୍ଚୟ ।

- କେବେ ନୁହେଁ । ମୁଁ ଏବେ ତମ ଜଞ୍ଜାଳରୁ ମୁକ୍ତିନେଇ ସନ୍ୟାସିନୀ ହୋଇଯାଉଛି ?

- ଯିବ କେଉଁଠି କି ?

- କାହିଁକି କୁଆଡ଼େ ଯିବି । ଏହି ତମ ଘରେ ରହିବି ।

- ତେବେ ତମେ ଶାନ୍ତି ପାଇଗଲ ନା ?

- ହଁ । ସାଙ୍ଗେ ସାଙ୍ଗେ ମାନସିକ ଶାନ୍ତି ମିଳିଗଲା ।

- ଯାଅ ଯାଅ ଆଉ ଭଗବତ୍ ଗୀତାର କେତେ ଶ୍ଳୋକ ପଢ଼ି ଦେଇ ଆସିବ । ତମର ସବୁ ରାଗ ଚୁପ୍ ପଡ଼ିଯିବେ । ମନ ଖୁବ୍ ହାଲ୍‌କା ଲାଗିବ । ଜୀବନ ଆହୁରି ସୁନ୍ଦର ଲାଗିବ ।

- ତା'ପରେ ?

- ତା'ପରେ ମୁଁ ତମକୁ ନେଇ ଯିବି ଲାଲ୍‌ଚାନ୍ଦ୍ କି ସିଣ୍ଡିକେଟ୍ ସୁନାଦୋକାନ, ସେଠୁ ଗହଣା କିଣି ଫେରିଲାବେଳେ ଖୁବ୍ ଉତ୍ସାହରେ କହିବ - ତମପରି କିଏ ଆଉ ନଥିବେ !

- ସେ ସୁନା ନିଶା ମୋର ନାହିଁ । ନିର୍ବିକାର ଭାବରେ କହି ମୁଁ ଚାଲିଗଲି ବାଲ୍‌କୋନିକୁ । ବସିଗଲି ଚେୟାର୍‌ରେ । କିଛି ସମୟପରେ ଝିଅ ବାଲ୍‌କୋନିକୁ ଆସିଲା କହିଲା- ମା' ତୋ ରାଗ ଶାନ୍ତ ହେଲା ତ ?

- କେତେବେଳେ ଆସିଲୁ ?

- ଶୀଘ୍ର ଅଫିସରୁ ଫେରି ଆସିଲି । ପୁଅ ତ ବାପାଙ୍କ ପାଖରେ ଖେଳୁଛି ।

ଠିକ୍ ସେତିକିବେଳକୁ ପୁଅ ଆସି କହିଲା- ନାନୀ ଚାଲେ ବାହାରେ ଖାଇବା । ମା'କୁ କହିବାରୁ ମନା କରୁଛି । ମା' ପାଇଁ ନେଇ ଆସିବା ।

- ବାପା ଯିବେ ତ ?

- ହଁ ।

ଶୁଣାଗଲା ୟାଙ୍କର ସ୍ୱର - ଚାଲ ଆମେ ଯିବା । ମା' ମଧ୍ୟ ଯିବ ।

ଭାବି ପାରୁନଥିଲି ଖାଇବାକୁ ନେଇ ବାର୍ତ୍ତାଳାପ କେମିତି ୟାଙ୍କର କାନରେ ପଶିଗଲା । କୌଣସି ଗୋଟିଏ କଥା ତ କୋଡ଼ିଏ ଥର କହିଲେ ମଧ୍ୟ କାନରେ ପଶେନି ୟାଙ୍କର ।

ନାତିକୁ ମୋ କୋଳକୁ ବଢ଼େଇଦେଇ ଇଏ କହିଲେ - ଯାଏ ମୁଁ ବାହାରିପଡ଼େ । ମା' ଘରେ ବସିଥାଉ ।

ଚାହିଁଲି ସ୍ୱାମୀଙ୍କ ମୁହଁକୁ ମତିଗତି ଜାଣିବାକୁ । ମୋତେ ହିଁ ଥଟ୍ଟାରେ ଏତକ କହିଛନ୍ତି ଜାଣିପାରି କହିଲି - ତମେ ଘରେ ବସ । ମୁଁ ପିଲାଙ୍କ ସହ ଯାଉଛି ।

ଟିକିଏ ନରମସ୍ୱରରେ ମୋ ସ୍ୱାମୀ ହସି ହସି କହିଲେ - ଚାଲ ଆମେ ସମସ୍ତେ ଯିବା । ତମକୁ ମନେଇ ଦେଲିନା ? ଦେଖିଲ ତ ତମର ରାଗଟି ଫୁରକିନା ଉଡ଼ିଗଲା କେମିତି ?

■

ଗହୀର ମଝିରେ ମୁଁ

ଗହୀର ମଝିରେ ଠିଆ ହୋଇଥିଲି ମୁଁ । ଉପରେ ଆକାଶ ଓ ପାଦତଳେ ଜମି । ଆଖିପାଉନି ଲମ୍ୱି ଯାଇଥିବା ଜମିଗୁଡ଼ିକୁ । ଠାଁ ଠାଁ ଜମି ନଣ୍ଡା ହୋଇଗଲାଣି ମଧ୍ୟ । କେଉଁ ଜମିରେ ଧାନକେଣ୍ଡା ଝୁଲୁଛି ମଧ୍ୟ ! କିନ୍ତୁ ପାଦତଳେ ଜମି ଶ୍ରୀହୀନ ଦିଶୁଛି । କଳେଇ ବିଡ଼ାସବୁ ଶଗଡ଼ରେ ବୁହା ସରିଲାଣି । ମାଟି ଉପରେ କଟା ଧାନର ଡାଙ୍ଗଗୁଡ଼ିକ ଟିକିଏ ଅସତର୍କ ହେଲେ ପାଦକୁ କଷ୍ଟ ଦେଉଛି । ଆରପଟ ଜମିରେ ହୋ ହୋଲ୍ଲା ଚାଲିଛି । ହଳିଆମାନଙ୍କ ପାଇଁ ବାପା ଆଜି ଜମିରେ ଖିରୀ ରାନ୍ଧୁଛନ୍ତି । ପ୍ରଥମେ ଜମିରେ ଖିରୀ ପୂଜାହେବ ଓ ତା'ପରେ ସମସ୍ତେ ପତର ପକାଇ ଖାଇବେ । ପ୍ରତିବର୍ଷ ବିଲକାମ ସରିଲାପରେ ଏମିତି ଗୋଟାଏ ପର୍ବ ହୁଏ । ମୁଁ ଆଉ ମୋ ଭାଇମାନେ ଶଗଡ଼ରେ ବସି ଜମିକୁ ଯାଇଥାଉ । ଭାରି ଖୁସିଲାଗେ ଭାଡ଼ିରେ ବସିବାକୁ । ଭାଡ଼ି ବୋଇଲେ ବାଉଁଶ ଓ ପାଳ କି ନଡ଼ାରେ ତିଆରି ହୋଇଥିବା ଅସ୍ଥାୟୀ ଆଶ୍ରୟସ୍ଥଳୀଟିଏ ।

ଦୂରରୁ ନିଆଁ ଦେଖୁଥିଲି । ସାନ ହଳିଆ ପିଲାଟା କାଠଖଣ୍ଡଗୁଡ଼ିକୁ ଚୁଲି ଭିତରକୁ ଠେଲୁଥିଲା । ଚୁଲି ଉପରେ ବସିଥିବା ବଡ଼ ହଣ୍ଡାରେ ବଡ଼ ହଳିଆ ସାଧୁ ପାଖକୂଅରୁ ଗରାଗରା ପାଣି ଆଣି ଢାଳୁଥିଲା ।

- ବାସ୍ ସେତିକି । ଦଶଗରା ପାଣି ହେଲା ପରା । ବାପାଙ୍କ ସ୍ୱର ଶୁଣାଗଲା ।

- ହଁ ସାଉକାର । ସେଇ ଚାଉଳତକ ନେଇ ଧୋଇ ଆଣିବି ପରା ।

- ଯାଆ, ଧୋଇଆଣେ - ବାପାଙ୍କ ପାଟି ଶୁଣାଗଲା ।

ମୁଁ ଜାଣେ ବାପାଙ୍କୁ ରୋଷେଇ ଜଣାନାହିଁ । ତେଣୁ ବୋଉ ଦଶଗରା ପାଣିକୁ କେତେ ଚାଉଳ କେତେ ଚିନି କି ଗୁଡ଼, ନଡ଼ିଆ ଓ କେତେ ଲୁଣ ସବୁ ହିସାବ କରି ଦେଇଛି । ଘିଅ ତେଜପତ୍ର ବଘାରିଲା ପରେ ବାପାଙ୍କୁ ପାଣି ଢାଳିବାକୁ ବୋଉ ପରାମର୍ଶ ଦେଇଛି । ବର୍ଷରେ ଥରଟିଏ ପାଇଁ ବାପାଙ୍କୁ ଏ ଖିରୀର ତଦାରଖ କରିବାକୁ ପଡ଼େ ।

ବାପାଙ୍କ ଅପେକ୍ଷା ହଳିଆ ମୂଲିଆ ଖିରୀ ତିଆରି ଜାଣିଥାଆନ୍ତି । ସାଧାରଣତଃ ସେମାନଙ୍କ ଘରେ ମାଣ୍ଡିଆ ଜାଉ କି ଚାଉଳ ଖିରୀ ବହଳା ହୋଇ ତିଆରି ହୁଏ । ସେଥିରୁ ମେଞ୍ଚାଏ ଖାଇଦେଇ କାମକୁ ଆସନ୍ତି ବୋଲି ମୁଁ ଶୁଣିଛି । ବାପା ଆଜି ପାଏସ୍ କରୁନାହାନ୍ତି କରୁଛନ୍ତି ଜାଉ । ଟିକିଏ ବହଳା ଖିରୀ । ଯେମିତି ପତରରୁ ବୋହିଯିବନି । ହଳିଆ ମୂଲିଆଙ୍କ ରୁଚି ଅନୁଯାୟୀ ତିଆରି ହେବ । କିନ୍ତୁ ମୋତେ ସେ ଜାଉ ଭଲ ଲାଗେନି । ତଥାପି ଜମିରେ ଖଲି ପତର ପଡ଼ିଲା ବେଳେ ମୁଁ ମଧ୍ୟ ଗୋଟିଏ ଖଲି ପକାଇ ସେମାନଙ୍କ ଗହଣରେ ବସିଯାଏ ଖାଇବାକୁ । ଖାଇଲାବେଳେ କିଏ କିଏ ପ୍ରଶଂସା କରି କହନ୍ତି - ସାଉକାର ଭଲ ଲାଗୁଛି ଜାଉ ।

ବାପା ଟିକିଏ ମୁରୁକି ହସି କହନ୍ତି- ମୋତେ ଏସବୁ ଜଣାନାହିଁ । ଘରେ ପରା ସବୁ ଯୋଗାଡ଼ କରି ଦେଇଛନ୍ତି ।

ମୁଁ ଖାଇଲା ବେଳେ ସେ ଭିତରୁ ସେମିତି କିଛି ସ୍ୱାଦ ପାଏନି । କିନ୍ତୁ ଅନ୍ୟମାନଙ୍କ ଖାଇବା ସାଙ୍ଗରେ ତାଳଦେଇ ଭଲ ଲାଗୁଛି ଭାବି ଖାଇଥାଏ । ମଜା ଲାଗେ ସେଦିନ କଥା । ପାଛିଆ ଧରି ଛୋଟ ଛୋଟ ପିଲା ଜମିରୁ ଧାନକେଣ୍ଡା ଗୋଟାଇ ଥାଆନ୍ତି । ଶଗଡ଼ରେ ବସି ଜମିକୁ ଯିବା ଓ ଆସିବା ଥିଲା ଏକ ଅନନ୍ୟ ଅନୁଭୂତି ।

କିନ୍ତୁ ଆଜି ସେ ଜମି ଅଛି । ମୁଁ ଯାଉନି ଜମିକୁ । ବାପା ସେଠାକୁ ଯାଇ ଖିରୀ କରୁନାହାନ୍ତି । ସେଦିନର ସବୁ ଦୃଶ୍ୟ ମନର ଚାରିକାନ୍ଥରେ ଲିପିହୋଇ ରହିଯାଇଛି । ଆଜିକାଲି ଜମି ଭାଗୁଆଳି ଧାନ ଆଦାୟ ପରେ ଘରେ ଆଣି ପହଞ୍ଚେଇ ଦେଉଛି ଧାନବସ୍ତା । ଝିନ୍‌ଝଟ ନାହିଁ କିଛି । ମାଲିକତ୍ୱ ଆମର କିନ୍ତୁ ଜମି କାମ ଧାନଗଦା ଆଉ ଶୋଭାପାଉନି । ମାର୍ଗଶିର ଗୁରୁବାର ଆସିଲେ ଜେଜେମା ଖଳାବାଡ଼ିରେ ଧାନଗଦା ପାଖରେ ଲିପା ପୋଛା କରି ଆଉ ଝୋଟି ଦେଉନି । ଘରେ ଢିଙ୍କି ନାହିଁ । ଗାଁରେ କଳ ହେଲାପରେ ଢିଙ୍କିର ପ୍ରୟୋଜନ କମିଗଲା । ଆଉ ଆସ୍ତେ ଆସ୍ତେ ଢିଙ୍କି ମଧ୍ୟ ଘରର ଅଦରକାରୀ ବସ୍ତୁ ହୋଇଗଲା । ଘରର ରୂପରେଖ ବଦଳିବାକୁ ଲାଗିଲା । ଧାନମୁଗ ବିରିର ଖମାର ଘରଗୁଡ଼ିକ ଭାଙ୍ଗିଦେଇ ସେଠାରେ ରହିବା ପାଇଁ ଘର ତିଆରି ହେଲା । ସମୟ ବଦଳିବା ସହିତ ମୁଁ ମଧ୍ୟ ବଦଳିଗଲି । ଗାଁକୁ ବସ୍‌ରେ ଯାଉଯାଉ ଅପଲକ ନୟନରେ ଚାହିଁ ରହିଥିଲି ଗହୀର ଆଡ଼କୁ । ଭୁଲି ଯାଇଥିଲି ମୁଁ ଏବେ ବଡ଼ ହୋଇଯାଇଛି ବୋଲି । ମୁଁ ସେହିଦିନର ଦଶବର୍ଷର ପିଲାଟିଏ ପରି କେତେବେଳେ ବିସ୍ତୀର୍ଣ୍ଣ ଆକାଶକୁ ତ କେତେବେଳେ ସୀମାହୀନ ଗହୀରକୁ ଚାହିଁ ରହିଥିଲି ।

ଆରେ ଦେଖ ଦେଖ । ଏହି ରୋଡ୍ ସାଇଡ୍ ଜମିଗୁଡ଼ିକରେ କେତେ ଘର

ହୋଇଗଲାଣି । ଭୁବନେଶ୍ୱରରେ ଖଣ୍ଡିଏ ଦୂରିଆ ଜମି କିଣିବାକୁ ଯେତେ କହିଲେ ତମେ କ'ଣ ଶୁଣୁଛ ? ଭବିଷ୍ୟତରେ କେତେ ରେଟ୍ ହୋଇଯିବ ପୁଣି ତ !

ଚମକି ଗଲି ମୁଁ । ହଁ ଜମିରେ ତ ସୁନା ଫଳେ । ଆଉ ସେଠି ଘରକଲେ କେମିତି ପାଇବ ଫସଲ । ଖାଦ୍ୟ ଅଭାବ ଲାଗି ରହିବ ।

- ଛାଡ଼ ହେ ଏକଥା । ଲୋକମାନେ ଦୂରିଆଜମି କିଣି ଏବେ ଜମି ବିକାକିଣାରେ କୋଟି କୋଟି ଟଙ୍କା କମଉଛନ୍ତି । ତମେ ଏଠିମୋତେ ନୀତି କଥା ଶୁଣଉଛ ? ଯଦି ତମ ଗାଁର ସଡ଼କପାଖ ଜମିଗୁଡ଼ାକ ବିକି ଦିଅନ୍ତ ତେବେ ସେହି ଟଙ୍କାରେ ଆମେ ଭୁବନେଶ୍ୱରରେ ଜାଗା କିଣନ୍ତେ । କ'ଣ ମିଳୁଛି ଏ ଜମିଜମାରୁ କହିଲ ? ତମେ ଯେମିତି ହେଲେ ବାପାଙ୍କ କାନରେ ଏକଥା ପକେଇ ଦିଅ । ବାକି ମୁଁ ସମ୍ଭାଳି ନେବି । ଶୁଣାଗଲା ରିତାର ସ୍ୱର ।

- ଜମିରୁ ଆମକୁ କ'ଣ ମିଳିବ ? ବାପା ତ ବୁଝୁଛନ୍ତି ।

- ସବୁବେଳେ ସବୁ ଜିନିଷ ପ୍ରତି ଏତେ ଅନାସକ୍ତ ହୋଇପଡୁଛ କାହିଁକି ? ତମେ ତ ମଧ୍ୟ ବାପାଙ୍କ ପୁଅମାନଙ୍କ ଭିତରୁ ଜଣେ । ଭାଗ ପାଇବ ନା ନାହିଁ ? କିଏ ଗାଁଘରେ ରହୁଛି । ହେଲେ ଜମିରୁ କିଏ ଟଙ୍କା ପାଇଯାଏ !

- ପିଲାମାନେ ତ କିଏ କେଉଁଠି ଯାଇ ଚାକିରି କଲେଣି । ଗାଁରୁ ଭାଗ ଖୋଜିଲେ ଅସୁନ୍ଦର ହେବ । ମୁଁ ଏକଥା କହିବି ନାହିଁ । ପିଲାମାନେ ତ କେତେ ଗଛ ଚିହ୍ନି ପାରିନାହାନ୍ତି । ଆମ ସାଙ୍ଗରେ ବୁଲି ବୁଲି ଘରର ଚାରିକାନ୍ଥରେ ଆବଦ୍ଧ ହୋଇ ପାଠ ପଢ଼ି ଚାକିରି କଲେଣି । ଏବେ ବେଶି ଲୋଭ ତମକୁ ଲାଗୁଛି କାହିଁକି ?

- ତମେ ନ କହିଲେ ମୁଁ ଏକଥା ମା'ଙ୍କୁ କହିବି ।

ଘରେ ପହଞ୍ଚିଲା ବେଳକୁ ସନ୍ଧ୍ୟା ଟପିଗଲାଣି । ଖୋଲା ଅଗଣାଥିବା ଘରଟି ଭାରି ଖୋଲାଖୋଲା ଲାଗୁଥିଲା । ଘରେ ପହଞ୍ଚିଲା ପରେ ଗାଁର ଭାବଟା ଆହୁରି ବିକଶିତ ହୋଇଯାଏ । ପାଖ ପଡ଼ିଶା ବୟସ୍କମାନଙ୍କୁ ଦେଖିଲେ ହାତ ଆପେ ଆପେ ଯୋଡ଼ିହୋଇ ପ୍ରଣାମ କରେ । ଭୁଲି ହୋଇଯାଏ ନିଜର ପ୍ରତିପତ୍ତି ଓ ପ୍ରତିଷ୍ଠା କଥା । ଆଜିକାଲି ବାପାଙ୍କ ଅଣ୍ଟା ଟିକିଏ ନଇଁ ଆସିଲାଣି । ମା'ର ଦେହ ଭଲ ରହୁନି । ସେମାନଙ୍କ ପାଖରୁ କିଛି ଆଶା ରଖିବା ଉଚିତ୍ ନୁହେଁ । ମୁଁ ପୁଅ ହୋଇଥିବାରୁ ଯଦିଓ ସେମାନଙ୍କ ବାର୍ଦ୍ଧକ୍ୟରେ ଲାଠି ହୋଇପାରୁନି ତେବେ ସେମାନଙ୍କ ଆଶା ବାଡ଼ିକୁ ଟିକିଏ ମଜଭୁତ୍ କରିବା ଦରକାର । କଥା କହୁକହୁ ମା' କହିଲା- ଗାଁରେ ଅମ୍ଭର ଥିବାରୁ ଆମେ କିଛି କଷ୍ଟ ଜାଣି ପାରୁନୁ । ସେମାନେ ଆମର ସେବା ଶୁଶ୍ରୂଷା କରୁଛନ୍ତି । ତମେମାନେ ତ ଦୂର ଦୂରାନ୍ତରେ ରହୁଛ ।

ଚାକିରି ପାଇଁ ଏଠି ସେଠିକୁ ବଦଳି ହୋଇଯାଉଛ । ଆଉ ଆମ କଥା ବୁଝିବ କେମିତି ? ସେମାନଙ୍କ ମନ ନେଇ ଚଳିବାକୁ ପଡୁଛି । ବାପା ଆରମାସରେ ରାସ୍ତାକଡ଼ର କେତେ ଜମି ବିକି ଦେଲେ । ଦଶଲକ୍ଷ ଟଙ୍କା ପାଇଲେ । ତାକୁ ବ୍ୟବସାୟ କରିବାକୁ ଦେବେ ।

ଚମକିଗଲି ମୁଁ । ଆମକୁ ନ ପଚାରି ପୁଣି ବିକିଦେଲେ ସେହି ସାନଭାଇର ପ୍ରରୋଚନାରେ । ଏଠି ଆମର କଥାର ମୂଲ୍ୟ ନାହିଁ । ସାନଭାଇର କଥା ଅନୁସାରେ ଘର କେମିତି ଚଳୁଛି ?

- କିଛି କହୁନୁ ଯେ ?

- କ'ଣ କହିବି ଆଉ ? ତମେ ତ ବଡ଼ମାନଙ୍କୁ ସାନମାନଙ୍କ ଆଗରେ ଛୋଟ କରିଦେବାକୁ ଚାହିଁଛ । ଆମର ବିନା ପରାମର୍ଶରେ ସାନପୁଅର କଥା ରଖିଛ । ଯଦି ତମେ ବଞ୍ଚିଥାଉ ଥାଉ ବଡ଼ଭାଇମାନଙ୍କୁ ସମ୍ମାନ ଦେବାକୁ ସାନମାନଙ୍କୁ ଶିଖାଇଲ ନାହିଁ ତେବେ ପରେ ସାନମାନେ ଆମକୁ ମାନିବେ କାହିଁକି ! ଥରୁଟିଏ ପାଇଁ କେମିତି କହିପାରିଲନି "ପଚାରେ ବଡ଼ପୁଅମାନଙ୍କୁ । ଏସବୁ ସେମାନଙ୍କର ଘର ଓ ଜମି ମଧ୍ୟ ।" ଆମକୁ ତ ଏବେଠାରୁ ବେଦଖଲ କରି ଦେଲଣି ତମ ସମ୍ପତ୍ତିରୁ । ଆଉ ପରେ କିଛି ଅସୁବିଧା ହେବନି ।

- ତୁ ରାଗିକରି କହୁଛୁ ଏସବୁ ?

- କାହାକୁ ରାଗିବି ? ଅଭିମାନରେ କହୁଛି । କେମିତି ବାପା ଓ ତୁ ବଶୀଭୂତ ହୋଇଗଲ ଅମ୍ବର କଥାରେ ।

- ତମେ ପରା ଚାକିରି କରିଛ ବାହାରେ ।

- ଫୋନ୍ ଟିକିଏ କରିପାରି ପଚାରିଥାଆନ୍ତ ହେଲେ ? ଛାଡ଼ । ତମ ସମ୍ପତ୍ତି ତମେ ଯାହା କରୁଛ କର ।

ପହଞ୍ଚିଗଲା ସାନଭାଇ ଅମ୍ବର । ଉପରେ ପଡ଼ି କହିଲା କି ଲାଭ ଧାନରୁ ହେଉଥିଲା କି ! ମୂଳ ମଜୁରି ସାର ଦେଇ ତ ଅଧିକା ଖର୍ଚ୍ଚାନ୍ତ ହେଉଥିଲେ ବାପା । ମୁଁ ବାପାଙ୍କୁ ଠିକ୍ ଉପଦେଶ ଦେଇଛି ।

- ତୁ ଠିକ୍ କି ଭୁଲ ଉପଦେଶ ଦେଇଛୁ ଏକଥାର ମର୍ମ ତୁ ଜାଣୁ । ତୋ ମନରେ ଆବିଳତା ଆମପାଇଁ ଥିଲା କି କାଳେ ଆମେ ଜମି ଭାଗ କରି ବାଣ୍ଟି ନେଇଯିବୁ କି ? ହଉ ଏଠି ତ ଆମେ କୁଣିଆ ।

ମା' ଗୋଟିଏ ଥାଳିରେ ମେଞ୍ଚାଏ ଆରିସା ପିଠା ଆଣି କହିଲା- ଖାଆ । କରିଛି ପିଠା କର୍ପୂର କେଳି ଚାଉଳରେ । ବାସ୍ନା ହେଉଛି ତ ?

ମୁଁ ଥାଳିରୁ ଗୋଟିଏ ପିଠା ଆଣି ଖାଉ ଖାଉ କହିଲି- ଭଲ ଲାଗୁଛି । ବାସ୍ନା ହେଉଛି ପିଠାଟା ।

ମା'ର ଆଖିରୁ ଲୁହ ବୋହିଗଲା । ଛଳଛଳ ଆଖିରେ କହିଲା- ସେହି ଜମିପରା ବିକ୍ରି ହୋଇଗଲା । ଆମେ ଏ ବୟସରେ ଭାରି ଅସହାୟ । ଘରା ନାହିଁ ତା' କଥା ନ ଶୁଣିବାକୁ । ବାପା ପରା ବାଧ୍ୟବାଧକତାରେ ଆଖିରେ ଲୁହ ନେଇ ଜମି ବିକି ଦେଲେ । ଗାଁରେ ରହିବା ପାଇଁ ଆମେ ଋହିଁଛୁ । ତେଣୁ ସେମାନଙ୍କ କଥା ମାନିବୁନି କେମିତି ?

ମୁଁ ଅଗଣାରେ ପଡ଼ିଥିବା ଚୌକିରେ ବସିଥିଲି । ଭାବୁଥିଲି ଘର ଭିତରେ ମଧ୍ୟ ବାପା ମା' କେଡ଼େ ଅସହାୟ ? ବଳ ବୟସ ଗଲେ ସବୁ ଯେମିତି ବଦଳିଯାଉଛି । ନ୍ୟାୟ ଅନ୍ୟାୟର ପରିଭାଷା ପଢ଼ିବାକୁ ଆଖିରେ ଜ୍ୟୋତି ନାହିଁ ଯେମିତି । ମୋ ମନରେ ମହାଭାରତର ଭୀଷ୍ମ ପିତାମହ କଥା ମନେ ପଡ଼ିଗଲା । ମନକୁ ସଂଯତ କରି ସେ କେମିତି କୌରବଙ୍କ ପକ୍ଷ ନେଲେ । ଅଧର୍ମକୁ ସାହାଯ୍ୟ କଲେ ଯାହାର ଖାଇବ ତା'ର ତ ଗୁଣ ଗାଇବାକୁ ବାଧ୍ୟ ।

ବାପାଙ୍କର କ୍ଷୀଣ ସ୍ୱର ଶୁଣାଗଲା- ଏହି ବୟସରେ ମୋର ଆଉ ଘରା କ'ଣ ? ତମେମାନେ ତ ଟଙ୍କା ରୋଜଗାର କରୁଛ । ତମର ଆଉ ଚିନ୍ତା କ'ଣ ?

ମୁଁ ଆବାକ୍ ହୋଇ ଋହିଁଲି ବାପାଙ୍କ ଅସହାୟ ମୁହଁକୁ । ଆପେ ଆପେ ପାଟିରୁ ବାହାରିଗଲା- ବାପା, ତମେ ପରା କହୁଥିଲ, ଜମି ସହ ସୁନାରୁପା ଟଙ୍କା ପଇସା ତୁଳନା ହୋଇପାରିବନି । ମାଟି ମା' ଯୋଗୁ ଆମର କ୍ଷୁଧା ଦୂର ହେଉଛି । ଦୁର୍ଭିକ୍ଷବେଳେ ପରା ଟଙ୍କା ପଇସା ପାଖରେ ଥାଇ ମଧ୍ୟ ଲୋକମାନେ ଶସ୍ୟ ପାଇବା ପାଇଁ ଉହଳ ବିକଳ ହୋଇ ମରୁଥିଲେ । ଏସବୁ ବଦଳିଯାଉଛି କେମିତି ?

- ଯୁଗ ବଦଳୁଛି ଆଉ ତା' ସାଙ୍ଗରେ ପାଦ ଦେଉ ଦେଉ ମୁଁ ପୁଣି ବଦଳିଗଲିଣି । ଦେଖ ମୋ ଚେହେରାକୁ ।

ମୁଁ ଆଉ କିଛି ନକହି ବାପାକୁ ଋହିଁଲି । ଲମ୍ବ ଚଉଡ଼ା ମୋଟାଶୋଟା ବାପାଙ୍କ ଶରୀର ଏବେ ଖୁବ୍ ଜୀର୍ଣ୍ଣଶୀର୍ଣ୍ଣ ହୋଇଯାଇଛି, ବଳ ନାହିଁ ଆଉ ।

- ଋହିଁଛୁ କ'ଣ ?

- ଆକାଶକୁ ଯାହାର ଦେହଟା ଏତେ ବିସ୍ତୀର୍ଣ୍ଣ ଅଥଚ୍ କ୍ଷୀଣ ହୁଏନି କେବେ ?

ହସି ଉଠିଲେ ବାପା । ଆଉ କେତେ ବର୍ଷପରେ ସେହି ବିସ୍ତୀର୍ଣ୍ଣ ବକ୍ଷରେ ମୁଁ ତାରାଟିଏ ହୋଇ ଲୁଚିଯିବିରେ । ଏମିତି ଋହିଁ ଋହିଁ ମୋତେ ଖୋଜିଲେ ମଧ୍ୟ ଚିହ୍ନି ପାରିବନିରେ !

■

ରୂପାଫୁଲ

ଜଳର କଳକଳ ଶବ୍ଦ ତା' ପ୍ରାଣରେ ଭରି ଦେଉନଥିଲା ବଞ୍ଚିବାର ସ୍ୱପ୍ନ । ଆଖି ଛଳଛଳ । କିଏ ନିଜ କିଏ ପର ଭାବିପାରୁନି । ଇଚ୍ଛା ହେଉଛି ନିରବତାକୁ ଭାଙ୍ଗିଦେଇ ବିଦ୍ରୋହର ସ୍ୱରରେ ଚେତାବନି ଦେବାକୁ । କିନ୍ତୁ ପ୍ରତିକ୍ଷଣରେ ଶରୀରର ଅବଶହିଁ ତାକୁ ହାରିବା ଶିଖାଉଛି । ହୃଦୟହୀନତା ପାଖରେ ମଣିଷପଣିଆର ମୂଲ୍ୟ କାହିଁ ! ଭିଜାଭିଜା ଆଖିରେ ଅନିଚ୍ଛାସତ୍ତ୍ୱେ ସେ ପାଦଦୁଇଟିକୁ ଅଗ୍ରସର କରୁଥିଲା । ସୁରଜ ଦେବତା ଫେରିଯିବେ ବସାକୁ ବୋଲି ଗୁଣୁଗୁଣୁ ହେଲା ।

ଆସନ୍ନ ସଂଧ୍ୟା ପୂର୍ବରୁ ପଦ୍ମା ନିଜର ଶୀଥିଳ ଅବସନ୍ନ ଶରୀରକୁ ଧିରେଧିରେ ବୋହି ନେଉଥିଲା ପୋଖରୀ ଆଡ଼କୁ । ଆଜିକାଲି ଦେହ ଓ ମନ ଆଉ ଭଲ୍ ରହୁନି । ତଥାପି ଘୋଷାରି ହୋଇହୋଇ ସେ ବଞ୍ଚିଛି । ତା' ପାଇଁ ତା' ପରିବାର ଲୋକଙ୍କ ମନରେ ଦରଦ ଟିକିଏ ବି ନାହିଁ । ଗାଁରେ ଚଳୁଥିବାରୁ ଲୋକଲଜ୍ଜାରୁ ମୁକ୍ତି ପାଇବାପାଇଁ ସକାଳେ ଓ ସଂଧ୍ୟାରେ ତା' ପାଖରେ ଭାତ ତରକାରୀ ରଖିଦେଇ ନିଜର କାର୍ଯ୍ୟ ସମ୍ପାଦନ କରନ୍ତି । ପେଟ ପୋଡ଼ିଯାଉଥିବାରୁ ପଦ୍ମା ବଢ଼ାଯାଇଥିବା ଖାଦ୍ୟ ବିନା ବାକ୍ୟ ବିନିମୟରେ ଶେଷ କରିଦେଇ ବାସନ ଧୋଇ ରଖିଦିଏ । ତା' ଘର ତାକୁ ହିଁ ଖାଇ ଗୋଡ଼ାଉଛି । ସତରେ ଏଇଟା ତା' ଘର ଥିଲା ? ହିଁ ଆଜିକୁ ପଚାଶବର୍ଷ ପୂର୍ବରୁ ସେ ଏହି ଗାଁର ପ୍ରଧାନ ଘରକୁ ବୋହୂହୋଇ ଆସିଥିଲା । କିନ୍ତୁ ଆଜି ସେ ବୋହୂ ବଦଳରେ ପ୍ରଧାନଘରର ଅଲୋଡ଼ା ବୁଢ଼ୀଟିଏ ପାଲଟିଯାଇଛି । ତା'ର ପାଟି ଫିଟେନି କିଛି କଥାର ପ୍ରତିରୋଧ କରିବାକୁ । ସେ ହିଁ ସମ୍ପତ୍ତିର ମାଲିକାଣୀ। ତଥାପି ତା' ଆଡ଼କୁ କାହାର ନଜର ନାହିଁ ।

ହଠାତ୍ ଲିଲିର ସ୍ୱର ଶୁଣାଗଲା - ବୁଢ଼ୀମା' ପୋଖରୀକୁ ଗାଧୋଇ ଆସିଛୁ କି ?

- ହଁଲୋ ଝିଅ । ଘର କୂଅଟା ଶୁଖିଯାଇଛି । ଘରର ରନ୍ଧାବଢ଼ା ପାଇଁ ତ ପାଣି ଅଣ୍ଟୁନି । ଆଉ ମୋ ପାଇଁ କିଏ ପାଣି ଯୋଗେଇବ ?

- ତୋ ବୋହୂ କ'ଣ ଗରାଟେ ପାଣି ତୋ ପାଇଁ କୂଅରୁ କାଢ଼ି କି ପୋଖରୀରୁ ବୋହି ଯୋଗେଇ ପାରିବନ କି ?

ପଦ୍ମା ଚମକି ପଡ଼ିଲା । ଆରେ ତା' ପାଟିରୁ ସତକଥାଟା କେମିତି ବାହାରି ଗଲା । ଏ ପଦର ବୁଲି ଲିଲି ଯଦି ତା' ନାତୁଣୀ ଆଗରେ ତା' କଥାଟା କହି ପକେଇବ ତେବେ ବୋହୂ ଗୁଣମନ୍ତି ତା' ଅବସ୍ଥା ଆହୁରି ଖରାପ କରିଦେବ । ତେଣୁ ପଦ୍ମା କଥା ବୁଲାଇ କହିଲା- ସବୁଦିନେ ଘରେ ବସି ରହିଛି । ମୋର ସବୁ ସେବା ପୁଅ ବୋହୂ କରୁଛନ୍ତି । ପଦାକୁ ଗୋଡ଼ କାଢ଼ିବାକୁ ଦେଉନାହାନ୍ତି । ଆଜି ମନକୁ ଆନପନା କରିବାକୁ ପୋଖରୀକୁ ଯାଉଛି । ଖରାଦିନର ପୋଖରୀରେ ଗାଧୋଇଲେ ମନଟା ଟିକିଏ ଶାନ୍ତି ଲାଗିବ ।

- ହଉ ବେଶି ପାଣିକୁ ଯିବୁନି । ଭିତରକୁ ପଙ୍କଭର୍ତ୍ତି, ପଙ୍କରେ ଗୋଡ଼ ପଶିଗଲେ ବାହାରିବା କଷ୍ଟ ।

- ନାଇଁମ ଆଣ୍ଟୁଏ ପାଣିରେ ଗାଧୋଇ ଆସିବି । ଏ ବୁଢ଼ୀର ବଳ ଆଉ ବୟସ ନାହିଁ ଯେ ପଙ୍କରେ ପଶି ପଦ୍ମନାଡ଼ ଆଣିବ ? ବୟସ ଖସିଲାଣି ପରା ।

ପଦ୍ମା ନିରେଖିଲା ନିଜ ଦେହକୁ । ହାତ ଗୋଡ଼ର ଶିରା ପ୍ରଶିରା ଗୁଡ଼ିକ ଦେଖାଯାଉଛି । ଦେହର ଚମଡ଼ାଟି କୁଞ୍ଚି କୁଞ୍ଚି ହୋଇଗଲାଣି । କଥାବାର୍ତ୍ତାରେ ଶୀଥିଳତା ପଡ଼ିଗଲାଣି । କୁଆଡ଼େ ଗଲା ସେଦିନର ସମୟ ।

ଚମକିପଡ଼ିଲା ପଦ୍ମା । ଆଜି ଯେଉଁ ରୋଗଣା ବୁଢ଼ୀଟା ଏଠି ଅଛି ସିଏ କ'ଣ ସେଦିନର ସୁନ୍ଦରୀ ପଦ୍ମା ଥିଲା ?

ପଦ୍ମପରି ମୁହଁ ସାଙ୍ଗକୁ ଢଳ ଢଳ ଦୁଇଟି ଆଖି, ସେ ଆଖିରେ ଲୁହ ଭରିଗଲେ ତା' ସ୍ୱାମୀ ରୁଦ୍ର ଚିଡ଼େଇବାକୁ କୁହନ୍ତି - ପଦ୍ମ ପତରରେ ପାଣି ଟୋପାଏ ପଡ଼ିଲେ ଯେମିତି ଢଳ ଢଳ ହୋଇ ସୁନ୍ଦର ଦିଶେ ଠିକ୍ ତୋ ଆଖିରେ ଲୁହ ଖୁବ୍ ସୁନ୍ଦର ଦିଶୁଛି । ତୋ ଆଖି ସୁନ୍ଦର ତାଠାରୁ ତୋ ଲୁହ ଆହୁରି ଚକ୍ ଚକ୍ ଠିକ୍ ମୁକ୍ତାପରି ।

ପଦ୍ମା ରୁଦ୍ରକୁ ଅନାଇ କହେ- ତମେ ମୋ ଆଖିକୁ ତାରିଫ୍ କରୁଛ ତ ?

- ହଁ ହଁ, ମୁଁ ତୋ ଆଖିକୁ ଚିହ୍ନେ । ତୁ କାହାର ଦୁଃଖ ସହିପାରୁନା ।

ପଦ୍ମା ଚାହିଁଲା ପୋଖରୀର ଜଳରାଶିକୁ । ପୋଖରୀ ମଝିଆଡ଼କୁ ପଦ୍ମ ଫୁଲଗୁଡ଼ିକ ଭର୍ତ୍ତି ହୋଇଛନ୍ତି ଆଉ ପଦ୍ମ ପତ୍ରଗୁଡ଼ିକ । ପଦ୍ମଫୁଲ ପାଖାପାଖି ରହି ଆହୁରି ଚମତ୍କାର ଦିଶୁଛନ୍ତି । ସେଠି ପାଣି ତ ଦେଖାଯାଉନି ଆଉ । କିନ୍ତୁ ଆଜିକାଲି କେତେ ବାଳୁଙ୍ଗା

ପିଲା ପଦ୍ମପତ୍ର ନେଇ ବିକିବା ଆରମ୍ଭ କରୁଛନ୍ତି । ହେଲେ ଗାଁଲୋକଙ୍କ ଡର ଓ ସାପର ଭୟ ଯୋଗୁ ଏବେ ଆଉ କିଏ ପୋଖରୀର ଗରୁଡ଼ସ୍ତମ୍ଭ ଆଡ଼କୁ ଯିବାକୁ ସାହସ କରୁନାହାନ୍ତି । ପଦ୍ମା ପାହୁଣ୍ଡ ପକାଇଲା ପୋଖରୀର ପାହାଚ୍ ଆଡ଼କୁ । ସେଠି ପହଞ୍ଚିଗଲା ପରେ ବସିଗଲା ଟିକିଏ । ନିଜର ଶିଥିଳ ଦେହ ଉପରେ ଟିକିଏ ଆଖି ବୁଲାଇ ଆଣି କହିଲା- ସବୁ ସୁନ୍ଦରପଣିଆ ଗଲା । ଗହଣା ଗାଣ୍ଠି ପିନ୍ଧିବାର ଦିନ ଗଲା । ସବୁ ନେଇଗଲେ । ହଁ ନିଅନ୍ତୁ । ଯାହାପାଇଁତ ଏତେ ଚିନ୍ତା କରୁଥିଲି ସେ କ'ଣ ମୋ ମନକୁ ଚିହ୍ନିଲା । ଶେଷରେ କେତେ ହତାଦର କଲା । ହଁ ମ, ଏୟାତ ଭାଗ୍ୟରେ ଥିଲା ।

ଆସ୍ତେ ଆସ୍ତେ ପାହାଚ୍ ଓହ୍ଲାଇଲା ପଦ୍ମା । ଦୁଇଟା ପାହାଚ୍‌ରେ ଆସ୍ଥାନ ଜମାଇ ବସିଗଲା । ପାଣି ଥିବା ଉପର ପାହାଚ୍‌ରେ ବସିଯାଇ ତଳପାହାଚ୍‌କୁ ଗୋଡ଼ ଦି'ଟା ଲମ୍ବେଇ ଦେଲା । ନିଜ ପଣତ କାନି ପାଣିରେ ବୁଡ଼ାଇ ଦେହ ଘସି ହେଲାଣି । ବେକଟା ଖାଲି ଖାଲି ଲାଗୁଛି । ହଁ ପୁଅ ଗୁଣମଣିର ବାହାଘର ବେଳେ ନିଜ ବେକକୁ ମାଳିଟା କାଢ଼ି ରୁଦ୍ର ହାତକୁ ବଢ଼େଇ ଦେଇ କହିଥିଲା- ନିଅ ବୋହୂକୁ ଦେବ । ଏ ବୟସରେ ମୋର ସୁନାରୂପାର ଦରକାର କ'ଣ ଆଉ ଅଛି ?

ଏତକ ଶୁଣିଲାପରେ ଝପସି ଆସିଥିଲା ଛବି । ପଦ୍ମା ହାତରୁ ମାଳିଟା ନେଇ କହିଥିଲା - ଯାହାହେଉ ତମେ ଆମର ମାନ ସମ୍ମାନ ରଖିଲ । ଏବେ ତ ପାଖରେ ପଇସାପତ୍ର ନାହିଁ । କେମିତି ପୁଅ ବାହାଘରଟା ହେବ ସେହି ଚିନ୍ତା ଥିଲା । ଯାହାହେଉ ଆଉ ସୁନା କିଣିବାକୁ ପଡ଼ିବନି ।

ରୁଦ୍ର ଚଢ଼ାଗଳାରେ କହିଥିଲେ - ସେ ଏ ଘରପାଇଁ ଯେଉଁ ତ୍ୟାଗ କରିଛି ତା'ର ମୂଲ୍ୟ କାହିଁ ? ଏବେ ତୋ ପୁଅ ବାହାହେବ ତେଣୁ ତୁ ତୋ ମାଳିଟା ବୋହୂପାଇଁ ଦିଏ ।

ଛବି ଚିହିଁକି ଉଠି କହିଲା- ଜାଣେ ସବୁବେଳେ ପଦ୍ମାର ପ୍ରଶଂସା । ସେ ତ ଥିଲା ଆଣ୍ଟକୁଡ଼ୀ, ମା' ହୋଇପାରିଲାନି ବୋଲି ତମ ପରି ବୁଢ଼ା ସହିତ ମୋ ବାହାଘର କରିଦେଲା । ମୋର ପୁଅଟି ତମ କୁଳ ଉଦ୍ଧାର କରିଦେବ ।

ରୁଦ୍ର ଆଗକୁ ଝପସିଯାଇ କହି ଉଠିଲେ- କ'ଣ କହିଲୁ, ଦେବି ଯେ ?

ଛବି ଆହୁରି ଜୋର୍‌ରେ କହି ଉଠିଲା- ସତ କହିଲେ ବାଧିଯାଉଛି କାହିଁକି ? ମୋ ପୁଅକୁ ସେ ପୁଅ ବୋଲି କହି ବୁଲୁଛି ଅଥଚ୍ ମାଳିଟା ପାଇଁ ଏତେ ଲୋଭ ଲାଗିଛି କାହିଁକି !

ପଦ୍ମା ବେକରୁ ମାଳିଟା ଖୋଲିଦେଇ ରୁଦ୍ରଙ୍କ ହାତକୁ ବଢ଼ାଇ ଦେଇ କହିଥିଲା-

ଏ ବୟସରେ ମାଳି ନୋଳିରୁ କ'ଣ ଆଉ ମିଳିବ ? ନିଅ ବୋହୂପାଇଁ ଗହଣା ଗଢ଼େଇଦେବ ।

ପଦ୍ମା ଥିଲା ଖୁବ୍ ସରଳ ଓ ଶାନ୍ତଶିଷ୍ଟ । ଶାଶୁଶ୍ୱଶୁର ତାକୁ ମଧ୍ୟ ଭାଲପାଉଥିଲେ । ଆଉ ରୁଦ୍ର ତ ତାକୁ ନ ଦେଖିଲେ ରହିପାରୁନଥିଲେ । କିନ୍ତୁ ସମୟ ସାଙ୍ଗରେ ସବୁ ଓଲଟିଗଲା । ବାରବର୍ଷ ଯାଏ ତା'ର ଛୁଆଟିଏ ନ ହେବାରୁ ଶାଶୁଙ୍କ ମତିଗତି ପରିବର୍ତ୍ତନ ହେଲା । ସେ କୁଳ ରକ୍ଷା ପାଇଁ ରୁଦ୍ରଙ୍କୁ ପୁଣି ବାହାଘର କରିବାକୁ ଚାହିଁଥିଲେ । କିନ୍ତୁ ରୁଦ୍ର ମା'ଙ୍କ କଥାକୁ ଟାଳି ଦେଇଥିଲେ । ସମୟଚକ୍ରରେ ଶାଶୁ ଆଖି ବୁଜିଲେ । କିନ୍ତୁ ଶ୍ୱଶୁର ବଞ୍ଚିଥିଲେ । ତେଣୁ ପଦ୍ମାର ଏକା ଜିଦିଥିଲା ରୁଦ୍ରଙ୍କୁ ପୁଣି ବାହାଘର କରେଇ ଘରକୁ ହସଖୁସିରେ ଭରିଦେବା, ଶ୍ୱଶୁର ମଧ୍ୟ ପଦ୍ମା କଥାରେ ସମ୍ମତ ଥିଲେ । ଯାହହେଉ ଅନେକ ବୁଝାଶୁଝା ପେର ରୁଦ୍ର ବାହାହେଲେ ଗୋଟିଏ ନଥିଲାଘରର ଝିଅକୁ । ଆଉ ଛବିକୁ ବାହାହେଲାପରେ ପରେ ପଦ୍ମା ଆପେ ଆପେ ରୁଦ୍ରଙ୍କ ଜୀବନରୁ ଦୂରେଇ ଯାଇଥିଲା । ନିଜର ସ୍ତ୍ରୀତ୍ୱର ଦାବିନେଇ ନଥିଲା । ତେଣୁ ଛବିର ପ୍ରତିପତ୍ତି ଘରଭିତରେ ବଢ଼ିବାକୁ ଲାଗିଥିଲା । ପ୍ରତିକଥାରେ ତା'ର ମୁରବୀପଣିଆ ହିଁ ଜାହିର ରହୁଥିଲା । ପୁଅ ଗୁଣମଣିର ଜନ୍ମ ପରେ ପରେ ଶ୍ୱଶୁର ବହୁତ ଖୁସି ହୋଇଥିଲେ । ଆଉ ପଦ୍ମା ମଧ୍ୟ ପୁଅଟିଏ ଜନ୍ମ କଲାପରି ଖୁସିରେ ଫାଟିପଡୁଥିଲା ଯଦିଓ ସପତ୍ନୀଠାରୁ ପାଉଥିବା ଦୁଃଖ ତା'ପାଇଁ କିଛି ବେଦନାଦାୟକ ନଥିଲା । ଆସ୍ତେ ଆସ୍ତେ ସେ ପୁଅଟିର ଲାଳନପାଳନରେ ଏତେ ମଗ୍ନ ରହିଲା ଯେ ଭୁଲିଗଲା ପତ୍ନୀର ଭୂମିକା । କିନ୍ତୁ ଛବି ହିଁ ବୁଝୁଥିଲା ରୁଦ୍ରର ଖାଇବା ପିଇବା କଥା ।

କିନ୍ତୁ ଗୁଣମଣୀ ସବୁ କଥା ବୁଝି ପାରିଲାବେଳେ ଛବି ପଦ୍ମାପାଖରୁ ତାକୁ ଦୂରେଇ ନେବାକୁ ଚାହିଁଲା । ସାବତ ମା'ର ଦୁହିଦେଇ ବିଭିନ୍ନ କଠୋର କଥା ମଧ୍ୟ କହିଥିଲା । ନିଜ ପୁଅର ଓ ସ୍ନେହକୁ ସେ ସପତ୍ନୀ ପଦ୍ମାପାଖରେ ଦେଖିବାକୁ ଚାହିଁଲାନି । ସମୟକ୍ରମେ ପତି ଓ ପୁତ୍ର ପାଖରୁ ପଦ୍ମା ଦୂରେଇ ଯାଇ ଶାଶୁ ଶ୍ୱଶୁର ରହୁଥିବା ଘରଟିରେ ଏକାକୀ ଜୀବନ ବିତାଇଲା । ଶ୍ୱଶୁର ମଲାବେଳକୁ ଦୁଃଖ କରି କହିଥିଲେ - ତୋର ତ୍ୟାଗ ଏମାନେ ବୁଝି ପାରିବେ ନାହିଁ ।

ପଦ୍ମା ପୋଖରୀ ପାଣିରେ ବୁଡ଼ିପଡ଼ି ଉଠିପଡ଼ିଲା । ଭାବିନେଲା ସବୁ ଦୁଃସ୍ୱପ୍ନ ତା'ର ଧୋଇ ହେଇଗଲା । କିନ୍ତୁ ତା' ଆଖିରେ ଲୁହ ଛଳଛଳ ହୋଇଗଲାଣି । ରୁଦ୍ର ମରଣ ଶଯ୍ୟାରେ ଦୀର୍ଘ ନିଃଶ୍ୱାସ ଛାଡ଼ କହିଥିଲେ- ତୁ ଯାହା ତ୍ୟାଗ କଲୁ ଠିକ୍ କଲୁନି । ନିଜର ସୁଖକୁ ଜଳାଞ୍ଜଳିଦେଇ ଅନ୍ୟର ସୁଖ ଦେଖିବା କି ଦରକାର ଥିଲା ? ତୋ ହୃଦୟଟା ନିର୍ମଳ । କିନ୍ତୁ ଛବିର ତାଗିଦ ପାଖରେ ମୁଁ ଥିଲି ନାଚାର । ତୋର ଭଲମନ୍ଦ

ବୁଝିବାକୁ ମୋର ନଥିଲା ସାହସ । ତୁ ମୋତେ ଖରାପ ଭାବିଥିବୁ । ଗାଳିଦେଇଥିବୁ । କିନ୍ତୁ କିଛି କହିପାରିବାର ଶକ୍ତି ମୁଁ ହରେଇ ଦେଇଥିଲି । ତେଣୁ ବାଧ୍ୟହୋଇ ଛବି କରୁଥିବା ଅତ୍ୟାଚାରକୁ ଦେଖୁଥିଲି ।

ପଦ୍ମା ଆଶ୍ଚର୍ଯ୍ୟ ହୋଇ ରୁଦ୍ରର ହାତଧରି କହିପକାଇଲା- ଯାହାହେଉ ମୋ ମନରୁ ଦୁଃଖ ବୋଝଟା ହାଲ୍‌କା ହୋଇଗଲା । ଭାବିଥିଲି ତମେ ମଧ୍ୟ ସେମାନଙ୍କ ସହିତ ଏକମତ । କିନ୍ତୁ ତମର ମନକୁ ବୁଝିପାରି ନଥିଲି କେମିତି ? କେମିତି ଧରିନେଲି ତମେ ମଧ୍ୟ ସେମାନଙ୍କ ସହ ମିଶିଯାଇଛି । ଯାହାହେଉ ମୋ ସନ୍ଦେହ ଆଖି ନିଷ୍ପାପ ହୋଇଯାଇଛି । ମୁଁ ବୁଝିଥିଲି ତୁମେ ଜଣେ ପୁରୁଷ । ପୁରୁଷ ପାଇଁ ନାରୀର ମନଠାରୁ ଦେହର ମୋହଟା ବେଶି । ସେଥିପାଇଁ ତମେ ଛବିକୁ ଭଲପାଇଥିବ ଏହି ଧାରଣାରେ ମୁଁ ଛନ୍ଦି ହୋଇପଡ଼ିଥିଲି ।

ରୁଦ୍ର ପ୍ରତିବାଦ ସ୍ୱରରେ କହିଲେ- ଛବି ମୋ ସନ୍ତାନର ମା' ବୋଲି ତୋଠାରୁ ତାକୁ ଅଧିକା ଭଲପାଇବା କଥା । କିନ୍ତୁ ମୁଁ ହିଁ ତତେ ଭଲପାଏ । ତୋ ତ୍ୟାଗକୁ ଭଲପାଏ । ଯିଏ ନିଜର ଦୁଃଖକୁ ଗର୍ଭସ୍ଥକରି ଅନ୍ୟପାଇଁ ସୁଖ ଖୋଜେ ସେ ତ ମଣିଷଠାରୁ ଟିକିଏ ଉଚ୍ଚରେ ।

- ସତ କହୁଛ ?

- ମରଣ ଶଯ୍ୟାରେ ମିଛ କହିବି କାହିଁକି ! ମୋ ମୃତ୍ୟୁପରେ ତୋତେ କିଏ ହେଲେ ଭଲରେ ପଚାରିବେନି । ହତାଦର କରିବେ । ସେତେବେଳେ ତୋ ଆଖିରେ ଲୁହ ଢଳଢଳ ହେବ । କିଏ ବୁଝିପାରିବେନି ସେହି ଲୁହର ଭାଷା ।

ପଦ୍ମା ଅତୀତ ଭାବନାରୁ ଫେରି ଆସୁ ଆସୁ - ଦୂରରୁ ଦେଖୁଥିଲା ପଦ୍ମଫୁଲଟିକୁ ଆଉ ତା'ର ଚାରିପାଖରେ ବେଷ୍ଟନ ହୋଇ ରହିଥିବା ପଦ୍ମପତ୍ରକୁ । ପଦ୍ମପତ୍ର ଉପରେ ପାଣିପଡ଼ି ଢଳଢଳ ହେଉଥିଲା । ସତରେ କି ସୁନ୍ଦର ଦିଶୁଛି । ସେଥିପାଇଁ ତା' ଢଳଢଳ ଆଖିରେ ଲୁହ ମଧ୍ୟ ସୁନ୍ଦର ଦିଶୁଥିବ । ରୁଦ୍ରଙ୍କୁ ମନେମନେ ଭାବି ନେଇ ପଦ୍ମା ଗୁଣୁଗୁଣୁ ହେଲା - ଏବେ ମୋ ପେଜୁଆ ଆଖିରେ ଲୁହ କେମିତି ଦିଶୁଛି ଟିକିଏ କହିଲ ?

ପାଖରେ ଗାଧୋଉଥିବା ରମା କହିଲା - ବଡ଼ମା' କ'ଣ କହୁଛୁ ।

ପଦ୍ମା ସଜାଗ ହୋଇଗଲା । ପୋଖରୀ ହୁଡ଼ାକୁ ଆସି ଲୁଗା ଚିପୁଡ଼ି ପିନ୍ଧି ଧିରେ ଧିରେ ଘର ଆଡ଼କୁ ଗଲା । ଘରେ ପହଞ୍ଚୁ ପହଞ୍ଚୁ ଗୁଣମଣୀ ସ୍ୱୀର ପାଟି ଶୁଣାଗଲା - ଏ ବୁଢ଼ୀ ନ ମରି ବଞ୍ଚିଛି କାହିଁକି ? କିଏ ବୁଝିବ ଯାଙ୍କ କଥା । ଘଣ୍ଟାଏ ହେବ ପୋଖରୀକୁ ଯାଇଛନ୍ତି ଯେ ଫେରି ନାହାନ୍ତି । କେଉଁଠି ବୁଡ଼ି ମରି ପଡ଼ିଲେ ଆମର ଦୋଷ । ଶ୍ୱଶୁର

ତ ସବୁ ସମ୍ପତ୍ତି ସ୍ତ୍ରୀ ବୋହୂ ପଦ୍ମାବତୀ ନାଁରେ କରି ଦେଇଯାଇଛନ୍ତି । ସେଥିପାଇଁ ତ ଏ ବୁଢ଼ୀକୁ ଟିକିଏ ଭଲରେ ରଖିବାକୁ ପଡୁଛି । ନହେଲେ କିଏ ପଚାରେ ଏ ଆଣ୍ଠୁକୁଢ଼ୀକୁ ?

ପଦ୍ମା ବୋହୂର ଏତକ କଥା ଶୁଣି ହତଚକିତ ହୋଇ ପଡ଼ିଲା । କିଛି କହିବାକୁ ଉଦ୍ୟତ ହେଲାବେଳକୁ ନିଜର ମନ ତାକୁ ବାଧାଦେଲା – ଚୁପ୍ ରହିଯାଆ । ଏତେବର୍ଷ ତ ଚଳି ଆସିଲୁଣି । ଆଉ କେତେଟା ବର୍ଷ ତ ? ସବୁତକ ଦୁଃଖକୁ ତ ହଜମ କରି ସାରିଛୁ ଆଉ ଢୋକେ ଦୁଃଖରେ ମନକୁ କଷ୍ଟ ଦେବା କି ଦରକାର ?

ପଦ୍ମା ଲୁଗାବଦଳେଇ ନିଜର ଅନ୍ଧାରୁଆ ଘରେ ପଶିଲା । ନିଃସଙ୍ଗତାକୁ ହିଁ ସେ ଆପଣେଇ ଦେଇଥିଲା ଏହି ଘର ଭିତରେ । ଅନ୍ଧାର ଭିତରେ ସେ ଖୋଜୁଥିଲା ଅଫୁରନ୍ତ ଜୀବନର ସୁଖର ସ୍ମୃତିକୁ । ସେ ଫେରିଯାଇଥିଲା ପଚାଶବର୍ଷ ତଳକୁ । ସେ ନିଜର ବୋହୂହୋଇ ଆସିବା ବେଳର ରୂପକୁ ଭାବି ଭାବି ଖୋଲିଲା ନିଜର ହାତବାକ୍ସଟି । ସେ ଭିତରୁ ଅଣ୍ଡାଳିଲା ତା' ରୂପାର ମୁଣ୍ଡ ଫୁଲଟିକୁ । ହାତରେ ବାଜିଲାନି ଜମାରୁ । କିଏ ତାକୁ ଚୋରିକରି ନେଇଛି ? ବୋହୂ ନା ଛବି ? କିନ୍ତୁ ପଚାରିବାର ସାହସ ତା'ର ନଥିଲା । ସେ ସେମିତି ଢଳଢଳ ଲୁହରେ ଚାହିଁଥିଲା ଝାପସା ଅନ୍ଧାରକୁ । ମୁଠାମୁଠା ଦୁଃଖ ନିକଟରେ ହଠାତ୍ ରୂପାଫୁଲଟି ଚକ୍‌ଚକ୍ ହୋଇ ତାକୁ ଦେଖାଯାଉଥିଲା ଯେମିତି । ସେ ଭୁଲିପାରୁନଥିଲା ରୂପାଫୁଲର ସ୍ମୃତିର ମହକକୁ ଯାହାକୁ ଗୋପନରେ ନିଃସଙ୍ଗ ସମୟରେ ଲୁଚାଇ ରଖିଛି ଅନ୍ୟର ଅବିଶ୍ୱାସ ଆଖିରୁ । ସେ ସମୟରେ ପାଞ୍ଚଟଙ୍କାରେ ରୁଦ୍ର କିଣିଥିଲେ । ରୂପାଭରି ଚାରିଟଙ୍କା କି ପାଞ୍ଚଟଙ୍କା ଥିବ । ସେହିଦିନର ପାହୁଡ, ବଟଫଳ ସବୁ ତ ବିକ୍ରିକରି ଦେଇଛନ୍ତି । ରୂପାଫୁଲଟି ପ୍ରତି ଏତେ ମୋହ ତ ତାକୁ ମାଟି ଖୋପରେ କେତେଦିନ ପୋତି ରଖିଥିଲେ ସେ । ରୁଦ୍ର ନିଜ ହାତରେ ରୂପାଫୁଲଟି ତା ମୁଣ୍ଡର ଗଣ୍ଠିରେ ଲଗାଇଦେଇଥିଲେ ଚତୁର୍ଥୀ ରାତିରେ । ତାକୁ ସେ କେମିତି ବା ଭୁଲିପାରିବ ।

ହଠାତ୍ ଘର କବାଟ ଖୋଲିଗଲା । ବୋହୂ ଘରଭିତରକୁ ପଶିଆସି ସୁଇଚ୍ ଅନକରି ଲାଇଟ୍ ଲଗେଇଦେଲା । ପଦ୍ମା ହାତରେ ସୁନ୍ଦର ରୂପା ଫୁଲଟିକୁ ଦେଖି ପକାଇ ତଟସ୍ଥ ହୋଇ କହିଲା– ଆସ ଦେଖିବ ଏ ବୁଢୀର ବୁଦ୍ଧିକୁ । ମରିବାକୁ ବସିଲାଣି ହେଲେ ସୁନା ରୂପାର ମୋହ ଛାଡିନି ପୁଣି ଲୁଚାଇରଖିଛି ରୂପାଫୁଲଟି କେମିତି ?

■

ଅବୁଝା ନାତି

ସତ୍ୟକୁ କିଏ କିଏ ଅସ୍ୱୀକାର କରି ଚ୍ୟାଲାକ୍ ହୋଇପଡ଼ନ୍ତି । କିନ୍ତୁ ମୃତ୍ୟୁସତ୍ୟକୁ କିଏ ହେଲେ ଅସ୍ୱୀକାର କରି ପାରିବେ ନାହିଁ । ଏଠି ହଜିଯାଏ ଅସତ୍ୟର ଛଳନା । ଜୀବନର ସ୍ୱରୂପକୁ ଶେଷମେଲାଣି ଦେଇ ମୃତ୍ୟୁ ହିଁ ବାହାଦୂରୀ ନିଏ । ଜୀବନ ଓ ମୃତ୍ୟୁର ସମୟ ବ୍ୟବଧାନ ଭିତର ରହସ୍ୟକୁ କୁନି କୁନି ପିଲାମାନେ ବୁଝିନପାରି ଭାବି ବସନ୍ତି - ଶୋଇପଡ଼ିଛନ୍ତି । ଅନ୍ୟମାନଙ୍କ କାନ୍ଦଣା ସହିତ ମଧ ରାହା ଧରି କାନ୍ଦନ୍ତି । ଏହି ଅବୁଝା ଅବୋଧ ଶିଶୁଟିକୁ କିଏ ବା ବୁଝାଇ ପାରିବ କେତେ ଦିନ ? କେତେ ଦିନ ସତ୍ୟକୁ ଅସ୍ୱୀକାର କରିପାରିବ ? ସମୟ ହିଁ ସବୁ ସମସ୍ୟାର ସମାଧାନ କରିଦିଏ ।

ସହଦେବ ବାବୁଙ୍କ କାନ୍ଦଣା ଶୁଭୁଥିଲା । ମୁହଁ ଧୋଇ ଦାଣ୍ଡ କବାଟ ଖୋଲି ଯାଉ ଯାଉ ପଡ଼ିଶାଘର ମଧୁଭାଇଙ୍କ ଘରୁ କୋଳାହଳ ଶୁଣି ପାରି କଥାଟା କ'ଣ ବୁଝିବାପାଇଁ ଉଣ୍ଡିଦେଲା ବେଳକୁ ସ୍ଥାଣୁବତ ବସିଥିବା ମଧୁଭାଇଙ୍କୁ ଦେଖି ଚକିତ ହୋଇ ପଚାରି ଦେଲେ - କ'ଣ ହେଲା ?

ସେ ଆଉ ଦୁନିଆରେ ନାହାନ୍ତି । ଏଇ ଦଶମିନିଟ୍ ଆଗରୁ ତ ଚ୍ୟାଲିଗଲେ । ଜୋର୍‌ରେ ଭାଉଜଙ୍କ କାନ୍ଦ କାନ୍ଦ ସ୍ୱରଟା ଶୁଣାଗଲା ।

ଅବିଶ୍ୱାସର ବିସ୍ମୟରେ ହଠାତ୍ ସହଦେବବାବୁ ହା ହା କାର ହୋଇପଡ଼ି ନିଜ ଘର ଭିତରକୁ ପଶିଆସି ଖଟ ଉପରେ ଅଚେ୍ତ ହୋଇପଡ଼ିଗଲେ । ପାଖରେ ଥିବା ସ୍ତ୍ରୀ ବଡ଼ ପାଟିରେ ଡାକ ପକେଇଲେ - ଦୌଡ଼ି ଆସରେ ବାପାଙ୍କର କ'ଣ ହୋଇଗଲା । ଆଁ କରି ପଡ଼ିଯାଇଛନ୍ତି ।

ପୁଅ ରଞ୍ଜନ ଦୌଡ଼ି ଆସିଲା । ତା' ପଛେ ପଛେ ବୋହୂ, ନାତି, ନାତୁଣୀ ଆସି ଘଟଣାଟିର ଉପଲବ୍ଧ କରିବାକୁ ଚେଷ୍ଟା କରୁ କରୁ ପଡ଼ିଶାଘରୁ ବହୁ ଜୋର୍‌ରେ କାନ୍ଦଣାର ସ୍ୱର ଛୁଟି ଆସୁଥିଲା । ସମସ୍ତଙ୍କର କର୍ଣ୍ଣରେ ପଶିଯାଉଥିଲା ଉଚ୍ଚସ୍ୱରର

ରୋଦନ । ହେଲେ କିଏ ହେଲେ କଥାଟା କ'ଣ ବୁଝିନଥିଲେ ? ଏପଟେ ସହଦେବବାବୁଙ୍କୁ ପାଣିଛାଟି ଚେତା ଫେରାଇ ଆଣିବାରେ ବ୍ୟସ୍ତ ବିବ୍ରତ ଥିଲେ ଘରଲୋକ ।

ସହଦେବବାବୁ ଆଖି ଖୋଲିଲେ । ପୁଅ ରଞ୍ଜନ ପଚାରିଲା- ବାପା ଏମିତି କାହିଁକି ହେଲ ?

ଆଖିରୁ ଧାର ଧାର ଲୁହ ସହଦେବବାବୁଙ୍କ ଛୁଟି ଆସିଲା । ଥଙ୍ଗେଇ ଥଙ୍ଗେଇ କହିଲେ - ମଧୁ ଭାଇ ଆଉ ନାହାନ୍ତି ।

ଏତିକି ଶୁଣିବାପରେ ଉପସ୍ଥିତ ଥିବା ପରିବାର ସଦସ୍ୟଙ୍କ ମନ ଦୌଡ଼ିଲା ମଧୁଭାଇଙ୍କ ଦର୍ଶନପାଇଁ । ପୁଅ ବୋହୂ ପିଲାମାନେ ଭାବପ୍ରବଣ ହୋଇ ଦୌଡ଼ିଲେ ଦୁଆର ଆଡ଼କୁ । ରଞ୍ଜନ ମଧୁ ବଡ଼ବାପାଙ୍କ ଘର ଭିତରକୁ ପଶିଯାଇଥିଲା । ସେଠାରେ ଉପସ୍ଥିତ ଥିବା ବଡ଼ମା' ଓ ଭାଇ ଭାଉଜଙ୍କ ଉଚ୍ଚାଟ କାନ୍ଦଣାରେ ନିଜେ ମଧ କୋହ ଧରି କାନ୍ଦି ପକାଇଥିଲା । ବୁକୁଫଟା କାନ୍ଦଣା ଧ୍ୱନି ଶୁଣି ପାଖ ପଡ଼ିଶାମାନଙ୍କର ସେଠାକୁ ସୁଅ ଛୁଟିଥିଲା । ସମସ୍ତଙ୍କ ଆଖିରୁ ଲୁହ ଝରୁଥିଲା । କଥାଟା ବୁଝିବାକୁ ଆଉ ବାକି ରହିନଥିଲା ।

ମଧୁବଡ଼ବାପାଙ୍କ ପୁଅ ରଞ୍ଜନକୁ କହି ଚାଲିଲା- ସକାଳୁ ସକାଳୁ ବାପା ଉଠିଲେ । ମୁହଁ ଧୋଇ ଗେଟ୍‌ର ଚାବି ଖୋଲି ଏହି ଚେୟାର ଉପରେ ଘୋଡ଼େଇ ହୋଇ ବସିଗଲେ । ଆଉ ମୁଁ ତ ବାଡ଼ିପଟକୁ ଚାଲିଗଲି । ରେଖା ଉଠି ଯେତେବେଳେ ବାପାଙ୍କୁ ଡାକିଲା- "ବାପା ବାପା, ଟିକିଏ ଗୋଡ଼ଟା ଘୁଞ୍ଚାଇଲ ମୁଁ ବାଡ଼ିପଟକୁ ଯିବି ।" ସେତେବେଳେ ବାପା ଥିଲେ ନିରୁତ୍ତର । ରେଖା ତ ଡରିଯାଇ ହାଉଳି ଛାଡ଼ିଲା ଯେ ମୁଁ ବାଡ଼ିପଟୁ ଦୌଡ଼ିଆସି ବାପାଙ୍କୁ ହଲେଇ ଦେଲାବେଳକୁ ବାପା ଆଉ ଦୁନିଆଁରେ ନଥିଲେ । ଏଇ ତ ସକାଳ ଛଅର ଘଟଣା । କିଏ ଜାଣିଥିଲା ଏମିତି ଲୋକ ମରନ୍ତି ବୋଲି । ଆଉ ଦାଦା ତ ଆସି ଦେଖିଗଲେ ।

ରଞ୍ଜନ କହି ପକାଇଲା ବାଷ୍ପରୁଦ୍ଧ ସ୍ୱରରେ- ବଡ଼ବାପାଙ୍କୁ ଦେଖି ସେଠି ବାପା ତ ଚେତା ହରେଇ ପଡ଼ିଲେ । ଏବେ ସେନ୍‌ସ ଆସିବାରୁ ମୁଁ ପରା ଏଠାକୁ ଆସିଲି ।

ଶୀତଦିନ । ମାର୍ଗଶୀର ମାସ ସରିଯିବାକୁ ବସିଛି । ଆଉ ଦୁଇଦିନ ପରେ ପୂର୍ଣ୍ଣମୀ । ଗୁରୁବାର ସରିଗଲାଣି । ଏଇ ମାର୍ଗଶୀର ଆଗରୁ ଶୀତ ତ ଏମିତି ପଡ଼ନଥିଲା । ଗରମ ହେଲା ଆଠଦିନ ଯେ ମଣିଷ ପଙ୍ଖା ଚଲେଇବାକୁ ପଡ଼ିଥିଲା । କିଏ କିଏ ପୁରୁଣା ଲୋକ ଆଶ୍ଚର୍ଯ୍ୟ ହୋଇ ପ୍ରଶ୍ନ କଲେ - ଶୀତ ଦିନ ନ ଆସି ଖରାଦିନ ଆସିଯିବକି । ଏସବୁ କଳିକାଳ । ସମୁଦ୍ର ମାଡ଼ି ଆସିବ ।

ଶିକ୍ଷିତ ପିଲା କହିଲେ - ଏ ହେଉଛି ଗ୍ଲୋବାଲ ୱର୍ମିଙ୍ଗ୍ । ବରଫ ତରଳିବ । ଆସ୍ତେ ଆସ୍ତେ ପୃଥିବୀ ଉତ୍ତପ୍ତ ହେଉଛି । ଶୀତଦିନ କମିଯିବ ।

ଏଇମିତି ଶଙ୍କାକୁଳ ଭିତରେ ଥିବା ଲୋକଙ୍କୁ ଚମକେଇ ଶୀତ ଆସିଗଲା ଖୁବ୍ ଥଣ୍ଡା ନେଇ । ହଠାତ୍ ଥଣ୍ଡାଟା ରାଜ୍ୟସାରା ଖେଳିଗଲା । ସକାଳ ସାତଟା ପର୍ଯ୍ୟନ୍ତ ଘରୁ ବାହାରିବା ମୁସ୍କିଲ ହୋଇ ପଡ଼ିଲା । ଏହି ଥଣ୍ଡା ଦାଉରୁ ନିଜକୁ ରକ୍ଷା କରିବାକୁ କିଏ ନିଆଁ ଜାଳି ଦେହକୁ ଗରମ କଲା ତ କିଏ ଶୀତବସ୍ତ୍ରରେ ଥଣ୍ଡାରୁ ରକ୍ଷାପାଇଲା । ତେଣୁ ପ୍ରାୟ ସାହିର ଲୋକମାନେ ଆଉ ସକାଳ ଆଠଟା ନ ହେଲା ପର୍ଯ୍ୟନ୍ତ ବାରଣ୍ଡାରେ ବସୁନଥିଲେ । ଯିଏ ଯାହାର ଘର ଭିତରେ ରହୁଥିଲେ । କିନ୍ତୁ ଶୀତରୁ ରକ୍ଷା ପାଇବାପାଇଁ ଚୁପ୍ କରି ଘୋଡ଼ାଗୋଡ଼ି ହୋଇ ବସିରହିଥିବା ମଧୁବଡ଼ବାପା ଏମିତି ସକାଳୁ ସକାଳୁ ଆଖିବୁଜି ଦେବେ କାହାର ଭାବନାରେ ନଥିଲା ।

କାରଣ ଗତ ସଂଧ୍ୟାବେଳକୁ ମଧୁଭାଇଙ୍କ ସହ ସହଦେବବାବୁ ନିଜ ଡ୍ରଇଂରୁମ୍‌ରେ ବସି ଗପସପ ଜମେଇଥିଲେ । ଆଠଟା ପରେ ମଧୁଭାଇ ନିଜ ଘରକୁ ଗଲେ । ଏଇମିତି ପ୍ରତିଦିନ ଦୁଇଜଣଯାକ ଏକାଠି ଘରେ ହେଉ କି ଖରାରେ ବାରଣ୍ଡାରେ ବସି ଦୁଃଖସୁଖ ହେଉ ହେଉ ସମୟ ସରିଯାଏ । ଯାହାଫଳରେ ମଧୁଭାଇଙ୍କ ବିୟୋଗ ଖବରକୁ ଶୁଣିଲା ପରେ ସହଦେବବାବୁ ବିଶ୍ୱାସ କଳ୍ପନାତୀତ ଥିଲା । କିନ୍ତୁ ସାମନାରେ ମଧୁଭାଇଙ୍କ ନିଶ୍ଚଳ ଶରୀରକୁ ଦେଖି ସେ ମଧ୍ୟ ଚେତା ହରେଇଥିଲେ । କିନ୍ତୁ ମରଣ କହି କରି ଆସିନଥିଲା । ଯଦି କେତେଦିନ ରୋଗ ଶଯ୍ୟାରେ ପଡ଼ିଥାଆନ୍ତେ ତେବେ କାହା କାହା ପାଟିରୁ କଥା ସ୍ଫୁରିଥାଆନ୍ତା- ମଧୁଭାଇ ଆଉ ବଞ୍ଚିବେନି ।

କିନ୍ତୁ ଏହି କ୍ଷେତ୍ରରେ ଚଲବୁଲା କରୁଥିବା ଲୋକଟି ହଠାତ୍ ଆରପାରିକୁ କାହାକୁ ନ ଜଣେଇ ଚାଲିଯିବାଟା ସମସ୍ତଙ୍କୁ ବିସ୍ମିତ କରିଥିଲା । ସମସ୍ତଙ୍କର ମୁହଁରେ ଗୋଟିଏ କଥା - ଭଲ ଲୋକ ଥିଲେ । ସେଥିପାଇଁ ତ ଏମିତି ଠକ୍ କରି ଚାଲିଗଲେ । ଘୁହମୁତରେ ଘାଣ୍ଟି ହୋଇନାହାନ୍ତି କି କାହାକୁ ଘଣ୍ଟେଇ ନାହାନ୍ତି । କେବେହେଲେ କାହାକୁ ହଇରାଣ ହରକତ କରିନାହାନ୍ତି । ଥିଲେ ଖାଇଲେ ନହେଲେ ଖାଡ଼ା ଉପାସରେ ଶୋଇଲେ । ବ୍ଲଡ୍‌ପ୍ରେସର କି ବ୍ଲଡ୍‌ସୁଗାର କିଛି ରୋଗ ତାକୁ ହୋଇନଥିଲା । କୌଣସି ରୋଗବାଗରେ ଘାଣ୍ଟି ହୋଇନଥିଲେ । ନହେଲେ କୁଆଡୁ ଟଙ୍କା ଆଣିଥାଆନ୍ତେ ଔଷଧ ପାଇଁ । ପୁଅମାନେ ସିନା ଚାକିରିବାକିରି କରି ସହରରେ ଘର ତୋଳି ନିଜ ପରିବାରକୁ ସୁଖରେ ରଖିଲେ ହେଲେ ବାପା ମା'ଙ୍କ ଦୁଃଖର ଅନୁଭୂତି କ'ଣ ଉପଲବ୍‌ଧ କଲେ କି ?

ପଡୋଶୀ ଖୁଡ଼ୀ କହିଲେ - ପୁଅମାନେ ତ ବାପାମା'ଙ୍କୁ ନିଜ ପାଖରେ

ରଖିବାକୁ କେତେ ଡାକିଲେ ହେଲେ ନନା ନା ନାନୀ କିଏ ହେଲେ ଯିବାକୁ ମଙ୍ଗିଲେନି । କହିଲେ - ଆମେ ଏଘର ଛାଡ଼ି ତମପାଖକୁ ଚାଲିଗଲେ ସୁଖରେ ରହିବୁ ହେଲେ ଗାଁରେ ଏହି ଘରେ ତମର ବେରୋଜଗାରିଆ ଭାଇ ଓ ତା' ପିଲାମାନଙ୍କ ଅବସ୍ଥା କ'ଣ ହେବ । ଆମେ ଏଠାରେ ରହିଲେ ତମେ ପ୍ରତି ମାସରେ ଆମର ଖାଇବା ପିଇବା ପାଇଁ ଟଙ୍କା ପଠଉଛ । ସେହି ଟଙ୍କାରେ ଆମେ ଦୁଇଜଣ ବଦଳରେ ଛଅଜଣ ଚଳୁଛୁ । ଆମେ ବଞ୍ଚିଥିବା ଭିତରେ ଗାଁରେ ଏହି ପୁଅ ପାଖରେ ଦୁଃଖରେ ପଛକେ ରହିବୁ ହେଲେ ତମ ପାଖରେ ସୁଖରେ ରହିବାକୁ ଯିବୁନି । ଆମ ଆଖିରେ ସବୁ ପୁଅ ସମାନ । ତମେମାନେ ସିନା ଭଲ ପାଠ ପଢ଼ି ବାହାରେ ଚାକିରି କରିଲ ଆଉ ପାଠ ହେଉନଥିବା ପୁଅଟି ବେକାର ହୋଇ ଆମ ପାଖରେ ଅଛି । ତାକୁ କିଛି ଗୋଟାଏ ରୋଜଗାରିଆ ପନ୍ଥା ଧରେଇ ଦିଅ । ସେ ମଧ୍ୟ ଭଲରେ ଖାଇ ପିଇ ଟିକିଏ ରହିବ । ତାକୁ କିଛି ଟଙ୍କା ପଇସା ସାହାଯ୍ୟ କର । ଆମେ ମରିଗଲାପରେ ସେ ଟିକିଏ ଚଳିଯିବ ତ । ଆମେ ମରିଗଲାପରେ ତ ଆଉ ତମେମାନେ ଗାଁକୁ ଟଙ୍କା ପଠେଇବାକୁ ଚାହିଁବନି । ସେତେବେଳେ ଗାଁରେ ଥିବା ଭାଇଟିର ଦୁଃଖ ଆହୁରି ବଢ଼ିଯିବ ଯାହାକୁ ତମେମାନେ ଦେଖି ପାରିବିନି କି ଆଉ ତା ଦୁଃଖ ହୃଦୟଙ୍ଗମ କରିପାରିବନି । ତେଣୁ ଆମକୁ ନେଇ ତମପାଖରେ ସୁଖରେ ରଖିବା ଚିନ୍ତା ଛାଡ଼ି ଏହି ଭାଇ କଥାକୁ ଟିକିଏ ଗୁରୁତ୍ୱଦେଇ ବିଚାର କର । ଆମେ ବାପା ମା' ଏହି ଗାଁଘରେ ଯାହିତାହି ଖାଇ ତା' ଦୁଃଖରେ ଦୁଃଖି ଓ ସୁଖରେ ସୁଖୀ ହୋଇ ରହିବୁ । ଆମକୁ ଆଉ ତମପାଖରେ ରଖିବାକୁ ବାଧ୍ୟ କରନି ।

ଓଃହ କେତେ କଥା ବୁଝିଥିଲେ ମଧୁଭାଇ ଓ ଭାଉଜ । ଆଉ କିଏ ହୋଇଥିଲେ ନିଜ ଚିନ୍ତା କରିଥାଆନ୍ତେ ଆଗ । କେଡ଼େ ଭଲ ମଣିଷଟିଏ ମଧୁଭାଇଥିଲେ । ତାଙ୍କ ମନରେ ଛନ୍ଦ କପଟ ନଥିଲା । ନିର୍ମାୟା ମଣିଷଟିଏ । ଥିଲେ ଖାଇଲେ ନହେଲେ ନାହିଁ । ଅଧିକାଂଶବେଳେ ଦାଣ୍ଡ ଦୁଆର ବାରଣ୍ଡାରେ ବସି ଖରା ଖାଉ ଥାଆନ୍ତି ପରା - ଦାଦା କହି ପକାଇଲେ ।

ସାହିରେ ହାହୋଲ୍ଲା ବଢ଼ିଯାଇଥିଲା । ସାଇ ଗୋଟାକର ଲୋକ ଆସି ଜମାହୋଇ ସାରିଥିଲେ । ସମସ୍ତଙ୍କର ଆଖିରେ ଲୁହ । ମଧୁ ବଡ଼ବାପା କୌଣସି ସରକାରୀ ଚାକିରୀ କରିନଥିଲେ କି ପେନସନ୍ ପାଉନଥିଲେ । କାହାକୁ ଟଙ୍କା ପଇସା ସାହାଯ୍ୟ କରିବାକୁ ତାଙ୍କ ପାଖରେ ସମ୍ବଳ ନଥିଲା । ତଥାପି ଭଲରେ କଥା ପଦେ ତ ସାହିଲୋକଙ୍କୁ କହିପାରୁଥିଲେ । କାହାସାଙ୍ଗରେ କଳିଗୋଳ କରିନଥିଲେ । ଅନ୍ୟମାନଙ୍କର ସୁଖରେ ଖୁସି ହେଉଥିଲେ ଓ ଦୁଃଖରେ ତ ଆହା ପଦେ କହିପାରି

ଅନ୍ୟଙ୍କୁ ସାନ୍ତ୍ୱନା ଦେଇପାରୁଥିଲେ । ଏଇ ତ ସିନା ମଣିଷପଣିଆ । ମଣିଷପଣିଆ ତ ସବୁଠାରୁ ବଡ଼ । ସେଠି ବାହୁବଳ କି ଧନବଳ ତୁଚ୍ଛ । ସେଥିପାଇଁ ତ ଲୋକଙ୍କ ଆଖିରୁ ଝରୁଥିଲା ଲୁହ । ଲୋକଙ୍କ ପାଟିରୁ କଥା ସ୍ଫୁରୁଥିଲା- ଆହା । ମଣିଷ ବଞ୍ଚେ ମଣିଷପଣିଆରେ ନୁହେଁ ଧନ ଦଉଲତର ପ୍ରାଚୁର୍ଯ୍ୟରେ । ଖାଲି ହାତରେ ମଣିଷ ଜନ୍ମହୁଏ ପୁଣି ଖାଲି ହାତରେ ଚାଲିଯାଏ । ସାଙ୍ଗରେ ନେଇଥାଏ ଜୀବନ ଯାକର ପୂଣ୍ୟ ଓ ପାପର ଫଳ । ପାପର ଆଧିକ୍ୟତାରେ ଲିଭାଇ ଦେଇଥାଏ ନିଜର ନାଁକୁ ଆଉ ପୂଣ୍ୟରେ ଲେଖି ଦେଇଥାଏ ନିଜର ନାଁକୁ ଅନ୍ୟ ହୃଦୟରେ । ଜନ୍ମଠାରୁ ମୃତ୍ୟୁ ପର୍ଯ୍ୟନ୍ତ ବ୍ୟବଧାନର ସମୟରେ ଜୀବନର ଅନ୍ତ ଏମିତି ଆକସ୍ମିକ ଭାବରେ ହୋଇଗଲା ଯେ ସମସ୍ତଙ୍କୁ ଆଚମ୍ବିତ କରି ଦେଲା ।

ଆସ୍ତେ ଆସ୍ତେ ସମୟ ବଢ଼ିଯାଉଛି । ଦିନ ଦଶଟା ବାଜିଲାଣି । ଶ୍ମଶାନ ଯାତ୍ରାପାଇଁ ମଧୁଭାଇଙ୍କ ଶବ କୋକେଇରେ ରଖାଗଲାଣି । ଦାଣ୍ଡରେ ଖଇ କଉଡ଼ି ସାଙ୍ଗରେ କିଛି ରେଜା ପଇସା ବିଞ୍ଚି ବିଞ୍ଚି ରାମ ନାମ ସତ୍ୟ ହେ କହି ଆଗକୁ ଆଗ ପାଦ ପକେଇଲେ ମାଲଭାଇମାନେ । କିଛି ସମୟରେ ପଞ୍ଚମହାଭୂତ ଶରୀରରେ ନିଆଁ ସଂଯୋଗ ହେବ ଓ ଜୀବନର ଅସ୍ତିତ୍ୱଟି ପୁରାପୁରି ଧ୍ୱଂସହୋଇ ପାଉଁଶ ହୋଇଗଲାପରେ କିଛି ଛୋଟ ଛୋଟ ମଳିନ ଅସ୍ଥି ରହିଯିବ କ୍ରିୟାକର୍ମ ପାଇଁ । ତେବେ ଜୀବନଟାର ସମୟ କେତେ ବର୍ଷ ତା'ର ଉପଲବ୍ଧି କରିବାକୁ କାହାପାଖରେ ସମୟ ନାହିଁ ସତେ ଯେମିତି । ସମସ୍ତେ ଦୌଡ଼ୁଛନ୍ତି ମାୟା ସଂସାର ପଥରେ ପଥିକ ସାଜି । ଲୋଭ ମୋହ, ହିଂସା, ଦ୍ୱେଷ ଆଦି ଷଡ଼ରପୁର ବଶହୋଇ ଜିତୁଛନ୍ତି ସେମାନଙ୍କ ସତ୍ତାକୁ । ମାତୁଛନ୍ତି ଯୁଦ୍ଧଖୋର ମନୋବୃତ୍ତିରେ । ଏହି ନାଟକର ଯବନିକାର ଅନ୍ତ ମୃତ୍ୟୁବେଳକୁ ପ୍ରତିକ୍ଷଣରେ ମଣିଷ ଭୁଲିଯାଏ । ସେଥିପାଇଁ ତ ଅନ୍ୟାୟ, ଅତ୍ୟାଚାର, ହିଂସା, ଦ୍ୱେଷରେ ଜୀବନ କାଟିଥାଏ । ମୃତ୍ୟୁ ଚିନ୍ତନ ଆସିଲାବେଳକୁ ପଛର ପଥଟା ଦୂରେଇ ହୋଇ ସାରିଥାଏ ଆଉ ଆଗରେ ମୃତ୍ୟୁର କରାଳରୂପର ଛାଇଟା ଚେତେଇ ଦେଉଥାଏ 'ଯିଏ ଯେତେ ଧନ ସଞ୍ଚୟ କର, ତୋଷାମଦ କର କିନ୍ତୁ ମୁଁ କାହାଠାରୁ ଲାଞ୍ଚ ନେଇ ଜୀବନ ଦାନ କରିପାରେନି କି କାହାଠାରୁ ମିଥ୍ୟା ତୋଷାମଦ କଥା ଶୁଣି ବଶ ହୋଇଯାଏନି । ମୁଁ ହିଁ ଧର୍ମ ଦେବତା । ମୋ ପାଖରେ ପାପପୂଣ୍ୟର ହିସାବ ହୁଏ । କିଏ କେମିତି ଜୀବନକୁ ସାରିଲା ତା'ର ପ୍ରତିକ୍ଷଣର ନୀରବଦ୍ରଷ୍ଟା ମୁଁ ହୋଇଥାଏ । ମୁଁ ଖାଲି ସମୟ ଶେଷକୁ ଅପେକ୍ଷା କରେ ଆଉ ଜୀବନକୁ ବାନ୍ଧି ନେଇଥାଏ । ଯେତେ ଧନସମ୍ପତ୍ତି ଅର୍ଜିଥିଲ ତାହା ସେମିତି ରହିଥାଏ । ତଥାପି ମୃତ୍ୟୁକୁ ଜାଣିସୁଦ୍ଧା ଏମିତି ଅନୀତି କର କାହିଁକି ? ଯଦି ମଣିଷକୁ ମୃତ୍ୟୁଞ୍ଜୟୀ ହେବାର ସୁଯୋଗ ମିଳିଥାଆନ୍ତା ତେବେ ସେ ତ ଆଉ ଏ

ଧରାକୁ ସରା ମଣନ୍ତା । ସ୍ୱଳ୍ପ ବର୍ଷ ଜୀବନ ପାଇ ମଧ୍ୟ ମଣିଷ ପାଖରୁ ମଣିଷପଣିଆ ଟିକକ ଉଭେଇଯାଏ କେମିତି ?'

ମଧୁଭାଇଙ୍କ ଅସ୍ଥିକୁ ଗୋଟିଏ ନୂଆ ଘଡ଼ିରେ ଗଛ କୋରଡ଼ରେ ରଖି ତାଙ୍କ ପୁଅ ଯେତେବେଳେ ଘରକୁ ଫେରିଲା ସେତେବେଳେ ମଧୁଭାଇଙ୍କ ନାତି ପ୍ରଶ୍ନକଲା - ବାପା ଜେଜେ କାହାନ୍ତି ? ତାଙ୍କୁ କୁଆଡ଼େ ନେଲ ?

ମଧୁଭାଇଙ୍କ ପୁଅ ଥିଲା ନିରୁତ୍ତର । ଆଖିରୁ ଲୁହ ବୋହୁଥିଲା । ଆଉ କହିଥିଲା କିଏ ଜଣେ - ବାପ୍‌ରେ ଏ କଥା ପଚାରେନି । ଦେଖେ ସେ ଗୋଲାପ ଫୁଲଟିକୁ । ପବନରେ କେମିତି ହଲୁଛି । ଆଉ ତା' ପାଖୁଡ଼ାମାନ ମାଟିରେ ବିଛାଡ଼ି ହୋଇ ପଡୁଛି । କାଲି ଏହି ଫୁଲଟା ଖୁବ୍ ସତେଜ ଥିଲା । ଆଉ ତା' ବାସ୍ନାରେ ଚଉଦିଗ ମହକାଇ ଦେଉଥିଲା ହେଲେ ଆଜି ତା' ପାଖୁଡ଼ା ଝରି ପଡ଼ିଲାଣି । ଆଉ ଟିକିଏ ପରେ ପୁରା ପାଖୁଡ଼ା ଖସିଯିବ । ତା'ପରେ କ'ଣ ହେବ ।

- ତା'ପରେ ଫୁଲଟି ଆଉ ସେଠି ନ ଥିବ । ଯେତେ ପବନ ହେଲେ ଯାଏ ଆସେ ନାହିଁ । ଜେଜେ କ'ଣ ଫୁଲ କି ? ସେ ତ ମଣିଷ ।

ଠିକ୍ ତୋ ଜେଜେ ଆଉ ଏଠି ନାହାନ୍ତି । ଯେଉଁ ପବନ ଟିକକ ତାଙ୍କୁ ଚଳେଇ ଆସିଥିଲା ସେହି ପବନ ପରା ବନ୍ଦ ହୋଇଗଲା କ୍ଷଣିକପାଇଁ । ତା'ପରେ ଯେତେ ଜୋର୍‌ରେ ପବନ ହେଲେ ମଧ୍ୟ କ'ଣ ଚଳେଇ ପାରିଲା ଜେଜେଙ୍କୁ କି !

ଫୁଲଟା ସିନା ଝରିପଡ଼ିଲା । ହେଲେ ଜେଜେ ତ ଆମର ଥିଲେ । ଓଃହ ଆମ ଜେଜେ ନିଘୋଡ଼ ନିଦରେ ଶୋଇ ପଡ଼ିଲେ ନା ? ସେଥିପାଇଁ କାହାକଥା କି କାନ୍ଦଣା ଶୁଣିପାରୁନଥିଲେ । ହେଲେ ଜେଜେ ଗଲେ କୁଆଡେ ? କ'ଣ ଆକାଶର ତାରା ହୋଇଗଲେ କି ? ଜେଜେ ଜେଜେ ତମେ ଆମ ପାଖକୁ ଆସ କହି ନାତିଟି ଜୋର୍‌ରେ ରାହା ଧରି କାନ୍ଦିଲାବେଳେ ତା' ମା' ତାକୁ ତୁନି କରିବାକୁ ଯାଇ କହିଲା- ତୁ କାନ୍ଦିଲେ ଜେଜେ ମନଦୁଃଖ କରିବେ । କହିବେ କାନ୍ଦୁରା ପିଲାଟାଏ । ତତେ ଆଉ ଦେଖାଦେବେନି । ତୁନି ହୋଇପଡ଼େ ।

ଜେଜେଙ୍କୁ ମୁଁ ଦେଖିବି କେତେବେଳେ ।

ଆଜି ରାତିରେ ତୁ ଜେଜେଙ୍କୁ ଦେଖିବୁ ?

କେଉଁଠି !

ଆକାଶରେ ?

ସେ ତାରା ହୋଇ ସାରିଥିବେ ନା ? ମୁଁ ତାଙ୍କୁ କେମିତି ଚିହ୍ନିବି ।

ତୁ ଚୁପ୍ କରି ଦେଖିଲେସେ ମିଟିମିଟି ହେବେ ।

ସେତେବେଳେ ମୁଁ ଜେଜେ ଜେଜେ ଡାକିବି । ଯଦି ନ ଶୁଣିବେ ତେବେ ତାରା ଜେଜେ ତାରା ଜେଜେ ଡାକିବି । ଯଦି ନ ଶୁଣିବେ ତେବେ କଟି ପକେଇଦେବି । ଆଉ କେବେ ଜେଜେଙ୍କ ସହିତ କଥା ହେବିନି ।

ଛିଃ ଏମିତି କହିବୁନି । ଜେଜେ ତତେ ଖୁବ୍ ଭଲପାଉଥିଲେ । ଏମିତି କହିଲେ ତାଙ୍କର ମନଦୁଃଖ ହେବ । ତୁ ଟିକିଏ ମୁଣ୍ଡିଆ ମାରି ଦେଲେ ଜେଜେ ତ କେତେ ଖୁସି ହୋଇଯିବେ ତୁ ବୁଝିପାରିବୁନି ।

ତମେ ସମସ୍ତେ ବୁଝିପାରୁଛ । ଆଉ ମୁଁ ବୁଝିପାରୁନି କାହିଁକି !

ତୋର ବୟସ ହୋଇନି । ତୁ ଛୋଟ ପିଲାଟିଏ ।

ନାତି ପୁଣି କାନ୍ଦିବା ଆରମ୍ଭ କରିଦେଲା । ତା' ମା' ତାକୁ ତୁନି କରୁ କରୁ କହିଲା- ଏମିତି ଆଳ କରେନି । ଜେଜେ ରାଗିଯିବେ । ତୁନି ହୋଇଯାଆ ।

ହଠାତ୍ ନାତି କାନ୍ଦିବା ବନ୍ଦ କରିଦେଇ ଜେଜେଙ୍କ ଫଟୋକୁ ଚାହିଁ କହିଉଠିଲା- ଜେଜେ, ତମେ କେଉଁଠି ଲୁଚିଗଲ କିଏ ମୋତେ କହୁନାହାନ୍ତି । ବଡ଼ହେଲେ ବୁଝିପାରିବି ସବୁ । ଜେଜେ ତମ ବାଡ଼ିଟା ନେଇନ ଯେ ? ମୋ ପାଇଁ ଛାଡ଼ି ଦେଇଛ କି ?

ଆରେ, ଏ ପିଲାକୁ ଆଉ ପାରିହେବନି । ଗୋଟିଏ କଥା କହିଲେ କେତେ ଅର୍ଥ କାଢୁଛି । ବସିଥାଉ ସେଠି କହି ତା' ମା' ସେଠୁ ଫେରି ଆସୁ ଆସୁ ପୁଅର ସ୍ୱର ଶୁଣାଗଲା - ମା' ରାଗେନି । ମୁଁ ବଡ଼ହେଲେ ବୁଝିପାରିବି ତୋ କଥା । ତୁ ପରା ମୋ ସୁନା ମା' ।

■

ଦରଭଙ୍ଗା ହୃଦୟଟି

ହାତରେ ସ୍ମାର୍ଟ୍ ଫୋନ୍ । ମୂଲିଆ ଠାରୁ ଧନୀ ପର୍ଯ୍ୟନ୍ତ ସମସ୍ତେ ଯାର ଯାଦୁରେ ବାୟା । ସମୟ ଟିକିଏ ମିଳିଗଲେ ବୋର୍ ହେବାର ନାହିଁ । ଦେଖିଚାଲ ବିଭିନ୍ନ ସାଇଟ୍ । ତୁମ ପାଖରେ ତୁମର ଭଲମନ୍ଦ ଉପରେ ଭରସା ରହିବା କଥା । ଶହ ଶହ ସାଙ୍ଗଙ୍କ ତାଲିକାରେ ସମସ୍ତଙ୍କ ମନ ତ ମସ୍‌ଗୁଲ । କିଏ କାହାର ଡ୍ରେସ୍ ପିନ୍ଧାକୁ ତ କିଏ କାହାର ଭ୍ରମଣକୁ ଆଦି ବିଭିନ୍ନ ଦିନଚର୍ଯ୍ୟାର ଘଟଣାକୁ ଲାଇକ କରିବା ଓ ଧନ୍ୟବାଦ ଜଣାଇବା ଏକ ଗତାନୁଗତିକ ସ୍ମାର୍ଟ ଫୋନର ପରମ୍ପରା ଭିତରେ ପଶିଆସିଲାଣି । କାଁ ଭାଁ ଏହାଠାରୁ ଦୂରେଇ ମଧ୍ୟ ରହୁଛନ୍ତି । ବୁଢ଼ା ହଡ଼ା ପର୍ଯ୍ୟନ୍ତ ସମସ୍ତଙ୍କୁ ଏହି ନିଶା ଘାରିଛି ।

ଯୁଗ ବଦଳିଛି ବୈଜ୍ଞାନିକ ଚିନ୍ତାଧାରାରେ । ଜୀବନ୍ତ ହେଉକି ମୃତବ୍ୟକ୍ତିର ଡିଏନ୍‌ଏ ନମୁନା ମେଳ ଖୁଆଇ ସମ୍ପର୍କୀୟମାନଙ୍କୁ ଚିହ୍ନଟ କରାଯାଉଛି । ଏବେ ଯନ୍ତ୍ରମାନବ ଆସିଗଲାଣି ତୁମ ମନର ହାବଭାବ ବୁଝି କାର୍ଯ୍ୟ କରିବାକୁ । ଯନ୍ତ୍ର ଯୁଗରେ ମଣିଷ ଗତି କରୁଛି । ମନ୍ତ୍ର ତନ୍ତ୍ର ପରେ ଯନ୍ତ୍ର ଯୁଗର ଚମତ୍କାରିତାକୁ ଦେଖି ମଣିଷ ମଧ୍ୟ ବିସ୍ମୟ ହୋଇ ପ୍ରଶ୍ନ କରୁଛି ଯାପରେ ଆଉ କି ଯୁଗ ଆସିବ ।

ପରିବାରର ସଂଜ୍ଞା ବଦଳିଚାଲିଛି । ସ୍ୱାର୍ଥରେ ମହତ୍ତ୍ୱକୁ ଉଚ୍ଚ ଆସନରେ ରଖି ମାତାପିତାଙ୍କ ମହତ୍ତ୍ୱକୁ ନ୍ୟୁନ କରାଯାଉଛି । ଆଜି ମଧ୍ୟ କନ୍ୟା ଘୃଣିତା ହୁଏ ପୁତ୍ର ତୁଳନାରେ । କୌଣସି ଆପତ୍ତିଜନକ କାର୍ଯ୍ୟ ପାଇଁ ତା'ର ଦୋଷକୁ ସମସ୍ତେ ଦେଖିବାରେ ସିଦ୍ଧହସ୍ତ ।

ବିଜ୍ଞାନର କରାମତି ତ ତମକୁ ସ୍ୱର୍ଗମୋହରେ ଆକ୍ରାମାକ୍ରା କରିଦେବ । ତେବେ କିଏ ନ୍ୟାୟକୁ ଗୁରୁତ୍ୱ ଦେଉଛି । ଚଳିଆସୁଥିବା ପରମ୍ପରା ଭିତରୁ ବାହାରି ଆସି ଭବିଷ୍ୟତର ସୁନେଲୀ ସ୍ୱପ୍ନରେ ନାଚୁଛି ମନ । ବିଦେଶ ମାଟିରେ କର୍ମ କରିବାର ସ୍ପୃହାରେ ଜଡ଼ିତ ମନ ବିଦେଶୀ ପରମ୍ପରାର ଆସ୍ୱାଦନ କଲେ ମଧ୍ୟ ଚିନ୍ତା ନାହିଁ ।

ବିଦେଶୀ ପରମ୍ପରା ତ ସ୍ୱାର୍ଥର ଗହ୍ୱରରେ ଜଡ଼ିତ । ସେଠି କ୍ଲାସକୁ ପିଲାଏ ବନ୍ଧୁକ

ଆଣି ସାଙ୍ଗକୁ ଗୁଳି କରନ୍ତି । ସେଠି ପରିବାରର ସଂଜ୍ଞା ନାହିଁ । ଯିଏ ଯାହାର ସ୍ୱାଧୀନତା ଭିତରେ ଚଳିଲେ କିଏ ତମକୁ ଆଖି ଦେଖାଇବେ ନାହିଁ । ପ୍ରାଚୁର୍ଯ୍ୟ ଭିତରେ ଚଳୁଛ ତ ଚଳ । ସେଠାରେ ଚର୍ଚ୍ଚିତ ପରମ୍ପରା ତ ଅନେକଙ୍କୁ ଜଣା । ଆଜିକାଲି ଅନେକଙ୍କ ପିଲା ବିଦେଶରେ କାର୍ଯ୍ୟରତ । ସେଠି ଟଙ୍କା ରୋଜଗାରର ପନ୍ଥା ଅଛି । ତେଣୁ ଦଉଡ଼ ସେହି ସ୍ୱର୍ଗ ଦେଖିବାକୁ । କିନ୍ତୁ ମନକୁ କଳୁଷିତ କରି ପରିବାରର ପରମ୍ପରା ଭିତରୁ ଓହରିଯାଇ ଦର୍ପଭରେ କହିପାରେ - ଭୟ କାହାକୁ । ବାପା, ମାତା ତ ନିଜମାଟିରେ ଖୁସି ଓ ଆମେମାନେ ବିଦେଶୀ ମାଟିରେ ଖୁସି । ଏଠି ପଟାଘର ହେଉ କି ବରଫଘର ହେଉ ଚିନ୍ତାନାହିଁ । ଟଙ୍କା ତ ଆସୁଛି । ସ୍ୱାର୍ଥ ଅଛି । ଶାନ୍ତି ଅଛି । କିଏ ଦେଖୁଛି ଗତ ପିଢ଼ିର ରାଜୁତି ନା ଆଗାମୀ ପିଢ଼ିର ଦୁର୍ଦ୍ଦଶା । ନିଜେ ଆଗ ବଞ୍ଚିଯାଅ ଶାନ୍ତିରେ ।

ଜୀବନର ଗତାନୁଗତିକ ଚଞ୍ଚଳଗତିରେ କେଇଜଣଙ୍କ ମନ ଖଣ୍ଡିତ ହୋଇ ଅତୀତର ଅବ୍ୟକ୍ତ ବ୍ୟଥାକୁ ସାଥିକରି ଜୀଇଁବାର ଜିଜ୍ଞାସା ଭିତରେ ଲୁହ ଢାଳୁଛି ସେ କଥା କିଏ ଜାଣୁଛି ।

ମୋ ଘର ପାଖରେ ସେ ଝିଅଟି ରହୁଥିଲା । ସେ ଘର ମାଲିକଙ୍କ ଝିଆରୀ ଥିଲା । ସେହିଘରେ ମାତ୍ର ତିନିଜଣ ରହୁଥିଲେ । ମାନେ ଘର ମାଲିକ ଓ ତାଙ୍କ ସ୍ତ୍ରୀ ଓ ଝିଆରୀ ଲୀନା । ହଁ ତାଙ୍କର ପୁଅ ଦୁଇଜଣ ସଫଟ୍‌ୱେୟାର କମ୍ପାନୀରେ ଚାକିରୀ କରି ବିଦେଶାଗତ । ତେଣୁ ବର୍ଷେ କି ଦୁଇବର୍ଷରେ ସେମାନଙ୍କ ଆଗମନ ହୁଏ ଘରକୁ । ବାକି ଘରମାଲିକ ଓ ମାଲିକାଣୀ ଦୁଇଜଣ ସ୍କୁଲରେ ଟିଚ୍‌ରସିପ୍ କରନ୍ତି । ସକାଳ ଦଶଟାବେଳକୁ ଘର ଛାଡ଼ିଦେଇଥାଆନ୍ତି ଆଉ ସାଢ଼େ ଚାରିଟା ପରେ ଓ ପାଞ୍ଚଟା ଭିତରେ ଘରକୁ ଫେରନ୍ତି । ଲୀନା ହିଁ ଘର ସମ୍ଭାଳିଥାଏ ସାତ କି ଆଠଘଣ୍ଟା । କିଏ ଘରକୁ ଆସିଲା ଗଲା ସବୁକଥା ବୁଝେ । ଏହା ବାଦେ ଘରର ରୋଷେଇ କାମ ହିଁ ତୁଲାଇ ଥାଏ । ଦିନସାରା ଘରଟା ଭିତରୁ ଟି.ଭି.ର ଶବ୍ଦ ବାହାରକୁ ଛୁଟୁଥାଏ । ଘରର ଖାଁ ଖାଁ ଦୂରକରିବାର ମାଧ୍ୟମ ହିଁ ଟି.ଭି. । ଦେଖ ବା ନ ଦେଖ ଟି.ଭି. ଚାଲିଥିଲେ ଶବ୍ଦର ତ ପୂର୍ଣ୍ଣଚ୍ଛେଦ ପଡ଼େନି । ଟି.ଭି. ମନ ଭୁଲେଇବାକୁ ବା ସମୟ ସାରିଦେବାପାଇଁ ଏକ ମାଧ୍ୟମ ହୋଇ ଠିଆହୋଇଛି । ଚବିଶଘଣ୍ଟା ବିଭିନ୍ନ ଚାନେଲ୍‌ରେ ମନୋରଞ୍ଜନଧର୍ମୀ ପ୍ରୋଗ୍ରାମ ଚାଲିଥାଏ ତେଣୁ ବୋର୍ ହେବାର କି ଦୁଃଖିତ ହେବାର ସମୟ କାହିଁ ? କିନ୍ତୁ ସେ ଝିଅ ଲୀନାକୁ ଅଧିକାଂଶ ସମୟରେ ଦେଖିବାକୁ ମିଳେ ଘରର ଛାତରେ । ଘରେ ଟି.ଭିର ଶବ୍ଦ ଓ ଛାତରେ ସେ ଏକାକି ବସି ଭାବୁଥାଏ କ'ଣ ? ତା' ମନର ଅବସ୍ଥା ବିଷୟରେ ତା' ଦାଦା ଓ ଖୁଡ଼ୀ ଜାଣନ୍ତି । ଅନ୍ୟକୁ କହିବାକୁ ଚାହିଁନାହାନ୍ତି । ଲୀନା ଏଇ ଛଅମାସ ହେବ ଏଠାକୁ ଆସିଛି । ତା' ବିଷୟରେ ସାଇପଡ଼ିଶା ମଧ୍ୟ କିଛି

ଜାଣିବାର ଅଭିସନ୍ଧିସୁ ପ୍ରକାଶ କଲେ ମଧ୍ୟ ମୁହଁଖୋଲି ପଡ଼ୋଶିନୀଙ୍କୁ ପଚାରିବାର ସାହସ କରିପାରିନାହାନ୍ତି ।

ଲୀନାର ବୟସ ଅଠେଇଶ କି ଅଣତିରିଶ ହେବ । ବୟସର ଛାପ ଦେହରେ ପଡ଼ିଆସିଲାଣି । ଅବିବାହିତା । ବୋଧେ ଆଜିକାଲି ଯୁଗରେ ବରର ଅଭାବ ବା ବାପା ଯୌତୁକ ନ ଦେବାରୁ ଝିଅଟିର ବାହାହେବାର ବୟସ ଗଡ଼ିଗଲାଣି । କିନ୍ତୁ ବେଳେବେଳେ ତା' ମୁହଁରେ କାରୁଣ୍ୟର ଛାୟା ଫୁଟିଉଠେ । ସେ ଆଖିର ଲୁହକୁ ନିଜର ଓଢ଼ଣୀରେ ପୋଛି ଦେଇ ଚାହିଁଥାଏ ଦୂର ଦିଗ୍‌ବଳୟକୁ ।

ସବୁଦିନ ମୁଁ ସେ ଝିଅଟିକୁ ଲକ୍ଷ୍ୟ କରେ । ତା'ର ମନର ଆଘାତ ବିଷୟରେ କିଛି ଜାଣିବାକୁ ଇଚ୍ଛା କରେ । ମୁଁ ତା' ଆଡ଼କୁ ଚାହିଁଲାମାନେ ସେ ତା' ଆଖି ମୋ ଆଡୁ ଫେରାଇନିଏ । ହଁ, ପଡ଼ୋଶୀ ହିସାବରେ ଦିନେ ମୁଁ ପାଖ ଘରକୁ ବୁଲିଗଲି । ସଂଧ୍ୟା ହୋଇସାରିଥିଲା ସେତେବେଳେ । ସେ ଘରର ମାଲିକାଣୀ ସ୍କୁଲରୁ ଫେରି ଆସିଥିଲେ । ରେଷ୍ଟନେବାକୁ ପୋର୍ଟିକୋରେ ଚେୟାର ପକାଇ ବସିଯାଇଥିଲେ । ମତେ ଦେଖି ଆଗ୍ରହରେ ପଚାରିଲେ - ଅପା, ଆଜି ଆପଣଙ୍କ ପାଦ କେମିତି ଇଆଡ଼େ ପଡ଼ିଲା ।

- ଏବେ ତ ୱାକ୍‌ରୁ ଫେରିଲି । ଦେଖିଲି ତମେ ବସିଛ ତେଣୁ ଚାଲିଆସିଲି । ତମେ ତ ଚାକିରୀଆ ଲୋକ । ତମ ପାଖରେ ସମୟ ଅଭାବ, ଆଉ...।

- ଠିକ୍ କହିଲ ଅପା । ଏବେ ପିଲାମାନଙ୍କର ପରୀକ୍ଷା ସରିଛି । ମେଞ୍ଚାଏ ଖାତା ହିଁ ସଂଧ୍ୟାବେଳେ ବସି ଦେଖିବାକୁ ପଡ଼େ । ସକାଳୁ ରୋଷେଇ କଲି ଖାଇପିଇ ସ୍କୁଲ ଯିବାବେଳକୁ ଫୁରସତ ଟିକିଏ ମିଳେନି । ଏବେ ଲୀନା ରହିବାରୁ ମଣିଷ ଶାନ୍ତିରେ ଟିକିଏ ଖାଇ ପାରୁଛି । କେତେ କାମ କରୁଛି ସେ । ଘରଟାକୁ ସଜଡ଼ା ସଜଡ଼ି କରି ରଖିଛି । ବୋହୂମାନଙ୍କ ହାତରୁ ପରସା ଟିକିଏ ଖାଇନଥିଲି ତ ଏବେ ଲୀନା ହିଁ ଖୁଆଉଛି । କିନ୍ତୁ ତା' ଦୁଃଖ କ'ଣ ବୁଝିପାରିଲି କି ?

- ଆରେ ହଁ ସେ ତମର କିଏ ?

ସେ ମୋ ଦେଢ଼ଶୁରଙ୍କ ଝିଅ । ମୋ ଭାଇର ପୁଅ ସାଙ୍ଗରେ ତା'ର ବାହାଘର ପ୍ରାୟ ଠିକ୍ ଥିଲା । ଦୁହେଁ ଦୁଇଜଣଙ୍କୁ ମଧ୍ୟ ଚାହୁଁଥିଲେ ?

- କେବେ ?

- ସ୍କୁଲରେ ପଢ଼ିବା ବେଳଠାରୁ । କିନ୍ତୁ...।

- କ'ଣ ହେଲା ?

ନିରାଶର ବାଦଲ ମୁହଁରେ ଖେଳାଇ ପଡ଼ୋଶିନୀ କହିଲେ- ଆଜିକାଲି କାହାସାଙ୍ଗରେ କାହାକୁ ବାହାଘର କରିବ ସେ ଚିନ୍ତା ଆଗରୁ ଠିକ୍ କରିବା କଥା

ନୁହେଁ । ମୋ ଶାଶୁ ଓ ମୋ ମା' ମଧ୍ୟ ଏ ବାହାଘର ପାଇଁ ଯୋଗସୂତ୍ର ରକ୍ଷା କରିଥିଲେ । ଅଥଚ୍ ଆଜି ଦୁଇଜଣଯାକ ଦୁନିଆରେ ନାହାନ୍ତି ଦେଖିବାକୁ ଲୀନାର ବିଷଣ୍ଣ ମୁହଁ ।

- କ'ଣ ପାଇଁ ବାହାଘର ହୋଇପାରିଲାନି ?

ଦୀର୍ଘନିଶ୍ୱାସଟିଏ ଛାଡ଼ି କହିଲେ ସେ - ଆଜିକାଲି ପିଲାଙ୍କ ମନକୁ ବୁଝିବା ଭାରି କଷ୍ଟ । ପିଲାଟି ଦିନରୁ ଭାଇ ପୁଅ ମୋ ଘରକୁ ଆସୁଥିଲା । ଲୀନା ସହିତ ଖୁସିଗପ କରୁଥିଲା ମଧ୍ୟ । ସେତେବେଳେଠାରୁ ବାହାଘରର ପ୍ରସ୍ତାବଟା ଆମେ ପକ୍କା କରିଥିଲୁ । ଖାଲି ଚାହିଁଥିଲୁ ଭାଇର ପୁଅ ଗୌତମର ଇଞ୍ଜିନିୟରିଂ ପାଠ ପଢ଼ା ସରିବାକୁ ।

- ସେଠୁ କ'ଣ ହେଲା ?

- ହଁ । ଗୌତମର ପଢ଼ାସରିଲା । ଚାକିରୀ କଲା । ମାସକୁ ମାସ ଦରମା ବଢ଼ି ବଢ଼ି ଚାଲିଲା । ଏଠାରେ ପଚାଶ ହଜାର ଟଙ୍କା ପାଉଥିଲା । ଏପଟେ ମୋ ଦେଢ଼ଶୁର ଲୀନାର ବାହାଘରପାଇଁ ପ୍ରସ୍ତୁତି ଆରମ୍ଭ କରି ସାରିଥିଲେ । ଜାନି ଯୌତୁକର ଅଭାବ କରିନଥାନ୍ତେ । ଲୀନା ମଧ୍ୟ ଏମ୍.ଏସ୍‌ସି ପଢ଼ି ବସିଥିଲା । ମୋ ଭାଇଙ୍କ ମତ ଥିଲା କାହିଁକି ଝିଅଟା ଏଠିସେଠି ଚାକିରୀ କରିବ । ବାହାଘରଟା ସରିଗଲାପରେ ଗୌତମ ଯାହା ଚାହିଁବ ସେ ଅନୁସାରେ ଚାକିରୀ କରିବ କି ଗୃହିଣୀ ହେବ । ମଣିଷର ସବୁ ଭାବନା କ'ଣ ସଫଳ ହୁଏ ?

- କଥା କ'ଣ ?

ଦିନେ ଗୌତମ ଫୋନ୍ କରି ଜଣାଇଲା- "ସେ ଏବେ ଭାଙ୍କୋଭର ଯିବ କମ୍ପାନୀ କାମରେ । ସେଠି ଅନେକ ଟଙ୍କା ପାଇବ । ସେଠୁ ଫେରିଲାପରେ ଲୀନାକୁ ବାହାହେବ ।"

- ଓଃହ ଆଜିକାଲି ତ ସମସ୍ତେ ବିଦେଶକୁ ଯିବାକୁ ଇଚ୍ଛୁକ ?

- ନା ଏଇଟା ସତକଥା ନୁହେଁ । ମୋ ପିଲାମାନେ ବିଦେଶ ଯିବାକୁ ଚାହୁଁନଥିଲେ । କମ୍ପାନୀ ପଠାଇବାରୁ ବାଧ୍ୟହୋଇ ଯାଇଛନ୍ତି । ଆଜିକାଲି ବିଦେଶର ମୋହ ଆଉ ନାହିଁ ମ ?

- ଅଥଚ୍ ବାସ୍ତବିକ କ୍ଷେତ୍ରରେ ଅନେକ ବିଦେଶକୁ ଯିବାର ମୋହରେ ଆବଦ୍ଧ ମଧ୍ୟ। ଟଙ୍କା ଉପାର୍ଜନର ନିଶା ମଧ୍ୟ ସେମାନଙ୍କୁ ଆକର୍ଷଣ କରୁଛି ।

- ଶୁଣ ଅପା ଆମେମାନେ ଗୌତମର ଫେରିବା ବାଟକୁ ଚାତକ ଭଳି ଚାହିଁ ବସିଥିଲୁ । ବର୍ଷେ ଗଲା ଦୁଇବର୍ଷ ଗଲା ତଥାପି ସେ ନିଜମାଟିକୁ ଆସିବାର ନାଁ ଧରୁନଥିଲା । ବାହାନା କରି କହୁଥିଲା- ଆଉ ଛଅମାସ କି ବର୍ଷେ ରହିଲାପରେ ଫେରିବ । ଏକଥାଟା ଆମ ସମସ୍ତଙ୍କ ମନରେ ସନ୍ଦେହ ସୃଷ୍ଟି ହେଲା ।

- କାହିଁକି ?

- ମାନେ ଘରକୁ ଫୋନ୍ କରିବା କମେଇ ଦେଇଥିଲା । ଲୀନା ପାଖକୁ ଆଦୌ ଫୋନ୍ କରୁନଥିଲା । ମୋ ଭାଇତ ରାଗରେ ପଞ୍ଚମ । ବିବାହ କରିସାରିବାପରେ ବିଦେଶ ଯିବାକୁ ସେ କହୁଥିଲେ କିନ୍ତୁ ସେଠୁ ଫେରିଲାପରେ ବିବାହକୁ ଭାଇ ଆଦୌ ଗ୍ରହଣ କରି ପାରୁନଥିଲେ । କାଳେ କୌଣସି ବିଦେଶିନୀକୁ ବାହା ହୋଇଯିବାର ଭୟକୁ ସେ ଜମାରୁ ଏଡ଼ାଇ ପାରୁନଥିଲେ । ମୋ ପୁଅମାନଙ୍କୁ ଏ ବିଷୟରେ ବୁଝାଶୁଝା କରିବାକୁ ଭାଇ ମଧ୍ୟ କହିଥିଲେ । କିନ୍ତୁ ଦିନେ ଆମେ ଜାଣିବାକୁ ପାଇଲୁ ଯେ ଗୌତମ ଗୋଟିଏ ସୁଇଜରଲାଣ୍ଡ ଝିଅକୁ ବାହାହେଇ ସାରିଛି ଆଉ ଏଠାକୁ ଆସିବାକୁ ସାହସ ଜୁଟେଇ ପାରୁନି ।

- ତା'ପରେ ....।

- ଏହାପରେ ଆମ ଦୁଇ ପରିବାର ମଧ୍ୟରେ ବାହାଘରକୁ ନେଇ ମନୋମାଳିନ୍ୟ ସୃଷ୍ଟିହେଲା । ସମସ୍ତଙ୍କର ମନରେ ଦୁଃଖ ହେଲା । ହେଲେ ଏଥିରେ ମୁରବୀମାନଙ୍କ ଦୋଷ ନଥିଲା । ତେଣୁ ବର୍ଷେପରେ ପୁଣି ଦୁଇ ପରିବାରଙ୍କ ଭୁଲ ବୁଝାମଣା ଦୂର ହୋଇଗଲା ଓ ଯିବା ଆସିବା ପୂର୍ବବତ ହେଲା । ସେହି ଦିନଠାରୁ ଲୀନା ପୁରା ଚୁପ୍ । ଯେଉଁଆଡୁ ଯେତେ ପ୍ରସ୍ତାବ ଆସିଲେ ମଧ୍ୟ ବାହା ହେବାକୁ ରାଜି ନୁହେଁ । କହୁଛି ମୁଁ ବାହା ହେବିନି ।

- ଗୌତମ ଏବେ କେଉଁଠି ?

- ସେ ମଧ୍ୟ ଘରକୁ ଆସିନି । ଭାଇ ମଧ୍ୟ ତାକୁ ଘରେ ପଶେଇବେ ନାହିଁ ବୋଲି ଜିଦ୍ ଧରି ବସିଛନ୍ତି ।

- ଠିକ୍ ଭୁଲ୍ ବିଚାର କରିବାର ବେଳ ନୁହେଁ । ପୁଅକୁ ଯଦି ନ ଆପଣେଇବ ତେବେ ସେ କ'ଣ ଆଉ ଘରକୁ ଫେରିବ କି ?

- ଭାଇ ପରା ବୁଝୁନାହାନ୍ତି ? କହୁଛନ୍ତି ଯାହାକୁ ବାହା ହୋଇଛୁ ତାକୁ ଛାଡ଼ପତ୍ର ଦେଇ ଆସିଲେ ମୋ ଘର ପଶିବୁ ।

- ସେହି ଝିଅଟି ତ ପ୍ରତାରିତା ହେବ ?

- ଏ ପଟେ ଲୀନା ମଧ୍ୟ ପ୍ରତାରିତା । ଜଣେ ତ କ୍ଷତି ସହିବ । ଦେଖାଯାଉ ସେ ଝିଅ କେତେବର୍ଷ ଗୌତମ ସାଙ୍ଗରେ ଘରସଂସାର କରି ତିଷ୍ଠି ପାରୁଛି । ଯେଉଁଦିନ ସେ ଗୌତମକୁ ଛାଡ଼ି ଅନ୍ୟ କାହାକୁ ବାହା ହୋଇପଡ଼ିବ ସେଦିନ ଗୌତମ ବୁଝିପାରିବ ଲୀନାକୁ । ଲୀନାର ପ୍ରତୀକ୍ଷାକୁ । ସମୟ ବୋହିଯାଉଥିବା ପାଣିର ସୁଅପରି ବୋହିଯାଉଛି । ଦେଖାଯାଉ ଲୀନାକୁ କେତେ ବର୍ଷ ଅପେକ୍ଷା କରିବାକୁ ପଡୁଛି । ଦେଖୁ ଦେଖୁ ଦୁଇବର୍ଷ ଗଲାଣି ହେଲେ ଲୀନାପରା ଭୁଲିପାରିନି ଗୌତମକୁ ।

- ଓହୋ ସେଥିପାଇଁ ସେ ଏମିତି ଦୁଃଖି ଦୁଃଖି ଲାଗୁଛି ନା ?

- ସେଥିପାଇଁ ତ ମୁଁ ତାକୁ ମୋ ପାଖକୁ ନେଇ ଆସିଛି । ଗାଁରେ ବେଶିଦିନ ରହିଲେ ନାନା କଥା ଶୁଣିବାକୁ ପଡୁଛି । ଭାବୁଛି ଗୋଟିଏ ସ୍କୁଲରେ ଟିଚ଼ରସିପ୍ କରିବ । ସମୟ କଟିଯିବ ।

- ଭଲ କଥା । ଜୀବନରେ ସୌଭାଗ୍ୟ ପାଇବାକୁ ଝିଅଟି କେତେ ରହିଁ ବସିଥିଲା ହେଲେ ଅପ୍ରାପ୍ତିର ଅବଶୋଷ ପିଇ ପିଇ ବଞ୍ଚିବାର ରାହା ଖୋଜିବ ତ ପୁଣି !

- ଅପା, କିଏ ଜାଣେ କାଲି ପୁଣି ଗୌତମ ଆସି ଲୀନାକୁ ଧର୍ମପତ୍ନୀର ଦରଜା ଦେବ ଆଉ ତା' ପଣତରେ ଭଲପାଇବାର ଚମତ୍କାରିତା ଭରିଦେବ । ସେହି ପ୍ରତୀକ୍ଷାରେ ଲୀନା ସ୍ୱପ୍ନର ପାହାଚ଼ ଚଢ଼ିବ । ବାସ୍ତବରେ ଏବେ ସେ ନିଃସଙ୍ଗତାକୁ ହିଁ ଆପଣେଇ ନେଇଛି ।

ମୋ ପାଟିରୁ ବାହାରିପଡ଼ିଲା - ଆଜିକାଲି ବାପା ମା' ମାନେ ପିଲାଙ୍କ ଜୀବନରେ ଅଲୋଡ଼ା ହୋଇ ପଡ଼ିଲେଣି ନା । ଆରେ ଗୌତମ ବିଦେଶିନୀର ହାତ ଧରିବା ପୂର୍ବରୁ ଭାବି ପାରିଲାନି କେମିତି ଅତୀତକୁ ।

- ଆଜିକାଲି ପିଲାଙ୍କର କାହାକଥା ଭାବିବାକୁ ସମୟ କାହିଁ ? ପାଖରେ ଟଙ୍କା ଅଛି । ମନ ଯେଉଁଠି ପାଇଲା ସେଠି ବାହାହେଲେ । ପାଖରେ ବୟସ ଅଛି । କାହା କଥାରୁ କ'ଣ ମିଳିବ ! ସବୁ ତ ବୟସର ଖେଳ । ଭାବିଚ଼ିନ୍ତିବାକୁ ସମୟ କାହିଁକି ?

- କିଏ ଜାଣେ କାଲି ତମପୁଅ କାହାକୁ ଗୋଟିଏ ଘରକୁ ଆଣି ଖୁବ୍ ଦମ୍ଭରେ କହିବ - ଇଏ ମୋ ସ୍ତ୍ରୀ ।

- ଅପା ମୋ ପୁଅ ସେମିତି ହୋଇପାରିବନି । ଆମେରିକା ଯାଇଛି ବୋଲି ଆମ ସଂସ୍କୃତିରୁ ଓହରି ଯିବନି ।

- ଯେ ଦେଶ ଯିବ ସେ ଫଳ ଖାଇବାକୁ ଡେରି ଲାଗେନି । ତମେ ଏବେ ସ୍ମାର୍ଟ୍ ଫୋନ୍‌ର ମଜା ନେଉଛ ନା ନାହିଁ ।

- ସମସ୍ତେ ତ ସ୍ମାଟ ଫୋନ୍ ଦେଖୁଛନ୍ତି ସେଇଟା ଗୋଟିଏ ସାଧାରଣ କଥା ।

- ସେମିତି ସେଠା ପରମ୍ପରା ଭିତରେ ଜଡ଼ିତ ହୋଇଗଲା ବେଳେ ସେଠା ଘଟଣା ଗୋଟିଏ ସାଧାରଣ କଥାରେ ଗଣାଯାଏ । ତମକୁ ଭଲଲାଗୁଥିବ ତ ?

- ସେ ରାସ୍ତା କି ପରିଷ୍କାର ଦେଖିଲେ ଜାଣିବ । କିନ୍ତୁ କାଠଘରେ ଚଳିବା ମୋ ପକ୍ଷେ ସମ୍ଭବ ନୁହେଁ ବୋଲି ମୁଁ ଯାଉନି । ବାଥ୍‌ରୁମ୍‌ରେ ଗାଲିଚ଼ା ବିଛାଯାଇଛି । ପାଣି ଟିକିଏ ତଳେ ପକେଇବ ନାହିଁ । ସେଇ ଦୁଇଟା ରୁମ୍‌ରେ ବାନ୍ଧିହୋଇ ଚଳିବାକୁ ମତେ ତ ଜମାରୁ ଭଲ ଲାଗୁନି । ମୋ ଦେଶ ମୋ ରାଜ୍ୟ ଭଲ । ଯିଏ ଯାଇଛି ତା'ର

ମଜା ପାଉ କି ନ ପାଇ ମୋର ଚିନ୍ତାନାହିଁ । ମୋ ପୁଅଟି ଏଠିକୁ ଫେରିଆସନ୍ତା ଯେ ହେଲେ ସେଠା ଟଙ୍କାରେ ଏଠି ଚାକିରୀ ମିଳିବନି । ଯିଏ ପୁଳା ପୁଳା ଟଙ୍କା ପାଇଲା ସେ କମ୍‌କୁ ଆସିବ କାହିଁକି ? ଦେଖାଯାଉ କେବେ ଆସୁଛି ।

- ସେଠା ନାଗରିକ ଗ୍ରହଣ କରିନେଲେ ଆଉ ତ ଏଠିକୁ ଫେରିବନି ।

- ପୁଅ ତ ଏମିତି ନୁହେଁ ।

- ଯଦି ସେଠା ଝିଅଟିଏ ବାହା ହୋଇଗଲା ।

କେବେ ସମ୍ଭବ ନୁହେଁ । ଯିଏ ମୋତେ ନ ଦେଖିଲେ ରହିପାରେନି ସେ ପୁଣି ସେଠା ଝିଅ ବାହାହୋଇ ନାଗରିକ ହୋଇଯିବ । କେବେ ନୁହେଁ ।

- ଯାହାହେଉ ତମର ଗୁଣର ପୁଅଟିଏ ଅଛି ।

- ତାକୁ ନେଇ ଆମର ଭବିଷ୍ୟତ । ତାକୁ ନେଇ ସ୍ୱପ୍ନ ଦେଖୁଛୁ ।

ହଉ ଦେଖୁଥାଅ । ତୁମ ସ୍ୱପ୍ନ ସବୁଜ ହୋଇ ତମ ପାଖରେ ଝୁଲୁଥାଉ । ମୁଁ ଯାଏ ମୋ କାମରେ ।

- ଅପା ତୁମେ ବ୍ୟଙ୍ଗ କରି ଏପରି କହୁଛ ତ ?

- ଆରେ ବ୍ୟଙ୍ଗ କରିବି କାହିଁକି ? ତୁମେ ମିଠା ସ୍ୱାଦ ଚାଖି ଆହୁରି ସ୍ୱପ୍ନ ଦେଖ ପୁଅ ପାଇଁ । ମୁଁ ତ ପଶିପାରୁନି ବିଭିନ୍ନ ଯାଡୁସିଆଡୁ ପ୍ରଶ୍ନର ଗୋଲକ ଭିତରେ । ମୋ ବିଶ୍ୱାସ ଦ୍ୱନ୍ଦ୍ୱର ଅନୁସନ୍ଧିସ୍ନୁରେ ଆକ୍ରାମାକ୍ରା ଏହି ଗୋଟିଏ ଗୋଟିଏ ଘଟଣା ଶୁଣିଲା ପରେ ମୁଁ ଚକିତ ।

- ଅପା ସମସ୍ତେ କ'ଣ ସମାନ ।

- ନା । କିନ୍ତୁ ଭୋଗ ଓ ସ୍ୱାର୍ଥ ପାଖରେ ବିବେକ ହିଁ କ୍ଷୁଧିତ ହୋଇଉଠେ । ନ୍ୟାୟ ଅନ୍ୟାୟର ଫରକ୍ ବୁଝିବାକୁ ସମୟ ପାଏନି । ଶୋଷି ହୋଇଯାଏ କାମାସକ୍ତ ସ୍ୱପ୍ନରେ । ମାତୃଗର୍ଭର ଶିକ୍ଷା ଭୁଲି ହୋଇଯାଏ ଚକ୍ରବ୍ୟୁହରେ ଅବତୀର୍ଣ୍ଣ ହେଲା ପରେ । ଯାଏ ମୁଁ । ସେପଟରେ ମୋତେ ଖୋଜା ଚାଲିଥିବ । ଜାଣିଛ ତ ଯାଙ୍କ କଥା ।

- ଜାଣେ ଅପା । ଆପଣଙ୍କ ସ୍ୱାମୀଟିଏ କାହାର ଭାଗ୍ୟରେ ମିଳେ କି ?

ହସି ହସି ଚାଲିଗଲେଣି ଅପା । ମୁଁ ଭାବୁଥିଲି ସତରେ ଯଦି ଚିତ୍ରପଟ ବଦଳିଯାଏ ତେବେ ବାଟ ଭୁଲା ମନକୁ କିପରି ସମ୍ଭାଳିବି ? ମନର ବ୍ୟଥାକୁ ନିଜ ଆଖିର ଲୁହରେହିଁ ବର୍ଷିବି । ଅପେକ୍ଷାରେ ଅଛି ତ ଏହି ଅବୁଝା ପରାଣ । ତଥାପି ଆଖିରେ ନାଚୁଛି ଖୁସିର ଝଲକ ।

■

ପାହାଡ଼ି କନ୍ୟା

ହୃଦୟର କଥାକୁ ସବୁବେଳେ ପହଞ୍ଚାଇ ହୁଏନି ସେହି ଇପ୍‌ସିତ ନାରୀଟି ପାଖରେ । ତଥାପି ବିଶ୍ୱାସ ହାର୍ ମାନେନି । ଦିନେ ନା ଦିନେ ସେହି ନାରୀଟି ନିଶ୍ଚୟ ଆସି ଠିଆହେବ ବୋଲି ମନରେ ଆଶାବାନ୍ଧି ବସିଥାଏ ଶ୍ରୀମାନ । କିନ୍ତୁ ସେହି କଳ୍ପାନ୍ତ ସୁନ୍ଦରୀର ଦର୍ଶନ ରହସ୍ୟମୟ ହୋଇଯାଏ ତା' ପାଖରେ ।

ଶ୍ରୀମାନ୍ ସେହି ସୁନ୍ଦରୀର ଦର୍ଶନମାତ୍ରେ ଏତେ ବିମୋହିତ ହୋଇ ପଡ଼ିଥିଲା ଯେ ସେ ତୁଳୀଧରି ଆଙ୍କିଥିଲା ତା'ର ଚିତ୍ରଟିଏ ନିଜ କାନଭାସ୍‌ର ପରଦାରେ । ବିଶ୍ୱାସ ହେଉନଥିଲା ନିଖୁଣ କନ୍ୟାଟିକୁ ଦେଖି । ସେ ହିଁ ପ୍ରସନ୍ନ ଚିତ୍ତରେ ମନଧ୍ୟାନ ଦେଇ ଝରାଇଥିଲା ପ୍ରେମର ଆତୁରତା । ଆଜି ମଧ୍ୟ ମନ ତାକୁ ଝୁରେ । ପ୍ରେମର ଅର୍ଥ ତୈଳଚିତ୍ରଟିର ପ୍ରତିମାଟି ବୁଝିଥିବ ନିଶ୍ଚୟ । ସେ କନ୍ୟାଟି ନିଜ ଚିତ୍ରକୁ ଚିତ୍ରକର ପରଦାରେ ଦେଖି ଦୂର ଦିଗ୍‌ବଳୟରେ ହଜିଗଲା କେମିତି ? ଗାଇ ପାରିଥାନ୍ତା ଏକ ମଧୁର ସଙ୍ଗୀତର ପ୍ରଶଂସା ଶ୍ରୀମାନ ପାଇଁ । କିନ୍ତୁ ନିଜ ଛବିକୁ ଧାରଦେଇ ସେ ନୀରବତାର ବାର୍ତ୍ତା ବହନକରି କୁଆଡ଼େ ଗଲା । କୋଟି କୋଟି ଟଙ୍କାରେ ସେହି ତୈଳ ଚିତ୍ରଟିକୁ କିଣିବାକୁ ଅନେକଙ୍କ ପ୍ରସ୍ତାବ ଆସିଲାଣି । ତଥାପି ଶ୍ରୀମାନ କାହିଁକି ତାକୁ ବିକିବାକୁ ନଛୋଡ଼ବନ୍ଧ ବୁଝିପାରୁ ନାହାଁନ୍ତି ନିଜେ ମଧ୍ୟ ।

ସମସ୍ତଙ୍କ ଦୃଷ୍ଟି ନିବଦ୍ଧ ହୋଇଥିଲା ସେହି ନାରୀମୂର୍ତ୍ତିଟି ଉପରେ । ସମସ୍ତଙ୍କର ମୁହଁରେ ଗୋଟିଏ ଶବ୍ଦ - କି ଚମତ୍କାର ହୋଇଛି ତୈଳଚିତ୍ରଟି ।

ଶ୍ରୀମାନକୁ କେତେଜଣ ସାଙ୍ଗ ମଧ୍ୟ ସନ୍ଦେହ ଦୃଷ୍ଟିରେ ପ୍ରଶ୍ନ କରିଥିଲେ - ଆରେ କେଉଁ ଝିଅଟି ସହିତ ରୋମାନ୍ସ କରିଛୁ ଯେ ଆମକୁ ଲୁଚାଇଛୁ । ଆଉ ତା' ମୂର୍ତ୍ତିକୁ ଏମିତି ନିଖୁଣ ଭାବରେ ଚିତ୍ରିତ କରି ବାହାବା ନେଉଛୁ ।

ଖୁବ୍ ଧୀର ସ୍ଥିର ସ୍ୱଭାବର ପିଲାଟିଏ ଥିଲା ଶ୍ରୀମାନ । ଟଙ୍କା ଅଭାବରୁ ମାଟ୍ରିକ୍

ପଢ଼ାପରେ ପାଠ ଛାଡ଼ିଦେଇ ଘରେ ଦୁଇବର୍ଷ ବସିଥିଲା । ତାକୁ ଚିତ୍ର ଆଙ୍କିବାକୁ ଭଲ ଲାଗେ । ସେଥିପାଇଁ ସେ ଘରେ ବସିଥିବାବେଳେ ବିଭିନ୍ନ ପ୍ରକାର ଛବି ଦେଖି ଅବିକଳ ଚିତ୍ର ଆଙ୍କି ଦେଇଥିଲା । ବେଳେବେଳେ ନଦୀବାଲିରେ ମଧ୍ୟ ଚିତ୍ରଆଙ୍କି ଗାଁର ବୟୋଜ୍ୟେଷ୍ଠଙ୍କ ଦୃଷ୍ଟି ଆକର୍ଷଣ କରିଛି । ଚିତ୍ର ଆଙ୍କିବା ତା'ର ହବି । ଯେତେବେଳେ ଇଚ୍ଛା ସେତେବେଳେ ସେ ଆଙ୍କିଚାଲେ ବିଭିନ୍ନ ରକମର ଚିତ୍ର । କେତେବେଳେ କାଗଜ ଉପରେ ତ କେତେବେଳେ ମାଟିଘର କାନ୍ଥରେ ଚିତ୍ର ଆଙ୍କିଥାଏ । ସେହି ଯୋଗୁ ଦୁଇବର୍ଷ ପାଠ ଛାଡ଼ି ଘରେ ବସି ରହିବା ସମୟରେ ମଧ୍ୟ ତା'ର ସମୟ ବଳକା ହୁଏନି । ନିଜ ଗାଁ ଲୋକଙ୍କ କାନ୍ଥବାଡ଼ରେ ହିଁ ତା' ହାତର ଯାଦୁକରୀର ସ୍ପର୍ଶ ଦେଖିବାକୁ ମିଳେ । କାନକୁହା କଥାରେ ଶ୍ରୀମାନର ପ୍ରଶଂସା ବହୁତ ବଢ଼ିଯାଇଥିଲା । ତେଣୁ ପାଖାପାଖି ଗାଁର ଅନେକଙ୍କ ଘରେ ତା'ର ଚିତ୍ର ହିଁ ସ୍ଥାନିତ ହୋଇଥିଲା । ଏହି କଳାପାଇଁ ମଧ୍ୟ ତାକୁ ପାରିଶ୍ରମିକ ମିଳୁଥିଲା । ଯାହାଫଳରେ ତା' ପାଖରେ କେତେ ହଜାର ଟଙ୍କା ସଂଚୟ ହୋଇ ସାରିଥିଲା ମଧ୍ୟ ।

ଅଭାବ ଅସୁବିଧାରେ ଗତି କରି ଅନେକ ପ୍ରତିଭା ଗାଁ ଗହଳରେ ଲୁଚି ରହିଥାଏ । ବଣମଲ୍ଲୀ ବଣରେ ଫୁଟି ଝଡ଼ିପଡ଼ିଲା ପରି କେତେ ଗୁଡ଼ିଏ କଳାକାରଙ୍କ ଜୀବନ ବିଲୁପ୍ତ ହୋଇଯାଇଛି ମଧ୍ୟ । କିନ୍ତୁ ଯିଏ ଟିକିଏ କଳାର ପ୍ରସାରଣ ପାଇଁ ଉଦ୍ୟମରେ ଲାଗି ପଡ଼ିଲା ସେହି ହିଁ ଲୋକ ଲୋଚନକୁ ଆସିଥାଏ । କଷ୍ଟ ନ କଲେ କୃଷ୍ଣ ମିଳେନି । ସେମିତି କଷ୍ଟ ନକଲେ କୌଣସି କାର୍ଯ୍ୟରେ ସଫଳତା ମିଳିବ କେମିତି ? ଯିଏ କଳାକାର ତା'ର ଚାରିପାଖରେ ହିଁ ତାକୁ କଳାମୟ ଲାଗେ । ସେ ଚିତ୍ର ଆଙ୍କି ଯେଉଁ ଖୁସିପାଏ ତାହାର କଳ୍ପନା କରି ପାରିବନି କିଏ ହେଲେ । ଏମିତି ବେଳେବେଳେ ଶ୍ରୀମାନ ମଧ୍ୟ ଲଣ୍ଠନଆଲୁଅରେ ବସିବସି କାଗଜରେ ଚିତ୍ର ଆଙ୍କି ରଙ୍ଗମାଖି ପରମତୃପ୍ତି ପାଏ । ତା'ର ଏହି ସ୍ୱଭାବକୁ ଦେଖି ଦିନେ ତା' ବାପା ତାକୁ ଏକ ଆର୍ଟ ସ୍କୁଲରେ ନାଁ ଲେଖାଇଦେଲେ । ଗରୀବ ଘରେ ପଢ଼ିବାକୁ ଟଙ୍କା ଯୋଗାଇ ପାରନ୍ତି ନାହିଁ । ସେଥିପାଇଁ ପଢ଼ିବା ସମୟରେ ଶ୍ରୀମାନ ବଳକା ସମୟରେ ଚିତ୍ର ଆଙ୍କି ବଜାର ରାସ୍ତାରେ ବସି ବିକ୍ରି କରେ । ଯାହା ଟଙ୍କା ପାଏ ସେହି ଟଙ୍କା ହିଁ ତା' କଳାପାଇଁ ଖର୍ଚ୍ଚ କରିବା ସହିତ ନିଜର ଦୈନ୍ୟଦିନ ଗୁଜୁରାଣ ମେଣ୍ଟାଇଥାଏ । ଘରୁ ବାପାଙ୍କଠାରୁ ଟଙ୍କା ଆଣି ପଢ଼ିବାକୁ ଚାହେଁନି ସିଏ । ଏକାଗ୍ରତାରେ ହିଁ ଆଙ୍କିଥାଏ ଚିତ୍ରଗୁଡ଼ିକ ଲାଗେ ଯାହା ଜୀବନ୍ତ ପରି । ସେହି ତ ହେଉଛି ହାତର ଯାଦୁକାରୀ । କିନ୍ତୁ ଅନ୍ୟମାନଙ୍କ ମନକୁ ଚହଲେଇ ପାରିଲେ ହିଁ ଶ୍ରେଷ୍ଠ କଳାକାରର ସମ୍ମାନ ମିଳିବ ।

ହିଁ ଆର୍ଟ ସ୍କୁଲରରେ ଚିତ୍ର ଆଙ୍କିଲାବେଳେ କେତେଗୁଡ଼ିଏ ପେଶାଦାର ସ୍ତ୍ରୀଲୋକ

ଥାଆନ୍ତି ଯେଉଁମାନେ ଆସି ଚୁପ୍‌ଚାପ୍ ବସି ଥାଆନ୍ତି ଆଉ କଳାକାର ତାଙ୍କୁ ଦେଖି ଦେଖି ଅବିକଳ ଚିତ୍ର ଆଙ୍କିଥାଏ । ଜଣକର ହସ କାନ୍ଦ, ମୁହଁର ଭାବ ହିଁ ଚିତ୍ରରେ ପରିସ୍ଫୁଟ ହୋଇଥାଏ ।

କିନ୍ତୁ ଆଜି ଯେଉଁ ଚିତ୍ରଟି ସେ ଆଙ୍କିଛି ଆଉ ଆର୍ଟ ଏକ୍‌ଜିବିସନ୍‌ରେ ପ୍ରଥମ ପୁରସ୍କାର ପାଇଛି ସେଇଟା ମନର କଳ୍ପନାର ଚିତ୍ର ନୁହେଁ କି କୌଣସି ଛବିରୁ ଉତାରିବା ଚିତ୍ର ନୁହେଁ । ଏଇ ଝିଅଟି ହିଁ ତା' ଜୀବନର ଏକ ଅଭୁଲା ଜୀବନ୍ତ ଛବି । ଯାହାର ଚିତ୍ର ଆଙ୍କି ସେ ବାହାବା ନେଇଛି ସେଇଟା ହେଉଛି ଅପରୂପ ଝଲକ ।

ଅଚାନକ ଦିନେ ଶ୍ରୀମାନର ଇଚ୍ଛା ହୋଇଥିଲା ବଣ ଜଙ୍ଗଲ ଭିତରକୁ ପଶିଯାଇ ପ୍ରାକୃତିକ ଚିତ୍ର ଆଙ୍କି ସହରର ବ୍ୟସ୍ତଲୋକଙ୍କୁ ଜୀବନ୍ତ ଜଙ୍ଗଲର ଚିତ୍ରପଟ ଦେଖାଇ ଟିକିଏ ଖୁସି କରିବାକୁ । ଆଜିକାଲି ବ୍ୟସ୍ତ ବହୁଳ ଜୀବନରେ ଆରାମ୍‌ରେ ଟିକିଏ ବିଶୁଦ୍ଧ ବାୟୁ ଶ୍ୱାସ ନେବାକୁ ମିଳିବା ଯେମିତି ମୁସ୍‌କିଲ୍ ସେମିତି ଚକିତ ହୋଇ କୌଣସି ପ୍ରାକୃତିକ ଦୃଶ୍ୟ ଉପଭୋଗ କରିବା ମଧ୍ୟ ମୁସ୍‌କିଲ୍ । କଳାକାରର ଚମତ୍କାରୀତାରେ ହିଁ ଅପରୂପ ଦୃଶ୍ୟ ଜୀବନ୍ତ ହୋଇ କ୍ଷଣିକପାଇଁ ହେଲେ ପ୍ରାକୃତିକ ସୌନ୍ଦର୍ଯ୍ୟର ଉପଲବ୍ଧିର ସୁଖ ଦେଇଥାଏ । ଏଇମିତି ଅନେକ ନଦୀ, ନାଳ, ଆକାଶ, ପକ୍ଷୀ, ବଣ, ଜଙ୍ଗଲର ଚିତ୍ର ଆଙ୍କି ଚାଲିଥିବା ବେଳେ ହଠାତ୍ ଦିନେ ନଦୀକୂଳରେ ଗୋଟିଏ ଝିଅ ଗାଧୋଉଥିଲା ଖୁବ୍ ନିରୋଳା ମନରେ । ତା'ର ଆଖି ଆଉ କେଉଁଆଡ଼େ ଘୁଲି ବୁଲୁ ନ ଥିଲା ଯେ ଶ୍ରୀମାନକୁ ଦେଖି ଦେଇଥାଆନ୍ତା । ସେ ଝିଅଟି ପାଣି କଳକଳ ଶବ୍ଦରେ ନିଜର ଗୋପନ ମନକୁ କଳକଳ କରି ବୁହାଇ ନେଲା ବେଳେ ମୁହଁର ବିଭିନ୍ନ ପ୍ରକାରର ଭଙ୍ଗୀ କରି ଚାଲିଥିଲା । ଭାବି ପାରିନଥିଲା ଯେ ତା'ର ବିଭିନ୍ନ ମୁହଁର ପ୍ରାକୃତିକ ଭଙ୍ଗୀଗୁଡ଼ିକ କଳାକାର ତୁଳୀରେ ଏମିତି ସତେଜ ସବୁଜ ହୋଇ ଚମକି ଯିବ ବୋଲି । କୌଣସି ପାହାଡ଼ି କନ୍ୟାଟିଏ ଥିଲା ଅପରୂପା । ସୌନ୍ଦର୍ଯ୍ୟରେ ତା'ର ରୂପଟା ଚମକୁଥିଲା । ଲାଗୁଥିଲା କୌଣସି ପରୀରାଇଜର ପରୀଟିଏ ପରି । ହଠାତ୍ ପାହାଡ଼ି ନଦୀର ପାର୍ଶ୍ୱରେ ଝିଅଟିର ଆବିର୍ଭାବ ଶ୍ରୀମାନଙ୍କୁ ଯେତିକି ଚକିତ କରିଥିଲା ସେମିତି ଆନନ୍ଦ ମଧ୍ୟ ଦେଇଥିଲା । ଏଇମତି ଝିଅଟିଏ ଆଜି ପର୍ଯ୍ୟନ୍ତ ତା'ର ଦୃଷ୍ଟିଗୋଚ଼ର ହୋଇନି କେମିତି ? ସହରର କୃତ୍ରିମ ମେକ୍‌ଅପ୍‌ରେ ଅନେକ ଝିଅ ଚମକନ୍ତି କିନ୍ତୁ ଆଜି ଏହି ଜଙ୍ଗଲୀ ଝିଅଟି ବିନା ପ୍ରସାଧାନ ସାମଗ୍ରୀରେ ଏମିତି ଚମକୁଛି କେମିତି ? ନିଶ୍ଚୟ କୌଣସି ମିରାକ୍‌ଲ୍ ହେବାକୁ ଯାଉଛି କି ? ଘଣ୍ଟାଏ କାଳ ନଦୀଜଳରେ ସ୍ନାନ କରି ସେ ଯେଉଁ ପୁଲକର ସାନ୍ନିଧ ପାଇଥିଲା ତା'ର ପ୍ରତିକ୍ଷଣର ଛବି ଯେ ଶ୍ରୀମାନର ଆଖିରେ ଆଙ୍କି ହୋଇଯାଇଛି । ଆଉ ତା'ର ଚିତ୍ର ଗୁଡ଼ିକ ଏବେ

ଶ୍ରେଷ୍ଠସ୍ଥାନ ପାଇଛି ସେ କଥା ଶ୍ରୀମାନର ମନକୁ କେବେ ଛୁଇଁନଥିଲା । କିନ୍ତୁ ଆଜି ଯେତେବେଳେ ସମସ୍ତଙ୍କର ପ୍ରଶଂସା ତା' ପ୍ରତି ଅଜାଡ଼ି ହୋଇ ପଡ଼ିଛି ସେତେବେଳେ ସେ ଖୋଜିଛି ସେହି ପାହାଡ଼ି ଝିଅଟିକୁ ଆଉଥରେ । ଥରେ ଆଖି ସାମ୍‌ନାରୁ ସେ ଖସିଗଲାପରେ ଫେରି ଆସିବାକୁ କହି ଯାଇନଥିଲା । ଯେତେବେଳେ ତା' ଗାଧୁଆ ସରିଥିଲା ସେ ଓଦାବସ୍ତ୍ରରେ ଧିରେ ଧିରେ ନଦୀପଠାକୁ ଆସି ଚାରିଆଡ଼େ ଆଖି ବୁଲାଇ ଚାହିଁଲା ବେଳକୁ ଦୂରରେ କାଗଜ ତୁଳୀ ଧରିଥିବା ଯୁବକକୁ ଦେଖି ଲଜ୍ୟାରେ ଦୌଡ଼ି ପଳାଇଯିବା ବେଳେ ଶ୍ରୀମାନର ଆଖି ଲାଖିଯାଇଥିଲା ତା' ଉପରେ । ଆଉ ସେ ଲଜ୍ୟା ପରିହାର କରି ଖୁବ୍ ଉଚ୍ଚସ୍ୱରରେ ପଚାରିଥିଲା ତମ ନାଁ ଟି କ'ଣ ?

ଝିଅଟି ହସି ହସି ବେଦମ୍ ହୋଇଯାଇଥିଲା । ଆଉ ତା' ହସ ଭିତରେ ନିଜର ନାଁଟି ପ୍ରକାଶ କରି କହିଥିଲା - ଅପରୂପା, ଅପରୂପା, ଅପରୂପା ।

ତା'ପରେ ଶ୍ରୀମାନର ଆଉ ସେ ଝିଅଟି ସହ ଦେଖା ହୋଇନି । କିନ୍ତୁ ତା'ର ସେହି ଶେଷ ହସଟା କୟଦି ହୋଇ ରହିଛି ଶ୍ରୀମାନର ମନ ଭିତରେ । ସେହି ହସର ଛବି ମଧ୍ୟ ଆଙ୍କି ହୋଇଯାଇଛି ଚିତ୍ରରେ ଥିବା ଝିଅଟିର ମୁହଁରେ । କାହିଁ ସିଏ ? ତା' ଘର କେଉଁଠି ? କେଉଁଠାରେ ତାକୁ ପୁଣି ଶ୍ରୀମାନ ଦେଖିପାରିବ ? ଏମିତି ଦ୍ୱନ୍ଦ୍ୱ ଭିତରେ ଉବୁଟୁବୁ ହେଲାବେଳେ ହଠାତ୍ ଜଣକର ସ୍ୱର ଶୁଣଗଲା - ଝିଅଟି ସତରେ ଅଛି ନା ଏଇଟା କଳାକାରର କାଳ୍ପନିକର ଛବି ।

ଆଉ ଜଣକର କଥା ଶୁଣାଗଲା - କିଏ କହି ପାରିବ ଏକଥା ? ପଚାର କଳାକାରକୁ । କିନ୍ତୁ କାହିଁ କିଏ ହେଲେ ଏଠି ତ ନାହାନ୍ତି ।

ଶ୍ରୀମାନର ବାକ୍ୟସ୍ଫୁରିଲାନି ଯେ ସେ ହିଁ କଳାକାର ଆଉ ଏହି ଝିଅଟି ନୁହେଁ ମାନସ କିମ୍ବା କଳ୍ପନାର କନ୍ୟା । ସେ ସତରେ ରକ୍ତମାଂସଧାରୀ ନାରୀଟିଏ । ବଞ୍ଚିଛି । କଳକଳ ହୋଇ ନଦୀପରି ବହି ଚାଲିଛି । ଜାଣିନି ତା' ନିଜର ରୂପର ମୂଲ୍ୟାଙ୍କନକୁ । ତଥାପି ଶ୍ରୀମାନ ପାଖରେ ଅନେକ ଟଙ୍କାର ଅଫର ଆସି ପହଞ୍ଚିଲାଣି ଏହି ଚିତ୍ରଗୁଡ଼ିକ ବିକ୍ରି କରିବାକୁ । ଭାବୁଛି ତା' ଦିପ୍ତୀମୟୀ ରୂପକୁ ସେ ବିକ୍ରିକରି ଅନ୍ୟ ଆଖିରେ ସ୍ୱପ୍ନର କାନଭାସ୍ ଆଙ୍କିବନି । ଏଇଟା ହିଁ ତା' ଆଖିର ତାରା । ତା' ମାଷ୍ଟରପିସ୍ । ନିଶ୍ଚୟ ଦିନେ ନା ଦିନେ ଦେଖାହେବ କେଉଁଠି ନା କେଉଁଠି ସେହି ପାହାଡ଼ି କନ୍ୟା ସହ । ଅପେକ୍ଷା ତ କରିବାକୁ ପଡ଼ିବ ।

ଶୁଣାଗଲାଣି ମିଶା ସ୍ୱର - ଦାମ୍ କେତେ ? ନେବାକୁ ଆମେ ପ୍ରସ୍ତୁତ ।

ତା' ମୂଲ୍ୟାଙ୍କନ ନାହିଁ ପରା । କାହିଁକି ଆପଣମାନେ ମୋ ସ୍ୱପ୍ନ ଭାଙ୍ଗୁଛନ୍ତି । ସେ ତ ଦିନେ ଆସିବ ମୋତେ ଖୋଜି ଖୋଜି । ମୁଁ ତା' ରାଜକୁମାର ପରା ।

ଜଣେ ଜଣଙ୍କ ମୁହଁକୁ ଚାହିଁ କହିଲେ - ଚାଲ ଭାଇ ଚାଲ ଏଇ ନିଜର ଭାଗ୍ୟ ରେଖା ଯୋଡୁଥାଉ ଏହି ଚିତ୍ରପଟ୍ଟ ସହ । ଯେତେ ଭଲ ପାଉଛି ପାଉଥାଉ । ତା' ମୁଣ୍ଡ ଠିକ୍ ନାହିଁ ।

ଏକେଲା ପଡ଼ିଗଲା ଶ୍ରୀମାନ । ତଥାପି ମନର ସ୍ୱପ୍ନକୁ ଉଡ଼ିବାକୁ ଦେଇନଥିଲା । ବାନ୍ଧିରଖିଥିଲା ନିଜ ହୃଦୟରେ । ଏଇତ ତା'ର ଶବ୍ଦହୀନ ଗଭୀର ପ୍ରେମର ପରିଭାଷା । ତେବେ ଆଉ ଚିନ୍ତା କ'ଣ ?

■

ଅବୁଝା ଆବେଗ

ବେଳେବେଳେ ମନ ଭିତରେ ମରୁଭୂମିର ମରୀଚିକାର ଛାୟା ଲୁଚୁକାଳି ଖେଳିଥାଏ । ନିର୍ବୋଧ ମଣିଷ ବୁଝିପାରେନି ସେ ତ ନିଜେ ମାୟାରେ ବଞ୍ଚିରହିଛି । ଜୀବନ ସଂଘର୍ଷ ଭିତରେ କେତେ ଭାବନା ମନର ଝରକା ଖୋଲି ପଶି ଆସନ୍ତି । ସେମାନଙ୍କୁ ଗଣୁଗଣୁ ଭୁଲିଯାଏ ସେମାନଙ୍କ ସଂଖ୍ୟା । ଅଭିମାନ ମନ ନିଜର ଶକ୍ତିର ପରାକାଷ୍ଠ ଦେଖାଇଥିଲା ବେଳେ ଭୁଲିଯାଇଥାଏ ଭବିଷ୍ୟତକୁ । ତା' ସାମନାରେ ଉଙ୍କିମାରେ ବି ନିଜର କ୍ଲାନ୍ତ ଅସ୍ତିତ୍ୱଟିକକ । ଦୁନିଆ ଖୁବ୍ ଭଲଲାଗେ ନିଜ ପଶାପାଲିର ବିଜୟରେ । କିନ୍ତୁ ହାରିବାର ଅନୁଭୂତିରେ ମନ ଏତେ ଛଟପଟ ହୁଏ କାହିଁକି । ମୋହ ଭିତରେ ଏତେ ଆସକ୍ତି ରହିଛି ଯେ ମୃତ୍ୟୁକୁ ଭୁଲିଯାଏ ମଣିଷ ।

ମା' ଚାଲିଗଲେ ସକାଳୁ ସକାଳୁ । ତମେ ଏଠାକୁ ଆସିବ ବୋହୂ ।

ଶାଶୁଙ୍କ ଦେହାନ୍ତହବା ଖବର ଶୁଣି ମଧ୍ୟ ଅଞ୍ଜଳିର ମନ ତରଳି ଯାଇନଥିଲା । ସେ ଫୋନ୍‌ରେ କହି ପକାଇଲା – ମୋ ସଂସାରତ ବୁଡ଼ିଗଲାଣି, ଆଉ କାହାକଥାରୁ ମୋତେ କ'ଣ ମିଳିବ ?

ବୋହୂ ଏମିତି କ'ଣ କହୁଛ ଏ ଦୁଃଖ ସମୟରେ ? ପ୍ରସନ୍ନ ଆମର ଗୋଟିଏ ବୋଲି ପୁଅ । ରହିଛି ଯାଇ ଆମେରିକାରେ ଆଉ ତମେ ନାତିକୁ ଧରି ରହିଛ ବାଙ୍ଗାଲୋରରେ । ଗାଁରେ ଆମେ ବୁଢ଼ାବୁଢ଼ୀ ଦୁଇଜଣ ଝିଅମାନଙ୍କ ପିଲାଙ୍କୁ ନେଇ ଚଳି ଯାଉଥିଲୁ । ଏବେ ମୁଁ ଏକା । ବୁଢ଼ୀଟା ଥିଲା ବୋଲି ମୋ ମନରେ ଦମ୍ଭ ଥିଲା । ମୋ ମନୋବଳ ଭାଙ୍ଗିଯାଇଛି ଏବେ । ତମେ କେଉଁଦିନ ଆସିବ ଗାଁକୁ ?

ମୋତେ କୌଣସି ଚାପ ପକାନ୍ତୁ ନାହିଁ । ତମପୁଅ ଆମେରିକାରୁ ଆସିଲେ ମୁଁ ଯାଇ ପହଞ୍ଚିବି ନିଶ୍ଚୟ ।

ମାନେ...

ବୁଝି ପାରୁ ନାହାନ୍ତି କି ଆମର ସଂପର୍କକୁ ?

ବୁଝିଛି ପୁଅ ବୋହୂର ସଂପର୍କ । କ୍ରୀୟାକର୍ମ କରିବା ପାଇଁ ଡାକୁଛି । ଶାଶୁ ମରିଗଲେ ତଥାପି ତମେ ତାକୁ ଟିକିଏ ଦେଖି ଆସିଲନି । ଗାଁସାରା ଲୋକ କେତେକଥା କହୁଛନ୍ତି । ପୁଅ ଆମେରିକାରୁ ଆସିଥିଲା ମା'କୁ ଦେଖିବାକୁ ଅଥଚ୍ ତମେ...

ଥାଉ ଥାଉ ଏତେ ଶୁଣାନ୍ତୁନି । ଆମେରିକାରୁ ତ ବିନାଖର୍ଚ୍ଚରେ କିଏ ଆସିଯାଉନାହାନ୍ତି । ତମ ପୁଅ ଯେତିକ ରୋଜଗାର କଲେ ମଧ ମୋ ପୁଅ ଓ ମୋତେ ଅଣ୍ଟୁନି । ମୁଁ ବାଙ୍ଗାଲୋର୍‌ରେ ଚାକିରୀ ପାଇଲି । ଆଉ ଘରେ ବସି କ'ଣ ଶାଶୁ ସେବା କରିଥାଆନ୍ତି । ଶାଶୁ ସେବା କଲେ ଟଙ୍କା ମିଳିଯାଏନି ।

ପୁଣ୍ୟ ହୋଇଥାଆନ୍ତା ।

ଥାଉ ଏ ଭାଷଣ । ପୁଅ ତ ଚାକିରୀ ଛାଡ଼ି ଆସି ମା'ର ସେବା କଲେନି । ମରିଗଲାପରେ ମୁହଁରେ ନିଆଁ ଦେଲେନି । ପୁଅକୁ ଉପଦେଶ ଶୁଣେଇଲେନି, ମା' ପରା ଜନ୍ମ କରିଥିଲେ । ହେଲେ ମଲାବେଳେ ପୁଅ ତ ପାଖରେ ନଥିଲେ । ସବୁବେଳେ ସମାଜ ବୋହୂର କର୍ତ୍ତବ୍ୟ ଦେଖାଇ ଚାଲିବେ । ଆଉ ବୋହୂର ଭୁଲକୁ ତର୍ଜମା କରି କୁହାକୋହି ହେବେ । ମା'ତ ରୋଗଶଯ୍ୟାରେ ବର୍ଷ ବର୍ଷ ଧରି ପଡ଼ିଥିଲେ । କାହିଁକି ପୁଅକୁ ଡାକି ଆଣିଲେନି ମା'ର ସେବା କରିବାକୁ, ଟଙ୍କା ଦରକାର ଏପଟେ । ସେପଟରୁ ପୁଅ ଟଙ୍କା ନ ପଠାଇଲେ ଗାଁରେ ଚଳିଥାଆନ୍ତେ କେମିତି । ପୁଅ ଟଙ୍କାରେ ମଜା କରିବେ ଆଉ ବଡ଼ ବଡ଼ କଥା କହିବେ କହି ବୋହୂ ଅଞ୍ଜଳି ଫୋନ କାଟିଦେଲା ।

ଆଉ ଶ୍ୱଶୁର ସଦାଶିବ କିଛି କହିବାକୁ ଉଚିତ୍ ମନେକଲେନି । ଯୁଗ ବଦଳି ଗଲାଣି । ଏଠି ବେଶି ବକବକ ହେଲେ ଶ୍ୱଶୁରର ସମ୍ମାନ ହାନି ହେବ । ବରଂ ଚୁପ୍ ହୋଇଯିବା ଭଲ । ସମୟ ସାଙ୍ଗରେ ପରିସ୍ଥିତି ବଦଳିଯାଇଛି । କେମିତି ସେହି ଝିଅକୁ ବୋହୂ କଲେ ସଦାଶିବ । ସେ ଅହଂକାରର ଉତ୍ତୁଙ୍ଗ ଶିଖରରେ ପହଞ୍ଚିଯାଇଥିଲେ କି ? ସେଥିପାଇଁ ଏବେ ଉଚିତ୍ ଶିକ୍ଷା ପାଇଲେ । ସେ ତ ଜଣେ ୟୁପି ସ୍କୁଲର ଶିକ୍ଷକ । କିନ୍ତୁ ଥିଲା ବଡ଼ ଆଶା । ପୁଅ ଉଚ୍ଚଶିକ୍ଷିତ । ଲଣ୍ଡନରେ ପିଏଚ୍‌ଡ଼ି କରିଥିଲା । ଆମେରିକାରେ ପୋଷ୍ଟ ଡକ୍ଟରାଲ୍ କରି ସେଠି ରହିଥିଲା । ପାଉଥିଲା ଚାରିହଜାର ଡଲାର । ଦୁଇହଜାର ଖର୍ଚ୍ଚକରି ଗାଁକୁ ଦୁଇହଜାର ଡଲାର୍ ପଠେଇ ପାରୁଥିଲା । ଲଣ୍ଡନରେ ରହିବା ଦିନଠାରୁ ଖୁବ୍ କମ୍‌ରେ ଚଳି ବଳକା ଟଙ୍କା ବାପାଙ୍କ ପାଖକୁ ପଠେଇଥିଲା । ଯଦି ନିଜର ଆର୍ଥିକ ଅସୁବିଧା ହୁଏ ତେବେ ପାର୍ଟ ଟାଇମ୍ କାମ କରି ନିଜର ଖର୍ଚ୍ଚ ତୁଲାଉଥିଲା । କିନ୍ତୁ ଏ ବିଷୟରେ ତା' ବାପା ଜାଣି ପାରିନଥିଲେ । ପରେ କଥା ପ୍ରସଙ୍ଗରେ ବୋହୂ ହିଁ କହିଥିଲା ଦିନେ ।

ପୁଅଟି ଭାରି ଗୁଣର ଥିଲା । ବାପାଙ୍କ କଥାକୁ ଅବଜ୍ଞା କରିବାକୁ ଚାହୁଁନଥିଲା । ସେଥିପାଇଁ ତ ବାପାଙ୍କ ଇଚ୍ଛା ପୂରଣ କରିବାକୁ ଯାଇ ପ୍ରଥମେ ଗାଁରେ ଗୋଟିଏ ବଡ଼ କୋଠା ନିର୍ମାଣ କରିବାକୁ ବାପାଙ୍କ ପାଖକୁ ଲକ୍ଷ ଲକ୍ଷ ଟଙ୍କା ପଠାଇଥିଲା । ରୋଗୀଣା ମା'ର ସମସ୍ତ ଖର୍ଚ୍ଚ ପୁଅ ପଇସାରେ ହିଁ ହେଉଥିଲା । ଗାଁରେ ଗୋଟିଏ କାର୍ ସାଙ୍ଗକୁ ଡ୍ରାଇଭର ରଖି ମନଇଚ୍ଛାରେ ବୁଲିବାପାଇଁ ମଧ୍ୟ ପୁଅ ଟଙ୍କା ଖର୍ଚ୍ଚ କରିଥିଲା । ଯାହାଫଳରେ ନିଜ ଚାକିରୀ ଜୀବନର ଅର୍ଥରେ ଏତେ ସମ୍ପତ୍ତି ସାଙ୍ଗକୁ ସୁଖ ମିଳିବାର ଆଶା କରିନଥିବା ସଦାଶିବ ମାଷ୍ଟ୍ରେ ହିଁ ଗର୍ବରେ ଫୁଲି ଉଠିଥିଲେ । ପୁଅର କୃତିତ୍ୱ ପାଇଁ ବାପା ମା' ତ ଗର୍ବ କରିବେ ନିଶ୍ଚୟ । କିନ୍ତୁ ପୁଅର ଧନରେ ବିତ୍ତଶାଳୀ ହୋଇ ବାପାର ଗର୍ବ ଥିଲା ନିଆରା । ଗର୍ବ କରି ମନରେ ଅହଂକାରକୁ ଜାବୁଡ଼ି ଧରିବା ଅଲଗା କଥା । ତେଣୁ ପୁଅପାଇଁ ଯୋଗ୍ୟ ପାତ୍ରୀର ସନ୍ଧାନରେ ଲାଗିପଡ଼ିଥିଲେ ସଦାଶିବ ବାବୁ । ପାଖରେ କାର୍ ଓ ଡ୍ରାଇଭରର ସୁବିଧା, ଯେତେ ଟଙ୍କା ଖର୍ଚ୍ଚ ହେଲେ ପରୱା ନାହିଁ । ବିଦେଶରୁ ଟଙ୍କା ଆସୁଛି ତେଣୁ ଚିନ୍ତା ନାହିଁ ମନଇଚ୍ଛା ବୁଲି ବୋହୂ ଖୋଜିବାରେ । ଲାଗି ପଡ଼ିଥିଲେ ବୋହୂ ଚୟନ କରିବା ପାଇଁ । ସର୍ତ୍ତଥିଲା ବିଜ୍ଞାନୀ ଛାତ୍ରୀ ହୋଇଥିବ । ଗୋରା ଚେହେରା ଥିବ, ଦେଖିବାକୁ ସୁନ୍ଦରୀ ଥିବ ପୁଣି ଘରୁଆ ଥିବ, ଶାଶୁଶ୍ୱଶୁର, ନଣନ୍ଦମାନଙ୍କ କଥା ବୁଝିପାରୁଥିବ ବୋହୂଟି । ବହୁତ ପାତ୍ରୀ ବୋହୂ ଚୟନରୁ ନାକଚ଼ ହୋଇ ପଡ଼ିଥିଲେ ଆଉ ଶେଷରେ ଅଞ୍ଜଳି ହିଁ ବୋହୂ ହୋଇ ଘରକୁ ଆସିଥିଲା ।

ଅଞ୍ଜଳି ବେଶି ଅଭିନୟ କରିପାରିଥିଲା ଗାଁ ଭୂଇଁର ଚଳଣୀକୁ ନେଇ । ଶିକ୍ଷିତା ପାଠୁଆ ଚାକିରିଆ ଝିଅ ବାହାଘର ପୂର୍ବରୁ ଚାକିରୀ ଛାଡ଼ି ଦେଇଥିଲା ବିନା ସର୍ତ୍ତରେ । ବାହାଘର ପରେ ଗାଁ ଘରେ ଚଳି, ଶାଶୁ ନଣନ୍ଦଙ୍କ ମନ ମୋହିନେଇଥିଲା କେଇଟାଦିନ ରହଣୀରେ । ସମସ୍ତେ ତାକୁ ବାଃ ବାଃ କଲେ । କାହାରପାଦରେ ଅଲତା ଲଗେଇଲାଣି ତ, କାହାର ମୁଣ୍ଡରେ ବେଣୀ କଲାଣି ତ ବଡ଼ମାନଙ୍କ ଗୋଡ଼ ହାତ ଘଷିଲାଣି ଏମିତି ମନ ମୁତାବକ କାମ ଜାଣି କରିପାରୁଥିଲା ଅଞ୍ଜଳି । ରୋଷେଇ ଘରେ ରାନ୍ଧିବା କାମ କରି ଭଲ ଭଲ ଖାଦ୍ୟ ପରିବେଷଣ କରି ପାରୁଥିଲା ସେ । ନଣନ୍ଦ ମାନେ ଆନନ୍ଦରେ ଆତ୍ମହରା ହୋଇ କହିଥିଲେ – ଯାହାହେଉ ଆମର ଗୋଟିଏ ବୋଲି ଭାଇ ଆଉ ଭାଉଜର ଗୁଣକୁ ଖୁଣିବାକୁ ନାହିଁ । ବୟସ ଟିକିଏ ଅଧିକା ହୋଇଯାଇଛି ଖାଲି ।

ବାହାଘର ବେଳକୁ ଅଞ୍ଜଳିର ବୟସ ପ୍ରାୟ ତିରିଶ ହେବ । ଅନେକ ପ୍ରସ୍ତାବ ଭାଙ୍ଗିଯାଇଥିଲା କ'ଣ ପାଇଁ କିଏ ଜାଣିନଥିଲେ । ସେ ତ ବମ୍ବେରେ ଚାକିରୀ କରିଥିଲା । କିଏ ଜାଣୁଛି ମାୟାନଗରୀ କଥା । କିନ୍ତୁ ଯେହେତୁ ତା' ବାପା ମା' ସଦାଶିବଙ୍କ ଚିହ୍ନାଜଣା ଭିତରେ ଥିଲେ ତେଣୁ ଝିଅଟି ଭଲ ଥିବ ଭାବିନେଇ ପୁଅପାଇଁ ଠିକ୍ କରି

ଦେଇଥିଲେ । ଲଣ୍ଡନ, ଆମେରିକାରେ ଚଳିବାପାଇଁ ଟିକିଏ ସ୍ମାର୍ଟ ଥିବା ଦରକାର ବୋଲି ମଧ୍ୟ ମନେମନେ ଭାବି ନେଇ ଅଞ୍ଜଳିକୁ ବୋହୂ କରି ଖୁବ୍ ଖୁସିଥିଲେ ।

କିନ୍ତୁ କ'ଣ ହେଲା ସେ କଥା ସଦାଶିବ ଜାଣିନାହାନ୍ତି ଯେ କାହିଁକି ଅଞ୍ଜଳି ଆଉ ପୁଅ ଭିତରେ ବିଭେଦ ସୃଷ୍ଟି ହେଲା । ଏଇତ ବାହାଘର ଚାରିବର୍ଷ ତଳେ ହୋଇଛି । ନାତି ମଧ୍ୟ ଜନ୍ମ ହେଲାବେଳେ ବୋହୂର ବୋହୂପଣିଆ ଥିଲା । ଗାଁକୁ ବାରମ୍ବାର ଫୋନ୍ କରି ଶାଶୁଙ୍କ ଦେହ ବିଷୟରେ ବୁଝି ପାରୁଥିଲା । ଇଣ୍ଟରନେଟ୍‌ରେ କଥାବାର୍ତ୍ତା ସାଙ୍ଗକୁ ପୁଅକୁ ମଧ୍ୟ ଦେଖାଇ ପାରୁଥିଲା ଗାଁରେ ଥିବା ନିଜ ଲୋକମାନଙ୍କୁ । ପୁଅ ଜନ୍ମପୂର୍ବରୁ ଶ୍ୱଶୁର ରୂପା ଗିନା ଚାମଚ ସବୁ ପଠେଇ ଦେଇଥିଲେ । ନାତିକୁ ବର୍ଷେ ହେଲାବେଳକୁ, ପୁଅ, ବୋହୂ, ନାତି ଗାଁକୁ ଆସିଥିଲେ ଆଉ ଧୂମ୍‌ଧାମ୍‌ରେ ପୁଅର ଜନ୍ମଦିନ ପାଳନ ସାଙ୍ଗକୁ ଭୋଜିଭାତର ଆୟୋଜନ ମଧ୍ୟ ଗାଁରେ ସଂଘଟିତ ହୋଇଥିଲା । କିନ୍ତୁ ବର୍ତ୍ତମାନ କ'ଣ ବିଘ୍ନ ଘଟିଛି ତାହା ସଦାଶିବ ଭାବି ପାରୁନଥିଲେ । ଅଧୈର୍ଯ୍ୟ ହୋଇ ସଦାଶିବ ପୁଅ ପାଖକୁ ଫୋନ୍ ଲଗାଇଲେ । ଆଉ ପୁଅ ସାଙ୍ଗରେ କଥା ହେଲାବେଳକୁ ପୁଅ କୋହମିଶା କଣ୍ଠରେ କହିଥିଲା- ବାପା ମୁଁ ମା'ର କ୍ରିୟାକର୍ମ ବେଳକୁ ଗାଁକୁ ଯାଇପାରିବିନି ।

କାହିଁକି ?

ମୁଁ ଗାଁକୁ ଗଲେ ଅଞ୍ଜଳି ମଧ୍ୟ ଗାଁକୁ ଆସିବ । ବନ୍ଧୁବାନ୍ଧବଙ୍କ ଆଗରେ ହୋହାଲ୍ଲା କରିବ ।

କଥା କ'ଣ ? ତାକୁ ଡରୁଛୁ କାହିଁକି ?

ବାପା, ତମେ ବୁଝିପାରିବନି ସେ କେଡ଼େ ଚାଲବାଜି ଝିଅ । ପୁଅ ଜନ୍ମହେଲା ବେଳକୁ ଛୁଟିରେ ରହି ସବୁ ସେବା କଲି । ତା'ପରେ ମୋ ନାଁରେ କୋଡ଼ିଏ ଲକ୍ଷଟଙ୍କା ଲୋନ୍ ଆଣି ତାକୁ ଆଉ ଗୋଟିଏ କୋର୍ସ କରେଇଲି । ସେ ଚାକିରୀ କଲାପରେ ଟଙ୍କା ଶୁଝିଥାଆନ୍ତା । କିନ୍ତୁ ପାଠପଢ଼ା ସରିବାପରେ ଏବେ ପୁଅକୁ ନେଇ ମୋ ପାଖରୁ ଚାଲିଯାଇଛି ।

ସେ କ'ଣ ଚାହେଁ ?

ଡିଭୋର୍ସ ?

ଚମକି ପଡ଼ିଲେ ସଦାଶିବ । ବାହାଘରଟାକୁ ଏମିତି ପିଲାଖେଳ ବୋଲି ତମେମାନେ ଧରି ନେଉଛ କେମିତି ? ଏପଟେ ତୋ ମା'ର କ୍ରିୟାକର୍ମ । ବୋହୂ ପୁଅ ଏକାଠି ହୋଇ କ୍ରିୟାକର୍ମ ଗୁଡ଼ିକ କରିବା କଥା । ମା'ର ଆତ୍ମାକୁ ଟିକିଏ ଶାନ୍ତି ମିଳିବ । ଏହି ଘଡ଼ିସନ୍ଧି ସମୟରେ ତମେ ଦୁଇଜଣ ଡିଭୋର୍ସର କଥା ଉଠେଇବ ମୋ ପାଖରେ

ପୁଣି ତୋ ମା'ର କର୍ମବେଳେ । ସିଏ ତ ମରିଗଲାଣି, ଜାଣିପାରିଲାନି ବୋହୂର ଗୁଣ । କେତେ ଖୁସି ହେଉଥିଲା ବୋହୂ ଓ ନାତିକୁ ନେଇ । ତେଣୁ ତା' ଆତ୍ମାର ସଦ୍‌ଗତି ପାଇଁ ତମେ ଦୁଇଜଣ ମିଶି ତାକୁ ପିଣ୍ଡଦାନ କରିଦିଅ ଆଉ ମୋ ମୃତ୍ୟୁବେଳକୁ ପଛକେ ନ ଦିଅ ମୋର ଚିନ୍ତା ନାହିଁ ।

ବାପା, ମୁଁ ଏ ସମୟରେ ଯାଇ ଗାଁରେ ସମସ୍ତଙ୍କ ଆଗରେ ଲୋକହସା ହୋଇପାରିବିନି । ସେପଟେ ମା'ର କର୍ମରେ ମଧ୍ୟ ବିଘ୍ନ ହେବ । ତେଣୁ ମୁଁ ଯାଇପାରୁନି । ମୋ ପହଞ୍ଚିବା ଖବର ଅଞ୍ଜଳି ପାଇଗଲାପରେ ଗାଁକୁ ଆସିଯିବ । ବରଂ ମା'ର କର୍ମଟା ଶାନ୍ତିରେ ସରିଯାଉ । କ୍ଷମା କରିବେ ମୋ ଅନୁପସ୍ଥିତିକୁ ନେଇ ।

ତୁ ଆମର ଗୋଟିଏ ପୁଅ । ଏତେ ପାଠ ପଢ଼େଇଥିଲି । ବିଦେଶ ଗଲୁ । ଟଙ୍କା ପଇସା ପଠାଇ ଘରଦ୍ୱାର ଗାଡ଼ି ମଟର କରିଦେଲୁ । କିନ୍ତୁ ତୁ ଯେ ଆମ ମୁଖରେ ନିଆଁ ଦେଇପାରିବୁନି ଏକଥା ଆମେ କେବେ ଭାବିନଥିଲୁ । ଭାବିଥିଲେ ବିଦେଶ ପଠାଇ ନଥାନ୍ତି । ବଞ୍ଚିବା ଭିତରେ ଆମ ଆତ୍ମା ତ ଶାନ୍ତି ପାଇଯାଇଥିଲା କିନ୍ତୁ ମରିବାପରେ ଆତ୍ମା କେମିତି ଶାନ୍ତି ପାଇବ ? ଆରେ ତୋ ମା' ପାଇଁ ଏଥର ଗାଁକୁ ଆସିଯାଆ ।

ବାପା, ମୁଁ ଯିବାକୁ ରାଜି । କାରଣ ମୁଁ ତମମାନଙ୍କୁ ଖୁବ୍ ଭଲ ପାଏ । ତମମାନଙ୍କୁ ସମ୍ମାନ ଦିଏ କିନ୍ତୁ ତମମାନଙ୍କ ସମ୍ମାନରେ ଆଞ୍ଚ ଆସିବାକୁ ଚାହୁଁନି । ଗାଁରେ ଯେତିକି ସମ୍ମାନ ପାଇ ବଞ୍ଚିଛ ସେତିକି ସମ୍ମାନ ଥାଉ । କିଛି ଗୋଟାଏ ବାହାନା କରି ଆମ ଯିବାକୁ ଟାଳି ଦିଅ । ପରେ ମୁଁ ଯିବି ଆଉ ସବୁକଥା ଗୋଟି ଗୋଟି କରି କହିବି । ମୁଁ ଏବେ ନାଚାର । ମୋ ଭାଗ୍ୟରେ ଏମିତି ଘଟିଲା କାହିଁକି କହି କାନ୍ଦି ପକାଇଥିଲା ପୁଅ ।

ଫୋନ୍ କଟିଗଲା । ସଦାଶିବ ମନକୁ ମନ କାନ୍ଦି କାନ୍ଦି କହିଉଠିଲେ - ହଉ ତୁ ନ ଆସେ । ତୁ ସତରେ ମୋର ସୁନା ପୁଅ । ଆମ ସୁଖ ପାଇଁ ଏତେ ସୁବିଧା ତୁ କରିଦେଲୁ ଅଥଚ୍ ତୋ ସୁଖ କାହିଁ ? ବାପାଟାକୁ କ୍ଷମା କରିଦେବୁରେ । ତୋପାଇଁ ଆମେ ଠିକ୍ ବୋହୂଟା ବାଛିପାରିଲୁନିରେ । କିଏ ବୁଝିବ ମୋ ଦୁଃଖ ? କାହା ଆଗରେ ଶୁଣାଇବି ତୋ ଦୁଃଖ । ଯିଏ ବୁଝି ମୋ ସାଙ୍ଗରେ ସମଭାଗୀ ହୋଇଥାଆନ୍ତା ସେ ତ ଆଖି ବୁଜିଦେଲାଣି । ମୁଁ ଏବେ ଏକା । ଆଜି ଖୁବ୍ ଏକେଲା ଲାଗୁଛି ମୋତେ । କିଏ ମୋତେ ସାହସ ଦେବ ଆଉ । ମୁଁ ଏସବୁ ଦେଖିବାକୁ ବଞ୍ଚିଛି କାହିଁକି କହି ସଦାଶିବ ଭୋ ଭୋ ହୋଇ କାନ୍ଦି ପକାଇଲେ । ପାଖରେ ଥିବା ସାନଝିଅଟି କହିଲା- ବାପା, କାନ୍ଦନି, ସବୁ ଠିକ୍ ହୋଇଯିବ ।

ପ୍ରଶ୍ନିଳ ଆଖିରେ ସଦାଶିବ ପ୍ରଶ୍ନ କଲେ - କେବେ ?

ସମୟ ସାଙ୍ଗରେ ବୟସ ଗଳିଗଲା ପରେ ଆଉ ତ ମନ ହାଲକା ହେଉନି ସଦାଶିବଙ୍କର । କେବେ ପୁଣି ଫେରିବ ନାତି ? କେମିତି ସେମାନଙ୍କ ସଂସାର ହସିବ । ଏମିତି ତ ଅନେକ ଚିନ୍ତା ମନକୁ ଗ୍ରାସ କରୁଛି । ଅକୁହା କାହାଣୀ କି ସ୍ୱପ୍ନ ଆଉ ଦେଖାଇବ ।

ଏପରି ଅନେକ ଚିନ୍ତାକୁ ମୁଣ୍ଡରେ ଭରି ସ୍ୱପ୍ନକୁ ଜାଳିଦେଲେ ସଦାଶିବ ନିଜ ଜୁଇରେ ଚଢ଼ିଗଲାପରେ । ତଥାପି ବୋହୂର ମନ ତରଳିଲା ନାହିଁ ସଦାଶିବଙ୍କ ମୃତ୍ୟୁପରେ ମଧ୍ୟ ।

କି କଠୋର ହୃଦୟ ବୋହୂଟିର ବୋଲି କୁହାକୋହି ହେଲେ ଗାଁଲୋକ ।

କିନ୍ତୁ ଏ କ'ଣ ସଦାଶିବଙ୍କ ମୃତ୍ୟୁର ମାସେ ପରେ ଗୋଟିଏ କେସ୍ ଦାୟର କରିଛି ବୋହୂଟି - ମୋ ଶାଶୁ ଶ୍ୱଶୁର ମୋତେ ବହୁତ ନିର୍ଯ୍ୟାତନା ଦେଇଛନ୍ତି । ତାଙ୍କ ପୁଅ ମଧ୍ୟ ବାପା ମା'ଙ୍କ ସହମତରେ ମୋ ଉପରେ ଅତ୍ୟାଚାର କରୁଥିଲେ । ଏବେ ତ ଦୁଇଦିନ ତଳେ ମୋ ଶ୍ୱଶୁର ମୋତେ ଫୋନ୍‌ରେ ଅନେକ ଧମକ ଚମକ ଦେଇଛନ୍ତି ।

ପ୍ରସନ୍ନ କେସ୍‌ଟିର ଫର୍ଦ୍ଦ ପଢୁ ପଢୁ ଓକିଲଙ୍କ ପାଖରେ ପହଞ୍ଚି ଗଲେ । ଓକିଲ ନିର୍ବିକାର ଚିତ୍ତରେ କହିଲେ- ଦେଖିଲେ ତ ନାରୀଟିର ଅଭିପ୍ରାୟ । ମୁଁ ଆପଣଙ୍କୁ ବାପାଙ୍କ ମୃତ୍ୟୁଖବର ତାଙ୍କୁ ନ ଦେବାକୁ କହିବାର ଉଦ୍ଦେଶ୍ୟ କ'ଣ ଥିଲା ! ଜଣେ ମୃତ ବ୍ୟକ୍ତି ତାଙ୍କୁ ଧମକ ଦେଲେ କେମିତି ? ଏଥର ନିଶ୍ଚୟ ସେ ନିଜ ଶବ୍ଦରେ ଛନ୍ଦି ହୋଇଗଲାପରେ ବୁଝିପାରିବେ ପଥର ମୂର୍ତ୍ତୀ ମଧ୍ୟ କଥା କହିପାରେ କି ?

■

BLACK EAGLE BOOKS

www.blackeaglebooks.org
info@blackeaglebooks.org

Black Eagle Books, an independent publisher, was founded as a nonprofit organization in April, 2019. It is our mission to connect and engage the Indian diaspora and the world at large with the best of works of world literature published on a collaborative platform, with special emphasis on foregrounding Contemporary Classics and New Writing.